中华经典诗文之美

徐中玉——主编

先秦两汉散文

刘永翔 吕咏梅——编著

上海人民出版社

出版说明

　　习近平总书记指出，中华文化积淀着中华民族最深沉的精神追求，代表着中华民族独特的精神标识；传承中华文化，要"以古人之规矩，开自己之生面"，重点做好创造性转化和创新性发展。为坚定文化自信，传承中华文脉，汲取古圣先贤的不朽智慧，激活民族文化的蓬勃生命力，上海人民出版社推出"中华经典诗文之美"系列丛书，以期通过出版工程的创造性转化，实现中华优秀传统文化的薪火相传、推陈出新。

　　丛书由著名学者、语文教育家徐中玉先生领衔主编，共 13 册，包括《诗经与楚辞》(陶型传编著)，《先秦两汉散文》(刘永翔、吕咏梅编著)，《汉魏六朝诗文赋》(程怡编著)，《唐宋诗》(徐中玉编著)，《唐宋词》(高建中编著)，《唐宋散文》(侯毓信编著)，《元散曲》(谭帆、邵明珍编著)，《元明清诗文》(朱惠国编著)，《近代诗文》(黄明、黄珅编著)，《古代短篇小说》(陈大康编著)，《笔记小品》(胡晓明、张炼红编著)，《诗文评品》(陈引驰、韩可胜编著)和《神话与故事》(陈勤建、常峻、黄景春编著)。所选篇目兼顾经典性与人文性，注重时代性与现实性，综合思想性与艺术性，引导读者从原典入手，使其在立身处世、修身养性、伦理亲情、民生疾苦、治国安邦等世界观、人生观、价值观方面有所思考和获益。

丛书设置"作者介绍"、"注释"、"说明"、"集评"栏目。"作者介绍"简要介绍作者生平及其著述,并大致勾勒其人生轨迹。"注释"解析疑难,解释重难点字词及部分读音,同时择要阐明历史典故、地理沿革、职官制度等知识背景,力求精当、准确、规范、晓畅。"说明"点明写作背景,阐释文章主题,赏析文章审美特色。"集评"一栏列选历代名家评点,以帮助读者更好理解和鉴赏。

丛书选录篇目出处,或于末尾注明所依底本,或于前言中由编选者作统一说明。选文所依底本均为慎重比照各版本后择优确定。原文中的古今字、通假字予以保留,不作改动;异体字在转换为简体字时,则依照现行国家标准予以调整。

丛书所选篇目的编次依据,或以文体之别,或以题材之异,或依作者朝代生平之先后,或依成书先后。成书年代或作者生平有异议者,则暂取一说。

"凡作传世之文者,必先有可以传世之心。"中华文明生生不息至今,是一代又一代仁人志士艰苦拼搏的成果;中华文明未来的繁荣兴盛,需要全体中华儿女的担当。"中华经典诗文之美"系列丛书的出版,将引导读者在对跨越时空、超越国度、富有永恒魅力、具有当代价值的传世诗文的百读不厌、常读常新中,树立民族自信心与自豪感,培养起守护、传承与弘扬中华优秀传统文化的传世之心,在实现"两个一百年"奋斗目标和中华民族伟大复兴中国梦的道路上,凝聚起全民的文化力量,和这个时代一同前行。

上海人民出版社

2017 年 6 月

导　读

　　中国的古代文学作品向以诗文为大宗，诗海文澜，蔚为大观，其本其源，都可上溯至先秦两汉。但与江河之润泽大地不能以"源"而只能以"流"和"委"不同，这个时代的作品对千百年后的作家的影响，在许多时候往往是直接的；因为，当人们发现中、下游之水渐趋污浊之时，会"溯洄从之"，到那滥觞之地惊喜地一掬清泉。

　　以散文而论，面对风靡唐代的六朝文体，起而力挽狂澜的韩愈，揭橥的便是"三代两汉之文"。当台阁体使明代文风趋于萎弱之际，以李梦阳为首的"前七子"高呼的也是"文必秦汉"的口号。即以与之针锋相对的"唐宋派"而论，对先秦两汉之文也不废揣摩，如唐顺之的《文编》，并不自限唐宋，而是远溯周秦。归有光则更醉心于龙门之笔，对《史记》丹铅点勘，手批本竟不下数十种之多。当然，复古派与唐宋派两者的欣赏眼光与取舍标准大相径庭，然而却都认为先秦两汉之文有裨于自己的作文。我们也正是看到了有裨于作文这一点才编选了这本先秦两汉散文的。自胡适之、陈独秀辈登高一呼以来，我们现在正处于白话文方兴未艾的时代。即使是清末民初文言文所用的词汇、语法，也已经大多过时，更别提唐宋、先秦两汉了。故而我们说先秦两汉之文有裨于作文，并不是想步明代前后七子的后尘，拾其余唾，提倡写聱牙戟口的古文；我们只是像明代的唐宋派那样，觉得先秦两汉之文叙事记言、状物抒情及谋篇布局的可取可法。那些感人的内容，富有教益的说理和那些出于自然的抑扬开阖、起伏照应之法，并不随着语言的变迁而化为已陈刍狗，在我们当今的白话文中，甚至千百年后与之面目全非的语言中，也依然有其颠扑不破、可取可法之处。所以，我们标举先秦两汉之文，实与前后七子貌同心异，而与唐宋派异代同心。

下面，我们想就本书所选的内容结合自己的体会略加评说，当然是从宏观的角度，因为，微观的分析读者可以从各篇的"注释"、"说明"和"集评"中找到。为了克服"明足以察秋毫之末而不见舆薪"之失，我们需要的是望远镜式的观察。

本书所收的最早的文字是选自《尚书》的《无逸》。《尚书》与《春秋》一样，同为古史。"左史记言，右史记事"，《尚书》便是上古记言之作。由于时代最古，汉人已觉难读。故司马迁在《史记·五帝本纪》里需要将采自《尚书》的材料译成当时的通行之语。唐代的韩愈也说："周诰殷盘，佶屈聱牙。"其实，《尚书》在记录的当时很可能是妇孺能解的口语，世易时迁，就成了老师宿儒也难全解的文献了。《尚书》文字大多古奥质直，文学性不足，《无逸》可称是最具文采的一篇了。由于是周代文献，"周人尚文"，其篇章结构犹有可取。《尚书》在文章学上对后世影响极微，汉代只有诸侯王的封策尚仿其体。此外，还有西魏的苏绰，欲矫六朝文体之弊，曾模仿《尚书》的词汇和句法作《大诰》，并依靠政治力量推行过这种文体，矫枉过正，不合时宜，未几即告失败。

《左传》是记事之文，其叙事写人之善，千百年来几乎赢得一致的称赞。左氏尤擅长于叙战，所写的大小诸战役各具特色，令人赞叹。但其叙述的绘声绘色，几如亲见亲闻，亦每令人产生"《春秋》三传，左氏浮夸"之感。其甚者如"钮麑槐下之词，浑良夫梦中之谍，谁闻之欤？"钱钟书先生解释道："史家追叙真人实事，每须遥体人情，悬想事势，设身局中，潜心腔内，忖之度之，以揣以摩，庶几入情合理。盖与小说、院本之臆造人物、虚构境地，不尽同而可相通。"片言解惑，已得骊珠。

同样传说为左丘明所作的《国语》也有类似的情况。柳宗元指摘《国语》"务富文采，不顾事实，而益之以诬怪，张之以阔诞，以炳然诱后生，而终之以僻，是犹用文锦覆陷阱也"。但就文论文，他又提倡"参之《国语》以博其趣"。可见不管是记言还是记事，"趣"之一字所关至巨，无"趣"则文字板滞沉闷，不能灵动；无"趣"则读者欠伸思睡，难以终卷。两千余年前的史家早已窥破这一奥秘，并将它用于自己的写作实践。这点是值得我们深思的。关键是不能一味追求趣味而牺牲了真实。

《左传》与《国语》充其量只是某些细节的夸张失实罢了，《战国策》则连所载的大事也未必可靠。如苏秦、张仪这两个著名的辩士原不同时，而《国策》则将两人写成一主合纵、一主连横，针锋相对的并世之雄。其他许多内容也纯属虚构，只是秦汉之际无名策士的"小说"创作罢了。以文而论，却雄隽沉快，大多抓住"利害"两字滔滔滚滚说下去，其铺张扬厉之处真好比读一篇篇无韵之赋。后世苏洵、苏轼之文颇得力于此。但纵横家们大多是一些没有固定信念的政客，奔走游说只是为了个人利益或自己所服务国家的利益罢了，但他们却能将任何一种图存或强国的方案讲得法法圆成、头头是道。这一点也许会使有志于参加辩论与作文比赛的青年学子产生兴趣。

至于那些抱有坚定信念和独创学说的诸子百家，本书当然要给他们的文字留下较多的篇幅。昭明太子认为："老、庄之作，管、孟之流，盖以立意为宗，不以能文为本。"因此《文选》不登诸子一字。姚鼐的《古文辞类纂》竟也不思干蛊，反效其尤。我们则认为，诸子不但自成一家之学，也自成一家之文，不能不加选录。

老子是道家之祖，其书多由三、四言韵语组成，极便记诵，透露出原先定是口耳相传之学。全书多作简捷的判断，不为繁复的论证。以智者静观之得，成精金百炼之言。读之可悟造语简练之法。《孙子兵法》的写法，亦颇相似。宋代苏洵的《心术》、《春秋论》等文颇能神似。

《论语》、《孟子》，因旧时独尊儒术，归入四部的经类。然而以现代的观点看来，儒家不过是诸子中的一子罢了，所以在本书中不予单列，而与诸子归于一处。但正因为是经书，家弦户诵，因而对后人文字的影响实较诸子为巨。《论语》杂记孔子及其弟子的言行，作对话体，大多篇幅短小，"辞达而已矣"，虽经孔门弟子润色，但并不刻意为文。我们选取了文字稍详、从中可以看出孔子及其弟子性格的段落。此书在文章学上对后人的影响主要是语辞和句式，从文体上加以模仿的有扬雄的《法言》和王通的《中说》，优孟衣冠，难免画虎类狗之讥，尽管二人在学术上皆有所自得。《孟子》虽然也是对话体，但其中的一些段落已可看成是首尾完整的论说文了。孟子在书中倡仁义，距杨、墨，常作滔滔雄辩。但这不是纵横家的雄辩，而是思想家与政治家的雄辩。"予岂好辩哉！予不得已也"，其言析义至精，用法至密，可窥其有意为文处。后世文家，受其沾溉最多，词汇、句式、篇法，猎取殆尽。文言文的定型，《孟子》之功为大，故虽为先秦之文，现在读来仍觉文从字顺。

《庄子》之文"意出尘外，怪生笔端"，喜用一串寓言组合成篇，但各个寓言之间并无关联之语、过渡之段，爱之者或以为"潜气内转"，或以为"得断续之妙"。然而后世文人即使在思想上受庄子之学的影响，在为文的结构上也绝不会邯郸学步。由此也可见庄文的"潜气"实未尝"内转"、庄文的"断续"实未必为妙，不然决不会没有祖构之作。庄子的笔法在秦汉便已过时，但庄子的想像力和思想则永远让人觉得可惊可喜。

《墨子》之文质朴无华，刘勰称之为"意显而语质"。《韩非子·外储说左上》有一个著名的《买椟还珠》寓言，就是墨者田鸠为墨子的不文辩护而讲述的。不过在我们看来，文章为了感人，还是应该具有一定的文采。"文质彬彬，然后君子"，移用来论文，还是不错的。《墨子》之文，值得学习的是其理想主义的精神和较强的逻辑性。不过，纯逻辑之文，如公孙龙的《白马非马》，翻来覆去，玩弄的只是一些概念游戏，虽对逻辑学有所贡献，但读之只觉苟察缴绕，味同嚼蜡，在这里我们也就不予登录了。

诸子中既讲逻辑又重文采的可推荀子，其文骈语极多，但可惜变化不大，有千篇一律之概，在本书中我们只选其《劝学》一篇。尝鼎一脔，味可全知，当然这只是就文学性而言的，并不将荀子的学术包括在内。

荀子的弟子韩非在文字上可谓青出于蓝，其逻辑性之强好似老吏断狱，其文采之富也决不逊于他所反对的文学之士。难怪秦王政读了他的著作，恨不与之同游。由此也可见田鸠"以文害用"之说是不确的。但我们在欣赏韩非其文之余，对其提倡统一舆论的观点却不免反感。世称韩非是合商鞅的法、申不害的术、慎到的势为一的法家集大成者，司马迁说商鞅是"天资刻薄人也"，我们读《韩非子》，觉得他将商鞅的"刻薄寡恩"也集到他的"性格组合"中去了。当今之人受民主熏陶已久，懂得如何"食马留肝"，所以，读韩非之文，其笔法对我们显然有益，其思想想必对我们也难以为害。

然而在秦时"六王毕，四海一"的时代，韩非的学术却为害至巨，它化为政令在全国得到推行，于是，焚书坑儒，舆论一律，晚周文学的百花齐放被摧残殆尽，自此万马齐喑，进入了中国文学的严冬。据史载，其时的文学作品仅有歌功颂德的秦刻石、始皇命博士所作的《仙真人诗》

及杂赋数篇而已，后二者皆已灰飞烟灭，至今惟秦刻石之文尚存人世，"遵命文学"而已，将暴政下战栗的神州大地粉饰成"男乐其畴，女修其业"的太平盛世。"后人不信秦刻石，为有迁史名山储"，"政暴文泽"，谎言而已。纵有人品之为"严峻浑重"，何足为取耶？

到了汉代，暴政渐除，文艺亦开始由复苏而至复兴。汉高祖以武力定乱，起初以为"居马上而得之，安事《诗》、《书》"，而在听到陆贾"居马上得之，宁可以马上治之乎"的回答后，面有惭色，即命陆贾著书以述存亡之徵。于是，惩秦之亡，反其所为，便成为汉初各项政策的出发点。汉惠帝时，又废除了秦时所定"挟书者族"之律，文学得到了适宜的气候，很快地发展起来了。

最初复兴的当然是切于实用的散文。汉初拨乱反正日不暇给，加以汉高祖本亦不文，所以陆贾能赋，但得到欣赏的只是他的《新语》。继起文、景二帝亦不好辞赋，所以能赋之士只能去投奔那些年轻的爱好辞赋的诸侯王，朝廷所用皆是散文。要到了好武更兼好文的汉武即位，辞赋家才能与善写散文的政论家分庭抗礼。辞赋不属本书收录之列，我们还是谈论汉代散文的发展吧。

汉代第一个杰出的散文家是洛阳才子贾谊，他年轻饱学，眼光敏锐，才气纵横。一篇《过秦论》，论秦王朝所犯的错误；一篇《陈政事疏》，陈当今政事之献替。无论当政论看还是当文学作品看均足不朽。贾谊之文颇可见纵横家的气势，也是那么铺张扬厉，滔滔滚滚。有人说他的《过秦论》用的是赋体，贾谊当然也是辞赋家，但他喜用赋体与其说是受辞赋影响，还不如说是为策士之文所濡染，《战国策》中许多游说之文早已是无韵的铺陈之赋了。贾谊高出策士之处是能够真正看出国家安危的要害并提出解决办法，透过"利害"之障，能够认识"仁义"的价值。刘歆说："在汉朝之儒，惟贾生而已。"在贾谊的时代的确如此。

景帝时的晁错，少时学申、商刑名，其文字受《商君书》、《孙子兵法》、《管子》诸书影响较深，剖析则擘肌分理，判断则斩钉截铁。刘熙载说："晁取切于时，不必其高也。"对晁文正当作如是观。

两汉文章，历来最推班、马。班即班固，马即司马迁。杜牧诗云："高摘屈、宋艳，浓熏班、马香。"屈、宋指辞赋而言，班、马即指古文了。这里我们想谈谈对班、马古文的个人感受。司马迁的《史记》是通史，纪传体是史学上的一大发明；班固的《汉书》是断代史，其纪传体即沿自《史记》。抛开班、马二人思想上的不同不说，以文章而论，虽二人异代齐名，在风格上却大异其趣。韩愈提倡古文，说："汉朝人莫不能为文，独司马相如、太史公、刘向、扬雄为之最。"又说："汉之时，司马迁、相如、扬雄最其善鸣者也。"一字也不提班固，可见在他心目中，东汉之文已不足齿数了。苏轼称赞韩愈"文起八代之衰"，东汉即包括在"八代"之中。以读者的角度看来，司马迁的《史记》，笔端常带情感，"疏荡而有奇气"，正可当鲁迅"史家之绝唱，无韵之《离骚》"的品题。而班固的《汉书》，思想既遵正统，体裁又束于成格，在文学意味上自大大不及《史记》。后人之所以班、马并称，无非是因为史官修史，均遵班书成例之故。以二人的其他文字而论，司马迁的一篇《报任安书》，拔天倚地，跌荡奇伟，千载而下，虽学步者甚多，无一能近其藩篱。而班氏的文章就无此气概，注重的是典雅严整，多用骈偶，已开魏晋之体。作为思想解放的现代人，大多喜爱司马迁甚于班固。这也正是我们选马文多于班文的原因所在。

除了大家的散文外，我们还注意选录各种不同类型和不同风格作家的作品：刘向、刘歆父子，是汉代著名的经学家，为文皆缘饰经术。不管是论政也好，论学也好，行文不是引经书之文，就是取经书之意，但都能倾吐肝胆，诚恳悱恻。刘向的文章较为平实，刘歆的文章较为峻厉。

采之以见经学家散文之一斑。至于辞赋家的散文，我们取司马相如与扬雄二家。司马相如以《子虚》、《上林》二赋为汉武所赏，在文学史上也以辞赋家垂名。据说他文思甚迟，所谓"相如含笔而腐毫"，但作赋之工却甚于才思敏捷的枚皋，想必是精思之故。其散文工于布局，颇有巧思。扬雄则工于模仿，辞赋及学术著作皆然，散文亦受辞赋影响，叙事喜欢原原本本，可称学人之文。兹于二人散文，各取一篇。东汉散文，我们取蔡邕为殿。到了蔡氏的时代，骈俪已经成了文章不可缺少的构件，句不双出，不能称文。蔡氏之文，籍甚当时，而后人则有截然不同的看法。章学诚认为"中郎学优而才短，观遗集碑版文字，不见所长"。林纾则认为"蔡中郎文，气味极长"。大约两人的歧异乃由对碑志类文字的不同标准造成的。章氏以对史传的要求来衡量碑志，则蔡氏之作全无细节，只有品题。而林氏则严于辨体，对碑志类的优劣别具量才之尺。姚鼐说："金石之文，自与史家异体。"林纾本学桐城派为文，其审美标准实师承有自。

　　以上我们略谈了对本书所选先秦两汉诸家散文的看法，放言而论，无所避忌，从中也可以看出我们的选文标准来。

　　文学之河奔流到了我们身边，虽绝不能说已抵大海，但也已"泾流之大，两涘渚崖之间，不辨牛马"。面对眼前文学之河的壮观，我们不能像河伯那样"欣然自喜，以天下之美为尽在己"。事实上不仅不可能如此，那时时涌起的浊浪还不断引起我们的忧虑，使我们格外向往那上游"清且涟猗"的河水。索性到河源去吧！在那朝日映照下的昆仑之墟，皑皑的白雪正化为涓涓流水，清澈见底，甘美无比，让我们去一掬清泉吧！然后我们汲之灌之，放舟而下，再回到我们自己的时空……

刘永翔

目　录

尚书

《尚书》，即上古之书，亦称"书经"，是一部记言的古史。其内容大多是有关政治的一些言论和史事。《尚书》有今文与古文之分。今文尚书是秦焚书后汉初经师所保存，用当时通行的隶书所写；古文尚书是汉武帝时陆续发现的用先秦文字所写的文本，已佚。今存《尚书》共五十八篇，分为《商书》、《周书》、《虞书》、《夏书》，其中《古文尚书》二十五篇，为东晋梅赜所献，后儒以为是伪作。今人也有不同看法。

无逸 [1]

周公曰 [2]："乌乎 [3]！君子所其无逸 [4]。先知稼穑之艰难，（乃逸，）则知小人之依 [5]。相小人：厥父母勤劳稼穑，厥子乃弗知稼穑之艰难，乃逸，乃谚，既诞 [6]；否则侮厥父母曰：'昔之人无闻知 [7]！'"

周公曰："乌乎！我闻曰：昔在殷王中宗，严龚寅畏天命，自度治

[1] 《无逸》：《尚书·周书》之一。旧传为周公姬旦所作。究其全文，每段均以"周公曰"起头，似为史官之笔录。本篇文字系根据敦煌《尚书》残卷及日本写本《古文尚书》，参校《汉熹平石经》残字、《魏三体石经》残石而成。无逸：勿要贪图荒逸享乐。

[2] 周公：名旦，亦名叔旦，周武王姬发之弟，因封地在周（今陕西岐山北），故称为周公。周公曾辅助武王灭殷，武王死时，子姬诵（成王）幼小，遂由周公摄行治理天下之事。周公平定管、蔡之乱，大封诸侯，营建洛邑，巩固了周王朝的统治。相传他制订了周代的礼乐制度，后世儒家尊他为"圣人"。

[3] 乌乎：即"呜呼"，发语词，引出下文的议论。

[4] 君子：与下文"小人"相对。商周时期称统治庶民百姓的长官为君子。所：所居之地，所居之位。

[5] 稼穑（sè）：泛指农业劳动。稼，耕种（谷物）；穑，收获（谷物）。乃逸：王念孙说"乃逸二字衍文"。小人：被统治的劳动人民。依：隐衷，即小人内心的痛苦与企盼。

[6] 相：看。厥：代词，相当于"其"。弗：相当于"不"。谚：通"喭"，粗俗、粗暴。既诞：既即"暨"，及、并及之意；诞，放荡、放肆。句意为一个人由于自满自是而至于放肆诳骗。

[7] 否则：即丕则，关联词，意为"乃至于"。昔之人：从前的人。无闻知：什么都不懂。

民 [1]；祇惧，弗敢荒宁 [2]。肆中宗之享国，七十有五年 [3]。其在高宗，时旧劳于外，爰暨小人 [4]。作其即位，乃或亮阴，三年弗言 [5]。其惟弗言，言乃雍 [6]。弗敢荒宁，嘉靖殷邦 [7]。至于小大，无时或怨 [8]。肆高宗之享国，五十有九年。其在祖甲，弗义惟王，旧为小人 [9]。作其即位，爰知小人之依，能保惠于庶民，弗敢侮鳏寡。肆祖甲之享国，三十有三年。自时厥后立王，生则逸 [10]。生则逸，弗闻小人之劳，惟湛乐是从 [11]。自时厥后，亦罔或克寿，或十年，或七八年，或五六年，或四三年 [12]。"

周公曰："乌乎！厥亦惟我周太王、王季，克自抑畏 [13]。文王卑服，即康功、田功 [14]。徽柔懿恭，怀保小民，惠鲜鳏、寡 [15]。自朝至于日中，昃，

---

[1] 昔君：意为"在过去"。中宗：商王祖乙，商朝第七世贤君。严：严肃。龚：通"恭"，恭敬谨慎。寅：恭敬。度（duó）：揣度。句意为中宗治理国家，严肃恭敬，敬畏天命，能够躬体身体谅民情。

[2] 祇（zhī）：通"祗"，恭敬。祇惧：小心对待一切事务。荒宁：荒废朝政，贪图安宁淫逸。

[3] 肆：连词，相当于"故"、"所以"。享国：指国君治御邦国的时间。有，通"又"。

[4] 高宗：商王武丁，商朝第十一世贤王。时：意为"是"。旧：同"久"。爰：于是。暨：接触。句意为高宗曾长期在朝外劳动，所以接触过百姓。

[5] 作：及。作其即位：及其即位。即位：即天子之位。或：有。亮阴：亮，信也；阴，默也。即诚信而少言。

[6] 惟：由于。雍：和谐。郑玄云："其不言之时，时有所言，则君臣和谐。"

[7] 嘉：美好。靖：安定。殷邦：殷王朝之国邦。

[8] 小大：指商王朝上下大小官员。时：是，代词，指高宗的为政措施。句意为国家上下没有人对他的统治存有不满之情。

[9] 祖甲：武丁之子。郑玄说："祖甲，武丁子帝甲也。有兄祖庚，贤，武丁欲废兄立弟，祖甲以此为不义，逃于人间，故云久为小人。"弗义惟王：即他认为父亲立己为王不合情理。旧为小人：他做了很长时间的小民。

[10] 立王：立为国王。生：活着。

[11] 湛：一作耽，沉醉，迷恋。

[12] 自时：自是。罔：无。或：有。克：能够。寿：长寿。四三：即三四。

[13] 太王：周公的曾祖父。王季：周公的祖父。克自抑畏：能自我控制而谨慎。

[14] 文王：周公和武王的父亲。卑：低下卑微。服：做事。文王卑服：意为文王肯做低下卑微之事。即：达到，成就。康：安乐，安定。此处指安定人民。功：成功，成效。田：开垦土地、生产。

[15] 徽：美善。柔：仁厚顺和。懿：美、美德。恭：谦恭。句意为文王具有善良仁厚高尚谦恭的品德。惠：施恩惠。鲜：讹字，应为"於"。

弗遑暇食，用咸和万民¹。文王弗敢盘于游、田，以庶邦惟正之共²。文王受命惟中身，厥享国五十年³。"

周公曰："乌乎！继自今嗣王，则其无淫于观、于逸、于游、于田，以万民惟正之共⁴。无皇曰：'今日湛乐⁵'。乃非民攸训，非天攸若，时人丕则有愆⁶。无若殷王受之迷乱，酗于酒德哉⁷！"

周公曰："乌乎！我闻：古之人，猷胥训告，胥保惠，胥教诲，民无或诪张为幻⁸。此厥弗听，人乃训之⁹。乃变乱先王之正刑，至于小大¹⁰。民否则厥心违怨，否则厥口诅祝¹¹。"

周公曰："乌乎！自殷王中宗，及高宗，及祖甲，及我周文王，兹四人迪哲¹²。厥或告之曰：'小人怨女詈女，则皇自敬德¹³'。厥愆，曰：'朕

---

[1]　朝：早晨。日中：中午。昃（zè）：太阳偏西，下午。弗遑暇食：没有功夫吃饭。咸：普遍地。和：团结调和。

[2]　盘：盘桓取乐。游：游猎。田：后写作"畋"，围猎。以庶邦：为了邦国。正：政事。共：通"恭"。

[3]　受命：承受天命而登君位。中身：即中年。《礼记》载文王享年九十七岁，文中说他"享国五十年"，由此推知文王即位为四十七岁，故曰"中身"。

[4]　自今：下当脱"后"字。嗣王：继承王位。无淫：不要过度。观：观赏、欣赏（美好的事物）。以：为。以万民：为了百姓。

[5]　皇：《汉熹平石经》作"兄"，"兄"为古"况"字。况：比况。无况曰：即不要比方着这样说。湛乐：耽乐。

[6]　攸：所。若：顺。时人：是人。愆：过失。句意为（耽乐）不是可以训教民众，不是可以顺应民众，这种人就是有过失。

[7]　无若：不要像。受：殷王纣。酗（xù）：酒醉发怒。德：有"吉德"和"凶德"之分。酗酒是凶德。

[8]　猷：一本作犹。胥：互相。诪（zhōu）：一作诪，一作侜。诪张，即侜张，诳骗之意。幻：人与人相互诈惑。

[9]　此厥弗听：不听古人相训告之言。训：顺。人乃训之：百姓就会顺从天子的个人思想行事。

[10]　正，同"政"，政令。刑：刑律。小大：上下大小臣僚。

[11]　诅祝：诅咒。

[12]　兹：此。迪哲：明智贤哲。

[13]　女：同"汝"。皇：《汉石经》作"兄"，即"况"字。况：更加。皇自敬德：更加尊重自己的品德。

之怨[1]。'允若时，弗啻弗敢含怒[2]。此厥弗听，人乃或讹张为幻。曰：'小人怨女詈女'，则信之。则若时，弗永念厥辟，弗宽绰厥心，乱罚无罪，杀无辜，怨有同，是丛于厥身[3]。"

周公曰："乌乎！嗣王！其监于兹[4]！"

说明

这篇文章是周公姬旦归政成王时，对成王的告诫之词。通篇以"君子所其无逸"为主题，论证"知稼穑之艰难"、"知小人之依"的君主才能"嘉靖邦国"；阐明君主应当品德高尚、仁厚恭谨，以"咸和万民"。文章以殷纣王为前车之鉴，告诫成王"无淫于观、于逸、于游、于田"；不要随意变乱先王之法，不要乱杀无辜。文中虽有"天命自度"、"寅畏天命"那种天子受命于天、君临万民的思想，但作者一再强调的是"知小人之依，能保惠于庶民，弗敢欺鳏寡"的"仁"，后世孔子"仁者爱人"和孟子"保民而王"的观点于此可见其滥觞。

本文结构清晰，叙述有条不紊，风格恳切持重，是一篇较为成熟的上古散文。其中"以史为鉴"的论证方法，开后世政论历史方法论之先河；而围绕中心高度概括史实，则开辟了后世论说文"据题抒论"的蹊径。

---

[1] 朕：我，古代第一人称。
[2] 允：诚。若：如。时：是。允若时：诚如是，果真如此。弗啻：不但，不仅。
[3] 永念：经常想到。辟：君位，此处指为君之道。宽绰厥心：心胸开阔。同：聚会会同。怨有同：人民的怨恨会聚合起来。丛：丛集。身：自身。
[4] 嗣王：指刚临朝的成王。监：同"鉴"，诫鉴。兹：此，指上述这番话中的道理。

集评

孔颖达曰：上智不肯为非，下愚戒之无益。故中人之性，可上可下，不能勉强，多好逸豫。故周公作书以戒之，使无逸。此虽指戒成王，以为人之大法。成王以圣贤辅之，当在中人以上，其实本性亦中人耳。

——《尚书正义》卷十六

吕思勉曰：此篇亦周公告戒成王之语。篇中历举殷代诸王及文王享国长短。共和以前，古史年代之可考者，以此为最可据矣。

——《论学集林·经子解题》

左传

　　《左传》，即《春秋左氏传》，亦称《左氏春秋》，是我国古代一部记事的编年史，儒家列为"十三经"之一。这部著作记录了鲁隐公元年（公元前 722 年）起到鲁哀公二十七年（公元前 468 年）止二百五十年内周王朝及各诸侯国之间的一些重大历史事件。该书不仅内容丰富，而且具有丰富的文学价值，对后代历史著作和叙事散文都有很大影响。《左传》相传为左丘明所作，此说后世遭到怀疑。左丘明，相传为鲁国的盲史官，与孔子同时代或在其先。从《论语·公冶长》看，孔子对他很尊重。

郑伯克段于鄢 [1]

　　初，郑武公娶于申，曰武姜 [2]。生庄公及共叔段 [3]。庄公寤生 [4]。惊姜氏，故名曰"寤生"，遂恶之 [5]。爱共叔段，欲立之。亟请于武公，公弗许 [6]。及庄公即位 [7]，为之请制 [8]。公曰："制，岩邑也 [9]，虢叔死焉 [10]。

---

[1]　选自《左传》隐公元年。隐公元年即公元前 722 年。本无题目，题目为选者所加，下同。郑：国名，姬姓，今河南新郑。郑伯：即郑庄公。郑国属伯爵，故曰郑伯。克：战胜。段：共叔段，郑伯之弟。鄢：郑地名，今河南鄢陵县西北。

[2]　初：当初，引起追叙往事之词。申：国名，姜姓，今河南南阳。武姜：武公之妻姜氏。武是其丈夫的谥号，姜是其娘家的姓。

[3]　庄公：郑庄公，即郑伯。共（gōng）叔段：名段，庄公之弟。因其在兄弟中排行最末，故称叔段。共：地名，今河南辉县。因叔段后来出奔共，故称共叔段。

[4]　寤（wù）：通"牾"。寤生：即逆生，难产。

[5]　惊姜氏：使姜氏受惊。恶（wù）：厌恶。

[6]　欲立之：想要立共叔段为太子。亟：屡次。

[7]　及：到。

[8]　为之请制：替共叔段请求邑这个地方作为采邑。制：郑地名，今河南荥阳东北。

[9]　岩邑：险要的城邑。

[10]　虢（guó）叔：东虢国君主。死焉：死于此。虢：古国名，今河南荥阳。制原是虢的属地，虢君为郑武公灭，制成为郑地。

佗邑唯命[1]”。请京，使居之，谓之京城大叔[2]。

祭仲曰："都城过百雉，国之害也[3]。先王之制：大都，不过参国之一[4]；中，五之一；小，九之一。今京不度，非制也[5]。君将不堪[6]。"公曰："姜氏欲之，焉辟害[7]？"对曰："姜氏何厌之有[8]？不如早为之所[9]，无使滋蔓[10]，蔓，难图也[11]；蔓草犹不可除，况君之宠弟乎？"公曰："多行不义，必自毙[12]，子姑待之[13]。"

既而大叔命西鄙、北鄙贰于己[14]。公子吕曰[15]："国不堪贰[16]，君将若之何[17]？欲与大叔，臣请事之[18]；若弗与，则请除之[19]。无生民心[20]。"公曰："无庸，将自及[21]。"

---

[1] 佗：同"他"。唯命：唯命是听。

[2] 京：地名，今河南荥阳东南。大：同"太"。

[3] 祭（zhài）仲：郑国大夫。都：城邑。城：城墙。雉：量词。古代城墙长三丈高一丈为一雉。国：国家。

[4] 参：同"三"。国：国都。参国之一：国都的三分之一。古制，侯伯之国，城墙为三百雉。三分之一即一百雉。

[5] 不度：不合法度。非制：不是先王的制度。

[6] 不堪：不能承受，即难以控制。

[7] 焉辟害：哪里能躲避开祸害。辟：后来写作"避"。

[8] 厌：通"餍"，满足。何厌之有：有何厌，意谓姜氏有什么可以满足？之：代词，复指前置宾语"何厌"。

[9] 早为之所：不如及早给他安排个地方。

[10] 滋蔓：滋长，蔓延。意谓共叔段不断发展自己的势力。

[11] 图：图谋。意谓对付。

[12] 不义：不义之事。毙：倒下去。自毙：自取死亡。

[13] 子：古代对人的尊称。姑：姑且。

[14] 鄙：边邑。贰：两属，一臣属二主。

[15] 公子吕：字子封，郑国大夫。

[16] 国不堪贰：国家承受不了两属的情况。

[17] 若之何：怎么办？

[18] 事：侍奉。欲与大叔：如果准备（把郑国）给大叔。

[19] 若：假如。则：那么，表示结果。与：给予。

[20] 无生民心：不要使人民生二心。

[21] 庸：用。无庸：不必，用不着。将自及：将会自己赶上灾祸。及：赶上。

大叔又收贰以为己邑¹，至于廪延²。子封曰："可矣。厚将得众³。"公曰："不义，不昵，厚将崩⁴。"

大叔完聚，缮甲兵，具卒乘⁵，将袭郑。夫人将启之⁶。公闻其期，曰："可矣。"命子封帅车二百乘以伐京⁷。京叛大叔段。段入于鄢。公伐诸鄢⁸。五月辛丑⁹，大叔出奔共¹⁰。

……

遂寘姜氏于城颍¹¹，而誓之曰¹²："不及黄泉，无相见也¹³！"既而悔之¹⁴。

颍考叔为颍谷封人¹⁵，闻之，有献于公¹⁶。公赐之食。食舍肉¹⁷。公问之。对曰："小人有母，皆尝小人之食矣，未尝君之羹¹⁸。请以遗之¹⁹。"公曰：

---

[1]　收贰以为己邑：将原来两属的地方收为自己所有。

[2]　至：到。廪延：郑地名，在今河南延津县北。

[3]　子封：公子吕的字。厚：土地广大，势力雄厚。众：百姓，此处指民心。

[4]　不义，不昵：共叔段对君主不守君臣之礼，则百姓也不亲附共叔段。崩：山塌，此处指崩溃。

[5]　完：修筑城墙。聚：聚集粮草。缮：修理、制治。甲：铠甲，戎衣。兵：兵器。具：准备。卒：步兵。乘（shèng）：兵车。

[6]　夫人：指武姜。启：开门。意谓为共叔段打开城门，作内应。

[7]　帅：率领。车二百乘：二百辆战车。古时战车一乘有甲士三人，步卒七十二人。二百乘，则甲士六百人，步卒一万四千四百人。

[8]　诸：之于。

[9]　五月辛丑：古人以干支纪年。即隐公元年五月二十三日。

[10]　出奔：逃往国外避难。

[11]　寘：放置，含有放逐之意。城颍：郑地名，今河南临颍县西北。

[12]　誓之：向她发誓。

[13]　黄泉：地下的泉水，代指墓穴。句意谓这辈子不再见面。

[14]　既而：不久。悔之：后悔这件事。

[15]　颍考叔：郑国大夫。颍谷：郑边邑，今河南登封县南。封：疆界。封人：管理边疆的地方长官。

[16]　有献：有所献。献：进献的东西。

[17]　舍：后写作捨，放在一边。

[18]　小人：颍考叔自己的谦称。尝：吃。羹：带汁的肉食。

[19]　遗（wèi）：给。请以遗之：请以之遗之。

"尔有母遗，繄我独无[1]！"颍考叔曰："敢问何谓也[2]？"公语之故[3]，且告之悔。对曰："君何患焉[4]？若阙地及泉[5]，隧而相见[6]，其谁曰不然[7]？"公从之。公入而赋[8]："大隧之中，其乐也融融[9]。"姜出而赋："大隧之外，其乐也洩洩[10]。"遂为母子如初。

君子曰[11]："颍考叔，纯孝也[12]，爱其母，施及庄公[13]。"《诗》曰："孝子不匮，永锡尔类[14]。"其是之谓乎[15]！

说明

本篇是《左传》的开卷之作。文章记述了郑庄公之弟共叔段在母亲武姜的支持和帮助下，阴谋篡位最终失败出逃的故事。反映了统治阶级集团内部骨肉残杀、相互倾轧的丑恶现象。

这篇文章文思缜密，条理清晰，故事情节层层深入，叙事语言简练

---

[1]　尔：你。繄（yī）：句首语气词。

[2]　敢：冒昧，大胆，表谦敬。何谓：谓何，说的是什么意思。

[3]　语：告诉。故：缘故。

[4]　患：忧虑，担心。

[5]　阙：通"掘"，挖。

[6]　隧：隧道，此处意为挖隧道。

[7]　不然：不是这样。

[8]　入：与下文"出"为互文见义，笼统表示郑伯与武姜进出隧道。

[9]　融融：和睦快乐的样子。

[10]　洩洩（yì）：一作泄泄，和顺畅快的样子。

[11]　君子曰：《左传》作者常用的论断方式。

[12]　纯孝：大孝。纯：笃厚。

[13]　施（yì）：扩展、推广。

[14]　《诗》：即《诗经》。匮：尽。锡：通"赐"，给予。句意谓孝子之孝没有穷尽，永远把它给予你的同类。

[15]　其是之谓乎：是：这个。此句意谓大概说的便是这种情况吧。

概括，人物形象栩栩如生。通过郑伯与武姜、祭仲、公子吕的对话及其行为，表现出一个活灵活现的郑庄公：老谋深算，心狠手辣，貌似宽容，实则狡诈。又通过共叔段的所作所为，勾勒出一个贪婪、愚蠢、妄自尊大，最终仓皇出逃的野心家形象。文中对武姜着墨不多，但通过她对郑伯与共叔段的不同态度，我们分明看到了一个偏心、狭隘而又昏聩的老妇人形象。文章结尾处描绘了一幅子孝母慈的行乐之图。透过这表面的融融洩洩，我们似乎看到了郑庄公嘴边虚伪的微笑以及武姜脸上的尴尬和复杂的表情。

集评

林云铭曰：通篇只写母子三人，却扯一局外之赞叹作了结。意以公本等不孝，即末后一着，亦是他人爱母施及，与公无与。所以深恶之。此言外微词也。

——《古文析义·初编》卷一

俞宁世曰：通篇极形郑伯之奸，极形郑伯之忍。其奸且忍，直欲置其弟于死而后快，皆姜之爱段恶庄致之也。请立、请制、请京，姜之于段，全是热心相待。"焉辟害"、"必自毙"、"将自及"、"厚将崩"，郑伯之于段，全是冷眼相看。直至"公闻其期，曰可矣"七字，方知郑伯多少静听，皆所以养段之恶；而姜氏多少溺爱，皆所以酿段之祸也。制小而险，公便勿与；京大而夷，公即与之。名为爱弟，实则愚弟。说"将袭郑"，见段之轻举妄动；说"闻其期"，见郑伯之严防密伺。忙中插入"夫人将启之"五字，又见当日舞文周内，母弟一网打尽。说"京叛大叔"，见段之不得众也；说公"伐诸鄢"，见郑伯之不肯逸贼也。如此看来，乃知姜氏、叔段，久在郑伯掌握，欲生即生之，欲死即死之耳。叙过书法，急接"遂寘姜氏"句。杀弟、杀母，间不容发。"黄泉"一誓，恩义尽绝。方把郑伯忍心害理之状写得淋漓尽致矣。然郑伯是极奸之人，既绝其母，又畏人言。"悔之"一转，是其奸谋愈深处，非良心渐露处。故考叔一言，而母子如初。左氏止赞考叔，不赞郑伯，正以诛贼子于千古耳。古人叙一则文字，必将各人神情勘透，曲曲摹写，然恒以一人为主。此文专主郑伯，而姜氏之愚、叔段之妄、祭仲等之过虑、颍考叔之化导，皆从旁衬托。非左氏，谁有此入神之笔乎？

——《古文分编集评·三集》卷一

又曰：叙事、议论，相错成文，古文妙境。然亦有体：此篇"出奔"以前是叙正文，"遂寘"以下是补叙后事，则书法自应间于其中，非有意凌乱也。

——《古文分编集评·三集》卷一

冯李骅曰：依经立传，本在郑庄兄弟之际，开手却从姜氏偏爱酿祸叙入，便令精神全聚于母子之间。故论事以克段于鄢为主，论文以寘母于颍为主。玩其中间结局兄弟，末后单收母子，与起呼应一片。左氏最多宾主互用笔法，细读自晓也。

——《左绣》卷一

浦起龙曰：经曰"克段"，传推"怼母"，弟段只中间轻递，故知篇主在母姜也。左氏自述所闻，深著郑罪，以传补经，写一幅枭獍小照。

——《古文眉诠》卷一

余诚曰：左氏体认《春秋》书法微旨，断以失教郑志。通篇尽情发明此四字。以简古透快之笔，写惨刻伤残之事。不特使诸色人须眉毕现，直令郑庄狠毒性情流露满纸，千百载后可以洞见其心，真鬼斧神工，非寻常笔墨所能到也。其实字法、句法、承接法、衬托法、摹写法、铺叙断制法、起伏照应法，一一金针度与。固宜吕东莱谓为十分笔力、吴荪右称以文章之祖也。

——《重订古文释义新编》卷一

曹刿论战[1]

　　十年春，齐师伐我[2]。公将战。曹刿请见[3]。其乡人曰[4]："肉食者谋之[5]。又何间焉[6]？"刿曰："肉食者鄙，未能远谋[7]。"乃入见[8]。问何以战[9]。公曰："衣食所安，弗敢专也[10]，必以分人。"对曰[11]："小惠未遍，民弗从也[12]。"公曰："牺牲玉帛，弗敢加也，必以信[13]。"对曰："小信未孚，神弗福也[14]。"公曰："小大之狱，虽不能察，必以情[15]。"对曰："忠之属也，可以一战[16]。战，则请从。"

　　公与之乘[17]。战于长勺[18]。公将鼓之[19]。刿曰："未可。"齐人三鼓[20]。刿曰：

─────────────

[1]　选自《左传》庄公十年。曹刿（guì）：鲁国人。
[2]　十年：鲁庄公十年，公元前684年。齐师：齐国的军队。伐：攻打。我：指鲁国。
[3]　公：鲁庄公。请见：请求拜见。
[4]　乡人：同一个乡的人。乡：基层行政单位。按周制，一万二千五百家为一乡。
[5]　肉食者：食肉的人，指贵族。谋：谋划。
[6]　间（jiàn）：参与。
[7]　鄙：指见识浅陋。
[8]　入见：入朝拜见。
[9]　何以：以何，即凭借什么。
[10]　专：专享。
[11]　对曰：回答说。
[12]　从：跟从。
[13]　牺牲：古代宗庙祭祀用的牛、羊、猪等祭品。加：虚加谎报。信：言语真实。
[14]　孚（fú）：诚信，信用。这里指为人所信服。福：赐福、保佑。
[15]　狱：诉讼案件。察：详审、细究。情：忠诚。
[16]　忠：尽心尽力。属：类。可以一战：可以之一战，意谓可以凭此作战。
[17]　公与之乘：鲁庄公和他乘坐同一辆车子。
[18]　长勺：鲁地名，今山东莱芜县西北。
[19]　鼓之：击鼓命令鲁军进攻齐军。
[20]　三鼓：三次击鼓进军。

"可矣。"齐师败绩[1]。公将驰之[2]。刿曰："未可。"下，视其辙[3]，登，轼而望之[4]，曰："可矣。"遂逐齐师[5]。

既克[6]，公问其故。对曰："夫战，勇气也。一鼓作气[7]，再而衰[8]，三而竭[9]。彼竭我盈[10]，故克之。夫大国，难测也[11]，惧有伏焉[12]。吾视其辙乱，望其旗靡[13]，故逐之。"

说明

本篇所记为齐鲁长勺之战——两千多年前我国战争史上一次著名的以弱克强的战争，生动刻画出曹刿这一富有远见卓识的平民战略家形象。

本文结构完整，脉络分明，着重描写了曹刿与鲁庄公的三次对话。一次是在战前，曹刿谒见庄公，分析迎战条件，层层深入，指出只有"取信于民"，方可取得战争的胜利。另外两次是在战役之中和战役结束以后，通过庄公与曹刿对战机把握的不同及战后曹刿对自己指挥艺术的分析，充分表现了一位名将的深谋远虑、沉着果断和指挥若定。

[1]　败绩：大败。
[2]　驰之：驱车追赶齐军。
[3]　下：下车。辙：车轮辗出的痕迹。
[4]　轼：古代车厢前供立者凭扶的横木。这里作动词用，扶轼。
[5]　逐：追赶、追击。
[6]　既克：已经战胜。
[7]　作：起，使士气振作。
[8]　再：第二次。
[9]　竭：尽。
[10]　竭：精疲力尽。盈：满，士气饱满。
[11]　难测：难以推测。
[12]　伏：埋伏。
[13]　靡：倒下。旗靡：旗帜倒了下去。

全篇记叙的是一场战役的始末，着重于揭示取胜的主观因素，而并不渲染战旗蔽空、杀声震天的厮杀场面。叙述战事，语言简练传神。两个"未可"、"可矣"，既写出了曹刿的审慎，更突出了他的果断。其"一鼓作气，再而衰，三而竭"之语，在后世不但成为军事家掌握士气的座右之铭，也成为政治家发动群众的心传之法。

集评

林云铭曰：齐师压境，正鲁国君臣戒严之日，若论不在其位，不谋其政，曹刿以局外之人，忽欲插身庙算，何等唐突！且不直陈应敌急策，却闲闲发问，把庄公平日所行政事较论一番，何等迂阔！迨既入战场，死生存亡定在呼吸矣，乃应鼓而偏不鼓，应逐而偏不逐，何等乖方失宜！时庄公既不解其故，而在位诸臣亦寂寂无一言掣肘于其间。直待成功之后，方请解说，俱成希有仅事。细玩通篇，当分三段。以"远谋"二字作眼，总是一团慎战之意。惟知慎战，故于未战之先，必考君德；方战之时，必养士气；既胜之后，必察敌情。步步详审持重处皆成兵机妙用。所谓"远谋"者，此也。肉食辈能无汗浃！

——《古文析义·初编》卷一

冯李骅曰：前段层层挑剔，后段两两对收，章法最佳。

——《左绣》卷三》

浦起龙曰：显语见微，爽语见奥。政本军机皆具。孙吴不能出乎其宗。左氏所以为言兵之祖也。层节对举，章法矜练。

——《古文眉诠》卷一

余诚曰："远谋"二字，一篇眼目，却借答乡人语，闲闲点出。入后层层写曹刿远谋，正以见肉食者之未能远谋也。通体不满一百二十字，而其间具无限事势、无限情形、无限问答。急弦促节，在《左传》中另自别是一词。

——《重订古文释义新编》卷一

宫之奇谏假道 [1]

晋侯复假道于虞以伐虢 [2]。

宫之奇谏曰："虢，虞之表也，虢亡，虞必从之 [3]。晋不可启，寇不可玩 [4]。一之谓甚，其可再乎 [5]？谚所谓'辅车相依，唇亡齿寒'者，其虞、虢之谓也 [6]。"

公曰："晋，吾宗也，岂害我哉 [7]？"

对曰："大伯、虞仲，大王之昭也 [8]。大伯不从，是以不嗣 [9]。虢仲、虢叔，王季之穆也，为文王卿士，勋在王室，藏于盟府 [10]。将虢是灭，何爱于虞 [11]？且虞能亲于桓、庄乎 [12]？其爱之也？桓、庄之族何罪，而以为戮，不唯偪乎 [13]？亲以宠偪，犹尚害之，况以国乎 [14]？"

---

[1] 选自《左传》僖公五年。宫之奇：虞国大夫。谏：用言语纠正尊长的错误。假：借。

[2] 晋侯：晋献公。复：又。虞：国名，今山西平陆东北。虢：国名，今河南陕县东南。

[3] 表：外面，此处指屏障。

[4] 启：启发，此处指开启晋的贪心。寇：作乱、侵掠。玩（wán）：同"玩"，因习惯而轻视。

[5] "一之谓甚"两句：一次已经算是过分了，岂可以有第二次？

[6] 辅：面颊。车：牙床骨。唇亡齿寒：唇在外，齿在内，故曰唇亡齿寒。

[7] 宗：同姓为同一宗族。晋、虞、虢都是姬姓宗族。

[8] 大（tài）伯、虞仲：大王的长子、次子。昭：古代宗庙次序，始祖居中，其子在左，称为昭；子之子在右，称为穆。周以太王为始祖，其三子秦伯、虞仲、王季则为昭。

[9] 大伯不从：指大王要让位给王季，大伯不从命而出走。嗣：继承王位。

[10] 虢仲、虢叔：虢的开国之祖，王季的次子、三子，文王的弟弟。王季为昭，则虢仲、虢叔为穆。为文王卿士：当过文王的卿士。勋在王室：在王室有功勋。盟府：掌管功勋赏赐的机关。藏于盟府：因功受封的典策藏在盟府中。

[11] 将虢是灭：将要灭掉虢国。何爱于虞：对虞还爱什么？

[12] 桓、庄：即桓叔、庄伯。桓叔是献公的曾祖，庄伯是献公的祖父。桓、庄之族是献公的同祖兄弟。这句意谓：晋之爱虞，能甚于爱桓、庄之族吗？

[13] 以为戮：以之为戮，把他们杀了。戮：杀戮，此处指杀戮对象。唯：因为。偪：同"逼"，逼近，威胁。

[14] 亲以宠偪：至亲尚以宠势相逼。以国：后省略了"偪"。

公曰："吾享祀丰絜 [1]，神必据我 [2]。"

对曰："臣闻之，鬼神非人实亲，惟德是依 [3]。故《周书》曰：'皇天无亲，惟德是辅 [4]。'又曰：'黍稷非馨，明德惟馨 [5]。'又曰：'民不易物，惟德繄物 [6]。'如是，则非德，民不和，神不享矣。神所冯依 [7]，将在德矣。若晋取虞，而明德以荐馨香 [8]，神其吐之乎？"

弗听，许晋使。

宫之奇以其族行，曰"虞不腊矣 [9]。在此行也，晋不更举矣 [10]。"

八月，甲午，晋侯围上阳 [11]，问于卜偃曰："吾其济乎 [12]？"

对曰："克之。"

公曰："何时？"

对曰："童谣云：'丙之晨 [13]，龙尾伏辰 [14]，均服振振 [15]，取虢之旂 [16]。

---

[1]　享祀丰絜：祭祀的礼品丰盛洁净。享：把食物献给鬼神。絜：通"潔"（洁）。

[2]　据：依。据我：依附于我，保佑我。

[3]　"鬼神"两句：鬼神对于人没有亲疏关系，而是只保佑有德行的人。

[4]　惟德是辅：皇天只辅助有德行的人。

[5]　"黍稷"两句见于《尚书·君陈》，意谓黍稷还不是香气远闻的，只有光明的德行才是如此。馨：香气远闻。

[6]　"民不"两句见于《尚书·旅獒（áo）》，写作"人不易物，惟德其物"，意谓不同的人祭祀时的祭品并不改变，只有有德之人的祭品才是真正的祭品，神才会享受。

[7]　冯：后写作"凭"。

[8]　明德：使德明。荐：进献。荐馨香：向神进献黍稷。

[9]　以其族行：率领全族离开虞国。腊：岁终祭神。虞不腊矣：虞不到岁终祭祀就亡国了。

[10]　更（gēng）：再，第二次。举：举兵，出兵。意谓：就在这一次行动，（晋以灭虢之兵灭虞）晋国不须再出兵了。

[11]　上阳：虢国都，今河南陕县东南。

[12]　济：成功。

[13]　丙之晨：丙日的早晨。

[14]　龙尾伏辰：日月相会，尾星（龙尾）为日光所掩，伏而不见。辰：日月相会。

[15]　均服振振：服装整齐一致，很有精神。均服：一作袀服。振振：盛貌。

[16]　旂（qí）：古代帛上画有两龙，竿头系有铃的一种旗。

鹑之贲贲[1]，天策焞焞[2]，火中成军[3]，虢公其奔。'其九、十月之交乎！丙子旦，日在尾，月在策，鹑火中[4]，必是时也。"

冬十二月[5]，丙子朔[6]，晋灭虢。虢公丑奔京师[7]。师还，馆于虞，遂袭虞，灭之。执虞公，及其大夫井伯，以媵秦穆姬[8]，而修虞祀[9]，且归其职贡于王[10]。故书曰："晋人执虞公。"罪虞公，言易也[11]。

说明

这篇文章通过宫之奇之谏与虞公的愎谏，揭示出小国若要生存，就必须相互团结，毋为大国所乘。

以宫之奇的谏辞而论，可谓逻辑严密、无懈可击。首先，引用谚语指出虞与虢"辅车相依，唇亡齿寒"，警告虞君"一之谓甚，其可再乎？"然后，对比了晋与虞、晋与虢的关系，清醒地指出"亲以宠偪，犹尚害之，况以国乎？"最后以《周书》的三句名言为据，证明了"鬼神非人实亲，惟德是依。"环环相扣，层层深入，论证极富说服力。但利令智昏的虞公就是听不进宫之奇的劝说，还是答应晋国假道而导致亡国

---

[1]　鹑：鹑火星。贲贲（bēn）：飞动的样子。

[2]　天策：天策星。焞焞（tūn）：星光暗弱的样子。

[3]　火中成军：鹑火星在中时出动军队。

[4]　"丙子旦"四句：丙子日的清晨，日在尾星的地位，月在天策星的地位，鹑火星在当中。

[5]　冬十二月：晋用夏历，鲁用周历，晋之十月恰为鲁之十二月。

[6]　丙子朔：丙子日，正好是十月初一。朔：初一。

[7]　丑：虢公名。京师：周的都城。

[8]　媵（yìng）：陪嫁的奴隶。意谓：将被俘的虞公、井伯等人作为嫁给秦穆公的女儿的陪嫁奴隶。

[9]　修虞祀：继续祭祀虞国的祖先。

[10]　"且归"句：代虞国向周王交纳贡品。

[11]　"罪虞"两句：归罪于虞公，并表明取虞之容易。

被执的命运。千载而下读之，犹令人为之扼腕。宫之奇的谏辞，对于虞公来说虽是明珠暗投，但对后人来说却是无价的金玉良言。这就是"辅车相依，唇亡齿寒"这两句话何以能成为成语而千古流传的原因所在。

集评

金圣叹曰：事险，便作险语。看其段段俱是峭笔健笔，更不下一宽句宽字。古人文必照事用笔，每每如此。

——《天下才子必读书》卷一

林云铭曰：晋伐虢，必假道者，以虞为虢蔽，不可飞越而往也。虢既就灭，但问晋岂能越国鄙远，时时假道于虞，以往治其民人乎？虽至愚者，亦知虞必不免矣。"吾宗"、"享祀"二语，总为璧马所迷，以国殉货，故作此支饰之词。宫之奇语语破的，无奈不悟。所谓不仁者不可与言，岂奇之懦哉！

——《古文析义·二编》卷一

俞宁世曰："灭"者，难词也；"执"者，易词也。宫之奇三段议论，段段有几许层折，洞见情势，故变"灭"而言"执"。童谣一段，正为"虞不腊"句结案，而词极古奥，使前幅文气改一境界。战国以后文字便一味明快。

——《古文分编集评·三集》卷一

冯李骅曰：开手提明复假道于虞，故文中前则曰"其可再乎"，后则曰"晋不更举矣"。首尾呼应一片。中间"吾宗"、"神据"两层，却因虞公自解自宽，就其说而驳之，其实正意已于首段说尽也。然层层驳难，于本文为绝妙波澜，于后文为绝妙埋伏。读至下半，其详写灭虢童谣时日，偏不一笔商量及虞，分明是"虢亡""虞从"，"晋不更举"注脚。其详写执及大夫以媵秦，分明为"吾宗"二字，写出极其不堪。其详写修祀归贡，又分明为"神其吐之"还他着落。而末以"罪虞公"且"言易也"结之，前半妙文得后半实事，乃两相应，使人读之又好哭又好笑也。刻本往往删去后半，亦食蔗而遗其本矣。

——《左绣》卷五

又曰："虞不腊矣"三句，煞住上半篇，呼起下半篇，乃一篇转捩处。

——《左绣》卷五

余诚曰：开首一语提清，以下先论势，次论情，再次论理。危言正论，总见晋使不可许，虞公弗听而许之；又作去后之谏，而卒亦不悟。是一时最不快意之事，却是千古最快意之文。

——《重订古文释义新编》卷一

林纾曰：此一篇是愚智之互镜。虞公开口抱一"宗"字，继此抱一"神"字。其愚骏处已从两语描出。宫之奇即分两项驳他。说到"宗"字，宫之奇即将"宗"字分出亲疏。虞、虢视晋，则虢近于虞，犹恐驳他不倒，又出桓、庄二族，不但同宗，且属近支。近支尚尔，何况遥遥之华胄。一步紧似一步。"将虢是灭"，是叫他从虢一边翻转看。视亲于桓、庄，又叫他从晋一边翻转看。"犹"字是纵笔，"况"字是收笔，文字精透极矣，词锋亦便利极矣。乃犹不悟，拈出"神"字，以为可据。此直是璧、马之余情，贪心不已，以为尚有后酬。"据"之为言安也。谓神安其享，即是亲己，宫之奇心悯其愚牢不可破，连举七个德字，苦苦醒他……综言德之关系于存亡无所不至，故言之重叠，不惟不见其沓，且反复辩论，亦一步紧似一步。已乃用"弗听"二字，将其忠言截住。宫之奇两用"矣"字，一断虞之亡，一决晋之得。此双锁之笔。文笔既含蓄而又完满。或谓必增下文始谓之有归结，吾意殊不谓然。试视开头一个"复"字，宫之奇口中一个"再"字，虞之国家已了此两字之中，何必再续下文邪？

——《左传撷华》

子鱼论战[1]

　　楚人伐宋以救郑[2]。宋公将战，大司马固谏曰[3]："天之弃商久矣[4]，君将兴之[5]，弗可赦也已[6]。"弗听。

　　冬十一月己巳朔[7]，宋公及楚人战于泓[8]。宋人既成列，楚人未既济[9]。司马曰[10]："彼众我寡，及其未既济也，请击之。"公曰："不可。"既济而未成列，又以告。公曰："未可。"既陈而后击之[11]，宋师败绩[12]。公伤股。门官歼焉[13]。

　　国人皆咎公[14]。公曰："君子不重伤[15]，不禽二毛[16]。古之为军也[17]，不以阻隘也[18]。寡人虽亡国之余[19]，不鼓不成列[20]。"子鱼曰："君未知战。

[1]　选自《左传》僖公二十二年。子鱼：宋国公子目夷，字子鱼。
[2]　伐宋：僖公二十二年夏，宋襄公纠合卫、许、滕等国进攻郑国，当时郑亲附楚国，故楚出兵救之。
[3]　宋公：宋襄公，名兹父，前 650—前 637 年在位。大司马固：名公孙固，庄公之孙也。
[4]　天之弃商：上天要抛弃商朝。周灭商以后，将商的后裔封于宋。宋是一个小国。
[5]　兴之：复兴宋国。指宋襄公当时欲与楚王争霸，企图重新振兴商朝。
[6]　"弗可"句：宋公复兴天之所弃，必不可；不如赦楚，勿与之战。
[7]　己巳朔：己巳日，正好是初一。
[8]　泓：泓水，今河南柘城西北。
[9]　未既济：还未全部渡过泓水。
[10]　司马：即大司马，官名，这里指子鱼。
[11]　陈：同"阵"，摆好阵势。
[12]　败绩：大败。
[13]　门官：守门的官，出师则在国君左右护卫。歼：死。
[14]　咎公：归罪于公。
[15]　不重伤：不第二次杀已受伤的敌人。重：再。
[16]　禽：后写作"擒"。二毛：头白有二色，指头发花白的老人。
[17]　为军：用兵之道。
[18]　不以阻隘：不因阻碍以求胜。
[19]　亡国之余：亡国者的后代。宋，商纣之后。这是宋襄公自谦之词。
[20]　不鼓不成列：不击鼓攻打还未摆好阵势的敌人。意谓耻以诈胜。

勍敌之人[1]，隘而不列[2]，天赞我也[3]。阻而鼓之，不亦可乎？犹有惧焉[4]。且今之勍者，皆吾敌也。虽及胡耇[5]，获则取之，何有于二毛[6]？明耻、教战[7]，求杀敌也。伤未及死，如何勿重？若爱重伤[8]，则如勿伤[9]；爱其二毛，则如服焉[10]。三军以利用也[11]，金鼓以声气也[12]，利而用之，阻隘可也。声盛致志[13]，鼓儳可也[14]。"

说明

　　这篇文章记载的是宋楚泓水之战。以写作方法而论，与前选的《曹刿论战》有相似之处。描述战事均以对战事的评论为重心，战斗过程仅寥寥几笔带过；用语也同样简洁有力、凝练传神。所不同的是两位国君对待将军建议的态度：鲁庄公虚心接受曹刿的建议，因而能以弱克强；而宋襄公则狂妄迂腐，坐失良机，以致大败而还。

　　文章通过宋襄公与子鱼的对话形象地刻画出君臣二人的性格特征。

---

[1]　勍（qíng）：强劲。
[2]　隘而不列：在险阻之地摆不开阵势。
[3]　赞：助，佐。
[4]　犹有惧焉：（虽因阻击之），还担心不能取胜。
[5]　胡耇（gǒu）：年纪很大的人。
[6]　何有于二毛：何必管他们头发花白呢？
[7]　明耻：懂得什么是耻辱。教战：教给作战的方法。
[8]　爱：怜惜。
[9]　则如勿伤：那就应当不去杀伤敌人。如：本可、应当。
[10]　则如服：那就应当向敌人臣服。
[11]　三军：泛指军队。利用：寻找有利时机以作战。
[12]　金鼓：鸣金击鼓。以声气：用以鼓舞士气。
[13]　声盛致志：金鼓大作，使士兵斗志高昂。
[14]　儳（chán）：杂乱不齐。

宋襄公战败之后仍振振有词，继续鼓吹"君子不重伤，不禽二毛"、"不以阻隘"、"不鼓不成列"，毫不痛惜过分追求政治虚名给国家带来的严重实祸。而子鱼论战，从不阻不鼓，到不重不擒；复从不重不擒，到不阻不鼓，环环相扣，丝丝入理，词锋逾紧锐利。一句"君未知战"，引出了一段痛快淋漓的议论，从军事观点上指出了宋襄公向世人展示"仁义之师"意图的荒谬。

集评

金圣叹曰：笔快却如剪刀快相似，愈剪愈疾，愈疾愈剪。胸中无数关隔喧欸之病，读此文，便一时顿消。

——《天下才子必读书》卷一

林云铭曰：宋襄以不阻不鼓取败，《公羊》过襄，胡氏过贬，均失其实。总以继霸之初，不知度德量力，欲以假仁假义笼络诸侯，故但用正兵，不肯诈胜，是其愚处。与前此以乘车会楚被执，同一好笑。及败后受通国咎责，因引及"不重伤、不禽二毛"门面话头，虚张掩护，更觉不情。独不思敌之伤可恤、敌之老可矜，而己之师、己之股、己之门官皆可不必计乎？

——《古文析义·初编》卷一

俞宁世曰：子鱼一段，快利曲折。要知此事原易辨驳。佳在起处铺叙。一曰"不可"，一曰"未可"，与曹刿论战相似，将毋莫测襄公胸中有多少甲兵？及至败后说出，如此腐烂可笑，然后受子鱼痛言，更不复置一词。人徒赏其后半篇，而不知得神在前半篇也。

——《古文分编集评·三集》卷一

冯李骅曰：此是《左氏》开手第一篇驳难文字。看其层层抉摘，一转一紧，临了却作宕漾之笔，于紧处得松，尤能令意味悠然有余也。

——《左绣》卷六

又曰：(子鱼之论) 以反诘起，以正告结，从容有致，不作伧父面目。

——《左绣》卷六

林纾曰：凡驳难文字，取其遒紧。宋公满腔迂腐，子鱼满腹牢骚。君臣对答之言，针锋极准。通篇用五"可"字。公曰"不可"，又曰"未可"。子鱼则曰"不亦可乎"，此犹作商量语。至末段用两"可也"，则直出兵谋，为教导襄公语矣。一步紧似一步。词锋之便利，令读者动色……子鱼不更与辩，但曰"君未知战"一语，已将以上腐话扫尽。

——《左传撷华》

晋楚城濮之战 [1]

宋人使门尹般如晋师告急 [2]。公曰 [3]："宋人告急，舍之则绝 [4]，告楚不许。我欲战矣，齐、秦未可 [5]，若之何 [6]？"先轸曰 [7]："使宋舍我而赂齐、秦 [8]，藉之告楚 [9]。我执曹君，而分曹、卫之田以赐宋人 [10]。楚爱曹、卫 [11]，必不许也。喜赂怒顽 [12]，能无战乎？"公说 [13]，执曹伯 [14]，分曹、卫之田以畀宋人 [15]。

楚子入居于申 [16]，使申叔去谷 [17]，使子玉去宋 [18]，曰："无从晋师 [19]！晋侯在外 [20]，十九年矣，而果得晋国。险阻艰难，备尝之矣；民之情伪 [21]，

---

[1] 选自《左传》僖公二十八年。城濮：濮城，卫国地名，在今山东鄄（juàn）城县西南。
[2] 宋：宋国，建都商丘（今属河南）。门尹般：宋国大夫，门尹为官名，名般。如：往。楚师围宋，门尹般向晋告急。
[3] 公：晋文公。
[4] 舍：丢下不管。绝：晋宋断绝关系。告楚：要求楚国撤围。
[5] 未可：不同意。
[6] 若之何：怎么办。
[7] 先轸（zhěn）：晋国中军主帅。
[8] 赂：贿赂，买通。
[9] 藉：通过、借助。
[10] 执：扣压、扣留。赐：赏给。这句意谓：我们扣押曹国国君，把曹、卫的土地赏给宋国人。
[11] 爱：顾惜。
[12] 喜赂怒顽：齐、秦两国因得到好处而高兴，同时又为楚国不愿讲和的顽固态度而发怒。
[13] 说：通"悦"。
[14] 执：逮捕。曹伯：曹国受封为伯爵，故称曹君为曹伯。
[15] 畀（bì）：给予。
[16] 楚子：楚成王。入居：申在楚国境内，楚成王退驻到申，故称入居。申：今河南南阳。
[17] 申叔：楚国大夫，即申公叔侯。他曾奉命伐齐，占领了齐国的谷，之后一直驻防在那里。去：离开。
[18] 子玉：楚国令尹。去宋：释宋之围，以示不愿和晋交战。
[19] 从：进逼。
[20] 晋侯：晋文公。在外：流亡国外。
[21] 民之情伪：人事的真伪。情：实情、真实。

24

尽知之矣。天假之年[1]，而除其害[2]，天之所置，其可废乎？《军志》曰[3]：'允当则归[4]'。又曰：'知难而退'。又曰：'有德不可敌[5]。'此三志者，晋之谓矣。"

子玉使伯棼请战[6]，曰："非敢必有功也[7]，愿以间执谗慝之口[8]。"王怒，少与之师[9]，唯西广、东宫与若敖之六卒实从之[10]。

子玉使宛春告于晋师曰[11]："请复卫侯而封曹[12]，臣亦释宋之围[13]。"子犯曰："子玉无礼哉！君取一，臣取二[14]。不可失矣[15]。"先轸曰："子与之[16]。定人之谓礼[17]。楚一言而定三国[18]，我一言而亡之，我则无礼，何以战乎？不许楚言，是弃宋也。救而弃之，谓诸侯何[19]？楚有三施[20]，我有三怨，

---

[1] 天假之年：上天给予他长寿。
[2] 除其害：把他的敌人都清除了。
[3] 《军志》：古代的兵书，已失传。
[4] 允当（dàng）：公允、妥当。归：回头。允当则归：意谓适可而止。
[5] 有德不可敌：有德行的人是抵挡不了的。
[6] 伯棼（fén）：楚国大夫斗越椒。
[7] 非敢必有功：不敢保证一定会成功。
[8] 间执：找个机会堵住。谗慝（tè）：播弄是非的人。指的是苪贾曾说过子玉一定会失败的，所以子玉欲打个胜仗以堵苪贾的嘴。
[9] 少与之师：给他较少的兵力。
[10] 西广（guàng）：楚国的军队编制分左、右军。西广即右军。东宫：太子宫中的军队。若敖：楚王祖先的名号，指特别部队。卒：一卒三十乘，六卒是一百八十乘。实：用法同"是"，代词，起加重语气作用。
[11] 宛春：楚国大夫。
[12] 复卫侯：恢复卫侯的地位。封曹：重新建曹国。
[13] 臣：子玉自称。
[14] 君取一，臣取二：国君只得到一项好处，臣子（子玉）却取得两项。
[15] 不可失矣：不可失去这个作战的有利机会。
[16] 子：指子犯。与之：答应他吧。
[17] 定人之谓礼：能使人民安定就叫做礼。
[18] 定三国：指恢复曹、卫，释宋之围。
[19] 谓诸侯何：拿什么向诸侯解释呢？
[20] 三施：对曹、卫、宋三国都有恩惠。

怨仇已多，将何以战[1]？不如私许复曹、卫以携之[2]，执宛春以怒楚，既战而后图之[3]。"公说，乃拘宛春于卫，且私许复曹、卫。曹、卫告绝于楚[4]。

子玉怒，从晋师。晋师退。军吏曰[5]："以君避臣[6]，辱也；且楚师老矣[7]，何故退？"子犯曰："师直为壮[8]，曲为老，岂在久乎？微楚之惠不及此[9]，退三舍避之[10]，所以报也。背惠食言[11]，以亢其仇[12]，我曲楚直，其众素饱[13]，不可谓老。我退而楚还，我将何求[14]？若其不还，君退、臣犯，曲在彼矣。"退三舍。楚众欲止，子玉不可。

夏四月，戊辰[15]，晋侯、宋公、齐国归父、崔夭、秦小子憗次于城濮[16]。楚师背郤而舍[17]。晋侯患之。听舆人之诵曰[18]："原田每每，舍其旧而新是谋[19]。"公疑焉。子犯曰："战也！战而捷，必得

---

[1]　何以战：凭借什么去打仗。
[2]　携：离间。这句意谓：不如暗地里答应曹、卫恢复他们的国家，以分化曹、卫和楚的关系。
[3]　既战而后图之：待战争过后，再考虑曹、卫复国的问题。
[4]　告绝于楚：声明和楚国断绝关系。
[5]　军吏：军佐。
[6]　君：指晋文公。臣：指子玉。
[7]　老：士气萎靡不振。
[8]　直：正义。
[9]　微：没有。这句话是指鲁僖公二十三年，晋文公重耳流亡到楚，受到楚成王相助之事。
[10]　三舍：九十里。这是实践当时重耳对楚成王的承诺。
[11]　背惠：背弃楚国的恩惠。食言：失信。
[12]　以亢其仇：以此抵御敌人。亢：通"抗"，抵抗。
[13]　素饱：一直很饱满。
[14]　我将何求：我们还要求什么？
[15]　四月戊辰：四月初三。
[16]　宋公：宋成公。国归父、崔夭：皆齐国大夫。小子憗（yìn）：秦穆公之子。次：进驻。
[17]　郤（xī）：齐国地名，今山东东阳县南。舍：宿营。
[18]　舆人：众人。诵：不配合乐曲的歌辞。
[19]　原田：高而平坦的土地。每每：草盛貌，形容田地肥美。舍其旧而新是谋：舍弃旧的，考虑播种新的。这句杜预解释为"喻晋军之美盛，若原田之草每每然，可以谋新功，不足念旧惠"。

诸侯[1]。若其不捷，表里山河[2]，必无害也。"公曰："若楚惠何[3]？"栾贞子曰[4]："汉阳诸姬，楚实尽之[5]。思小惠而忘大耻[6]，不如战也。"晋侯梦与楚子搏，楚子伏己而盬其脑，是以惧[7]。子犯曰："吉。我得天，楚伏其罪，吾且柔之矣[8]。"

子玉使鬭勃请战[9]，曰："请与君之士戏，君冯轼而观之，得臣与寓目焉[10]。"晋侯使栾枝对曰："寡君闻命矣[11]。楚君之惠，未之敢忘，是以在此[12]。为大夫退，其敢当君乎[13]？既不获命矣[14]，敢烦大夫，谓二三子[15]：'戒尔车乘，敬尔君事[16]，诘朝将见[17]。'"

晋车七百乘[18]，韅、靷、鞅、靽[19]。晋侯登有莘之虚以观师[20]，曰："少长

---

[1] "战也"句：打吧！如果打了胜仗，一定会得到诸侯的拥护，成为霸主。
[2] 不捷：没有胜利。表里山河：晋国外有黄河，内有太行山，地势优越。
[3] 若楚惠何：对于楚国从前的恩惠怎么办呢？
[4] 栾贞子：晋国下军主帅，名栾枝。
[5] 汉阳：汉水以北。诸姬：那些姬姓国家。尽：全部吞并。
[6] 小惠：指重耳逃亡到楚国时楚成王对他的帮助。大耻：指灭掉晋许多同姓诸国。
[7] 盬（gǔ）：吸饮。是以：因此。
[8] 我得天：指晋文公被压下面，仰面朝天，象征"得天"。楚伏其罪：楚子脸向下，是伏罪的表示。柔之：使楚国柔服。
[9] 鬭（dòu）勃：楚国大夫，即子上。
[10] 冯：通"凭"。冯轼：伏着车前的横木。得臣：即子玉。子玉名成得臣。与：参与。寓目：寄目以观，观战。
[11] 寡君：对别国自称本国的君主。闻命矣：听到你的命令了。
[12] 未之敢忘：未敢忘之。是以在此：所以退避三舍，驻军于此。
[13] 其：通"岂"。君：指楚王。
[14] 不获命：不能获得楚军退兵的命令。
[15] 敢：表谦恭的语气。烦：麻烦。大夫：指鬭勃。二三子：指楚军将领子玉等人。
[16] 戒：准备。尔：你们的。车乘：战车。敬尔君事：重视你们国君交付的任务。
[17] 诘（jié）朝：明天早晨。
[18] 七百乘：古代战车每辆配备甲士三人，步卒七十二人。七百乘共有五万二千五百人的兵力。
[19] 韅、靷、鞅、靽（xiān yǐn yāng bàn）：指马身上的披甲、缰绳、络头之类。在马背部的叫韅，在胸部的叫靷，在腹部的叫鞅，在足部的叫靽。这里形容晋军装备整齐。
[20] 有莘：古国名，今山东省曹县西北。虚：同"墟"，旧城废址。

有礼¹，其可用也!"遂伐其木，以益其兵²。己巳³，晋师陈于莘北⁴，胥臣以下军之佐当陈、蔡⁵。子玉以若敖之六卒将中军，曰："今日必无晋矣。"子西将左，子上将右⁶。

胥臣蒙马以虎皮，先犯陈、蔡。陈、蔡奔，楚右师溃。狐毛设二旆而退之⁷。栾枝使舆曳柴而伪遁，楚师驰之⁸。原轸、郤溱以中军公族横击之⁹，狐毛、狐偃以上军夹攻子西，楚左师溃。楚师败绩。子玉收其卒而止，故不败。

晋师三日馆穀¹⁰，及癸酉而还¹¹。

说明

晋楚城濮之战发生于公元前632年，是春秋时期化被动为主动、变劣势为优势的战争之一。它奠定了晋文公霸业的基础。

本文描写城濮之战，以晋楚争霸为线索，不仅着眼于战争过程，还重点描写了与军事有关的政治策略和外交斗争。作者通过描写晋文公、

---

[1] 少长有礼：指晋军训练有素，无论年少或年长，都懂得军中礼仪。
[2] 益：充实。兵：兵器。
[3] 己巳：四月初四。
[4] 陈：同"阵"，摆开阵势。莘北：即城濮。
[5] 胥臣：晋国下军的副统帅。当：抵挡。陈、蔡：楚国的盟国，派有军队参加。
[6] 子西：名斗宜申，楚国的司马，统率左军。子上：鬭勃的字。
[7] 狐毛：晋国上军主帅。旆(pèi)：大旗。古代行军，唯中军主帅所在处可设两旆。设二旆而退：树起两面大旗向后撤退，使楚军以为晋中军败退，以诱敌深入。
[8] 使舆曳柴而伪遁：让战车拖着柴枝，使尘土飞扬，假装逃跑。驰：追逐。
[9] 原轸：即先轸。郤溱(xì zhēn)：晋中军副帅。中军公族：中军里晋文公的宗族武装。横击：侧面拦击。
[10] 馆：这里作动词，指住楚军的营房。穀：作动词用，指吃楚军的军粮。
[11] 及：到。癸酉：四月初八。

子犯、原轸、楚子、子玉等人在战争中的不同表现及各人的品德修养、性格气质，反映了指挥集团的主观能动性在作战时起的关键作用。

作者叙述战争场面简要准确，记事脉络分明，层次清晰，事件曲折动人。在战事酝酿阶段，晋用计，使齐秦"喜赂怒顽"，创造了与齐、秦联盟的条件；接着楚王避战，子玉请战；晋"私许复曹、卫"，进行离间；晋军执宛春以激怒楚国，使战事一触即发；晋军又退避三舍，以示己直而楚曲；而在两军对峙、一触即发之际，晋文公忽又心生疑虑，犹豫不决，使得情节委曲有致，波澜起伏。

文章将人物的性格言行与政治、军事、外交的斗争结合起来加以刻画。通过子玉对战争的态度，写出了他的轻率、傲慢和刚愎自用。通过晋文公在战争中的言行，又展现出一位谦恭、谨慎、虚心纳谏的新兴霸主形象。

此外，作者还揭示了春秋时统治者假借仁义的一贯做法。虽说"春秋无义战"，可是国家出兵一定要以仁义为借口，一方面"微楚之惠不及此，退三舍避之，所以报也"；另一方面"思小惠而忘大耻，不如战也"。晋国正是采用这一策略，在政治上和道义上自居于正义地位的。

集评

林云铭曰：篇中写子玉处，只是粗莽；写文公处，只是谨慎；写原轸、子犯处，只是机变。至写两国交战处，觉楚之三军，各自为部，可以惊而退，可以诱而进；而晋之三军，如一身指臂，彼此互相接应，有常山首尾之形。成败之势自见。至晋文之谲，在致楚上断，私复曹卫、执宛春二事而已。与蒙马等无涉，不可不辨。

——《古文析义·二编》卷一

冯李骅曰：文章妙用，全在多作开合，此篇则开合之至奇极变者。如齐、秦未可则一开，宋人之界则一合；楚子入申则一开，伯棼请战则一合。宛春告释又一开，曹卫告绝又一合。至子玉怒从晋师，竟可合矣，又退三舍，著实一开。使读者一闪一闪，急不得就，方才落到次于城濮。以为今而后可以径写战事矣，忽然接写晋侯听诵而疑，则又开。再写梦搏而惧，则又开。然后跌落鬬勃请战、晋侯观师，著实一合，而以叙战终焉。一路无数峰峦，层层起伏，文章巨观，其是之谓乎？

——《左绣》卷七

浦起龙曰：是传也，成晋霸也，春秋大战第一也。分四大支：开局一支，以曹、卫为媒，以齐、宋助采；正局二支，一在未战前步骤生波，一在临战时出阵整变；收局一支，尊王以正名，锡命以张伐。通篇文德军机，奇正相辅。山岳动摇之事，部州居次之文。

——《古文眉诠》卷三

秦晋殽之战 [1]

　　冬，晋文公卒。庚辰，将殡于曲沃 [2]；出绛 [3]，柩有声如牛 [4]。卜偃使大夫拜 [5]，曰："君命大事 [6]，将有西师过轶我 [7]；击之，必大捷焉。"

　　杞子自郑使告于秦曰 [8]："郑人使我掌其北门之管 [9]，若潜师以来 [10]，国可得也。"穆公访诸蹇叔 [11]。蹇叔曰："劳师以袭远，非所闻也 [12]。师劳力竭，远主备之，无乃不可乎 [13]？师之所为，郑必知之；勤而无所 [14]，必有悖心 [15]，且行千里，其谁不知 [16]！"公辞焉 [17]，召孟明、西乞、白乙 [18]，使出师

---

[1]　选自《左传》僖公三十二年、三十三年。殽（xiáo）：同"崤"，山名，在今河南洛宁县北。

[2]　庚辰：鲁僖公三十二年十二月十日。殡（bìn）：停柩待葬。曲沃：晋地名，是晋宗庙所在地，今山西闻喜县东。

[3]　绛：晋国都，今山西翼城东。

[4]　柩（jiù）：棺木。这句指棺木发声像牛鸣一样。

[5]　卜偃：晋掌卜筮之官，名偃。

[6]　君：晋文公。大事：兵事。

[7]　西师：西方的军队，指秦师。轶（yì）：超过、超越。这句意谓秦国的军队将要越境而过。

[8]　杞子：秦大夫。与扬孙、逢孙等三人戍郑。见《烛之武退秦师》。

[9]　管：钥匙。

[10]　潜师以来：秘密派军队来。

[11]　访：咨询，征求意见。诸：之于。兼词。蹇（jiǎn）叔：秦国的老臣。

[12]　劳师以袭远：使军队很疲劳地去袭击远方的国家。非所闻：不是我曾听到过的事。即我不赞成这件事。远：指郑国。

[13]　无乃：恐怕、大概。

[14]　勤而无所：劳苦却无所得。

[15]　悖（bèi）心：怨恨之心。

[16]　其：加强反问语气的语助词。

[17]　辞：辞谢，不接受。

[18]　孟明：姓百里，名视，秦国名臣百里奚之子。西乞：名术。白乙：名丙。三人都是秦国大将。

于东门之外。蹇叔哭之曰："孟子[1]！吾见师之出而不见其入也！"公使谓之曰："尔何知？中寿[2]，尔墓之木拱矣[3]！"

蹇叔之子与师[4]。哭而送之，曰："晋人御师必于殽[5]。殽有二陵焉[6]：其南陵，夏后皋之墓也[7]；其北陵，文王之所辟风雨也[8]。必死是间，余收尔骨焉！"

秦师遂东[9]。

三十三年，春，秦师过周北门[10]。左右免胄而下[11]，超乘者三百乘[12]。王孙满尚幼[13]，观之；言于王曰[14]："秦师轻而无礼[15]，必败。轻则寡谋，无礼则脱[16]；入险而脱，又不能谋，能无败乎？"

及滑[17]，郑商人弦高将市于周[18]，遇之。以乘韦先[19]，牛十二，犒师。曰：

---

[1] 孟子：对百里孟明视的称呼。

[2] 中寿：七十岁。古人以六十为下寿，七十为中寿，九十为上寿。蹇叔此时已八十多岁。

[3] 尔：你。木：树。拱：双手合抱。这句意谓你如果活到中寿就死去，你墓地的树木已有双手合抱那样粗了。

[4] 与（yù）：参加。

[5] 御师：阻击秦师。

[6] 二陵：殽有南北二山，称为东陵西陵，相距三十五里。下文南陵即西陵，北陵即晋陵。

[7] 夏后皋：夏天子皋，是夏桀的祖父。后：君。

[8] 文王：周文王。辟：同"避"。

[9] 东：向东进发。

[10] 周北门：周都洛阳的北门。

[11] 左右：指御车者两旁的武士。免胄（zhòu）：脱下头盔。而下：下车步行。表示对周王的敬意。

[12] 超乘：一跃上车。免胄而下是有礼，但一跃上车是无礼。

[13] 王孙满：周襄王的孙子。

[14] 王：周襄王。

[15] 轻：轻狂放肆。

[16] 脱：忽略，轻慢。

[17] 滑：国名，姬姓，今河南偃师南。

[18] 将市于周：将到周地作买卖。市：做生意。

[19] 乘：古时一乘车驾四匹马，因此乘可作四字用。韦：熟牛皮。以乘韦先：以四张熟牛皮作为先行礼物。古人送礼一般要有先行礼物。

"寡君闻吾子将步师出于敝邑¹，敢犒从者。不腆敝邑²，为从者之淹³，居则具一日之积⁴，行则备一夕之卫⁵。"且使遽告于郑⁶。

郑穆公使视客馆⁷，则束载、厉兵、秣马矣⁸。使皇武子辞焉⁹，曰："吾子淹久于敝邑¹⁰，唯是脯资饩牵竭矣¹¹。为吾子之将行也，郑之有原圃¹²，犹秦之有具囿也¹³；吾子取其麋鹿，以闲敝邑¹⁴，若何？"杞子奔齐，逢孙、扬孙奔宋。

孟明曰："郑有备矣，不可冀也。攻之不克，围之不继¹⁵，吾其还也¹⁶。"灭滑而还。

晋原轸曰¹⁷："秦违蹇叔¹⁸，而以贪勤民¹⁹，天奉我也²⁰。奉不可失，敌不可纵²¹。纵敌患生²²；违天，不祥。必伐秦师！"栾枝曰²³："未报秦

---

[1] 寡君：在别国面前称呼本国的君主。吾子：对对方的尊称，"我的先生"，"您"。将：率领。
步师：行军。出于敝邑：经过本国。
[2] 不腆（tiǎn）：不丰厚。不腆敝邑：即敝国不丰厚，谦辞。
[3] 淹：留，耽搁。
[4] 居：住下。具：备办。积：物资。此指柴米油盐等物。
[5] 卫：保卫、警卫。
[6] 遽：驿车，驿马。古代每过一次驿站，便换一次马。此处引申为急忙、迅速。
[7] 郑穆公：郑国的君主。客馆：宾馆。
[8] 束载：捆束行李。厉兵：磨砺武器。秣马：喂饱马匹。
[9] 皇武子：郑大夫。辞：辞谢戍郑的秦国大夫，即下逐客令。
[10] 淹：久留。淹久于敝邑：久居我国。
[11] 唯是：因此。脯：干肉。资：干粮。饩（xì）：活的牲口。牵：牛、羊、猪等牲畜。
[12] 原甫：郑国的兽苑，在今河南中牟西北。
[13] 具囿：秦国的兽苑，在今陕西凤翔县境内。
[14] "吾子"两句：你们可以猎取麋鹿而行，让敝国得到安宁。
[15] 攻之不克：进攻不能取胜。围之不继：包围又没有后援。
[16] 还：回国。
[17] 原轸：即先轸，晋国大将。
[18] 违：违背，不听从。
[19] 以贪勤民：因为贪心而使人民劳苦。
[20] 奉：送。
[21] 纵：放走。
[22] 纵敌患生：放走敌人就会生出祸患。
[23] 栾枝：晋国大将。

施而伐其师¹，其为死君乎²？先轸曰："秦不哀吾丧而伐吾同姓³，秦则无礼，何施之为⁴？吾闻之：'一日纵敌，数世之患也'。谋及子孙⁵，可谓死君乎!"遂发命，遽兴姜戎⁶。子墨衰绖⁷，梁弘御戎⁸，莱驹为右⁹。夏四月辛巳¹⁰，败秦师于殽，获百里孟明视、西乞术、白乙丙以归。遂墨以葬文公，晋于是始墨¹¹。

文嬴请三帅¹²，曰："彼实构吾二君¹³，寡君若得而食之，不厌¹⁴，君何辱讨焉¹⁵？使归就戮于秦，以逞寡君之志¹⁶，若何？"公许之。

先轸朝，问秦囚。公曰："夫人请之，吾舍之矣。"先轸怒曰："武夫力而拘诸原¹⁷，妇人暂而免诸国¹⁸，堕军实而长寇仇¹⁹，亡无日矣²⁰!"不顾而唾²¹。公使阳处父追之²²，及诸河，则在舟中矣。释左骖²³，

---

[1] 施：给予恩惠。
[2] 为：有。死君：指晋文公。其为死君乎：心目中还有先君吗？
[3] 哀：同情、哀悼。同姓：郑国、滑国都和晋一样是姬姓国。
[4] 何施之为：有什么恩惠？
[5] 谋及子孙：为后世子孙打算。
[6] 遽兴：急忙发。姜戎：姜姓的戎族，是秦晋之间的一个部族，和晋国友好。
[7] 子：晋文公之子晋襄公，因文公尚未葬，故称子。墨：染上黑色。衰（cuī）：白色孝服。绖（dié）：麻的腰带。衰、绖是白色的，古代认为穿白色不吉利，故染为黑色。
[8] 梁弘：晋大夫。御戎：驾战车。
[9] 莱驹：晋大夫。为右：为车右。古代武士位在兵车之右，故名武士为车右。
[10] 辛巳：四月十三日。
[11] 晋于是始墨：晋国从此开始以黑色为丧服。
[12] 文嬴：晋文公的夫人，秦穆公的女儿，晋襄公的生母。请：请求释放。三帅：指孟明等三人。
[13] 构：挑拨离间。二君：指秦晋两国国君。
[14] 厌：满足。
[15] 君何辱讨焉：您何必屈驾亲自去惩罚他们呢？
[16] 逞：满足。寡君：指秦穆公。
[17] 力：拼命。拘：俘获。诸：之于。原：战场。
[18] 暂：猝然之间，突然。或云"暂"借为"渐"。渐：欺诈。谓文嬴所说皆是谎话。免：释放。
[19] "堕军"句：毁弃了战争的果实（秦囚）而助长了敌方的气焰。
[20] 亡无日矣：不久就要亡国了。
[21] 唾：古代礼法，在尊长面前，不能吐唾。先轸这样做，表明他愤怒之极。
[22] 阳处父：晋大夫。
[23] 左骖：车子左边的马。

34   先秦两汉散文

以公命赠孟明。孟明稽首曰："君之惠，不以累臣衅鼓[1]，使归就戮于秦，寡君之以为戮[2]，死且不朽[3]。若从君惠而免之，三年将拜君赐[4]。"

秦伯素服郊次[5]，乡师而哭[6]，曰："孤违蹇叔，以辱二三子，孤之罪也。"不替孟明[7]，曰："孤之过也，大夫何罪？且吾不以一眚掩大德[8]。"

说明

殽之战发生于公元前 628 年，是秦晋争霸的又一场战役。秦穆公兴兵袭郑，劳师袭远，郑得到消息，早有防备，秦军只好灭滑而还，行至殽，遭到晋军的袭击，大败而归。

本篇描写战争极为出色，充分体现了《左传》叙战的一贯特色。描写战争不是着眼于生死一瞬的搏斗场面，而是将叙述重点放在战前的准备和战后的评价上，委曲详尽，不惜笔墨。

为避免平铺直叙，作者通过几个场面的刻画，从侧面来表现战争。殽之战便是由"蹇叔哭师"、"王孙满观秦师"、"弦高犒师"、"皇武子请客行猎"、"文嬴请三帅"、"秦穆公哭师谢罪"等一组场景构成，而每一

---

[1]　累（léi）臣：俘虏。衅（xìn）鼓：杀死俘虏，以其血涂鼓，是古代一种祭礼。
[2]　之以为戮：以之为戮，对累臣进行刑罚，把我们杀死。
[3]　死且不朽：身死犹如未死。
[4]　三年将拜君赐：三年后将来拜谢君的恩赏。言外之意是说三年后要兴兵讨伐晋国。
[5]　素服：白色的衣服，丧服。郊次：郊外等候。
[6]　乡：同"向"。
[7]　替：废，指革职。
[8]　眚（shěng）：目病，眼睛生翳。这里指过失。

个场景又皆可独立成篇。

本文另一个特色是叙事语言和人物对话极为准确生动，可谓酷肖各人声口。三言两语便勾勒出人物的性格特征。蹇叔的远见卓识和忠心耿耿，秦穆公的刚愎自用和勇于改过，弦高的机智爱国，王孙满的年少有识，先轸的果断善战，都刻画得栩栩如生。

集评

金圣叹曰：读原轸语，读栾枝语，读破栾枝语，读文嬴语，读先轸怒语，读孟明谢阳处父语，读秦伯哭师语，逐段细细读，逐段如画。

——《天下才子必读书》卷一

林云铭曰：篇中以违蹇叔起，违蹇叔收，是正应法。晋凶服反用墨，秦常服反用素，是倒应法。秦伯乡师而哭，与前此蹇叔出师之哭，是遥应法。若妇人能与军事，臣子敢怒其君，囚既释而复追，将既败而犹用。其中结构穿插，皆以失奉、纵敌二句为脉络，是暗应法。细读自知。

——《古文析义·二编》卷一

俞宁世曰：布景精，着色丽，辞令、议论，节节入神。

——《古文分编集评·三集》卷一

又曰：秦入滑一段，应蹇叔对穆公；晋败秦一段，应蹇叔哭孟明。末以"孤违蹇叔"收，是一头两脚文字。

——《古文分编集评·三集》卷一

冯李骅曰：此是一首过峡文字。……篇中上半以败秦于殽为前文结穴，下半以请帅、追帅为后文提头。末段秦伯哭师，"孤之罪也"顾上，"孤之过也"起下，"大夫何罪"又是顾上，"不以一眚"又是起下。先收上半篇文字，后收下半篇文字，章法明整之极。

——《左绣》卷七

　　　　　　　　　　　　　　　　　　　　　先秦两汉散文

余诚曰：只"遂发命"一段是正写晋败秦师处。以下皆所以败秦之故，以下皆败秦师后文字。前从蹇叔起，后以蹇叔止，篇法秩然。至叙述诸人问答，描画诸人举动形声，无不婉然曲肖，更为写生妙手。

——《重订古文释义新编》卷二

晋郤克败齐于鞌 [1]

癸酉 [2]，师陈于鞌 [3]。邴夏御齐侯 [4]，逢丑父为右 [5]。晋解张御郤克，郑丘缓为右 [6]。齐侯曰："余姑剪灭此而朝食 [7]！"不介马而驰之 [8]。郤克伤于矢 [9]，流血及屦，未绝鼓音 [10]。曰："余病矣 [11]！"张侯曰："自始合 [12]，而矢贯余手及肘；余折以御 [13]，左轮朱殷 [14]。岂敢言病？吾子忍之。"缓曰："自始合，苟有险 [15]，余必下推车。子岂识之 [16]？然子病矣。"张侯曰："师之耳目，在吾旗鼓，进退从之 [17]。此车一人殿之，可以集事 [18]。若之何其

---

[1] 选自《左传》成公二年。郤克：晋大夫，又称郤献子，晋军主帅。鞌（ān）：齐地名，在今山东历城。

[2] 癸酉：即成公二年的六月十七日。

[3] 陈：同"阵"，军队摆开阵势。

[4] 邴（bǐng）夏：齐大夫。御：驾驭车马。齐侯：指齐顷公，桓公之孙，名无野，前598—前582年在位。

[5] 逢（péng）丑父：齐大夫。右：指车右，亦名骖乘。古代一车乘三人，尊者居左，御车的人居中，骖乘居右，以有勇力的人担任。

[6] 解（xiè）张：字张侯，晋大夫。郑丘缓：复姓郑丘，名缓，晋大夫。

[7] 姑：姑且。剪灭：剪除、消灭。朝食：吃早餐。

[8] 介马：给马披上甲。介：通"甲"。

[9] 伤于矢：被箭所伤。

[10] 未绝鼓音：鼓的声音没有停下。

[11] 病：重病，这里指受伤很重。

[12] 自始合：自开始交战。

[13] 余折以御：我把射穿手和肘的箭折断，继续驾车。

[14] 殷（yān）：赤黑色。左轮朱殷：流血很多，把车轮都染成赤黑色了。

[15] 苟：如果。险：指难走的路。

[16] 子岂识之：你哪里知道呢？

[17] "师之耳目"三句：大意说，三军的耳目，在于我们车上的旗帜和鼓声，前进和后退都听从旗鼓的指挥。

[18] 殿：镇守。集事：成事、成功。

以病败君之大事也[1]？擐甲执兵，固即死也[2]；病未及死，吾子勉之[3]！"
左并辔，右援枹而鼓[4]，马逸不能止[5]，师从之[6]。齐师败绩[7]。逐之，
三周华不注[8]。

　　韩厥梦子舆谓己曰[9]："旦辟左右[10]。"故中御而从齐侯[11]。邴夏曰：
"射其御者，君子也[12]。"公曰："谓之君子而射之，非礼也。"射其左，
越于车下[13]；射其右，毙于车中[14]。綦毋张丧车[15]，从韩厥曰："请寓乘[16]。"
从左右，皆肘之[17]，使立于后。韩厥俛定其右[18]。

　　逢丑父与公易位[19]。将及华泉[20]，骖絓于木而止[21]。丑父寝于辖中[22]，

---

[1]　若之何：奈何。其：表示委转语气。以：因。败：坏。君：指国君。
[2]　擐（huàn）：穿着。甲：铠甲。执兵：手拿武器。固即死也：本来就抱定了必死的决心。
　　即：走向。
[3]　勉：努力。
[4]　辔（pèi）：缰绳。枹（fú）：鼓槌。左并辔，右援枹而鼓：御者本双手执缰，今将右手的缰
　　绳并于左手，腾出右手，代邰克击鼓。
[5]　逸：奔逸，狂奔。
[6]　师从之：主帅的战车奔逸不能止，晋军也跟着赶过去。
[7]　败绩：大败。
[8]　三周：绕山脚追逐三遍。华不注：山名，在今山东济南市东北。
[9]　韩厥：晋大夫。子舆：韩厥的父亲。
[10]　旦：明天。辟：同"避"。左右：指兵车左右两侧。
[11]　中御而从齐侯：韩厥因此居于车的中央代替御者，追逐齐侯。
[12]　"邴夏曰"三句：大意是邴夏对齐侯说，居中的御者，其仪态像君子，请射他。
[13]　越：坠下。
[14]　毙：扑倒。
[15]　綦（qí）毋张：晋大夫，复姓綦毋，名张。
[16]　寓：寄。请寓乘：请让我搭乘你的车子。
[17]　皆肘之：用肘推綦毋张。因恐立在左右又发生不测，所以韩厥示意綦毋张立在身后。
[18]　俛：同"俯"。定其右：安置好车右的尸体。
[19]　易位：换位置。逢丑父恐有意外，便乘韩厥俯身不注意的时候，和齐顷公交换位置，以便脱
　　逃时蒙混敌人。
[20]　华泉：泉名，在华不注山下，流入济水。
[21]　骖（cān）：驾车时两边的马。絓：通"挂"，绊住。这句言齐侯的骖马被路旁的树绊住不能
　　前进。
[22]　辖（zhàn）：有棚的卧车。

蛇出于其下，以肱击之，伤而匿之[1]，故不能推车而及[2]。韩厥执絷马前[3]，再拜稽首，奉觞加璧以进[4]，曰："寡君使群臣为鲁卫请[5]，曰无令舆师陷入君地[6]。下臣不幸，属当戎行[7]，无所逃隐，且惧奔辟而忝两君[8]。臣辱戎士[9]，敢告不敏，摄官承乏[10]。"丑父使公下，如华泉取饮[11]。郑周父御佐车，宛茷为右[12]，载齐侯以免[13]。韩厥献丑父，郤献子将戮之。呼曰[14]："自今无有代其君任患者，有一于此，将为戮乎[15]？"郤子曰："人不难以死免其君[16]，我戮之不祥。赦之，以劝事君者[17]。"乃免之[18]。

---

[1]　伤而匿之：指逢丑父被蛇咬伤而隐匿此事。

[2]　故不能推车而及：因为逢丑父的手受伤而不能推车，故被韩厥的车赶上。

[3]　絷：绊马索。执絷马前：在齐侯马前执绊而立。这是当时军帅见敌国君主的通礼。

[4]　奉：捧。觞：古代一种盛酒器。璧：玉。这是表示对齐侯的敬意。

[5]　"寡君"句：齐晋交战的原因是，齐伐鲁，卫侵齐；鲁、卫败，到晋国求救，因此韩厥说"为鲁、卫请"。这是委婉的外交辞令。

[6]　无：通"毋"，不要。舆：众多，许多。这句是谦辞。

[7]　属：适逢、恰巧。戎行（háng）：戎车的行列。

[8]　辟：同"避"。忝：辱。"且惧"句：大意是，并且恐怕我奔走逃避的话，会使晋君受辱，而对于齐君也是不光彩的。

[9]　臣辱戎士：是说自己充数当个戎士，很觉惭愧。

[10]　敏：聪明。不敏：不才。摄官：任职。承：承担。这二句大意是：我是没有才干的，但因人材缺乏，只好由我来执行这个任务。言外之意是要俘虏齐君。

[11]　如：动词，往。饮：用如名词，指水。这句是说：逢丑父冒充齐君，而叫居于御者位置的齐君趁机逃走。

[12]　郑周父：齐臣。佐车：指齐侯的副车。宛茷（yuān fèi）：齐臣。

[13]　免：免于被俘虏。

[14]　呼曰：主语是逢丑父。

[15]　自今：从现在追溯到以前。这三句是说，直到目前为止，没有人能够代其君担当祸患。现在有一人在此，还要被杀吗？

[16]　难：以……为难，惧怕。

[17]　劝：劝勉、鼓励。

[18]　免：释放。

说明

　　齐晋鞌之战是春秋时期的著名战役之一，这里选取了其中的几个重要场面。

　　文章记叙战争，但没有作鸟瞰式的全局描写，而是通过对几个主要将领的对话和行动的描绘，以点带面反映了整个战役。郤克、张侯（解张）、郑丘缓三人的对话，表现了晋军的同仇敌忾和士气昂扬，也透露出战争的激烈和残酷。"自始合，而矢贯余手及肘；余折以御，左轮朱殷。岂敢言病？""擐甲执兵，固即死也，病未及死，吾子勉之！"这几句话简练有力，掷地有声。为国家社稷，区区个人安危何足挂齿。张侯虽是一名御者，但为大局着想，敢于冒犯主帅。晋军有如此将士，怎能不获全胜？

　　作者描写战争，将战争的结果隐含于战争的开始。齐侯身为一军之主帅，"余姑翦灭此而朝食"、"不介马而驰之"。主帅如此轻敌自大，又怎能不败于准备充分、士气高昂的晋军？

　　阅读本文，值得注意的是其中记叙了韩厥的梦，以及梦的灵验。这似乎表明了晋军有上天的庇护，取胜乃天定。而齐军的骖右逢丑父，手臂被蛇咬伤，"故不能推车而及"。齐军的失利似乎也是天意。这反映了作者的唯心史观。另外，邴夏说："射其御者，君子也。"齐侯却认为"谓之君子而射之，非礼也"。以及逢丑父代其君被捕，郤克说："人不难以死免其君，我戮之不祥。"则反映了春秋时代上层人士的礼义观。

　　文章多用短句，渲染出战斗的激烈和战事的瞬息万变。叙事语言简洁、流畅、生动，人物的对话更凸显了人物的形象。张侯的直率、勇敢、识大体；逢丑父的机智、英勇，都可谓形神毕肖。

集评

储欣曰：一"病"字生出议论。

——《古文分编集评·三集》卷二

林云铭曰：中军将自执旗鼓，言痛极而昏，不能支持，欲退师也。"未绝鼓音"四字直贯到下文问答语毕，盖一面口中说话，一面手中打鼓，气力虽微，音犹未断也。不然，鼓音绝则三军皆止而不进，胜败间不容发，俟语毕再鼓，岂能及乎？作者传神在此，不可错看。

——《古文析义·二编》卷一

又曰：邻国之君虽在战场，而外臣之分犹存，韩厥此时措辞最难。看他既修敬礼，步步说来，俱有不得已之意。婉而得体，辞令至此，可谓臻极。丑父代君任患，与汉纪信、明韩成同一作用。郤子免之，俱称难得，语亦顿挫生姿。

——《古文析义·二编》卷一

王孙满对楚子 [1]

楚子伐陆浑之戎 [2]，遂至于洛 [3]，观兵于周疆。定王使王孙满劳楚子 [4]，楚子问鼎之大小轻重焉 [5]。对曰："在德不在鼎。昔夏之方有德也，远方图物 [6]，贡金九牧 [7]，铸鼎象物，百物而为之备，使民知神奸 [8]。故民入川泽山林，不逢不若 [9]。螭魅罔两 [10]，莫能逢之。用能协于上下，以承天休 [11]。桀有昏德，鼎迁于商，载祀六百 [12]。商纣暴虐，鼎迁于周。德之休明 [13]，虽小，重也；其奸回昏乱 [14]，虽大，轻也。天祚明德 [15]，有所底止 [16]。成王定鼎于郏鄏 [17]，卜世三十，卜年七百，天所命也。周德虽衰，天命未改。鼎之轻重，未可问也。"

---

[1] 选自《左传》宣公三年。王孙满：周大夫。楚子：楚庄王。楚是子爵，但自称为王。
[2] 陆浑之戎：我国古代西北地区少数民族之一，原居秦、晋西北，后迁伊川（今河南伊河流域）。
[3] 洛：水名，源出陕西洛南县冢岭山，经河南省流入黄河。
[4] 定王：周定王，前606年至前586年在位，为周朝第二十一王。
[5] 鼎：相传为夏禹所铸，共九鼎，是夏、商、周三代相传的国宝。
[6] 图物：描绘各地奇异之物。
[7] 贡金：贡献金属品。九牧：古代分中国的地域为九州，九牧就是九州的首领。
[8] 神奸：鬼神怪异之物。
[9] 不若：不顺。
[10] 螭魅（chī mèi）：传说中山林里的鬼怪。罔两：通"魍魉"，传说中河川里的鬼怪。
[11] 用：因。休：福佑。
[12] 载（zǎi）：记载。祀：岁、年。《尔雅·释天》："夏曰岁，商曰祀，周曰年。"
[13] 休明：美善光明。
[14] 奸回：奸恶邪僻。
[15] 祚（zuò）：赐福。
[16] 底（zhǐ）止：指限度。
[17] 成王：周成王。定鼎：九鼎为传国重器，王都所在，即鼎之所在，因而称定都为定鼎。郏鄏（jiá rǔ）：地名，在今河南洛阳。

说明

春秋时期，周王室逐渐衰落，诸侯称雄争霸。公元前 606 年，楚庄王先后吞并了一些小国，于是便陈兵于周朝边境。这篇文章叙述了楚王问鼎，周大夫王孙满站在维护周王朝地位的立场上的一番回答，表现了"在德不在鼎"的观点。

鼎在夏、商、周三代，被视作王权的象征，而楚庄王"问鼎之大小轻重"，便暴露出楚国欲霸天下的野心。对此，王孙满援引史实，讲述了鼎的来历，以德和鼎的关系阐述了夏、商、周的更替。"昔夏之方有德也"，然后"桀有昏德，鼎迁于商"，"商纣暴虐，鼎迁于周"，"周德虽衰，天命未改"。最后以"鼎之轻重，未可问也"，对楚王的要求作了委婉的拒绝。

文中王孙满的回答，句句针对楚国的意图，娓娓道来，滴水不漏。且文章多用四字句，节奏短促有力，给人以义正辞严、不容置辩之感。

集评

林云铭曰：楚庄问鼎，自不是闲问。但彼时周室虽微，名义犹存，未必遽为楚并；即楚力能并周，诸侯亦未必服从，徒负不义之名于天下耳。王孙满"在德不在鼎"一语，确是正论。其言铸鼎之始，乃在夏后有天下之后，非因得鼎而后兴也。其言夏鼎迁商、商鼎迁周，必有奸回昏乱如桀、纣者，而汤、武始得以休明之德坐享天祚。况天命有当改之时，非人力所能胜。今周纵失德，未必如桀、纣；楚之明德，未必如汤、武。即此日之天命，亦未必遽祚楚而厌周，则鼎之问也，不太早计乎？是一篇极有斟酌文字。旧评谓满却楚之功不足以赎怠周之罪，何其刻而不当理也！

吴楚材等曰：提出"德"字，已足以破痴人之梦；揭出"天"字，尤足以寒奸雄之胆。

——《古文观止》卷二

俞宁世曰："天"字、"德"字为关键，"大小"、"轻重"为眼目，笔力高古，议论明快。

——《古文分编集评·三集》卷二

又曰：囫囵问个大小、轻重，却从大小分出轻重，洗刷精妙。

——《古文分编集评·三集》卷二

季札观周乐[1]

吴公子札来聘[2]，请观于周乐[3]。使工为之歌《周南》、《召南》[4]，曰："美哉！始基之矣[5]，犹未也。然勤而不怨矣[6]！"为之歌《邶》、《鄘》、《卫》[7]，曰："美哉，渊乎[8]！忧而不困者也。吾闻卫康叔、武公之德如是[9]，是其《卫风》乎？"为之歌《王》[10]，曰："美哉！思而不惧，其周之东乎[11]？"为之歌《郑》[12]，曰："美哉！其细已甚[13]，民弗堪也。是其先亡乎？"为之歌《齐》[14]，曰："美哉！泱泱乎[15]，大风也哉[16]！表东海者，

---

[1] 选自《左传》襄公二十九年。

[2] 公子札：即季札，吴王寿梦最小的儿子。寿梦死，国人欲立季札为王，他固辞不受。鲁襄公二十九年，到鲁、齐、晋、郑、卫诸国进行访问。聘：古代国与国之间派使者访问。

[3] 周乐：周天子的音乐。周成王曾把周天子的音乐赐给周公，鲁为周公的后代，所以在鲁国可以欣赏到周乐。

[4] 工：乐工。《周南》、《召（shào）南》：周、召是周公、召公最初的封地，因此这里的诗歌称为《周南》、《召南》。

[5] 始基：开始。《周南》、《召南》产生的时代较早，是周文王教化百姓的开始。

[6] 勤而不怨：劳苦而不怨恨。指《周南》、《召南》乐歌中所体现的民情。

[7] 《邶（pèi）》、《鄘》、《卫》：采自这三地的乐歌。邶、鄘、卫，是周初在殷商地区（今河南北部）所封的三个诸侯国。

[8] 渊：深远。

[9] 卫康叔：周公的弟弟康叔，封于卫。武公：康叔的九世孙。传说二人均为卫的贤君。

[10] 《王》：采自东周都城洛阳一带的歌曲。

[11] 周之东：周室东迁。

[12] 《郑》：指采自郑国的乐歌。春秋时郑国即今河南郑州一带。

[13] 细：乐曲烦琐细碎，象征郑国的政令过于烦琐。

[14] 《齐》：采自齐国（今山东一带）的乐歌。

[15] 泱泱：深广宏大的样子。

[16] 大风：指大国的气魄。

其大公乎[1]？国未可量也。"为之歌《豳》[2]，曰："美哉，荡乎！乐而不淫，其周公之东乎[3]？"为之歌《秦》[4]，曰："此之谓夏声[5]！夫能夏则大，大之至也！其周之旧乎？"为之歌《魏》[6]，曰："美哉，沨沨乎[7]！大而婉，险而易行。以德辅此，则明主也！"为之歌《唐》[8]，曰："思深哉！其有陶唐氏之遗民乎[9]？不然，何忧之远也？非令德之后[10]，谁能若是！"为之歌《陈》[11]，曰："国无主[12]，其能久乎？"自《郐》以下[13]，无讥焉。

为之歌《小雅》[14]，曰："美哉！思而不贰，怨而不言，其周德之衰乎？犹有先王之遗民焉！"为之歌《大雅》[15]，曰："广哉，熙熙乎[16]！曲而有直体，其文王之德乎？"

为之歌《颂》[17]，曰："至矣哉！直而不倨[18]，曲而不屈；迩而不逼，远而不携；迁而不淫，复而不厌；哀而不愁，乐而不荒[19]；用而不匮，广而

---

[1] 大公：即太公，指姜太公吕尚。他辅佐文王、武王灭商有功，封于齐，为齐国始封的君主。

[2] 《豳》：采自豳地（今陕西三水、武功县一带）的乐歌。

[3] 周公之东：指周王东征。

[4] 《秦》：指采自秦国（今陕西一带）的歌曲。

[5] 夏声：华夏的声调。夏：有大、正的意义。

[6] 《魏》：指采自魏国（在今山西芮城一带）的乐歌。

[7] 沨沨（féng）：形容婉转悠扬的乐歌。

[8] 《唐》：指采自唐地（在今山西西南部）的乐歌。

[9] 陶唐氏：即唐尧，传说中的古代帝王。晋本唐地，故说有尧之遗风。

[10] 令德：美德。

[11] 《陈》：指采自陈国（今河南淮阳一带）的歌曲。

[12] 国无主：陈的音乐淫乱放荡，百姓没有畏忌，所以说是国无主。

[13] 《郐（kuài）》：采自《郐》的乐歌。郐，在今河南密县东北。

[14] 《小雅》：多数是周王室贵族的音乐，也有些是民间歌谣。大部分产生于西周晚期，小部分是东周时期的作品。

[15] 《大雅》：大多是西周初期的作品。

[16] 熙熙：和美、融洽。

[17] 《颂》：指周室贵族用于祭祀的作品。有《周颂》、《鲁颂》、《商颂》。

[18] 倨（jù）：傲慢。

[19] 荒：过度。

不宣；施而不费，取而不贪；处而不底¹，行而不流。五声和²，八风平³；节有度，守有序⁴。盛德之所同也。"

见舞《象箾》、《南籥》者⁵，曰："美哉！犹有憾。"见舞《大武》者⁶，曰："美哉！周之盛也，其若此乎！"见舞《韶濩》者⁷，曰："圣人之弘也，而犹有惭德⁸。圣人之难也。"见舞《大夏》者⁹，曰："美哉！勤而不德，非禹其谁能修之！"见舞《韶箾》者¹⁰，曰："德至矣哉！大矣，如天之无不帱也¹¹，如地之无不载也！虽甚盛德，其蔑以加于此矣¹²。观止矣！若有他乐，吾不敢请已！"

说明

公元前554年，吴王派季札访问鲁、齐、郑、卫诸国。鲁国是当时保存周代文物较多、文化发展程度较高的国家。季札到鲁后特地请求观赏周乐。本文记载的便是季札欣赏乐舞时的评论，反映了春秋时期艺术欣赏的水平，并为后世了解当时音乐、舞蹈的发展状况提供了重要的文献依据。

[1]　底：停滞。
[2]　五声：指宫、商、角、徵（zhǐ）、羽五音。
[3]　八风：也称八音，指金、石、土、革、丝、木、匏（páo）、竹八类乐器。
[4]　守有序：各种乐器交相鸣奏，但都有一定的次序，相守不乱。
[5]　《象箾（xiāo）》：执竿而舞，好像作战时击刺的动作，是一种武舞。《南籥（yuè）》：以籥伴奏的一种舞蹈，是文舞。籥：古代的一种管乐器。
[6]　《大武》：歌颂周武王的乐舞。
[7]　《韶濩（hù）》：歌颂商汤的乐舞。
[8]　惭德：指商汤的天下是用武力取得，不是用德取得。
[9]　《大夏》：歌颂夏禹的乐舞。
[10]　《韶箾》：尧时的乐舞。一作"箫韶"。
[11]　帱（dào）：覆盖。
[12]　蔑：无、没有。

季札把乐舞作为政治的象征，观乐时，结合乐舞，将各国的历史政治加以分析评论。如听到《周南》、《召南》，便联系到文王教化；听到《邶》、《鄘》、《卫》，便联系到卫康叔、武公的德政；听到《王》，便联系到周室东迁；一直到《雅》、《颂》均是如此。季札的评论既反映了他丰富的历史知识，也反映出他具有深厚的艺术修养。值得注意的是，赞语中的"美哉"，不是针对政治情况的好坏，而是就艺术反映现实的效果而言的。此外，这段评论的独到之处还在于侧重表现观乐者的体验和感受，而不作理论上的分析，这在对《颂》的评论上最为明显。这种评论方法对后世影响很大，还直接影响到文学批评，如自《文心雕龙》、《诗品》等一直到后世的诗话、词话，都保持着这一传统特色。

集评

林云铭曰：札从器数中推出帝王心地，所以归重于《韶》之德。此理未解，切弗浪读是篇奇文。

——《古文析义·初编》卷一

吴楚材等曰：季札贤公子，其神智器识乃是春秋第一流人物，故闻歌见舞，便能尽察其所以然。读之者细玩其逐层摹写，逐节推敲，必有得于声容之外者。如此奇文，非左氏其孰能传之？

——《古文观止》卷二

冯李骅曰：通篇以"德"字为线索，尤立论大处。无此线索，则文意涣而不属矣。

——《左绣》卷十九

郑子产相国 [1]

　　子产之从政也，择能而使之。冯简子能断大事；子大叔美秀而文 [2]；公孙挥能知四国之为，而辨于其大夫之族性、班位、贵贱、能否，而又善为辞令 [3]；裨谌能谋，谋于野则获，谋于邑则否 [4]。郑国将有诸侯之事，子产乃问四国之为于子羽，且使多为辞令；与裨谌乘以适野，使谋可否；而告冯简子，使断之；事成，乃授子大叔，使行之，以应对宾客。是以鲜有败事 [5]。北宫文子所谓有礼也 [6]。

　　郑人游于乡校，以论执政 [7]。然明谓子产曰 [8]："毁乡校何如？"子产曰："何为？夫人朝夕退而游焉，以议执政之善否 [9]。其所善者，吾则行之；其所恶者，吾则改之：是吾师也。若之何毁之？我闻忠善以损怨 [10]，不闻作威以防怨 [11]。岂不遽止 [12]？然犹防川 [13]，大决所犯，伤人必多，吾不克救也。

---

[1]　选自《左传》襄公三十一年。子产：名公孙侨，春秋郑国上卿，著名政治家。
[2]　美秀而文：仪态秀美，言辞有文采。
[3]　公孙挥：郑大夫，字子羽。公孙挥了解四方诸侯的行动，熟悉各国大夫的家族姓氏、班次爵位，身份的贵贱，才能的高低，且长于辞令。
[4]　裨谌（pí chén）：郑大夫，长于计划。关于农村的事计划得当，关于城市的事计划不得当。
[5]　鲜有败事：很少把事情办坏。
[6]　北宫文子：北宫是姓，名佗，字文子。郑大夫。
[7]　乡校：乡间的公共场所。校是古代进行各项学习的场所，也可以聚会议事。
[8]　然明：郑大夫。姓鬷（zōng），名蔑，字然明。
[9]　退：工作结束回来休息。"夫人"句：那些人早晚到这里来休息、活动。善否（pǐ）：好和不好。
[10]　忠善：忠诚为善。损怨：减少怨恨。
[11]　防：堵住。
[12]　岂不遽止：难道不能立刻制止？
[13]　然犹防川：但是犹如堵塞水道决口一样。

不如小决使道[1]，不如吾闻而药之也[2]。"然明曰："蔑也今而后知吾子之信可事也[3]！小人实不才。若果行此，其郑国实赖之；岂唯二三臣[4]？"

仲尼闻是语也，曰："以是观之，人谓子产不仁，吾不信也[5]。"

子皮欲使尹何为邑[6]。子产曰："少[7]，未知可否。"子皮曰："愿[8]，吾爱之，不吾叛也。使夫往而学焉[9]，夫亦愈知治矣。"子产曰："不可。人之爱人，求利之也[10]。今吾子爱人则以政[11]，犹未能操刀而使割也，其伤实多[12]。子之爱人，伤之而已；其谁敢求爱于子？子于郑国，栋也；栋折榱崩[13]，侨将厌焉[14]，敢不尽言。子有美锦，不使人学制焉[15]。大官、大邑，身之所庇也[16]，而使学者制焉；其为美锦，不亦多乎[17]？侨闻学而后入政，未闻以政学者也[18]。若果行此，必有所害。譬如田猎，射御贯[19]，则能获禽。若未尝登车射御，则败绩厌覆是惧[20]，何暇思获？"

---

[1]　大决所犯：大决所造成的危害。决：堤防决口。道：同"导"。
[2]　吾闻而药之：我听了舆论，把它当作治病的药石去治疗它。
[3]　今而后：从今以后。信可事：的确可以成事。
[4]　岂唯二三臣：岂只是依靠我们这些做官的。二三：泛指复数。
[5]　仲尼：孔子的字。
[6]　子皮：郑大夫，名罕虎，当时已退休，举子产自代。尹何：子皮的小臣。子皮欲使尹何担任他自己领地的官长。
[7]　少：年轻。
[8]　愿：忠诚。
[9]　使夫往而学焉：使他在工作中学习。
[10]　人之爱人，求利之也：一般人爱护一个人总希望对爱护者本身有利。
[11]　爱人则以政：把委以政事作为爱护。
[12]　实：必然。
[13]　榱（cuī）：椽子。栋折榱崩：正梁断，椽子就垮了。
[14]　侨：子产名。厌（yā）：同"壓"（压）。
[15]　"子有"两句：您有美锦，却不使人用它来学习制衣。
[16]　庇：庇荫，依托。
[17]　"其为美锦"二句：大官大邑同美锦相比，不是更为重要吗？
[18]　以政学：把为政作为学习。
[19]　射御贯：射箭、驾车技术熟练。贯：同"惯"。
[20]　败绩：车辆崩坏倾覆。厌覆是惧：害怕车辆崩坏，乘车者被压。

子皮曰："善哉，虎不敏。吾闻君子务知大者、远者，小人务知小者、近者。我，小人也。衣服附在吾身，我知而慎之；大官、大邑，所以庇身也，我远而慢之[1]。微子之言[2]，吾不知也。他日我曰[3]：'子为郑国[4]，我为吾家，以庇焉，其可也。'今而后知不足。自今请，虽吾家，听子而行[5]！"子产曰："人心之不同，如其面焉；吾岂敢谓子面如吾面乎[6]？抑心所谓危[7]，亦以告也。"

子皮以为忠，故委政焉。子产是以能为郑国[8]。

说明

子产是春秋时代的著名政治家，执政郑国二十余年，使郑国这样一个小国得以在大国争霸、深受威胁的情况下保持安定的局面。本文就是通过子产"择能而使"、"不毁乡校"、"论尹何为邑"三事刻画出子产作为一名出色政治家的形象的。

文章风格明畅老练，既表现在语言上，也反映在叙事和议论的方法上。作者在每段小故事的结束处，均借他人之口予以评价，使读者明确知道他对此事的看法。论尹何为邑一段最为精彩。议论譬喻迭出，间以

[1] 远而慢之：疏远而轻视它。
[2] 微子之言：没有您的这番言论。
[3] 他日我曰：从前我曾说过。
[4] 子为郑国：您治理郑国。
[5] "自今请"三句：自今以后，我向您请求，虽是我的一家之事，也听从您的主张行事。
[6] 吾岂敢句：我哪敢说您的面貌正和我的面貌相同呢？子产意谓我的想法未必能尽合您的意思。
[7] "抑心"句：不过心里认为危险的事。
[8] 为：治理。这里含有"治理颇有成效"之意。

反问，步步深入，反复论证，气体温婉，言辞简洁，具有很强的说服力。

集评

金圣叹曰：欲作缠绵贴肉之文，须千遍烂读此文。非贵其文辞，贵其心地也。此文只是一片心地。

——《天下才子必读书》卷一

林云铭曰：子皮使尹何，犹子路使子羔，欲以民人社稷为学者也。子产谓之"伤"，即夫子谓之"贼"。俱以大官大邑关系庇身，使人学治，不但学者受伤，而使之学者自害不小。子产即其所言，层层翻驳，妙在四引喻中炼成一片，绝无痕迹，宜子皮称善而自咎也。

——《古文析义·初编》卷一

俞宁世曰：因文子"有礼"之言，叙出子产集思广益之美，另是一格。句句分应"使能"，有明有暗，有散有整，与"晋悼复霸"篇参看。

——《古文分编集评·三集》卷二

又曰：尹何为邑，私邑也，原与执政无关。但子产与子皮有知己之感，有同舟之义，惟恐邑之不治，害及于家，故不惮恳到详勉，此子皮所谓忠，又曰"虽吾家，听子而行也"，观两人之语朴朴拙拙、反反复复，情亲义切，志同道合，乃知朋友一伦，同于君父。觉《管晏传》尚从势利起见，不若此文之深厚也。

——《古文分编集评·三集》卷二

冯李骅曰：此篇只"学而后入政"二句为大旨，若就正意发挥，亦自有一首绝大文字。却偏将正话只于中间一见，前后都用譬喻指点。语语入理，又语语入情，不作一味板腐大话头，最是生新出色处，开后人大题小做法门。左氏真无妙不臻、百奇必备者矣。

——《左绣》卷十九

又曰："大官大邑，身之所庇也"，与"大官大邑，所以庇身也"紧相呼应，上对"为邑"，下照"吾家"，此子产以谋国之余为子皮谋，乃所谓"忠"也。《咀华》云：今人混读，便令子产一段恳切意思抹倒。"子皮以为忠"，从何着落？可为知言。

——《左绣》卷十九

国语

《国语》是一部国别史，共二十一卷，重点记述了从周穆王起至鲁悼
公止五百余年内有关周、鲁、齐、晋、郑、楚、吴、越等八国的重要史
实。司马迁说："左丘失明，厥有《国语》。"又因《左传》是传《春秋》
的书，故《国语》也称"春秋外传"。《国语》重在记言，文字朴素简括，
虽亦不乏出色篇章，但就文学价值而言，逊于《左传》。

召公谏厉王弭谤 [1]

厉王虐，国人谤王 [2]。召公告曰："民不堪命矣 [3]。"王怒，得卫巫 [4]，使
监谤者。以告，则杀之 [5]。国人莫敢言，道路以目 [6]。

王喜，告召公曰："吾能弭谤矣，乃不敢言！"

召公曰："是障之也 [7]。防民之口，甚于防川 [8]。川壅而溃 [9]，伤人必
多；民亦如之。是故为川者决之使导，为民者宣之使言 [10]。故天子听政，

---

[1]　选自《国语·周语上》，题目是后加的。召（shào）公：即召穆公，名虎，周之卿士。召，
　　　一作邵。厉王：周厉王，名胡，夷王之子，西周末的暴君，在位三十七年（前878—前842
　　　年），后被放逐于彘。弭（mǐ）：消除。谤：指责别人的过失。这里指谤言。
[2]　国人：都城里的人民。谤：背地里议论。
[3]　民不堪命：人民不能忍受暴虐的政令。
[4]　卫巫：卫国的巫者。巫：古代以降神事鬼为职业的人。
[5]　以告：（卫巫）把（谤者）告诉厉王。
[6]　道路以目：人们在路上相遇，只用眼睛相互示意。指人们敢怒不敢言。
[7]　障：防水的堤。意为阻挡、堵住。是障之也：这是堵住人民的口。
[8]　防：意同"障"。川：河流。
[9]　壅：堵塞。溃：决口，洪水泛滥。川壅而溃：用堤来堵河水，水道堵塞而溃决泛滥。
[10]　为：治。为川者：治理河道的人。决：排除，清除壅塞物。导：疏导，疏通，使水畅通。宣
　　　之：启发开导人民。使言：使之尽言。

使公卿至于列士献诗 ¹，瞽献曲 ²，史献书 ³，师箴 ⁴，瞍赋 ⁵，矇诵 ⁶，百工谏 ⁷，庶人传语 ⁸。近臣尽规 ⁹，亲戚补察 ¹⁰，瞽、史教诲 ¹¹，耆、艾修之 ¹²，而后王斟酌焉 ¹³。是以事行而不悖 ¹⁴。民之有口，犹土之有山川也，财用于是乎出 ¹⁵；犹其原隰之有衍沃也，衣食于是乎生 ¹⁶。口之宣言也，善败于是乎兴 ¹⁷。行善而备败，其所以阜财用衣食者也 ¹⁸。夫民虑之于心而宣之于口，成而行之 ¹⁹，胡可壅也？若壅其口，其与能几何 ²⁰？"

王不听，于是国人莫敢出言。三年，乃流王于彘 ²¹。

---

[1]　公卿：三公九卿，周王朝的执政大臣。列士：古时贵族中的最低阶层。有上士、中士、下士。献诗：进献讽谏之诗。

[2]　瞽：盲乐师。古代乐官多由盲人担任。曲：乐典。这些乐曲多采自民间，故能一定程度上反映人民的意见。

[3]　史：史官。书：历史文献，史籍。史官献书可使国王了解历史，以史为鉴。

[4]　师箴（zhēn）：乐师进献箴言。箴：一种有劝谏意义的文辞。

[5]　瞍（sǒu）赋：盲人朗诵诗。瞍：无眸子。赋：有节奏地诵读。

[6]　矇：盲人，有眸子而无所见者。诵：不配合乐曲的诵读。

[7]　百工：百官。

[8]　庶人传语：百姓的意见间接地传达给国君。庶人：百姓。

[9]　近臣尽规：天子左右的侍臣尽规谏之责。

[10]　亲戚：指与国君同宗的人。补：弥补。察：监督。

[11]　瞽、史教诲：乐师、史官用乐曲、史实对君主进行教诲。

[12]　耆、艾：老年人，这里指国家元老。耆：六十岁的老人。艾：五十岁的老人。修：整理。

[13]　斟酌：考虑取舍。

[14]　事：政事。行：顺利。不悖（bèi）：不违背情理。

[15]　财用于是乎出：财富、器物都是从山川中产生出来的。

[16]　其：指土地。原：宽阔平坦的土地。隰：低而潮湿的土地。衍：低而平坦的土地。沃：有河流可灌溉的土地。这句言：如同土地有原、隰、衍、沃，人的衣服食物都是从那里产生出来的。

[17]　宣言：发表言论。善败：指政事的好与坏。兴：出。这句言：人民用口发表言论，政事的好坏从人民的言论里体现出来。

[18]　行善：推行人们认为好的政事。备败：防范人民认为坏的政事。阜（fù）：增多。

[19]　成：成熟。行：自然流露。这句言：人民的言论是考虑成熟以后自然表达出来的，怎么能加以堵塞呢？

[20]　与：赞同。这里作名词，赞同的人。这句言：能有多少人赞同呢？

[21]　三年：过了三年。流：放逐。彘（zhì）：今山西霍县。厉王前842年被放逐到彘，故召公谏厉王当在前845年。

说明

　　这篇文章以召公的谏辞为重心，叙述了周厉王昏庸暴虐，不听召公劝告，最终被人民流放这一重大事件，表现了召公重视民意的政治远见。他所提出的"防民之口，甚于防川"的见解至今仍有教诫意义。

　　《国语》重记言、少叙事的特点在本篇可见一斑。召公的谏辞，说理严密，从论点到论证，层层推进，周详透辟。语言简洁凝练，比喻贴切自然。以川喻民之口，用川之不可壅，说明弭谤之不当。全文仅二百多字，而厉王虐、国人谤王、召公谏厉王、厉王拒谏、国人流放王这一连串事件叙述得井然有序、要言不烦。"王不听，于是国人莫敢出言"，后紧接"三年，乃流王于彘"，中间省略了多少具体事件，而厉王被流放的主因已被拈出。骊珠已得，令人深思。

集评

　　金圣叹曰：前说民谤不可防，则比之以川，后说民谤必宜敬听，则比之以山川原隰，凡作两番比喻。后贤务须逐番细读之，真乃精奇无比之文，不得止作老生常谈诵习而已。

——《天下才子必读书》卷二

　　林云铭曰：召公所谏，语语格言。细看当分四段。第一段言止谤有害；第二段言听政全赖民言斟酌而行；第三段言民之有言实人君之利；第四段言民之言非孟浪而出，皆几经裁度。不但不可壅，实不能壅者。回抱防川之意，融成一片，警健绝伦。世人不察立言层节，辄把此等妙文一气读却，良可惜也。

——《古文析义·初编》卷二

孙鑛曰："天子听政"一段，自是本理。而首以川譬之，后以山川原隰沃衍譬之，各极旨趣。

——《古文分编集评·三集》卷五

余诚曰：谏词只"天子听政"一段在道理上讲，其余俱是在利害上讲。而正意又每与喻意夹写，笔法新警异常。至前后叙次处，描写王与国人，以及起伏照应之法，更极精细。最是《国语》中道炼文字。

——《重订古文释义新编》卷三

范文子论外患内忧 [1]

鄢之役，晋伐郑，荆救之 [2]。大夫欲战，范文子不欲，曰："吾闻之，君人者刑其民 [3]，成，而后振武于外，是以内和而外威 [4]。今吾司寇之刀锯日弊 [5]，而斧钺不行 [6]，内犹有不刑，而况外乎？夫战，刑也，刑之过也 [7]。过由大，而怨由细 [8]，故以惠诛怨 [9]，以忍去过。细无怨而大不过，而后可以武，刑外之不服者 [10]。今吾刑外乎大人 [11]，而忍于小民，将谁行武？武不行而胜，幸也 [12]。幸以为政，必有内忧。且唯圣人能无外患，又无内忧，讵非圣人，必偏而后可 [13]。偏而在外 [14]，犹可救也，疾自中起，是难。盍姑释荆与郑以为外患乎 [15]。"

---

[1] 选自《国语·晋语六》。范文子：名士燮，晋国正卿范武子之子。
[2] 鄢之役：鲁成公十六年（前575年），郑背晋投楚，晋加以讨伐，而楚恭王率师援郑，最后晋在鄢陵战胜楚军。鄢陵：郑地名，在今河南鄢陵县。荆：指楚国。
[3] 刑：通"型"，法，法度。刑其民：以法正其民。
[4] 威：威严、有威力。
[5] 刀锯：指轻的刑罚。弊：衰败。
[6] 斧钺：指重的刑罚。
[7] 刑之过：刑罚是用来惩治有过错的人。
[8] 大：指大臣。怨：怨恨。细：小民。
[9] 诛：除去。
[10] 刑外之不服者：征讨境外不服从的国家。
[11] 刑外乎大人：法度不用于大臣。
[12] 幸：侥幸。
[13] 讵：假若，如果。偏：偏于一方。
[14] 偏而在外：指有外患。
[15] 盍：何不。姑：姑且。释：置。

说明

关于一个国家内政和军事之间的关系，范文子提出了"内和而外威"的命题。

对此，范文子步步深入地进行了论证：第一，"细无怨而大不过，而后可以武，刑外之不服者"。晋国法度不完善，"司寇之刀锯日弊，而斧钺不行"，尚不具备向外动武的条件。第二，"唯圣人能无外患，又无内忧，讵非圣人，必偏而后可"。内忧、外患二者哪一个为害更大呢？"偏而在外，犹可救也，疾自中起，是难"。所以范文子不赞成与楚国交战，建议暂时留着楚、郑二国作为晋国的外患。

"攘外必先安内"，"无敌国外患者，国恒亡"，范文子之论说明的便是这两条道理。

集评

林云铭曰：晋为盟主非一日，伐郑讨贰，遇救而逃，失诸侯必矣。奈论厉公之德，免其内忧，未始非福也。文子老成谋国，料事洞如观火。通篇以"德"字作眼，而以忧患祸福等字作前后照应。总以持满之戒，非大德不能，此实千古龟鉴。厥后文子祈死，武子不免弑君，岂能无遗恨于一战哉！

——《古文析义·二编》卷二

叔向贺贫[1]

叔向见韩宣子[2]，宣子忧贫，叔向贺之。

宣子曰："吾有卿之名，而无其实，无以从二三子[3]，吾是以忧。子贺我，何故？"

对曰："昔栾武子无一卒之田[4]，其宫不备其宗器[5]。宣其德行，顺其宪则[6]，使越于诸侯[7]。诸侯亲之，戎狄怀之，以正晋国[8]。行刑不疚，以免于难[9]。及桓子[10]，骄泰奢侈[11]，贪欲无艺[12]，略则行志[13]，假货居贿[14]，宜及于难。而赖武之德，以没其身[15]。及怀子[16]，改桓之行，而修武之德[17]，

[1] 选自《国语·晋语八》。叔向：晋大夫，羊舌肸（xī），字叔向。
[2] 韩宣子：晋国的卿，名起。卿的爵位，在公之下，大夫之上。
[3] 实：指财富。无以从二三子：意思是家中贫穷，负担不起招待宾客往来的费用。二三子：指晋国执政的卿、大夫。
[4] 栾武子：晋国上卿，即栾书。一卒之田：百顷田。古制，卿有田一旅（五百顷）。上大夫有田一卒，栾书身为上卿而田不足百顷。
[5] 宫：室、家。宗器：祭器。
[6] 宪则：法则。
[7] 越：发闻，声名传播。
[8] 怀：归附。
[9] 刑：法则，即上文"宪则"。疚：内心痛苦。难：祸难。免于难：免于弑君之难。指栾书和中行偃在成公十八年，弑厉公，立悼公，修复国政，重霸诸侯，避免了亡国之难。
[10] 桓子：栾武子之子。
[11] 骄泰：骄妄放纵。
[12] 艺：准则、限度。
[13] 略：犯。则：法律。行志：任行贪欲。
[14] 假：借。居：蓄积。贿：财。假货居贿：放高利贷来蓄积钱财。
[15] 没其身：善终。这二句言：全靠栾武子的好名声得以善终。
[16] 怀子：桓子之子。
[17] 修：学习、锻炼。

可以免于难 [1]。而离桓之罪 [2]，以亡于楚 [3]。

夫郤昭子 [4]，其富半公室 [5]，其家半三军 [6]，恃其富宠 [7]，以泰于国 [8]；其身尸于朝 [9]，其宗灭于绛 [10]。不然，夫八郤，五大夫三卿 [11]，其宠大矣，一朝而灭，莫之哀也 [12]。唯无德也。今吾子有栾武子之贫，吾以为能其德矣，是以贺。若不忧德之不建 [13]，而患货之不足 [14]，将吊不暇 [15]，何贺之有？"

宣子拜稽首焉 [16]，曰："起也将亡，赖子存之。非起也敢专承之 [17]，其自桓叔以下 [18]，嘉吾子之赐。"

说明

历代统治者喜富忧贫，而叔向"贺贫"，则一反常理。全文读毕，使人不由不佩服叔向的慧识明见。叔向贺贫是表，劝立德是实。晋国当时

---

[1] 以：凭借，后省略了"之"。
[2] 离：同"罹"，遭到。
[3] 亡：逃跑。
[4] 郤昭子：晋国的卿，郤至。
[5] 公室：公家，指国家。半：是……的一半。
[6] 三军：诸侯有上中下三军人马，共三万七千五百人。
[7] 宠：尊贵。
[8] 泰：骄纵、奢侈。
[9] 尸于朝：尸体陈放在朝堂示众。
[10] 宗：同族。绛：晋国旧都，今山西翼城东南。
[11] 夫八郤，五大夫三卿：郤氏八个人，有五个大夫，三个卿。
[12] 莫之哀：没有人可怜他们。
[13] 若：你。
[14] 货：钱财。
[15] 吊：忧虑。
[16] 稽首：古时最恭敬的一种跪拜礼，叩头至地。
[17] 专承：独自一人承受。
[18] 桓叔：韩氏之祖曲沃桓叔。

先秦两汉散文

正处在阶级分化激烈的动荡年代，如何在这种时代下善保其身、善保其族，正是当时贵族中的有识者日夜思考的问题。叔向的议论代表了他们的一种看法。

本文篇幅短小紧凑，首尾呼应。文字峻利质朴，明达晓畅。论点一经提出，采用正反对比的事例进行论证，以理服人，以情动人，故能令听者动容，口叹心服。后世柳宗元《贺进士王参元失火书》即本于此。

集评

金圣叹曰：读柳子厚贺失火，不如先读此。看他写栾家三世，有许多转折。写郤家，却又是一直，极尽人事天道。

——《天下才子必读书》卷二

林云铭曰：叔向贺贫之说，旧评以为翻案文字，与柳子厚贺失火一样奇创。不知王参元以富名掩其才名，人不敢荐，一失火便可贺。此则借一"贺"字，逗出德来，以为劝勉。故引栾、郤有德无德祸福之应做个样子，其意以为宣子有栾武之贫，若无其德，亦未必可以免难而庇宗，况又以贫为忧乎！此因事纳忠，词甚峻厉，不是言空空一味贫便当贺，作宽慰奉承语也。是故宣子忧贫，本为计利，而叔向却为之计害。觉卿大夫柄政，无一非祸机所伏。以栾武子之德宣及中外，止讨得"免难"二字便宜，其余则逃亡刑戮，或灭全宗。所谓"高明之家，鬼瞰其室"，无害即是利也。不知其所当忧，将改贺为吊矣。宣子闻言，以存亡为谢，且为全宗受赐，岂溢词哉！是一篇极正当文字，如何认作翻案看！

——《古文析义·初编》卷二

孙矿曰："宜及于难，而赖武以没其身"，见有俭德者犹能善后也；"可以免难，而雒桓以亡"，见无德者虽然改行，犹雒其殃也。又深言郤氏以明之，旨趣晓然。

——《古文分编集评·三集》卷五

俞桐川曰：说一"德"字，便将"贫"字压倒；说一"难"字，便将"贫"字抬高。层递圆转，玩诵不厌。

——《古文分编集评·三集》卷五

余诚曰：首一段将题面提清，次一段将宣子之问作一波，以下着重在德上，发明贫之所以可贺。却先言贫而有德者可以免难当身，兼可庇荫后人；无德者即或当身幸免，亦必移祸于后；复言富侈无德者立即灭亡。总借晋事来说，以见贫而有德之可贺。"今吾子"一段，乃正言其贺之故，而戒其勿以贫为忧。末以宣子拜谢作结。结构精严，议论警切。

——《重订古文释义新编》卷三

吴楚材等曰：不先说所以贺之之意，直举栾、郤作一榜样，以见贫之可贺与不贫之可忧。贫之可贺，全在有德，有德自不忧贫；后竟说出忧贫之可吊来，可见徒贫原不足贺也。言下宣子自应汗流浃背。

——《古文观止》卷三

先秦两汉散文

伍举论章华之台 [1]

灵王为章华之台，与伍举升焉 [2]，曰："台美夫！"对曰："臣闻国君服宠以为美 [3]，安民以为乐 [4]，听德以为聪 [5]，致远以为明 [6]。不闻其以土木之崇高、彤镂为美 [7]，而以金石匏竹之昌大、嚣庶为乐 [8]；不闻其以观大、视侈、淫色以为明 [9]，而以察清浊为聪也 [10]。

"先君庄王为匏居之台 [11]，高不过望国氛 [12]，大不过容宴豆 [13]，木不妨守备 [14]，用不烦官府 [15]，民不废时务 [16]，官不易朝常 [17]。问谁宴焉，则宋公、郑伯 [18]；问谁相礼，则华元、驷騑 [19]；问谁赞事，则陈侯、蔡侯、许男、

---

[1]　选自《国语·楚语上》。伍举：伍参之子，伍子胥的祖父，楚国的大夫，因封于椒，所以又称椒举。章华：地名。楚灵王筑台于此。

[2]　灵王：楚灵王，名熊虔，楚恭王的庶子。升：登台。

[3]　服：得到、受到。宠：指上天的恩惠，国君以德受天之禄。

[4]　安民以为乐：以能安民为乐。

[5]　听德：听有德之言，指用有德之人。

[6]　致远：能把远方的人招来为自己用。

[7]　彤：用红色涂饰器物。镂：雕刻。

[8]　金：指钟一类的打击乐器。石：石磬。匏：笙。竹：箫。昌：盛。嚣：喧哗声。庶：众多。

[9]　观大：观览盛大的场面。视侈：看华美靡侈的摆设。

[10]　察：审。清浊：指宫商角徵羽五音的清浊。

[11]　匏居：台名。

[12]　氛：古代指预示吉凶微兆的云气。

[13]　宴：宴会。豆：古代一种食器。这句指台的大小能够容纳宴会群臣就可以了。

[14]　木不妨守备：指筑台所需的木料，不妨害国家守备之用。

[15]　用不烦官府：指所用之器材不必出于官府库藏。

[16]　民不废时务：指调征民工来筑台，不曾荒废农时。

[17]　易：改变。朝常：朝廷的日常政务。

[18]　谁宴：即"宴谁"。宋公、郑伯：指宋国和郑国的国君。宋、郑两国朝事楚国。

[19]　相（xiàng）：导，引导国君行参谒之礼。华元：华御事之子，宋卿。驷騑：指郑穆公之子，字子驷。

顿子¹，其大夫侍之²。先君是以除乱克敌，而无恶于诸侯。今君为此台也，国民罢焉，财用尽焉，年穀败焉，百官烦焉³，举国留之⁴，数年乃成。愿得诸侯与始升焉，诸侯皆距⁵，无有至者。而后使太宰启疆请于鲁侯⁶，惧之以蜀之役⁷，而仅得以来。使富都那竖赞焉⁸，而使长鬣之士相焉⁹，臣不知其美也。

"夫美也者，上下、内外、小大、远迩皆无害焉，故曰美。若于目观则美，缩于财用则匮¹⁰，是聚民利以自封而瘠民也¹¹，胡美之为？夫君国者，将民之与处；民实瘠矣，君安得肥？且夫私欲弘侈¹²，则德义鲜少；德义不行，则迩者骚离而远者距违¹³。天子之贵也，唯其以公侯为官正，而以伯子男为师旅¹⁴。其有美名也，唯其施令德于远近¹⁵，而小大安之也。若敛民利以成其私欲，使民蒿焉忘其安乐，而有远心¹⁶，其为恶也甚矣，安用目观？

---

[1]　赞：佐助。陈侯、蔡侯、许男、顿子：陈、蔡、许、顿，都是国名。侯、男、子都是爵名。
[2]　侍之：大夫各侍其君。
[3]　百官烦焉：指官吏忙于征发调遣之事。
[4]　留：治。之：指筑台这件事。
[5]　距：同"拒"，拒绝。
[6]　启疆：楚卿。鲁侯：鲁昭公。事在昭公七年。
[7]　蜀：鲁地。鲁宣公曾派人和楚国修和，正巧楚庄王死了，鲁宣公也死了，未能结盟。鲁成公即位，与晋国结盟，楚王大怒，派公子婴齐攻打鲁国，到了蜀地，鲁国害怕，于是请求与楚国修好。事在鲁成公二年。
[8]　富：富于容貌，指貌美。都、那：都有美好的意思。竖：未冠之人。这是说对那些佐助礼仪的年轻人只注重容貌，不注意品德。
[9]　长鬣：美须髯。相：引导行礼。
[10]　缩：取，抽取。匮：缺乏。
[11]　封：厚。
[12]　弘：大。侈：奢靡。
[13]　迩：近。骚：愁。离：叛。远：指邻国。
[14]　正：长。这两句说公侯统领伯、子、男，就如同官长统领师旅。
[15]　令：美好。
[16]　蒿：消耗。远心：叛离之心。

"故先王之为台榭也[1]，榭不过讲军实[2]，台不过望氛祥[3]。故榭度于大卒之居[4]，台度于临观之高。其所不夺穑地[5]，其为不匮财用，其事不烦官业，其日不废时务。瘠硗之地[6]，于是乎为之；城守之末[7]，于是乎用之；官寮之暇，于是乎临之；四时之隙[8]，于是乎成之。故《周诗》曰[9]：'经始灵台[10]，经之营之。庶民攻之，不日成之[11]。经始勿亟，庶民子来[12]。王在灵囿，麀鹿攸伏[13]'。夫为台榭，将以教民利也[14]，不知其以匮之也。若君谓此台美而为之正[15]，楚其殆矣[16]！"

说明

　　文中伍举用关于什么才是美、如何才能立美名的论述，劝楚灵王"服宠以为美，安民以为乐，听德以为聪，致远以为明"。作者采用铺陈、

[1]　台：用土筑成的高而平的建筑物。榭：建筑在台上的房屋。
[2]　讲：习。军实：戎事。
[3]　氛：特指凶气。祥：特指吉气。
[4]　度（duó）：计量。大卒：国王的士卒。这句是说：建筑榭室只要能在上面检阅士卒就行了。
[5]　穑地：稼穑之地，指农田。
[6]　瘠硗（qiāo）：瘠薄坚硬之地。
[7]　城守之末：指筑城城防所剩的木料。
[8]　隙：空闲之时。
[9]　《周诗》：指《诗经·大雅·灵台》。
[10]　经始：经营之始，指立台的基址的时候。灵台：天子之台叫灵台。
[11]　攻：治、修建。
[12]　勿亟：不急。子来：像儿子给父亲工作一样。
[13]　囿（yòu）：畜养禽兽的园子。麀（yōu）：母鹿。攸：所。这句是说：国君看到母鹿卧伏的地方，会生出息爱子民之心。
[14]　教民利：为民兴利。筑台是为了望氛祥、备灾害，筑榭是为了讲军实、御寇乱，都是为了百姓的利益。
[15]　为之正：以为这样做是正确的。
[16]　殆：危险。

夸张、排比、对比的手法，色彩绚烂，气势宏大，在以质朴无华为风格特色的《国语》中显得别具一格。

集评

  林云铭曰：楚灵劳民伤财，大兴游观土木，其意自谓可以长享荣贵、夸示诸侯，全不在君德上理论。殊不知台美则财匮、财匮则民不得安，非保国之道也。伍举之对，注定费财夺民上着眼，开口提出服宠、安民、听德、致远四句为纲，以闻不闻轻轻点过，即分叙匏居、章华二台，用此四句之意，错综逐一相形，其得失自见。再将章华所以不得为美处洗发一番，又将四句之意穿指搏垸，见其有相因之势，俱坏于敛民利以成其私欲一着，不但不得为美，且以为恶之甚者，警切极矣。末言先王为台，原以利民，非以匮民，不当将匮民之台自称为美，以致国濒于危。尤为谆恳之论。细味之，段落井然。奈旧注全不解了，且有错谬，使读者不无讶其拖沓，诚可惜也。

——《古文析义·二编》卷二

战国策

《战国策》，或曰《国策》、《国事》、《短长》、《事语》、《长书》，西汉时经刘向整理改编，定名为《战国策》，相沿至今。《战国策》作者不可考，不像出于一人之手笔，也不是一时之作。全书共三十三篇，主要叙写了战国时代谋臣策士游说诸侯、互相辩论时所发表的谋议和辞说，保存了不少纵横家的著作和言论。该书对谋臣策士游说之辞和猎取功名利禄的行为大加赞扬，对"士"的作用常作不恰当的夸大，不尽符合历史的本来面目。

《战国策》在文学史上有着重要地位。它长于叙事，风格铺张扬厉，纵横开阖。描写人物虽喜夸张，但却传神之至。

邹忌讽齐威王纳谏 [1]

邹忌修八尺有余 [2]，而形貌昳丽 [3]。朝服衣冠，窥镜，谓其妻曰："我孰与城北徐公美 [4]？"其妻曰："君美甚，徐公何能及君也！"城北徐公，齐国之美丽者也。忌不自信，而复问其妾曰："吾孰与徐公美？"妾曰："徐公何能及君也！"旦日 [5]，客从外来，与坐谈，问之客曰："吾与徐公孰美？"客曰："徐公不若君之美也。"

---

[1]　选自《战国策·齐策一》。邹忌：齐国人，以善鼓琴事齐威王。威王用邹忌为相，封成侯。齐威王：姓田，名因齐，一作婴齐，前356—前320年在位。他在位时，改革政治，国势强盛，为战国七雄之一。

[2]　修：长。周制一尺约合今七寸余。

[3]　昳（yì）：同"逸"，气度不凡之意。丽：光艳美丽。

[4]　我孰与城北徐公美：我与城北徐公孰美？孰：谁，哪个。

[5]　旦日：明日。

明日，徐公来。孰视之[1]，自以为不如；窥镜而自视，又弗如远甚。暮寝而思之，曰："吾妻之美我者，私我也[2]；妾之美我者，畏我也；客之美我者，欲有求于我也。"

于是入朝见威王曰："臣诚知不如徐公美。臣之妻私臣，臣之妾畏臣，臣之客有求于臣，皆以美于徐公。今齐地方千里，百二十城。宫妇左右，莫不私王；朝廷之臣，莫不畏王；四境之内，莫不有求于王。由此观之，王之蔽甚矣[3]。"王曰："善[4]。"

乃下令："群臣吏民，能面刺寡人之过者[5]，受上赏；上书谏寡人者，受中赏；能谤讥于市朝[6]，闻寡人之耳者，受下赏。"令初下，群臣进谏，门庭若市；数月之后，时时而间进[7]；期年之后[8]，虽欲言，无可进者。

燕、赵、韩、魏闻之，皆朝于齐。此所谓战胜于朝廷[9]。

说明

在人人赞其貌美胜于徐公之时，作为齐相的邹忌却能冷静地加以对比，认定自己"弗如远甚"，实大不易之事。夫妇论美，本属闺房私语，

---

[1]　孰：后写作"熟"。孰视：仔细地看。
[2]　私：偏爱。
[3]　蔽：蒙蔽。王之蔽：王所受的蒙蔽。
[4]　善：有道理，说得好。
[5]　面刺：当面指摘。
[6]　谤讥于市朝：在公共场所议论我的过失。
[7]　时时而间进：隔些时候，间或有人进谏。
[8]　期年：一周年。
[9]　战胜于朝廷：在朝廷之内即可战胜敌国。意谓政治修明，不用武力即可使敌国畏服。

而邹忌却由此及彼，思及国家大事，则尤难能可贵。通体笔法，每层俱是三叠。几处细节描写，如邹忌"窥镜自视"，"群臣进谏，门庭若市"等，则妙笔生花，活灵活现。

文章篇幅短小，但却简洁生动。如妻、妾、客三人谀美之辞俱有小异，形象地刻画出因与邹忌的不同关系而产生的不同心态。邹忌朝见齐威王的劝谏，则温婉动听，要言不烦，一句"王之蔽甚矣"的总结，实道尽千古统治者通病。

必须指出的是，文章结尾处，"燕、赵、韩、魏闻之，皆朝于齐"，并不符合史实。为了突出邹忌讽谏的效果，作者就不惜向壁虚构了。

集评

金圣叹曰：一段问答孰美，一段暮寝自思，一段入朝自述，一段讽王蔽甚，一段下令受谏，一段进谏渐稀，段段简峭之甚。

——《天下才子必读书》卷三

林云铭曰：此篇专为好奉承者说法。人苦不自知，自知则人莫能蔽。篇中所云"臣诚知不如徐公美"一句，便是去蔽主脑。威王下令，亦止是欲闻过耳。结言"战胜"，即自克之意。其行文自首至尾俱用三叠法。《国策》中最昌明正大者。

——《古文析义·初编》卷二

俞桐川曰：闺门起，朝廷结，小中见大。思议不到，写来都成名理。文多三叠，间用单句提缀，转折收煞，笔力斩然。

——《古文分编集评·三集》卷六

余诚曰：此文大有惜墨如金之意。前五段不过是引入讽齐王伏笔。"王曰：'善。'"已下，又皆写齐王之能受善。其讽王处，惟在臣诚知不如徐公美数语。即此数语中，亦并无讽王纳谏字句，只轻轻说个"王之蔽甚矣"便住。

何等蕴藉，何等简峭。至其通体文法，每一层俱用三叠。变而不变，不变而变，更如武夷九曲，步步引人入胜。

——《重订古文释义新编》卷四

冯谖客孟尝君 [1]

　　齐人有冯谖者，贫乏不能自存 [2]，使人属孟尝君 [3]，愿寄食门下 [4]。孟尝君曰："客何好？"曰："客无好也。"曰："客何能？"曰："客无能也。"孟尝君笑而受之，曰："诺。"

　　左右以君贱之也，食以草具 [5]。居有顷，倚柱弹其剑，歌曰："长铗归来乎 [6]！食无鱼。"左右以告。孟尝君曰："食之，比门下之客 [7]。"居有顷，复弹其铗，歌曰："长铗归来乎！出无车。"左右皆笑之，以告。孟尝君曰："为之驾 [8]，比门下之车客。"于是乘其车，揭其剑 [9]，过其友曰 [10]："孟尝君客我 [11]。"后有顷，复弹其剑铗，歌曰："长铗归来乎！无以为家 [12]。"左右皆恶之，以为贪而不知足。孟尝君问："冯公有亲

---

[1]　选自《战国策·齐策四》。冯谖（xuān）：齐国孟尝君的门客。谖：或作"煖"、"驩"。客：用如动词，作门客。孟尝君：姓田名文，齐国的贵族，曾为齐相，封于薛（今山东滕县东南），孟尝君是他的封号。他与魏信陵君、赵平原君、楚春申君，并称为战国四公子，门下食客有数千人。

[2]　存：存活，这里指生活。

[3]　属（zhǔ）：后写作"嘱"。嘱托。

[4]　寄食门下：在孟尝君门下做食客。

[5]　左右：指孟尝君左右为他办事的人。以：因为。贱之：以之为贱，轻视他。食（sì）：给人吃。草：粗。具：饭食。草具：粗劣的食物。

[6]　居有顷：呆了不久。铗（jiá）：剑把。这里代指剑。归来乎：回去吧！

[7]　比：比照。客：食鱼之客。这句意谓与门下一般食客同等待遇。孟尝君门下食客分三等。上客食肉，出门乘车；中客食鱼；下客食菜。

[8]　为之驾：给他准备车马。

[9]　揭：高举。

[10]　过：拜访。

[11]　客我：以我为客。

[12]　无以为家：无力赡养家庭。

乎?"对曰:"有老母。"孟尝君使人给其食用,无使乏。于是冯谖不复歌。

后孟尝君出记[1],问门下诸客:"谁习计会[2],能为文收责于薛者乎[3]?"冯谖署曰[4]:"能。"孟尝君怪之,曰:"此谁也?"左右曰:"乃歌夫'长铗归来'者也。"孟尝君笑曰:"客果有能也,吾负之[5],未尝见也。"请而见之,谢曰[6]:"文倦于事[7],愦于忧[8],而性懧愚[9],沉于国家之事[10],开罪于先生。先生不羞,乃有意欲为收责于薛乎?"冯谖曰:"愿之。"于是约车治装[11],载券契而行[12]。辞曰:"责毕收,以何市而反[13]?"孟尝君曰:"视吾家所寡有者。"

驱而之薛,使吏召诸民当偿者,悉来合券[14]。券徧合[15],起,矫命以责赐诸民[16],因烧其券。民称万岁。

长驱到齐,晨而求见。孟尝君怪其疾也,衣冠而见之[17],曰:"责毕收乎?来何疾也!"曰:"收毕矣。""以何市而反?"冯谖曰:"君云'视吾

[1] 记:文告。
[2] 习:熟悉。计会(kuài):会计,计算。
[3] 责:后写作"债"。债务。
[4] 署:签名。
[5] 负:辜负。
[6] 谢:道歉。
[7] 倦于事:为琐事搞得疲倦。
[8] 愦(kuì):昏乱。愦于忧:被种种忧虑搞得心烦意乱。
[9] 懧:同"懦",懦弱。
[10] 沉:沉溺。
[11] 约车:套车。治装:整理行装。
[12] 券契:债券。
[13] 市:买。反:后写作"返"。
[14] 之:往。当偿者:应当还债的人。合券:验对债券。古时借贷双方各执契约一半为凭,合券即合齿验证。
[15] 徧:同"遍"。
[16] 矫命:假托孟尝君的命令。以责赐诸民:把债款赐给老百姓。
[17] 疾:迅速。衣冠:这里作动词用,穿好衣服,戴好帽子。

家所寡有者'。臣窃计，君宫中积珍宝，狗马实外厩 [1]，美人充下陈 [2]，君家所寡有者，以义耳！窃以为君市义 [3]。"孟尝君曰："市义奈何？"曰："今君有区区之薛，不拊爱子其民 [4]，因而贾利之 [5]。臣窃矫君命，以责赐诸民，因烧其券，民称万岁。乃臣所以为君市义也。"孟尝君不说，曰："诺，先生休矣。"

后期年，齐王谓孟尝君曰："寡人不敢以先王之臣为臣 [6]。"孟尝君就国于薛 [7]。未至百里，民扶老携幼，迎君道中 [8]。孟尝君顾谓冯谖曰："先生所为文市义者，乃今日见之 [9]。"冯谖曰："狡兔有三窟，仅得免其死耳。今君有一窟，未得高枕而卧也 [10]。请为君复凿二窟。"

孟尝君予车五十乘，金五百斤，西游于梁 [11]。谓惠王曰："齐放其大臣孟尝君于诸侯 [12]，诸侯先迎之者，富而兵强。"于是梁王虚上位，以故相为上将军 [13]，遣使者，黄金千斤，车百乘，往聘孟尝君。冯谖先驱 [14]，诚孟尝君曰："千金，重币也；百乘，显使也；齐其闻之矣 [15]。"梁使三反 [16]，孟尝

---

[1]　实：充满。厩（jiù）：马棚。
[2]　下陈：古代统治者堂下陈放礼品，站列婢妾的地方。
[3]　市义：买义。指收买人心。
[4]　拊：同"抚"。子其民：以其民为子，即爱民如子。
[5]　贾（gǔ）利之：用商贾的手段向百姓图利。
[6]　期（jī）年：一周年。不敢以先王之臣为臣：不敢把先王的臣作为我的臣。这是委婉语，实际上是撤他的职。先王：齐宣王。
[7]　就国：回自己的封地（薛）。
[8]　未至百里：指距离薛地还有一百里。
[9]　顾：回头。乃：才。
[10]　高枕而卧：垫高枕头安卧，比喻没有忧虑。
[11]　梁：魏国都大梁。
[12]　惠王：梁惠王（魏惠王）。放：放逐。这句言齐国罢免孟尝君相位，正好使其他诸侯国重用他。
[13]　虚上位：空出宰相这一官位。故相：原来的宰相。
[14]　先驱：先赶车回去。
[15]　重币：贵重的礼物。显使：显贵的使臣。
[16]　三反：往返三次。

君固辞不往也。

　　齐王闻之，君臣恐惧，遣太傅赍黄金千斤[1]，文车二驷[2]，服剑一[3]，封书谢孟尝君，曰："寡人不祥[4]，被于宗庙之祟[5]，沉于谄谀之臣[6]，开罪于君，寡人不足为也[7]。愿君顾先王之宗庙，姑反国统万人乎[8]！"冯谖诫孟尝君曰："愿请先生之祭器，立宗庙于薛[9]。"庙成，还报孟尝君曰："三窟已就，君姑高枕为乐矣。"

　　孟尝君为相数十年，无纤介之祸者[10]，冯谖之计也。

说明

　　孟尝君为战国四公子之一，据说曾养门客三千。其中既有鸡鸣狗盗之徒，也不乏富于政治才干之士，本文所写的冯谖便是其中之一。

　　冯谖出身贫贱，寄食豪门，不仅深晓统治阶级和劳苦百姓之间的阶级对立，而且洞悉统治阶级内部的矛盾和斗争。在这一背景之下，作者采取先抑后扬的方法，通过弹铗而歌、焚券市义、西游于梁、重谋相位、请立宗庙等一系列事件塑造出一位大智若愚、颇具政治远见和胆识、处事干练机智的人物形象。冯谖初入孟尝君门下，三次弹铗而歌，一副世

---

[1]　太傅：官名。赍（jī）：拿东西送人。
[2]　文车：绘有文采的车。驷：古代一辆车套四匹马。
[3]　服剑：佩剑。这里指齐王佩戴的剑。
[4]　不祥：不吉利，没福气。
[5]　"被于"句：遭受祖宗降下的灾祸。被：遭受。祟（suì）：鬼神降下的灾祸。
[6]　谄谀（chǎn yú）：逢迎巴结。
[7]　为：帮助。不足为：不值得顾念、辅助。
[8]　顾：顾念。姑：暂且。国：国都。统：治理。
[9]　立宗庙于薛：在薛建立齐国先王的宗庙。目的是巩固孟尝君的地位。
[10]　纤：细。介：同"芥"，小草。纤介：细微。

俗之态，看不出丝毫过人之处。焚券市义是冯谖由默默无闻到被重视的过渡。同时"市义"究竟有何作用，也为情节的进一步发展埋下了伏笔。孟尝君罢官至薛后，"市义"的效果方显，即冯谖所谓的"一窟"已就。为孟尝君将来的安危考虑，冯谖复凿二窟，遂有了西游于梁和请立宗庙之举。造就三窟，是本文的重头戏，充分展示了冯谖的远见和政治才干，使堂堂公子孟尝君相形见绌。

集评

林云铭曰：此与《史记》所载不同。若论收债于薛一事，《史记》颇为近情。但此篇首尾叙事笔力，实一部《史记》蓝本，不必较论其事之有无也。

——《古文析义·二编》卷三

方苞曰：冯骥事见《国策》，而语则异，盖秦汉间论战国权变者非一家，史公所录，与今传《国策》异耳。

——《方望溪平点史记》

吴楚材等曰：三番弹铗，想见豪士一时沦落，胸中块垒，勃不自禁。通篇写来，波澜层出，姿态横生，能使冯公须眉浮动纸上，沦落之士，遂尔顿增气色。

——《古文观止》卷四

浦起龙曰：此冯谖传也，屈伸具态。其计谋不出为巨室老，无绝殊者。喜其叙置不平铺，且为史传开体。

——《古文眉诠》卷十三

余诚曰：此文之妙，全在立意之奇，令人读一段想一段，真有武夷九曲步步引人入胜之致。……反复相生。谋篇之妙，殊属奇绝。若其句调之变换，摹写之精工，顿挫跌宕，关锁照应，亦无不色色入神。变体快笔，皆以为较《史记》更胜。

——《重订古文释义新编》卷四

颜斶说齐王 [1]

　　齐宣王见颜斶，曰："斶前 [2]！"斶亦曰："王前！"宣王不悦。左右曰："王，人君也；斶，人臣也。王曰'斶前'，斶亦曰'王前'，可乎？"斶对曰："夫斶前为慕势 [3]，王前为趋士 [4]。与使斶为慕势，不如使王为趋士。"王忿然作色曰："王者贵乎？士贵乎？"对曰："士贵耳，王者不贵。"王曰："有说乎？"斶曰："有。昔者秦攻齐，令曰：'有敢去柳下季垄五十步而樵采者 [5]，死不赦。'令曰：'有能得齐王头者，封万户侯，赐金千镒。'由是观之，生王之头，曾不若死士之垄也。"宣王默然不悦。

　　左右皆曰："斶来，斶来！大王据千乘之地 [6]，而建千石钟、万石虡 [7]；天下之士，仁义皆来役处 [8]；辩知并进 [9]，莫不来语；东西南北，莫敢不服。求万物不备具 [10]，而百姓无不亲附。今夫士之高者，乃称匹夫，徒步

─────────────

[1]　选自《战国策·齐策四》。颜斶（chù）：齐国隐士。
[2]　前：上前。
[3]　慕势：爱慕权势。
[4]　趋士：接近士人。
[5]　去：离开。柳下季：春秋时鲁国贤士，姓展名禽，字季，食采邑于柳下，谥惠，故又称柳下惠。垄：指坟墓。
[6]　千乘之地：千应改为"万"。周制，地方千里，出兵车万乘；地方百里，出兵车千乘。齐是方千里的大国，故据有兵车万乘。
[7]　石（dàn）：重量单位，一百二十斤为一石。钟：古代一种乐器。虡（jù）：悬挂钟磬的木架。这两句说明齐王重视礼乐教化。
[8]　这句有误。"仁义"二字恐应当在"之士"之前。
[9]　辩知并进：能言善辩之士和有知识的人都来了。
[10]　这句应作"求万物无不备具"。

　　　　　　　　　　　　　　　　　　　　　　　先秦两汉散文

而处农亩；下则鄙野，监门、闾里[1]，士之贱也，亦甚矣[2]。"颜对曰："不然。颜闻古大禹之时，诸侯万国[3]，何则？德厚之道，得贵士之力也[4]。故舜起农亩，出于野鄙，而为天子。及汤之时，诸侯三千。当今之世，南面称寡者，乃二十四。由此观之，非得失之策与[5]？稍稍诛灭[6]，灭亡灭族之时，欲为监门、闾里，安可得而有乎哉？是故《易传》不云乎[7]：'居上位，未得其实，以喜其为名者，必以骄奢为行；据慢骄奢，则凶必从之[8]。'是故无其实而喜其名者削[9]，无德而望其福者约[10]，无功而受其禄者辱[11]，祸必握[12]。故曰：'矜功不立，虚愿不至[13]。'皆乐于其名，华而无其实德者也。是以尧有九佐[14]，舜有七友[15]，禹有五丞[16]，汤有三辅[17]，自古及今而能虚成名于天下者，无有。是以君王无羞亟问[18]，不媿下学[19]。是故成其道德而扬功名于后世者，尧、舜、禹、汤、周文王是也。故曰：'无形者，形

---

[1] 鄙野：穷乡僻壤。闾里：古时以二十五家为一闾或一里。闾里皆有巷，巷口有门，设一卒守门。
[2] 亦甚矣：（下贱）真是到了极点了。
[3] 万国：言诸侯国之多。这句言我听说上古大禹的时代，诸侯国有一万多个。
[4] "德厚"两句：德行高尚是由于贵士之故。
[5] 得失之策：得士之策和失士之策。与：通"欤"。
[6] 稍稍：逐渐地。
[7] 《易传》：易即《周易》，《易》的正文称作"经"，对经文的解释称传（zhuàn）。
[8] 据：同"倨"，傲慢。
[9] 削：削弱，指土地日见削减。
[10] 约：穷困。
[11] 辱：羞辱。
[12] 握：同"渥"，厚、多。
[13] "矜功"两句：好大喜功却不为的不能建立功业，虚幻而不切实际的愿望无法实现。
[14] 九佐：传说尧时舜为司徒，契为司空，后稷为田畴，夔为乐正，倕为工师，伯夷为宗秩，皋陶为大理，益掌驱禽。
[15] 七友：指雄陶、方向、续牙、伯阳、东不訾、秦不虚、灵甫。
[16] 五丞：指益、稷、皋陶、倕、契。
[17] 三辅：指谊伯、仲伯、咎单。
[18] 亟（qì）：屡次。
[19] 媿：同"愧"。

之君也[1]；无端者，事之本也[2]。'夫上见其原[3]，下通其流[4]，至圣人明学[5]，何不吉之有哉[6]！老子曰：'虽贵，必以贱为本；虽高，必以下为基。是以侯王称孤、寡、不穀，是其贱之本与[7]？'非夫孤寡者，人之困贱下位也，而侯王以自谓，岂非下人而尊贵士与[8]？夫尧传舜，舜传禹，周成王任周公旦，而世世称曰明主，是以明乎士之贵也！"

宣王曰："嗟乎！君子焉可侮哉，寡人自取病耳[9]！及今闻君子之言，乃今闻细人之行[10]，愿请受为弟子。且颜先生与寡人游[11]，食必太牢[12]，出必乘车，妻子衣服丽都[13]。"

颜斶辞去曰："夫玉生于山，制则破焉[14]，非弗宝贵矣，然夫璞不完[15]。士生乎鄙野，推选则禄焉[16]，非不得尊遂也[17]，然而形神不全。斶愿得归，晚食以当肉[18]，安步以当车，无罪以当贵[19]，清静贞正以自虞[20]。制言者[21]，

[1]　形：具象。君：主宰。这句言无形是有形的主宰。
[2]　端：端绪、头绪。这句言没有端绪是事物的本源。
[3]　见：察见。原：事物之本源。
[4]　通：通晓。流：流变、演变。
[5]　圣人明学：圣人道德崇高、通达彻悟。
[6]　不吉：不好的事，指上面所说的削、约、辱这些祸害。
[7]　孤、寡、不穀：都是古代国君的自称。
[8]　下人而尊贵士：国君甘居人下而对士表示尊贵。
[9]　病：没趣。
[10]　细人：小人。
[11]　游：交游、交往。
[12]　太牢：古代祭祀以牛、羊、猪为太牢。牢、祭祀用的牺牲。
[13]　丽都：鲜艳华美。
[14]　制：加工制作。破：损害。
[15]　璞不完：蕴藏美玉的石头在人工处理后，原有自然面目不复存在。
[16]　推选则禄：被选拔而获得禄位。
[17]　尊遂：尊贵发达。
[18]　晚食以当肉：饭吃得晚，虽无美味，但因肚子饿了，故其美与吃肉相当。
[19]　无罪以当贵：不做官则不易有罪，这也是富贵。
[20]　虞：同"娱"。
[21]　制言：犹发号施令。

王也；尽忠直言者，斶也。言要道已备矣[1]，愿得赐归，安行而反臣之邑屋[2]。”则再拜而辞去也。

曰[3]："真知足矣，归真反璞[4]，则终身不辱也。"

说明

本文起笔突兀，"斶前"、"王前"两语能够立刻引起读者的注意。颜斶的"士贵耳，王者不贵"之语足以为千古士人吐气。其解释之语，谓王者"灭亡灭族之时，欲为监门、闾里，安可得而有乎哉"，足以使齐王惊悚；而"尧传舜，舜传禹，周成王任周公旦，而世世称曰明主"，则明确指出了士为贵的理由。读到齐王闻颜斶之语而悔悟一段，读者很可能以为接下去便是颜斶接受王者之师的一幕，谁知读到的却是他辞官不就而发表的一番归真反璞的言论。这既符合颜斶的性格，也给读者带来意外的快感。文中齐王的傲慢自负、颜斶的贫贱骄人、左右的献谀善佞，虽未必为当时之实有，却符合生活的真实。

集评

林云铭曰：颜斶齐人，见其君不屈如斯，纯是战国习气。盖战国之君，得士者昌，失士者亡，故士贵至此。然要自己有一副大本领，如孟夫子之藐

---

[1] 要道：重要的道理。备：周详。
[2] 反：同"返"。邑屋：老家。
[3] 曰：评论。
[4] 归真：归复本性。反璞：美玉还原为璞。

大人方可。余尝言孟之藐大人，即孔之畏大人，易地则皆然也。虿犹幸有再拜辞去一着。若借此以邀齐王之禄，则半文不值矣。《国策》原本"死士之垄"句下尚反复数百言（按今已录），皆虿之言，坊本俱删去。但警策奇崛，亦止有此数语。读之见其势险、其节短，洵不可多得之文。

——《古文析义·初编》卷二

王符曾曰：精思绮论，妙绝古今。当时田子方、段干木辈不肯为此言，亦不能为此言。

——《古文小品咀华》卷一

吴楚材等曰：起得唐突，收得超忽。后段"形神不全"四字，说尽富贵利达人，良可悲也。战国士气卑污极矣，得此可以一回狂澜。

——《古文观止》卷四

触龙说赵太后 [1]

赵太后新用事 [2]，秦急攻之。赵氏求救于齐。齐曰："必以长安君为质 [3]，兵乃出。"太后不肯，大臣强谏 [4]。太后明谓左右 [5]："有复言令长安君为质者，老妇必唾其面！"

左师触龙言愿见太后 [6]。太后盛气而揖之 [7]。入而徐趋 [8]，至而自谢，曰："老臣病足，曾不能疾走 [9]，不得见久矣！窃自恕 [10]。而恐太后玉体之有所郄也 [11]，故愿望见太后。"太后曰："老妇恃辇而行 [12]。"曰："日食饮得无衰乎 [13]？"曰："恃粥耳。"曰："老臣今者殊不欲食 [14]。乃自强步 [15]，日三四里，少益耆食 [16]，和于身也 [17]。"太后曰："老妇不能。"太后之色少解 [18]。

[1] 　选自《战国策·赵策四》。触龙：赵国的左师。赵太后：即赵威后。
[2] 　用事：执政。前266年，赵惠文王死，子孝成王幼年继位，由赵威后执政。
[3] 　长安君：赵太后小儿子的封号。质：抵押。当时诸侯国之间结盟，盛行把国君的兄弟、子孙交给对方作为人质，以取得信任。
[4] 　强（qiǎng）谏：竭力劝谏。
[5] 　明谓：明白地说给。
[6] 　左师：官名。
[7] 　揖：是"胥"字的讹字。胥：通"须"，等待。
[8] 　徐：慢慢地。趋：快步走。按当时礼节，臣见君当快步走以示敬重。但因触龙脚有毛病，故只能徐趋，实际上仅是作出"趋"的姿势罢了。
[9] 　曾：竟。疾走：快跑。
[10] 　窃自恕：私下自己原谅自己。
[11] 　郄（xì）：同"郤"，疲劳，不舒适。
[12] 　恃：依靠，凭着。辇：人力拉的车子。
[13] 　得无：该不会。衰：减少。
[14] 　今者：近来。殊：很。
[15] 　强（qiǎng）步：勉强走动。步：慢慢走。
[16] 　少：稍稍。益耆食：增加食欲。耆：通"嗜"，喜爱。
[17] 　和：舒适。
[18] 　色：脸色。解：消散。

左师公曰："老臣贱息舒祺[1]，最少，不肖[2]；而臣衰，窃爱怜之[3]。愿令得补黑衣之数[4]，以卫王宫。没死以闻[5]！"太后曰："敬诺[6]。年几何矣？"对曰："十五岁矣。虽少，愿及未填沟壑而托之[7]。"太后曰："丈夫亦爱怜其少子乎？"对曰："甚于妇人。"太后笑曰："妇人异甚[8]。"对曰："老臣窃以为媪之爱燕后[9]，贤于长安君[10]。"曰："君过矣[11]，不若长安君之甚。"左师公曰："父母之爱子，则为之计深远[12]。媪之送燕后也，持其踵[13]，为之泣，念悲其远也[14]。亦哀之矣。已行，非弗思也。祭祀必祝之，祝曰：'必勿使反[15]！'岂非计久长、有子孙相继为王也哉？"太后曰："然。"

左师公曰："今三世以前[16]，至于赵之为赵[17]，赵主之子孙侯者[18]，其继有在者乎[19]？"曰："无有。"曰："微独赵，诸侯有在者乎[20]？"曰："老

[1]　贱息：对人谦称自己的儿子。息：子。
[2]　少：年轻。不肖：不贤，没出息。
[3]　怜：爱。
[4]　黑衣：指宫廷卫士。因赵国卫士都穿黑衣，故称。数：名额。
[5]　没：通"殁"，冒昧。没死：冒死。闻：禀告。
[6]　敬：表示客气，无实义。敬诺：等于说遵命。
[7]　及：趁。填沟壑（hè）：自己死的谦卑说法。死后没人埋葬，尸体被扔在山沟里，故称。
[8]　异甚：特别厉害。
[9]　媪（ǎo）：对老年妇女的尊称。燕后：赵太后的女儿，嫁到燕国为后，故称燕后。
[10]　贤于：胜于。
[11]　过：错。
[12]　计：考虑、计划。计深远：作长远打算。
[13]　持：握。踵（zhǒng）：脚后跟。
[14]　念悲其远：惦念她并且为她远嫁在外伤心。
[15]　反：同"返"。古代诸侯的女儿嫁给他国国君，只有被废或亡国，才能回父母之国，所以赵太后祝愿自己的女儿"必勿使反"。
[16]　三世：三代。父子相继为一世。
[17]　赵之为赵：赵氏建立赵国的开始。
[18]　侯者：封侯的。
[19]　继：继承者，指后嗣。
[20]　微独：不仅，非但。"其继"的主语是"诸侯之子孙侯者"。

妇不闻也。""此其近者祸及身[1]，远者及其子孙。岂人主之子孙则必不善哉？位尊而无功，奉厚而无劳[2]，而挟重器多也[3]。今媪尊长安君之位[4]，而封之以膏腴之地[5]，多予之重器，而不及今令有功于国[6]，一旦山陵崩[7]，长安君何以自托于赵？老臣以媪为长安君计短也，故以为其爱不若燕后。"太后曰："诺，恣君之所使之[8]！"于是，为长安君约车百乘[9]，质于齐，齐兵乃出。

子义闻之[10]，曰："人主之子也，骨肉之亲也，犹不能恃无功之尊，无劳之奉，而守金玉之重也，而况人臣乎？"

说明

本文记叙了赵国老臣触龙巧妙劝谏太后，最终使太后同意让长安君出使齐国做人质，从而挽救了赵国危机之事。文章篇幅不大，主要写触龙与太后的对话。最大的特点是劝谏巧妙，触龙没有一句话提及让长安君为人质，而是巧设圈套，渐近主旨，最后水到渠成。谏辞入情入理，逻辑严密，并始终注意把握尺度，保持臣下的谦恭，使太后心悦诚服地接受进谏，解除了赵国的危机。

[1] 近者：速度快的。
[2] 奉：通"俸"，指俸禄。劳：功劳。
[3] 挟：拥有。重器：贵重的宝物。指象征国家权力的金玉钟鼎之类。
[4] 尊：使……尊、高。
[5] 膏腴（yú）：肥沃。
[6] 及今：趁现在。
[7] 山陵崩：古代对君主之死的避讳说法。这里指赵太后之死。
[8] 恣：任凭。
[9] 约车：套车。
[10] 子义：赵国的贤士。

集评

金圣叹曰：此篇琐笔碎墨，于文中最为小样；然某特神会其自首至尾，寸寸节节，俱是妙避"长安君"三字。如"太后盛气而揖之"，"太后之色稍解"，"太后回诺，恣君之所使之"。其间苦甘浅深，一一俱有至理。其文乃都在笔墨之外，政未易于琐碎处尽之也。

——《天下才子必读书》卷三

吴楚材等曰：左师悟太后，句句闲语，步步闲情，又妙在从妇人情性体贴出来。便借燕后反衬长安君，危词警动，便尔易入。老臣一片苦心，诚则生巧，至今读之，犹觉天花满目，又何怪当日太后之欣然听受也。

——《古文观止》卷四

王符曾曰：月影映花，花影浸月，更得微风摇动，而月魄花魂愈觉淡雅宜人，文致似之。

——《古文小品咀华》卷一

浦起龙曰：摹神微密之文，必细分节次，愈见关目步骤之工。意越冷，越投机；语越宽，越醒听。由其冷意无非苦心，宽语悉是苦口也。

——《古文眉诠》卷十五

余诚曰：字字机警，笔笔针锋，目送手挥，旁敲远击，绝不使直笔，绝不犯正面，而未言之隐，自能令人首肯。真是异样出色。近日举业家有文似不著题，而题义已透彻无遗蕴者。此其似之。

——《重订古文释义新编》卷四

鲁仲连义不帝秦 [1]

秦围赵之邯郸 [2]，魏安釐王使将军晋鄙救赵 [3]，畏秦，止于荡阴不进 [4]。魏王使客将军辛垣衍间入邯郸 [5]，因平原君谓赵王曰 [6]："秦所以急围赵者，前与齐湣王争强为帝 [7]，已而复归帝 [8]，以齐故。今齐湣王已益弱 [9]。方今唯秦雄天下 [10]，此非必贪邯郸，其意欲求为帝，赵诚发使尊秦昭王为帝 [11]，秦必喜，罢兵去。"平原君犹豫未有所决。

此时鲁仲连适游赵，会秦围赵，闻魏将欲令赵尊秦为帝，乃见平原君曰："事将奈何矣？"平原君曰："胜也何敢言事！百万之众折于外 [12]，今又内围邯郸而不能去 [13]，魏王使客将军辛垣衍令赵帝秦，今其人在是。胜也何敢言事！"鲁连曰："始吾以君为天下之贤公子也，吾乃今然后知君

---

[1]　选自《战国策·赵策三》。鲁仲连：见《鲁仲连遗燕将书》注。义：根据正义。不帝秦：不尊秦王为帝。

[2]　邯郸：赵国国都，今河北邯郸。

[3]　魏安釐（xī）王：魏国国君，魏昭王的儿子，名圉（yǔ）。晋鄙：魏国大将。

[4]　荡阴：今河南汤阴，是赵魏两国交界的地方。

[5]　客将军：别国人在此国做官，文官称"客卿"，武官称"客将军"。辛垣衍：人名，复姓辛垣，名衍。间入：偷偷地进入。

[6]　因：通过。平原君：赵孝成王的叔父，名胜，是战国四公子之一，时为赵相。赵王：指赵孝成王。

[7]　"秦所以"两句：周报王二十七年（前288年），齐湣王称东帝，秦昭王称西帝。

[8]　已而：过了不久，不久以后。归帝：归还帝号，即取消自己的帝号。

[9]　"今齐"句：秦围邯郸时齐湣王已死二十余年，此时齐国君主为襄王。此句疑有误。句意可能是齐国当时的形势，比齐湣王时愈益衰弱。

[10]　方今：现在。雄：称雄。

[11]　诚：表示假设。

[12]　百万之众折于外：指赵孝成王六年（前260年），秦将白起在长平（今山西高平）大破赵军，赵降军四十余万人全被秦军坑杀。

[13]　内：深入国内。去：离开。

非天下之贤公子也！梁客辛垣衍安在[1]？吾请为君责而归之[2]！"平原君曰："胜请为召而见之于先生。"平原君遂见辛垣衍曰："东国有鲁连先生[3]，其人在此，胜请为绍介而见之于将军。"辛垣衍曰："吾闻鲁连先生，齐国之高士也[4]。衍，人臣也，使事有职[5]，吾不愿见鲁连先生也。"平原君曰："胜已泄之矣[6]。"辛垣衍许诺。

鲁连见辛垣衍而无言。辛垣衍曰："吾视居此围城之中者，皆有求于平原君者也。今吾视先生之玉貌，非有求于平原君者，曷为久居此围城之中而不去也？"鲁连曰："世以鲍焦无从容而死者[7]，皆非也。今众人不知，则为一身[8]。彼秦者，弃礼义而上首功之国也[9]。权使其士，虏使其民[10]；彼则肆然而为帝[11]，过而遂正于天下[12]，则连有赴东海而死矣，吾不忍为之民也！所为见将军者，欲以助赵也。"辛垣衍曰："先生助之奈何？"鲁连曰："吾将使梁及燕助之，齐、楚则固助之矣。"辛垣衍曰："燕则吾请以从矣。若乃梁，则吾乃梁人也，先生恶能使梁助之耶？"鲁连曰："梁未睹秦称帝之害故也。使梁睹秦称帝之害，则必助赵矣。"辛垣衍曰："秦称帝之害将奈何？"鲁仲连曰："昔齐威王尝为仁义矣[13]！率天下诸侯

[1]　安在：在哪里。
[2]　归之：使之归，即让他回去。
[3]　东国：指齐国。齐国位处九州之东，故称东国。
[4]　高士：品行高尚而不做官的人。
[5]　使事有职：出使到赵国，有一定职责。
[6]　泄：泄露。之：指辛垣衍到赵国来这件事。
[7]　鲍焦：周代隐士。传说他因不满当时政治，抱木饿死。从容：指胸襟宽大。无从容：心地狭隘。这句连下一句意思是世上那些认为鲍焦是因为心地狭隘而死的人们，都认识错了。
[8]　"今众人"两句：现在一般人不了解鲍焦，以为他是为个人打算。这句隐喻鲁仲连不是为个人打算。
[9]　上：通"尚"，崇尚。首功：斩首之功。秦制，作战时斩敌人的首级越多，爵位越高。
[10]　权：权诈之术。这句意谓以权诈之术来使用他的士人，像对待俘虏那样役使人民。
[11]　则：假如。肆：放肆地，肆无忌惮地。这句言假如秦国毫无忌惮地自称为帝。
[12]　过：不幸。正：同"正文"。这句言不幸竟统治了天下。
[13]　齐威王：名婴齐，齐桓公之子，齐宣王之父。

而朝周。周贫且微[1]，诸侯莫朝，而齐独朝之。居岁余，周烈王崩[2]，诸侯皆吊，齐后往。周怒，赴于齐[3]，曰：'天崩地坼[4]，天子下席[5]。东藩之臣田婴齐后至[6]，则斮之[7]！'威王勃然怒曰：'叱嗟[8]！而母，婢也[9]！'卒为天下笑。故生则朝周，死则叱之，诚不忍其求也[10]。彼天子固然，其无足怪！"辛垣衍曰："先生独未见夫仆乎？十人而从一人者，宁力不胜、智不若耶[11]？畏之也。"鲁仲连曰："然梁之比于秦，若仆耶？"辛垣衍曰："然。"鲁仲连曰："然吾将使秦王烹醢梁王[12]！"辛垣衍怏然不悦[13]，曰："嘻！亦太甚矣，先生之言也！先生又恶能使秦王烹醢梁王？"

鲁仲连曰："固也！待吾言之。昔者鬼侯、鄂侯、文王，纣之三公也[14]。鬼侯有子而好[15]，故入之于纣[16]，纣以为恶[17]，醢鬼侯；鄂侯争之急，辩之疾[18]，故脯鄂侯[19]；文王闻之，喟然而叹，故拘之于牖里之库百日[20]，

---

[1] 微：弱小。

[2] 周烈王：名喜。崩：封建时代帝王死的专称。

[3] 赴：通"讣"，报丧。

[4] 天崩地坼（chè）：比喻天子死。坼：裂开。

[5] 天子：指继承周烈王王位的新君显王。下席：离开宫室，伏在草席上守丧。

[6] 东藩：指齐国。田婴齐：指齐威王。

[7] 斮（zhuó）：斩首。

[8] 叱嗟（chì juē）：怒斥的声音。

[9] 而：你的。婢：侍婢。

[10] 生：指周烈王活着的时候。忍：忍受。求：苟求。

[11] 宁：难道。若：及。不若：比不上。

[12] 烹：煮。醢（hǎi）：剁成肉酱。两个都是古代的酷刑。

[13] 怏（yàng）然：不高兴的样子。

[14] 鬼侯、鄂侯、文王：都是纣封的诸侯。鬼侯的封地在今河北临漳县境内。鄂侯的封地在今山西宁乡。文王即周文王，他的封地在今陕西户县。

[15] 子：这里指女儿。在上古，子是男女的通称。好：貌美。

[16] 入：进献。

[17] 恶：丑。

[18] 辩：同"辩"，争辩。疾：急。

[19] 脯（fǔ）：干肉。这里作动词用，做成肉干。

[20] 喟（kuì）然：叹气的样子。牖（yǒu）里：即羑里，今河南汤阴县北。

而欲舍之死[1]。曷为与人俱称帝王，卒就脯醢之地也？齐闵王将之鲁[2]，夷维子执策而从[3]，谓鲁人曰：'子将何以待吾君？'鲁人曰：'吾将以十太牢待子之君。'夷维子曰：'子安取礼而来待吾君？彼吾君者，天子也。天子巡狩[4]，诸侯辟舍[5]，纳于筦键[6]，摄衽抱几[7]，视膳于堂下，天子已食，退而听朝也。'鲁人投其籥，不果纳[8]。不得入于鲁，将之薛，假涂于邹[9]。当是时，邹君死，闵王欲入吊。夷维子谓邹之孤曰[10]：'天子吊，主人必将倍殡枢，设北面于南方，然后天子南面吊也[11]。'邹之群臣曰：'必若此，吾将伏剑而死。'故不敢入于邹。邹鲁之臣，生则不得事养，死则不得饭含[12]，然且欲行天子之礼于邹鲁之臣，不果纳。今秦万乘之国，梁亦万乘之国，俱据万乘之国，交有称王之名[13]，睹其一战而胜，欲从而帝之，是使三晋之大臣，不如邹鲁之仆妾也[14]。且秦无已而帝[15]，则且变易诸侯之大臣[16]。彼将夺其所谓不肖，而予其所谓贤；夺其所憎，而与其所爱。彼又将使其

---

[1] 舍：一本作"令"。

[2] 齐闵王：即齐湣王。齐湣王四十年，燕集五国之兵共同攻打齐，齐军大败，齐王出逃到卫，因湣王及其臣下态度傲慢，激怒了卫人，故离开卫国到鲁国。

[3] 夷维子：齐湣王的臣子，这里是以邑为氏。夷维：地名，今山东维县。策：马鞭。

[4] 巡狩：天子巡视诸侯之国，五年一次。

[5] 诸侯辟舍：诸侯退出自己原住的宫室而让给天子，自己居住在外。辟：后写作"避"，避开。

[6] 纳：交纳。筦：同"管"。筦键：钥匙。

[7] 摄衽抱几：提起衣襟，搬设几案。衽：衣襟。

[8] 投其籥（yuè）：闭关下锁。不果纳：不让湣王入境。

[9] 假涂：借道。

[10] 孤：指已故邹君的儿子。

[11] 倍：同"背"，不正面对着。殡枢：灵枢。古代停放诸侯的灵枢要坐北朝南。天子来吊时应面向南，所以必须把灵枢移到南面，以使天子祭吊时面朝南。

[12] 事养：侍奉供养。饭含：把米放在死人口中叫饭；把玉放在死人口中叫含。

[13] 万乘之国：拥有一万辆兵车的国，是大国。交：皆都。

[14] 三晋：春秋末年晋国分裂为韩、赵、魏三国，所以称韩、赵、魏为三晋。

[15] 无已：没有止境。帝：称帝。

[16] 且：将。变易：变更、撤换。

子女谗妾[1]，为诸侯妃姬，处梁之宫，梁王安得晏然而已乎[2]？而将军又何以得故宠乎[3]？"

于是辛垣衍起，再拜谢曰："始以先生为庸人，吾乃今日而知先生为天下之士也！吾请去，不敢复言帝秦！"秦将闻之，为却军五十里[4]。

适会魏公子无忌夺晋鄙军以救赵击秦[5]，秦军引而去[6]。于是平原君欲封鲁仲连。鲁仲连辞让者三，终不肯受。平原君乃置酒。酒酣，起，前[7]，以千金为鲁连寿。鲁连笑曰："所贵于天下之士者，为人排患、释难、解纷乱而无所取也。即有所取者[8]，是商贾之人也，仲连不忍为也。"遂辞平原君而去，终身不复见。

说明

战国策士的游说之术，无不抓住"利害"二字，以打动对方，鲁仲连也不能例外，尽管他本人是重义轻利的。在"滔滔者天下皆是也"的时代，为了正义的实现，往往也只能利用人们的趋利避祸之心来加以疏导，仅以仁义来说教很可能是涟漪不起的。鲁仲连引经据典，雄辩滔滔，最终还是归结到"帝秦"对梁王与其客将辛垣衍的极端不利上，使辛垣

---

[1] 谗妾：善于毁贤嫉能的妾。
[2] 晏然：平安地。
[3] 故宠：旧日受宠幸的尊荣地位。
[4] 却军：退兵。
[5] 魏公子无忌：即魏信陵君，战国四公子之一。他通过魏王的宠姬如姬盗出兵符，假托魏王的命令夺晋鄙军权去救赵。
[6] 引：向后退。
[7] 前：走到鲁仲连前面。
[8] 即：假如。

衍大为拜服，不敢复言帝秦。看来，"喻于义"的君子，要对付"喻于利"的小人，只能采取这个办法，在本篇中我们可以清楚地看到这一点。此外，人物的对话、神态刻画颇见性格，给人留下深刻的印象。后人仰慕鲁连，大约与此文的生花妙笔不无关系吧。

集评

　　林云铭曰：篇中一人热，一人冷；一人扬眉张目，一人垂头丧气。机锋相对，曲曲尽致。

——《古文析义·初编》卷二

　　浦起龙曰：语皆切对"帝"字，写出不甘之意。鲁连心肠热、气岸高，固非游说希宠一流，并不似颜斶、王斗，一味傲僻。

——《古文眉诠》卷十三

道德经

　　作者老子，生卒年不详。春秋时期的著名思想家，道家学派的创始人。一说即老聃，姓李名耳，字伯阳，楚国苦县（今河南鹿邑县东）人。老子曾任周王史官，晚年见周王室日趋没落，乃退隐著书。《道德经》一书共八十一章，五千余字，"言道德之意"，又称《老子》。其内容主要反映战国时期没落的下层贵族的思想情绪。在哲学上，本书既有积极的辩证法思想，又有消极的唯心主义因素，对后世哲学思想的发展有深远的影响。西汉初的黄老之学、东汉的道教、魏晋的玄学等，或引用，或缘饰，或发展，无不染上浓重的老氏色彩。

　　《道德经》为哲理韵文，韵散兼行，言简意赅，善用比喻。

天下皆知美之为美 [1]

　　天下皆知美之为美，斯恶已 [2]；皆知善之为善，斯不善已。
　　故有无相生，难易相成 [3]，长短相形，高下相倾 [4]，音声相和 [5]，前后相随，恒也 [6]。

---

[1]　选自《老子》第二章，题目是编者所加，后两则同此。
[2]　斯：则，就。恶：丑。已：同"矣"。这句言如果天下的人都知道美好的东西是美的，丑的事物就暴露出来了。
[3]　相生：相互依存。成：成就。
[4]　形：显现。一本作"较"。长短相形：长和短是相对的，有了长，才显出短。倾：倾斜，这里是依靠的意思。高下相倾：高和低是互相依靠对比而存在的。
[5]　音：单音。声：和声。和：和谐。
[6]　恒也：永恒的规律。

是以圣人处无为之事，行不言之教 [1]，万物作焉而不辞 [2]，生而不有 [3]，为而不恃 [4]，功成而弗居 [5]，夫唯弗居，是以不去 [6]。

---

[1]　处无为之事：就是顺其自然，无为而治。行不言之教：施行不用言辞教训的教化，即任其自然。

[2]　作：兴起。不辞：不拒绝，任其自然。

[3]　生而不有：生成万物而不占为私有。

[4]　为而不恃：有所作为而不自恃（不以为自己出了力）。

[5]　功成而弗居：事情实现了而不居功。

[6]　"夫唯"两句：正是因为不自居功，因此功也不会失去。

其安易持[1]

其安易持，其未兆易谋[2]。其脆易泮[3]，其微易散。为之于未有，治之于未乱。

合抱之木，生于毫末。九层之台，起于累土[4]。千里之行，始于足下。

为者败之，执者失之[5]。是以圣人无为故无败，无执故无失。

民之从事，常于几成而败之[6]。慎终如始[7]，则无败事。是以圣人欲不欲[8]，不贵难得之货[9]；学不学，复众人之所过[10]。以辅万物之自然，而不敢为[11]。

说明

《道德经》是一部哲理著作，但其微妙的思想内容、言简意深的表现形式，使它在先秦诸子散文中别具一格。从文学角度说，本书主要特色

---

[1] 选自《老子》第六十四章。持：维持。
[2] 未兆：未察见事物变化的征兆。谋：谋划，设法防止。
[3] 脆：脆弱。泮（pàn）：同"判"，分解。
[4] 累土：一小堆土。
[5] "为者"两句：勉强去做，就易失败；抓住不放，更易失去。
[6] 几：庶几，将要。几成：将要成功。
[7] 慎终如始：快要结束时如同开始时一样谨慎。
[8] 欲不欲：喜欢一般人不喜欢的。
[9] 难得之货：指珠宝之类。
[10] 不学：不学而能，顺乎自然，故曰"学不学"。复：匡复，改正。
[11] "以辅"两句：圣人只能辅助万物的自然发展，不敢有意作为。

在于运用极易体察的生活经验，以通俗的语言去说明玄奥精微的哲理。这里所选的两篇较为集中地反映了这一特色。

《天下皆知美之为美》阐述了事物的相对性原理，揭示出世间万物都是相互依存，而不是静止孤立的。文章从美与恶、善与不善相对说起，引出有无、难易、长短、高下、音声、前后都是矛盾对立的关系。并得出结论：一切依从自然的发展，无为则无不为，无教则无不教。行文条理清楚，逻辑严密，词约义丰，含意深刻。篇中长短句参差错落，摇曳生姿。

《其安易持》说明了事物发展必须循序渐进，遵循由小到大的客观规律。文中"合抱之木，生于毫末。九层之台，起于累土。千里之行，始于足下"，排比的形式、贴切的比喻，极富形象性。

《道德经》一书从思想上是反文学的，但通观全书，章句齐整，运用排比、对偶，且句末押韵，读来琅琅上口，颇有诗歌风味。

集评

苏辙曰：老子生于衰周，文胜俗弊，将以无为救之，故言所志，愿得小国寡民以试焉，而不可得耳。

——《老子解》

王夫之曰：天下之变万，而要归于两端、生于一致，故方有"美"而方有"恶"。

——《老子衍》

钱钟书曰：老子所谓"圣"者，尽人之能事以效天地之行所无事耳。

——《管锥编》页四二一

姚鼐曰：上古建国多而小，后世建国少而大；国大人众，虽欲反上古之治而不可得。

——《老子章义》

论语

《论语》一书是孔子及其门弟子的言行录。孔子（前551—前479年），名丘，字仲尼，鲁国陬邑（今山东曲阜）人，春秋时代杰出的思想家、教育家，儒家学派的创始人。孔子曾周游宋、卫、陈、蔡、郑、齐、曹、楚等国，因其政治主张不被采用，退而讲学、著述。相传曾删《诗》、《书》，定《礼》，修《春秋》。

孔子的思想核心是"礼"和"仁"。在政治上，他主张恢复西周制度，慨叹"礼崩乐坏"、"天下无道"的局面，提出了"君君、臣臣、父父、子子"的封建伦理观念。在教育上，他创办私学，扩大了受教育对象的范围，采用因材施教、循循善诱、举一反三的教学方法，提倡学思结合、温故知新、不耻下问、实事求是的学风，对中国古代文化的发展有很大的贡献。

《论语》是春秋时期语录体散文的典范，从唐柳宗元以来，许多学者认为孔子弟子曾参的学生为其最后的编定者。本书在文学上的突出成就是言简意赅、含蓄生动。《论语》、《孟子》、《大学》、《中庸》合称"四书"，是科举时代的必读之书。

子路曾皙冉有公西华侍坐 [1]

子路、曾皙、冉有、公西华侍坐。子曰："以吾一日长乎尔 [2]，毋

---

[1] 选自《论语·先进》。子路：孔子弟子，姓仲名由，字子路。曾皙 (xī)：孔子弟子，名点，字皙。冉 (rǎn) 有：姓冉，名求，字子有，亦孔子弟子。公西华：孔子弟子，复姓公西，名赤，字子华。侍坐：陪孔子闲坐。
[2] 以：因。乎：于，比。尔：你们。

吾以也¹。居则曰²：'不吾知也³！'如或知尔，则何以哉⁴？"子路率尔而对曰⁵："千乘之国⁶，摄乎大国之间⁷，加之以师旅，因之以饥馑⁸；由也为之，比及三年⁹，可使有勇，且知方也¹⁰。"夫子哂之¹¹。"求！尔何如？"对曰："方六七十¹²，如五六十¹³，求也为之，比及三年，可使足民。如其礼乐，以俟君子¹⁴。""赤！尔何如？"对曰："非曰能之，愿学焉。宗庙之事¹⁵，如会同¹⁶，端章甫¹⁷，愿为小相焉¹⁸。""点！尔何如？"鼓瑟希¹⁹，铿尔²⁰，舍瑟而作²¹。对曰："异乎三子者之撰²²。"子曰："何伤乎，

---

[1]　毋（wú）：不要。以：通"已"，止。这句连上句意谓：不要因为我比你们年长，你们就止而不言。
[2]　居：平时。则：即辄，常常。
[3]　不吾知：不了解我。
[4]　如：如果。或：有人。何以：怎么样。这两句言：如果有人知道你们，那你们怎么办呢（你们将怎样为人所用）？
[5]　率尔：轻率匆忙的样子。
[6]　千乘（shèng）之国：有一千辆兵车的诸侯国。
[7]　摄：夹在。
[8]　师旅：战争。因之：继之。饥馑（jǐn）：饥荒。
[9]　为：治。比及：到了。
[10]　知方：懂得礼义。
[11]　哂（shěn）：微笑。
[12]　方六七十：拥有六七十平方里的小国。
[13]　如：或者。
[14]　如其礼乐：至于礼乐教化。俟（sì）：等待。
[15]　宗庙之事：指诸侯祭祀之事。
[16]　如：或。会同：指诸侯会盟。
[17]　端：即玄端，是一种礼服。章甫：一种礼帽。端章甫：穿着礼服，戴着礼帽。
[18]　相：傧相，在诸侯祭祀或盟会之时，替国君主持赞礼和司仪的官。相又分为卿、大夫、士三级，小相即指最低的"士"一级。此为公西华的谦词。
[19]　鼓瑟：弹瑟。瑟：古时一种乐器。希：指瑟声逐渐稀疏。
[20]　铿尔：象声词，曲终的余音。
[21]　作：起。
[22]　撰：陈述。

亦各言其志也!"曰:"莫春者¹,春服既成²,冠者五六人³,童子六七人,浴乎沂⁴,风乎舞雩⁵,咏而归⁶。"夫子喟然叹曰⁷:"吾与点也⁸。"

三子者出,曾皙后⁹。曾皙曰:"夫三子者之言何如?"子曰:"亦各言其志也已矣¹⁰。"曰:"夫子何哂由也?"曰:"为国以礼¹¹,其言不让¹²,是故哂之。""唯求则非邦也与¹³?""安见方六七十¹⁴、如五六十而非邦也者?""唯赤则非邦也与?""宗庙会同,非诸侯而何?赤也为之小,孰能为之大¹⁵?"

说明

本篇记述孔子师徒五人的一番谈话,围绕"各言尔志",表达了儒家礼乐治国的政治主张;并通过对说话的语气、举止、神态的描述,生动鲜明地刻画出各自的性格特征。

[1]　莫:同"暮"。莫春:指夏历三月。
[2]　春服:夹衣。
[3]　冠者:指成年人。古代男子二十岁成年,行冠礼。
[4]　沂(yí):水名,在今山东曲阜南。
[5]　风:作动词用,乘凉。舞雩(yú):是鲁国求雨的坛,在曲阜东南。
[6]　咏:唱歌。
[7]　喟(kuì)然:叹息声。
[8]　与(yù):赞同。
[9]　后:后出。
[10]　也已矣:语气词连用,相当于"也罢"。
[11]　为国以礼:治理国家要讲礼让。
[12]　让:礼让。
[13]　唯:句首语气词。邦:国家。与:同"欤"。这句言:难道冉求所说的就不是诸侯的事吗?
[14]　安见:怎见得。
[15]　孰:谁。这句言:公西华只能做小相,那谁还能做大相呢?

子路"率尔而对"，其性格的直率、自信和雄心勃勃流露无遗。冉有述志，表现了谨慎谦让的态度。公西华年龄最小，回答则更为谦虚，只字不谈治国之事，而是极为婉转地流露出自己的远大抱负，显出善于辞令的特长。最后述志的是曾皙。作者对这个人物的出场，刻画极为成功。当孔子的其他弟子们侃侃而谈时，他却闲散自在地在弹着琴。这既说明了孔门师徒关系融洽，也表现了曾皙的潇洒超脱。当孔子问到他时，"鼓瑟希，铿尔，舍瑟而作"，这一连串动作描绘，可谓声情俱茂，从侧面表现出了人物的精神状态。他"异乎三子者之撰"的志向："莫春者，春服既成，冠者五六人，童子六七人，浴乎沂，风乎舞雩，咏而归"，形象鲜明地展示出曾皙闲云野鹤般的性格；恰与孔子"风清俗美，人民安乐"的政治主张相吻合，孔子因而深受感动，表示赞同。

本文是《论语》中较长的一篇，但也着墨无多，通过个性化的对话，人物形象便栩栩如生地跃然纸上。

集评

李贽曰：四子侍坐，英才济济，孔子勃然动当世之想。子路言之凿凿，夫子色喜，所以连问三子，其急于用世可知矣。点乃狂者，竟以目前对。夫子又动一念，曰：富强礼乐，反属空言，睹此春光，令人增感。其用世之心，于此滋戚。所以喟然，非关与点；点后三子而问之，亦疑之也。及夫子说到为国上，其不忘当世之心何如，乃犹以求、赤之为邦请也。夫子虽不直言所以，玩其答语，自是了然，何从来说此书者之聩聩也？特为拈出，想夫子亦含笑于杏坛之上矣。

——《四书评》

康有为曰：曾点之学，入皆自得，到处受用，不愿乎外，即事已高，随时行乐，与物偕春，故其动静之际从容如此。其志则又不过即其所居之位，乐其日用之常，而其胸次悠然，直与天地万物上下同流，各得其所之妙。而乐行忧违，用行舍藏，老安少怀，自有与圣人相印合者。故夫子叹息而深许之，而门人记其本末独加详焉，盖亦有以识此矣。

——《论语注》卷十一

又曰：圣门高才多从事政治学，人人欲得邦，孔子亦皆许之。惟孔子则本末精粗，四通六辟，其运无乎不在。既玩心高明，不止规规于事功之末；而又周流行道，不肯舍乎形质之粗。阖辟自如，卷舒无尽，不将不迎，不系不舍，此所以为大圣钦？

——《论语注》卷十一

季氏将伐颛臾 [1]

　　季氏将伐颛臾。冉有、季路见于孔子曰 [2]："季氏将有事于颛臾 [3]。"孔子曰："求！无乃尔是过与 [4]？夫颛臾，昔者先王以为东蒙主，且在邦域之中矣 [5]，是社稷之臣也 [6]。何以伐为？"

　　冉有曰："夫子欲之 [7]，吾二臣者皆不欲也。"孔子曰："求！周任有言曰 [8]：'陈力就列，不能者止 [9]。'危而不持，颠而不扶，则将焉用彼相矣 [10]？且尔言过矣，虎兕出于柙，龟玉毁于椟中 [11]，是谁之过与？"

　　冉有曰："今夫颛臾，固而近于费 [12]。今不取，后世必为子孙忧。"孔子曰："求！君子疾夫舍曰'欲之'而必为之辞 [13]。丘也闻有国有家者 [14]，不

---

[1]　选自《论语·季氏》。季氏：即季孙氏，这里指鲁国大夫季康子。颛臾（zhuān yú）：鲁的附属小国，在今山东费县。

[2]　季路：即子路。当时子路与冉有同为季康子的家臣。

[3]　有事于颛臾：对颛臾采取军事行动。

[4]　无乃：恐怕。是：代词，复指宾语"尔"。过：责备。

[5]　先王：周之先王。东蒙主：东蒙山的主祭者。邦域：国境。

[6]　社：土神。稷（jì）：谷神。社稷：代指国家。

[7]　夫子：指季康子。

[8]　周任：古代的良史。

[9]　陈：陈列。陈力：施展才力。就：充任。列：位次、职位。

[10]　危：不稳，这里指站不稳。持：把着。颠：跌倒。扶：搀着。"危而"三句指的是搀扶他人者，如果被搀扶的人有危险而不扶持，摔倒却不搀扶，那还要搀扶者有什么用呢？这是指责冉有、子路的失职。

[11]　兕（sì）：独角犀。柙（xiá）：关猛兽的笼子。龟：用来占卜的龟甲。玉：指祭祀用的玉器。椟（dú）：木匣子。

[12]　固：指城墙坚固。近：靠近。费（bì）：季氏的私邑，在今山东费县。

[13]　"君子"句：君子讨厌那种嘴上不说想要，却为了获得它一定要找种种说辞的人。疾：痛恨。夫：那种。舍：舍弃，撇开。

[14]　国：指诸侯的封地。家：卿大夫的封地。

患寡而患不均，不患贫而患不安¹。盖均无贫²，和无寡³，安无倾⁴。夫如是，故远人不服，则修文德以来之⁵。既来之，则安之⁶。今由与求也，相夫子，远人不服，而不能来也；邦分崩离析⁷，而不能守也；而谋动干戈于邦内。吾恐季孙之忧，不在颛臾，而在萧墙之内也⁸。"

说明

　　春秋末年，鲁国大夫季康子权倾鲁君，孔子的两位弟子子路和冉有同任他的家臣。本篇记述了孔子得知"季氏将有事于颛臾"后的一番议论，记载了他对不义战争的谴责和对弟子们的批评教育。

　　本篇是《论语》中少见的记载孔子和弟子往复辩论的语录之一。孔子在听到季氏将攻打颛臾后的第一个反应便是责备弟子："无乃尔是过与？"然后讲起了东蒙和鲁国的历史关系，"是社稷之臣也"。君臣本应相亲，为什么要出兵攻打？言外之意，这是一场不义之战，子路、冉有没有尽到为臣之责。

　　针对弟子"吾二臣者皆不欲"这种推脱责任的话，孔子便引用周任之语，指出为臣当尽力，不称职则当退。接着以一个反诘句"危而不持，颠而不扶，则将焉用彼相矣"，婉转地批评弟子的失职。又连用两个比

---

[1]　"不患"两句应该是"不患贫而患不均，不患寡而患不安。"寡：人口稀少。
[2]　均无贫：财富分配公平合理，就没有贫困。
[3]　和无寡：上下和睦，人民都愿归附，就没有人口稀少的现象。
[4]　安无倾：国家安定，就没有倾覆的危险。
[5]　远人：指本国以外的人。修：讲求，整治。文：文教，指礼乐。来：使……来。
[6]　来之：使之来，使他们归顺。安之：使他们安居乐业。
[7]　分崩离析：四分五裂。
[8]　萧墙：国君宫门内当门的照壁，又叫做屏。萧墙之内：指宫内。

喻，"虎兕出于柙，龟玉毁于椟中"，指出子路、冉有对此负有不可推卸的责任。这有力的驳斥使冉有不得不说出"今不取，后世必为子孙忧"，表示他也赞同季氏的观点。孔子在接下去的谈话中摆事实、讲道理，指出国家"不患寡而患不均，不患贫而患不安"，"故远人不服，则修文德以来之"，从而水到渠成地得出结论："吾恐季孙之忧，不在颛臾，而在萧墙之内也。"语气委婉，观点明确，论辩层层推进，逻辑性强，富有说服力。

本文在《论语》中是篇幅较长的一篇，论辩有力，比喻贴切，语言凝练，意蕴丰富，其中不少语句千古流传，如"不患寡而患不均，不患贫而患不安"、"既来之，则安之"、"分崩离析"、"祸起萧墙"等等。

集评

张岱曰："将"者，谋已成而事未发也。人臣无"将"，"将"则必诛。"伐"者，征有罪之词。此以"伐"书，犹曰季氏以彼为有罪而伐之耳。

——《四书遇》

又曰："有国有家"四字，便画成一均安图。又喝"丘也闻"，暗应"昔者先王"，总以周天子、鲁先王借来弹压。

——《四书遇》

何焯曰：通章尤重在责由、求。

——《义门读书记》卷四

先秦两汉散文

长沮桀溺耦而耕 [1]

长沮、桀溺耦而耕。孔子过之，使子路问津焉 [2]。

长沮曰：“夫执舆者为谁 [3]？”子路曰：“为孔丘。”曰：“是鲁孔丘与？”曰：“是也。”曰：“是知津矣 [4]！”

问于桀溺。桀溺曰：“子为谁？”曰：“为仲由。”曰：“是鲁孔丘之徒与？”对曰：“然。”曰：“滔滔者天下皆是也，而谁以易之 [5]？且而与其从辟人之士也 [6]，岂若从辟世之士哉 [7]？”耰而不辍 [8]。

子路行以告，夫子怃然曰 [9]：“鸟兽不可与同群 [10]，吾非斯人之徒与而谁与 [11]？天下有道，丘不与易也 [12]。”

---

[1] 选自《论语·微子》。长沮（jù）、桀溺：两词皆是形容人的外表，并非二人的真实姓名。
     沮：沮洳，低湿之处。桀：同"杰"，高大魁梧。溺：人浸在水洼之中。耦而耕：两人并耕。
[2] 津：渡口。
[3] 夫（fú）：那个。执舆：执辔，即手拉缰绳驾驭车马。
[4] 知津：知道渡口在哪里。孔子周游列国，熟知道路，不用问旁人。暗讥孔子不识时务，不知
     迷途而返。
[5] 滔滔者：洪水奔流貌，比喻时局混乱。而：同"尔"，你。谁以：犹"与谁"。易：变易，
     改变。
[6] 辟：同"避"。人：指与孔子不合的人。孔子曾说"危邦不入，乱邦不居"，要择人而事。所
     以长沮、桀溺称孔子为"避人之士"。
[7] 辟世之士：逃避乱世的隐者，长沮、桀溺自谓。
[8] 耰（yōu）：一种农具，用以击碎土块平整土地。这里作动词用，用耰掩埋种子的意思。辍
     （chuò）：停止。
[9] 怃（wǔ）然：怅然若失的样子。
[10] "鸟兽"句：指孔子不愿隐居山林与鸟兽同群。
[11] 斯人：世人。与：亲与、相亲。这句言我不同世人在一起，又和谁在一起呢？
[12] "天下"二句：倘若天下有道，我就不再参与变革的工作。

说明

据《史记·孔子世家》记载："孔子去叶，反乎蔡，使子路问津于沮、溺。"这则故事便是发生在孔子从楚国返回蔡国的途中。文章通过对子路问津于隐者长沮、桀溺一个场面的描述，表现了孔子坚持从政活动，以求实施自己政治主张的坚决态度。

文中先写子路问津于长沮。长沮对子路态度冷漠，直呼孔子其名，一句"是知津矣"，充分表现了对孔子徒劳于周游列国的嘲讽之情。问及桀溺，桀溺奉劝子路：谁能改变这污浊的社会呢？不如远离这社会做一名隐士为上。"耰而不辍"，生动勾勒出桀溺对孔子的鄙夷与不屑一顾。

问津遭到冷落，孔子不由怅然。但"道不同，不相为谋"，孔子丝毫不为长沮、桀溺的奚落和不解所动，"我不同世人生活在一起，又同谁在一起呢？如果天下太平，政治清明，我孔丘也不会再作变革的努力了"，这既是孔子的自我表白，也是孔子心忧天下的广阔胸怀的流露。这两段文字展示了"出世"和"入世"两种思想，刻画了春秋时期存在于士之中的两类截然不同的人物，具有深刻的社会意义。

文章着墨无多，但通过人物的举止、神情、言语，生动地阐明了主旨，表现了不同的人物性格。

集评

徐儆弦曰："吾非斯人之徒与而谁与"，见圣人容受天下之量。"天下有道，丘不与易"，见圣人斡旋天下之权。

——《四书遇》

李贽曰：真圣人之言！

——《四书评》

何焯曰：夫子于他隐士未尝自辩，正为桀溺之言有过甚者，故明人之不可避，因见天下之无可易也。子路尝闻浮海之叹而喜，恐其惑于桀溺之言，亦因以喻之。

——《义门读书记》卷四

孙子兵法

《孙子兵法》又称《孙子》，是我国现存最早的古代军事名著，同时也是世界现存最早的兵书。据史书记载，它是春秋后期大军事家孙武所著。孙武，生卒年不详，名武，字长卿，齐国安乐（今山东惠民县）人。据司马迁《史记·孙子吴起列传》记载，他经吴国重臣伍子胥的推荐，"以兵法见于吴王阖闾"，被吴王拜为大将，率军西破楚国，名显诸侯。

《孙子》全书共十三篇，包括《始计》、《作战》、《谋攻》、《军形》、《兵势》、《虚实》、《军事》、《九变》、《行军》、《地势》、《九地》、《火攻》、《用间》。该书精湛完整地总结了春秋末期及其以前的战争经验，探索了战略战术规律，强调了人的主观能动性，也包含有朴素的辩证法思想，历来为兵家所推崇。

《孙子》的文章观点鲜明、中心突出、层次清晰，多用叠句、排比、对仗，议论气势宏大。文中"也"字的运用显得频繁而贴切，为后世所师法。

谋攻 [1]

孙子曰：凡用兵之法，全国为上，破国次之 [2]；全军为上，破军次之；全旅为上，破旅次之；全卒为上，破卒次之；全伍为上，破伍次之 [3]。是

---

[1]　选自《孙子兵法》。

[2]　"全国"二句：使敌人整个国家降服是上策，用武力击破那个国家是下策。全：形容词作动词用，使……完整。

[3]　军、旅、卒、伍：都是古时军队的编制。一万二千五百人为军，五百人为旅，一百人为卒，五人为伍。

故百战百胜，非善之善者也¹；不战而屈人之兵，善之善者也。

故上兵伐谋，其次伐交，其次伐兵，其下攻城²。攻城之法，为不得已。修橹、轒辒，具器械，三月而后成³；距闉⁴，又三月而后已。将不胜其忿，而蚁附之⁵，杀士三分之一，而城不拔者⁶，此攻之灾也。故善用兵者，屈人之兵，而非战也；拔人之城，而非攻也；毁人之国，而非久也⁷。必以全争于天下，故兵不顿而利可全⁸。此谋攻之法也。

故用兵之法，十则围之⁹，五则攻之，倍则分之¹⁰，敌则能战之¹¹，少则能逃之¹²，不若则能避之。故小敌之坚，大敌之擒也¹³。

夫将者，国之辅也。辅周则国必强，辅隙则国必弱¹⁴。

故君之所以患于军者三¹⁵：不知军之不可以进，而谓之进；不知军之不可以退，而谓之退；是谓縻军¹⁶。不知三军之事，而同三军之政者¹⁷，则

---

[1]　善之善者：高明中更高明的。
[2]　上兵伐谋：最高明的用兵之法是破坏敌人的作战计划，迫使敌人不战而降。伐交：在外交上战胜敌人。伐兵：两军交锋，运用正确的战略战术，击败敌人。其下攻城：用兵的下策是攻打敌人城池。
[3]　橹：楼橹，城上守御用的望楼。轒辒（fén wēn）：古代攻城用的一种四轮车。具：准备。器械：攻城用的器械。三月：指耗费很长时间。三：虚指，泛指时间长。
[4]　距闉（yīn）：在城外用土筑起高于城墙的土山，用以窥察敌情或攻城。
[5]　将不胜（shēng）其忿：将帅愤怒不堪。胜：忍受。蚁附之：命令士兵像蚂蚁一样爬城进攻。
[6]　拔：攻克。
[7]　久：指军队长期疲于战斗。
[8]　全：最完善的战略。顿：损坏、损失。兵不顿而利可全：军队不受损失而获全胜。
[9]　十则围之：兵力十倍于敌人，就包围他们。
[10]　倍：兵力有敌人的一倍。分：设法分散敌人的兵力。
[11]　敌：势均力敌，兵力相当。能：善于的意思。战之：指运用正确战术经过战斗打败敌人。
[12]　逃：退却，藏匿。指暂时避开敌人的锋芒。避：撤退，避免决战。
[13]　小敌之坚，大敌之擒：弱小的军队如果固执坚守，就会被强大的军队所擒。
[14]　周：周密、周全。隙：缺陷。
[15]　患于军：危害于军队。
[16]　谓：命令。縻（mí）：牵制。
[17]　同：参与管理，干涉。政：军政事务。

军士惑矣。不知三军之权，而同三军之任 [1]，则军士疑矣。三军既惑且疑，则诸侯之难至矣 [2]，是谓乱军引胜 [3]。

故知胜有五：知可以战与不可以战者胜；识众寡之用者胜 [4]；上下同欲者胜 [5]；以虞待不虞者胜 [6]；将能而君不御者胜 [7]。此五者，知胜之道也。

故曰：知彼知己，百战不殆 [8]；不知彼而知己，一胜一负；不知彼不知己，每战必殆 [9]。

说明

《孙子》作为一部杰出的军事著作，为历代军事家所推崇。曹操称赞《孙子》说："吾观兵书战策多矣，孙武所著深矣。"（《曹操集·孙子序》）唐太宗李世民同名将李靖谈论兵法时，也曾赞赏道："观诸兵书，无出孙武。"（《李卫公问对》）在国外，《孙子》也影响颇广，早就有日、俄、英、法、德等译本流传于世。

本篇讲述了关于谋划进攻的一些军事策略，提出了"知己知彼，百战不殆"的著名论点。孙武认为最理想的作战是"不战而屈人之兵"；主张打运动战（即"伐兵"），反对攻坚战（即"攻城"），这是从当时生

---

[1] 权：权谋、权变。任：任用、指挥。

[2] 诸侯之难（nàn）：各国诸侯的入侵。

[3] 乱军引胜：自己扰乱自己的军队，而导致敌军的胜利。

[4] 识众寡之用：根据兵力的多少来部署军队。

[5] 同欲：齐心协力，同心同德。

[6] 虞：预料，这里指有准备。

[7] 御：驾驭、干预。

[8] 殆（dài）：危险，指失败。

[9] 一胜一负：或胜或负。

　　　　　　　　　　　　　　　先秦两汉散文

产力低下、装备落后的现状出发的。关于作战方法，孙武认为，应针对敌我力量的对比而采取不同的打法。作者反对不谙军情的君主任意干涉将帅指挥的做法，并且提出了预知胜负的五个条件。文章结尾处得出的论点"知己知彼，百战不殆"，不仅适用于军事，对各行各业的人也都有借鉴作用。

　　本篇语言朴实无华，论述简明扼要。文章多用判断句，给人以无可辩驳、毋庸置疑之感。其中所用的排比、对比手法，增强了文章的气势及节奏感。

墨子

　　《墨子》是墨子弟子对墨子学说和言行的记录，是墨家经典的总汇。墨子（约前468—前376年），名翟（dí），鲁国人，一说为宋国人，战国初期著名的思想家、政治家、教育家。墨子出身贫贱，曾做过造车的工匠，后仕宋国为大夫。他从小生产者的利益出发，主张尚贤、尚同、节用、节葬、非乐、非命、天志、明鬼、兼爱、非攻。所创立的学派在当时影响很大，与儒家学说并称"显学"。《墨子》一书集中体现了墨家学派的政治主张，反映了小生产者反对兼并战争、要求改善经济地位和社会地位的愿望。

　　《墨子》一书不尚文采，注重说理，最突出的特点是文章逻辑严密，善于运用具体事例进行说理，极富说服力。

兼爱（上）[1]

　　圣人以治天下为事者也，必知乱之所自起，焉能治之[2]；不知乱之所自起，则不能治。譬之如医之攻人之疾者然[3]，必知疾之所自起，焉能攻之；不知疾之所自起，则弗能攻。治乱者何独不然[4]？必知乱之所自起，焉能治之；不知乱之所自起，则弗能治。圣人以治天下为事者也，不可不察乱之所自起。

　　当察乱何自起[5]？起不相爱。臣、子之不孝君、父，所谓乱也。子自爱，

---

[1]　《墨子》有《兼爱》三篇，此为第一篇。
[2]　焉：乃，才。
[3]　攻：治。
[4]　"治乱者"句：人们治理纷乱的社会又怎能例外而不是这样呢？
[5]　当：同"尝"，试。

不爱父，故亏父而自利 [1]；弟自爱，不爱兄，故亏兄而自利；臣自爱，不爱君，故亏君而自利，此所谓乱也。虽父之不慈子 [2]，兄之不慈弟，君之不慈臣，此亦天下之所谓乱也。父自爱也，不爱子，故亏子而自利；兄自爱也，不爱弟，故亏弟而自利；君自爱也，不爱臣，故亏臣而自利。是何也？皆起不相爱。

虽至天下之为盗贼者亦然 [3]。盗爱其室 [4]，不爱其异室 [5]，故窃异室以利其室。贼爱其身，不爱人身，故贼人身以利其身 [6]。此何也？皆起不相爱。

虽至大夫之相乱家 [7]，诸侯之相攻国者亦然：大夫各爱其家，不爱异家，故乱异家以利其家。诸侯各爱其国，不爱异国，故攻异国以利其国。天下之乱物 [8]，具此而已矣 [9]。察此何自？皆起不相爱。

若使天下兼相爱 [10]，爱人若爱其身，犹有不孝者乎？视父兄与君若其身，恶施不孝 [11]？犹有不慈者乎？视弟、子与臣若其身，恶施不慈？故不孝不慈亡有 [12]。犹有盗贼乎？故视人之室若其室 [13]，谁窃？视人身若其身，谁贼？故盗贼亡有。犹有大夫之相乱家、诸侯之相攻国者乎？视人家若其家，谁乱？视人国若其国，谁攻？故大夫之相乱家，诸侯之相攻国者亡有。若使天下兼相爱，国与国不相攻，家与家不相乱，盗贼无有，君臣父子皆能孝慈，若此，则天下治。

---

[1]　亏：损害。
[2]　慈：怜爱。
[3]　这句言：即使是社会上的盗贼也是这样。
[4]　室：家。
[5]　其：衍字。异室：别家。
[6]　贼：害。
[7]　家：大夫的封邑叫做"家"。乱家：侵夺封地。
[8]　乱物：即乱事。
[9]　具此：毕尽于此。
[10]　兼相爱：全都相亲相爱。
[11]　恶（wū）：何，怎么。
[12]　亡：通"无"。
[13]　故：衍字。

故圣人以治天下为事者，恶得不禁恶而劝爱[1]。故天下兼相爱则治，交相恶则乱。故子墨子曰[2]："不可以不劝爱人者，此也。"

说明

本文反映了墨子的兼爱思想，呼吁人们彼此相爱，爱人如爱己。

为了论证"天下兼相爱"，墨子首先从反面论述不相爱的后果。第一段先从"譬之如医之攻人之疾者然，必知疾之所自起，焉能攻之"，推导出圣人欲使天下致治，"不能不察乱之所自起"。为论证乱起于不相爱，墨子分三层列举种种事例反复论证。君臣、父子由于不相爱，亏人自利而生乱；盗贼盗窃是由于爱自身而不爱他人；大夫、诸侯由于只爱自己的家、国而不爱他人的家、国，才会互相攻击掠夺。

第二段，墨子以"天下兼相爱"，则"国与国不相攻，家与家不相乱，盗贼无有，君臣父子皆能孝慈"，与前面所述形成鲜明对照。文章至此水到渠成："故天下兼相爱则治，交相恶则乱。"

本篇文字质朴无华，明白晓畅，所举事例浅显生动，加以逻辑严密，论点鲜明，正反论述，首尾照应，说服力之强即由此而增。

集评

吕思勉曰：兼爱为墨家之根本义，读《墨子》书者，当一切以是贯通之。

---

[1] "恶得"句：怎能不禁止相互仇恨而鼓励人们互爱。
[2] 子墨子：前一"子"字是弟子对老师的尊称。

非攻（上）[1]

　　今有一人，入人园圃[2]，窃其桃李。众闻则非之[3]，上为政者得则罚之[4]。此何也？以亏人自利也。至攘人犬豕鸡豚者[5]，其不义又甚入人园圃窃桃李。是何故也？以亏人愈多。苟亏人愈多，其不仁兹甚[6]，罪益厚[7]。至入人栏厩[8]，取人马牛者，其不仁义又甚攘人犬豕鸡豚。此何故也？以其亏人愈多。苟亏人愈多，其不仁兹甚，罪益厚。至杀不辜人也[9]，扡其衣裘[10]，取戈剑者，其不义又甚入人栏厩，取人马牛。此何故也？以其亏人愈多。苟亏人愈多，其不仁兹甚矣，罪益厚。当此[11]，天下之君子皆知而非之，谓之不义。今至大为不义——攻国，则弗知非，从而誉之谓之义。此可谓知义与不义之别乎？

　　杀一人谓之不义，必有一死罪矣。若以此说往[12]，杀十人，十重不义[13]，必有十死罪矣。杀百人，百重不义，必有百死罪矣。当此，天下之君子皆知而非之，谓之不义。今至大为不义——攻国，则弗知非，从而

---

[1]　《墨子》有《非攻》三篇，此为第一篇。
[2]　园圃：种树的地方叫园，种菜的地方叫圃。这里是偏义复词，指园。
[3]　非：非难，责备。
[4]　得：抓到。
[5]　攘：夺取。豕（shǐ）：猪。豚（tún）：小猪。
[6]　兹：通"滋"，更。甚：严重。
[7]　厚：重。
[8]　栏厩（jiù）：泛指关养牛马的圈。厩：马棚。
[9]　辜：罪。不辜人：无罪的人。
[10]　扡：同"拖"，拽下来。
[11]　当此：对此。
[12]　往：指往下类推。这句言：假如按这种解释类推。
[13]　十重：十倍。

誉之谓之义；情不知其不义也¹，故书其言以遗后世²。若知其不义也，夫奚说书其不义以遗后世哉³？

今有人于此，少见黑曰黑，多见黑曰白，则以此人不知白黑之辩矣。少尝苦曰苦，多尝苦曰甘，则必以此人为不知甘苦之辩矣。今小为非，则知而非之；大为非——攻国，则不知非，从而誉之谓之义。此可谓知义与不义之辩乎？是以知天下之君子也，辩义与不义之乱也⁴。

说明

非攻，即反对进攻性战争。春秋之末、战国之初，各诸侯国之间为争城夺地，战争频仍，杀人盈野。针对这种现象，墨家学派谴责侵略，主张非攻，本文便是一篇反对侵略战争、现实性极强的文章。

第一段，首先列举偷窃桃李、偷窃犬豕鸡豚、偷窃马牛、杀害无辜诸例，层层深入，得出结论："苟亏人愈多，其不仁兹甚，罪益厚。"此义之立无可辩驳。紧接着，笔锋一转，便言归正传，指出在攻国这件大为不义的事情上，天下人却不能分辨义与不义。

第二段仍用类比推理，先说"杀一人谓之不义，必有一死罪矣"，"杀百人，百重不义，必有百死罪矣"，这是天下人尽皆知之理。但是，以同样的道理去评判攻国之事，天下人却不但"情不知其不义"，反而以此炫耀于后世，可见实际上并不懂得义与不义之别。

最后，作者以人们的视觉与嗅觉为例："少见黑曰黑，多见黑曰白"，

---

[1]　情：作诚解，确实。
[2]　其言：指誉攻国为义之言。
[3]　奚说：怎么解说。
[4]　辩：通"辨"，辨别。乱：混乱，指颠倒是非。

"少尝苦则苦，多尝苦则甘"，引出"小为非，则知而非之；大为非——攻国，则不知非"，前两者既为不知白黑、甘苦之辨，则后者之为不知义与不义之辨明矣。

本篇主要运用的是类比推理，要求国家与个人遵守同样的道德准则。但这个问题直到今天也未能完全得到解决。试看今日之世界，国家与国家之间的动武，民族与民族之间的战争，依然锋镝横飞、烽烟不断。墨子之说辩则辩矣，奈难以推行何！

集评

　　吕思勉曰：首篇最略，但言其不义；中、下篇则兼言其不利，且多引古事。

——《论学集林·经子解题》

孟子

《孟子》的撰写者主要是孟轲，后有其门弟子万章、公孙丑之徒参加。孟轲（前372—前289年），字子舆，邹（今山东邹县东南）人。战国时期著名的思想家、教育家，儒家学派的代表人物之一。他曾受业于孔子之孙子思的门人，仕途不达，晚年退居讲学，著《孟子》。孟子继承并发展了孔子的学说，后世被尊为"亚圣"。孟子的思想核心是"仁"、"义"，主张行仁政；提出了"民为贵，社稷次之，君为轻"的进步观点。

《孟子》全书共七篇，每篇又各分上下，内容概括了孟子的社会活动、政治主张、哲学思想和个性修养。

《孟子》是继《论语》之后的又一部语录体散文，也是先秦诸子散文的代表作之一。全书辞锋犀利，善于雄辩，感情强烈，气势磅礴，极富鼓动性和说服力。

齐桓晋文之事 [1]

齐宣王问曰 [2]："齐桓、晋文之事 [3]，可得闻乎？"

孟子对曰："仲尼之徒无道桓、文之事者 [4]，是以后世无传焉，臣未之闻也。无以 [5]，则王乎 [6]？"

曰："德何如，则可以王矣？"

---

[1]　选自《孟子·梁惠王上》。齐桓：齐桓公。晋文：晋文公。
[2]　齐宣王：姓田，名辟疆，前320—前301年在位，田氏齐国的第四代君。
[3]　齐桓、晋文之事：指齐桓公、晋文公称霸诸侯之事。齐桓公、晋文公都是春秋时期有名的霸主。
[4]　仲尼：指孔子。道：说。
[5]　以：同"已"，停止。无以：您如果一定要谈一谈。
[6]　王（wàng）：称王天下。则王：就谈谈王天下的道理吧。

先秦两汉散文

曰："保民而王[1]，莫之能御也[2]。"

曰："若寡人者[3]，可以保民乎哉？"

曰："可。"

曰："何由知吾可也[4]？"

曰："臣闻之胡龁曰[5]：'王坐于堂上，有牵牛而过堂下者，王见之，曰："牛何之[6]？"对曰："将以衅钟[7]。"王曰："舍之[8]！吾不忍其觳觫[9]，若无罪而就死地[10]。"对曰："然则废衅钟与？"曰："何可废也，以羊易之[11]。"'不识有诸[12]？"

曰："有之。"

曰："是心足以王矣！百姓皆以王为爱也[13]，臣固知王之不忍也。"

王曰："然，诚有百姓者。齐国虽褊小[14]，吾何爱一牛？即不忍其觳觫，若无罪而就死地，故以羊易之也。"

曰："王无异于百姓之以王为爱也[15]。以小易大[16]，彼恶知之[17]？王若隐

---

[1] 保民：安定百姓。
[2] 莫之能御：没有人能阻挡他王天下。
[3] 若：像。寡人：诸侯对自己的谦称。
[4] 何由：从哪里，根据什么。
[5] 之：指下面一番话。胡龁（hé）：齐宣王的近臣。
[6] 之：动词，到……去。
[7] 衅钟：古代一种祭礼，杀牲取血，以涂钟鼓。
[8] 舍之：把牛舍置不杀。
[9] 觳觫（hú sù）：战栗恐惧的样子。
[10] 就：走向。
[11] 易：替换。
[12] 识：知道。诸：之乎。
[13] 爱：吝啬、吝惜。
[14] 褊（biǎn）：狭窄。
[15] 异：奇怪。
[16] 小：指羊。大：指牛。
[17] 彼：指百姓。恶（wū）：哪里。

其无罪而就死地¹，则牛羊何择焉²？"

王笑曰："是诚何心哉？我非爱其财而易之以羊也，宜乎百姓之谓我爱也。"³

曰："无伤也⁴，是乃仁术也⁵，见牛未见羊也。君子之于禽兽也：见其生，不忍见其死；闻其声，不忍食其肉。是以君子远庖厨也⁶。"

王说⁷，曰："《诗》云⁸：'他人有心，予忖度之⁹。'——夫子之谓也。夫我乃行之，反而求之¹⁰，不得吾心¹¹；夫子言之，于我心有戚戚焉¹²。此心之所以合于王者，何也？"

曰："有复于王者曰¹³：'吾力足以举百钧¹⁴，而不足以举一羽；明足以察秋毫之末¹⁵，而不见舆薪¹⁶。'则王许之乎¹⁷？"

曰："否。"

"今恩足以及禽兽，而功不至于百姓者¹⁸，独何与¹⁹？然则一羽之不举，

---

[1]　隐：怜悯。
[2]　择：区别。
[3]　爱其财：吝惜这财物（指牛）。宜：应当。乎：这里表示感叹。
[4]　无伤：没有妨碍，不要紧。
[5]　仁术：行仁政的途径。
[6]　远：使……远。庖厨：厨房。
[7]　说：通"悦"。
[8]　《诗》：见《诗经·小雅·巧言》。
[9]　忖度（cǔn duó）：推测。
[10]　求：考虑，追究。
[11]　这句连上二句言：我那样做了，反过来追究我这种行动，自己心中也不得其解。
[12]　戚戚：心动的样子。
[13]　复：告。
[14]　钧：重量名。一钧为三十斤。
[15]　明：视力。秋毫：秋天野兽生出的新绒毛，最细。末：毛的尖端。
[16]　舆薪：一车木柴。
[17]　许：相信，同意。
[18]　功：功德。
[19]　独：偏。何：什么原因。

先秦两汉散文

为不用力焉；舆薪之不见，为不用明焉；百姓之不见保[1]，为不用恩焉。故王之不王[2]，不为也，非不能也。"

曰："不为者与不能者之形[3]，何以异[4]？"

曰："挟太山以超北海[5]，语人曰：'我不能。'是诚不能也。为长者折枝[6]，语人曰：'我不能。'是不为也，非不能也。故王之不王，非挟太山以超北海之类也；王之不王，是折枝之类也。"

"老吾老[7]，以及人之老；幼吾幼[8]，以及人之幼；天下可运于掌[9]。《诗》云[10]：'刑于寡妻[11]，至于兄弟，以御于家邦[12]。'言举斯心加诸彼而已[13]。故推恩足以保四海，不推恩无以保妻子[14]；古之人所以大过人者无他焉[15]，善推其所为而已矣。今恩足以及禽兽，而功不至于百姓者，独何与？权[16]，然后知轻重；度[17]，然后知长短。物皆然，心为甚。王请度之！"

"抑王兴甲兵，危士臣，构怨于诸侯[18]，然后快于心与？"

王曰："否，吾何快于是！将以求吾所大欲也。"

---

[1] 不见保：不被爱护。
[2] 不王（wàng）：没有称王天下。
[3] 形：情形，具体的表现。
[4] 何以异：怎么区别。
[5] 挟（xié）：夹在胳膊下面。太山：泰山。超：超越、跳过。北海：指渤海，在齐国北面。
[6] 长者：老者。枝：通"肢"。折枝：按摩肢体。
[7] 老吾老：敬爱自家的老人。第一个"老"作动词用。
[8] 幼吾幼：爱护自家的孩子。第一个"幼"作动词用。
[9] 运：运转。运于掌：比喻王天下的容易。
[10] 《诗》：见《诗经·大雅·思齐》。
[11] 刑：通"型"，用作动词，示范。寡妻：寡德之妻，对国君正妻的谦称。
[12] 御：治理。家邦：家和国。
[13] 举：把。这句言：把这种爱自己亲人的心加到别人身上罢了。
[14] 推：推广。妻子：妻和子女。
[15] 大过：大大胜过。
[16] 权：秤锤，这里作动词，指用秤称。
[17] 度（duó）：量（liáng）。
[18] 抑：或是。兴：发动。甲兵：代指战争。构怨：结仇。

曰："王之所大欲，可得闻与？"王笑而不言。

曰："为肥甘不足于口与？轻暖不足于体与？抑为采色不足视于目与？声音不足听于耳与？便嬖不足使令于前与[1]？王之诸臣皆足以供之，而王岂为是哉？"

曰："否。吾不为是也。"

曰："然则王之所大欲可知已：欲辟土地[2]，朝秦楚[3]，莅中国而抚四夷也[4]。以若所为，求若所欲，犹缘木而求鱼也[5]。"

王曰："若是其甚与？"

曰："殆有甚焉[6]。缘木求鱼，虽不得鱼，无后灾；以若所为，求若所欲，尽心力而为之，后必有灾。"

曰："可得闻与？"

曰："邹人与楚人战[7]，则王以为孰胜[8]？"

曰："楚人胜。"

曰："然则小固不可以敌大，寡固不可以敌众，弱固不可以敌强。海内之地，方千里者九[9]，齐集有其一[10]；以一服八，何以异于邹敌楚哉？盖亦反其本矣[11]。今王发政施仁[12]，使天下仕者皆欲立于王之朝，耕者皆欲耕

---

[1]　便嬖（pián bì）：宠幸的近臣。

[2]　辟：开辟，扩展。

[3]　朝秦楚：使秦、楚入朝称臣。

[4]　莅（lì）：临。中国：中原。抚：安抚。四夷：对四方少数民族的蔑称。

[5]　若：这样。缘：攀登。木：树。缘木而求鱼：爬到树上去捉鱼，以喻徒劳无功。

[6]　殆：只怕，恐怕。

[7]　邹：小国，在今山东邹县。

[8]　孰：谁。

[9]　方千里者九：共有九倍方千里的土地。

[10]　集：凑集，会集。这句意谓：齐国的土地会集起来不过占有九分之一。

[11]　盖：同"盍"，何不。反：后写作"返"，回到。本：根本，这里指王道仁政。

[12]　发政：发布政令。施仁：施行仁道。

于王之野¹，商贾皆欲藏于王之市²，行旅皆欲出于王之涂³，天下之欲疾其君者皆欲赴诉于王⁴；其若是，孰能御之？"

王曰："吾惛⁵，不能进于是矣⁶。愿夫子辅吾志，明以教我；我虽不敏，请尝试之。"

曰："无恒产而有恒心者⁷，惟士为能。若民，则无恒产，因无恒心。苟无恒心，放辟邪侈⁸，无不为已。及陷于罪，然后从而刑之，是罔民也⁹。焉有仁人在位，罔民而可为也？是故明君制民之产¹⁰，必使仰足以事父母¹¹，俯足以畜妻子¹²；乐岁终身饱，凶年免于死亡；然后驱而之善¹³，故民之从之也轻¹⁴。今也制民之产，仰不足以事父母，俯不足以畜妻子；乐岁终身苦，凶年不免于死亡。此惟救死而恐不赡¹⁵，奚暇治礼义哉¹⁶！王欲行之，则盍反其本矣。五亩之宅¹⁷，树之以桑，五十者可以衣帛矣¹⁸；鸡、

---

[1]　野：郊外。
[2]　商贾（gǔ）：泛指商人。藏：囤积。
[3]　行旅：外出行路的人。出：出入。
[4]　疾：痛恨。赴诉：跑来告诉。
[5]　惛：同"昏"，昏乱。
[6]　进：达到。进于是：做到这种地步。
[7]　恒：常。恒产：指能长期维持生活的产业，如土地、牲畜等。恒心：这里的"心"指"善心"。
[8]　苟：假如。放：放纵。辟：行为不正。邪：不正。
[9]　刑：处以刑罚。罔：同"网"。罔民：使人民陷于法网。
[10]　制：制定。
[11]　事：侍奉。
[12]　畜：抚养。妻子：妻子和子女。
[13]　驱：驱使、督促。之：到……去。
[14]　轻：容易。
[15]　赡（shàn）：足。
[16]　奚：哪里。暇：闲暇。
[17]　五亩之宅：一夫一妇受宅五亩，田百亩，是当时儒家的理想。五亩：合现在一亩二分多。
[18]　衣（yì）：动词，穿。帛：丝织品。

豚、狗、彘之畜¹，无失其时²，七十者可以食肉矣；百亩之田，勿夺其时³，八口之家可以无饥矣；谨庠序之教⁴，申之以孝悌之义⁵，颁白者不负戴于道路矣⁶。老者衣帛食肉，黎民不饥不寒：然而不王者，未之有也。"

说明

本文记述了齐宣王和孟子的谈话，宣扬了行仁政的政治主张。

齐宣王一心想以武力争霸天下，故向孟子询问春秋霸主齐桓公、晋文公的事迹。孟子巧妙地以"臣未之闻"轻轻带过，将话题转移到王道上。孟子提出"保民而王，莫之能御"的观点，并以此统领全部谈话。先通过宣王以羊易牛这件事，指出齐王有不忍之心，而不忍之心正是"保民而王"的基础。然后论述只要推广不忍之心，就可以施行仁政，即"推恩足以保四海"。人君只有行仁政，使人民安居乐业，方能得到人民的拥护，推行王道于天下。

孟子善于论辩，这一风格在本文表现得透彻淋漓，具体来说，有以下三点：

一是论辩层层推进，环环相扣。孟子提出"保民而王"之后，先肯定宣王有不忍之心，打消宣王"若寡人者，可以保民哉"的疑问，初步坚定其行王道的信心。接着，指出"今恩足以及禽兽，而功不至于百姓"

---

[1] 彘（zhì）：猪。畜：养。
[2] 时：繁衍的时机。
[3] 勿夺其时：不占用耕种之时。
[4] 谨：谨慎从事。庠（xiáng）序：都是学校。周代叫庠，商代叫序。
[5] 申：反复说明。孝：敬养父母。悌（tì）：敬重兄长。
[6] 颁：通"斑"。颁白：头发半黑半白。负：背东西。戴：头上顶着东西。

的原因是"百姓不见保"。而"百姓不见保",是由于王"不为",而不是"不能"。然后针对宣王欲争霸天下的野心,说道"以若所为,求若所欲",其后果将比缘木求鱼更为严重。在为宣王展示了不行仁政的严重后果的同时,孟子又描写了一幅"天下仕者皆欲立于王之朝,耕者皆欲耕于王之野"的光明前途,鼓励宣王施行仁政。另外,孟子善于揣摩对方心理,审时度势,因势利导。例如在谈到宣王以羊易牛这件事时,孟子说:"百姓皆以王为爱也,臣固知王之不忍也",使宣王大为得意,引孟子为知己,从而缩短了二人思想感情上的距离。

二是比喻生动贴切,深入浅出。孟子以百钧与一羽、秋毫与舆薪为喻,形象地指出"王之不王,不为也,非不能也"。又以"挟太山以超北海"和"为长者折枝",清楚地指出"不为"与"不能"的差异。在论及齐国不可能以武力征服海内时,孟子又以"邹人与楚人战"为例,打消宣王争霸之心,乘势引出"发政施仁"能够取得的效果。

三是行文气势磅礴,感情强烈,语言犀利晓畅。文中多用排比句,如"使天下仕者皆欲立于王之朝,耕者皆欲耕于王之野,商贾皆欲藏于王之市,行旅皆欲出于王之涂,天下之欲疾其君者皆欲赴诉于王",一泻而下,节奏分明,掷地有声。

集评

李贽曰:孟子经济,只是教养工夫,端在当时可以行之者,独有齐、魏二大国。然魏王根气大是骄浮,孟老每每拦截之。独于齐王反复接引,亦只为齐王老实耳。看他此处问答,何等老实。圣主,圣主!

——《四书评》

徐儆弦曰：孟子略道几句，便能使王笑，又使王悦，又使王笑而不答，又使王曰"吾惛，不能进是"，皆精神鼓弄处，亦一篇中之机关也。心自有权度，然此间语意不重在权度，而重权度者之心，所以下说"王请度之"。若不分劈清伶，总满纸如花，只看苍蝇儿还在纸窗内。

——《四书遇》

何焯曰：推不忍之心以行不忍之政，所以保民也。"故推恩足以保四海"，正是照应"保"字。先说得推不忍之心一半。自"反其本"以下，又破齐王不能推之由，然后告以行不忍之政一半。章末"然而不王者"二句，直缴"保民而王"。

——《义门读书记》卷五

天时不如地利 [1]

天时不如地利, 地利不如人和 [2]。

三里之城 [3], 七里之郭 [4], 环而攻之而不胜 [5]。夫环而攻之, 必有得天时者矣, 然而不胜者, 是天时不如地利也。

城非不高也, 池非不深也 [6], 兵革非不坚利也 [7], 米粟非不多也, 委而去之 [8], 是地利不如人和也。

故曰, 域民不以封疆之界 [9], 固国不以山溪之险 [10], 威天下不以兵革之利 [11]。得道者多助, 失道者寡助。寡助之至 [12], 亲戚畔之 [13]。多助之至, 天下顺之 [14]。以天下之所顺, 攻亲戚之所畔, 故君子有不战, 战必胜矣 [15]。

---

[1]　选自《孟子·公孙丑下》。天时: 指有利的时令、气候。地利: 有利的地理条件。
[2]　人和: 指有利作战的人心所向, 上下团结等因素。
[3]　三里之城: 城周长三里的小城。三里: 虚数, 喻城之小。
[4]　七里: 虚数, 喻郭之小。郭: 外城。
[5]　环: 围。
[6]　池: 护城河。
[7]　兵: 武器。革: 甲衣。坚利: 坚固锋利。
[8]　委: 放弃。委而去之: 弃城而逃。
[9]　域: 地域, 这里作动词用, 限制。封疆之界: 国界。
[10]　固国: 巩固国防。山溪之险: 山川的险阻。
[11]　"威天下"句: 使天下威慑, 不必靠武装力量的强大。
[12]　之至: 达到极点。
[13]　亲戚: 指父母兄弟等亲属。畔: 同"叛"。
[14]　顺: 归顺。
[15]　"故君子"两句: 所以君子有不战之时, 若战则必胜。

说明

从具体的事例中抽象出一个道理，将此道理置于篇首。然后将这些具体事例紧接其后作为证明，最后加以引申演绎。这就是孟子此文的结构。后世苏轼、吕祖谦等人的议论文全学此种。

集评

李贽曰：曰"不如"，特较其缓急耳。若谓天时、地利可尽捐而不用，又非儒者之言矣。

——《四书评》

宋凤翔曰：环攻不胜中已见人和，方不能胜。不然，便如今日之开门延敌矣。中心悦服曰"助"，就本国之民言；中心愿归曰"顺"，就天下之民言。服遍天下，则助遍天下矣，故曰"至"。

——《四书遇》

有为神农之言者许行¹

有为神农之言者许行，自楚之滕²，踵门而告文公曰³："远方之人，闻君行仁政⁴，愿受一廛而为氓⁵。"文公与之处⁶。其徒数十人，皆衣褐，捆屦织席以为食⁷。

陈良之徒陈相与其弟辛⁸，负耒耜而自宋之滕⁹，曰："闻君行圣人之政，是亦圣人也。愿为圣人氓。"

陈相见许行而大悦，尽弃其学而学焉¹⁰。

陈相见孟子，道许行之言曰："滕君，则诚贤君也；虽然，未闻道也。贤者与民并耕而食，饔飧而治¹¹。今也，滕有仓廪府库¹²，则是厉民而以自养也¹³，恶得贤¹⁴？"

孟子曰："许子必种粟而后食乎？"

---

[1] 选自《孟子·滕文公上》。为：研究。神农：上古传说中的帝王。相传他发明农具，教民种植。一说即炎帝。《汉书·艺文志》中载《神农》二十篇，为农家学派的代表作。言：学说。许行：楚国人，战国时农家代表人。

[2] 之：往。滕：国名，在今山东滕县。

[3] 踵（zhǒng）：走到。文公：滕文公，名宏。

[4] 闻君行仁政：指滕文公准备仿效上古井田法，分田与民。

[5] 廛（chán）：一夫所居之地。氓（méng）：民，百姓。

[6] 处：处所，指宅宅。

[7] 衣：动词，穿。褐（hè）：用兽毛或粗麻编织成的衣服。捆屦（jù）：打制草鞋。

[8] 陈良：楚国儒者，与孟子同时代。

[9] 负：背。耒耜（lěi sì）：古代一种像犁的农具。

[10] "尽弃"句：完全放弃儒学，而向许行学习农学。

[11] 饔（yōng）：早餐。飧（sūn）：晚餐。这里都作动词，指自己动手做饭。

[12] 仓：谷仓。廪（lǐn）：米仓。府库：泛指收藏。

[13] 厉民：害民。

[14] 恶（wū）：何，怎么。

曰："然。"

"许子必织布而后衣乎？"

曰："否。许子衣褐。"

"许子冠乎？"

曰："冠。"

"奚冠？"

曰："冠素[1]。"

曰："自织之与？"

曰："否。以粟易之。"

曰："许子奚为不自织[2]？"

曰："害于耕[3]。"

曰："许子以釜甑爨[4]，以铁耕乎？"

曰："然。"

"自为之与？"

曰："否。以粟易之。"

"以粟易械器者，不为厉陶冶[5]；陶冶亦以其械器易粟者，岂为厉农夫哉？且许子何不为陶冶，舍皆取诸其宫中而用之[6]？何为纷纷然与百工交易？何许子之不惮烦[7]？"

曰："百工之事¹，固不可耕且为也。"

"然则治天下独可耕且为与？有大人之事，有小人之事²。且一人之身而百工之所为备³，如必自为而后用之，是率天下而路也⁴。故曰：或劳心，或劳力。劳心者治人，劳力者治于人⁵；治于人者食人⁶，治人者食于人：天下之通义也⁷。

"当尧之时，天下犹未平，洪水横流，泛滥于天下；草木畅茂，禽兽繁殖，五谷不登，禽兽逼人，兽蹄鸟迹之道，交于中国⁸。尧独忧之，举舜而敷治焉⁹。舜使益掌火¹⁰，益烈山泽而焚之¹¹，禽兽逃匿。禹疏九河¹²，瀹济、漯，而注诸海；决汝、汉¹³，排淮、泗¹⁴，而注之江；然后中国可得而食也。当是时也，禹八年于外，三过其门而不入，虽欲耕，得乎？

"后稷教民稼穑¹⁵，树艺五谷¹⁶，五谷熟而民人育¹⁷。人之有道也¹⁸，饱食暖

---

[1]　百工：各种工匠。

[2]　大人：指统治阶级。小人：指农、工、商各行业的被统治阶级。

[3]　这句说：一个人所需的生活资料，必须靠各种行业的制作供应才能齐备。

[4]　率：引导。路：奔走道路，无有余暇休息。

[5]　治人：统治别人。治于人：被别人统治。

[6]　食（sì）人：奉养别人。

[7]　通义：普遍法则。

[8]　登：成熟。中国：中原地区。

[9]　举：选拔任用。敷治：分治。

[10]　益：舜的臣子。掌火：管理火。

[11]　烈：动词，燃起烈火。

[12]　疏：疏通，治理。九河：黄河下游的九条支流。《尔雅·释水》载九河之名是：徒骇、太史、马颊、覆釜、胡苏、简、洁、钩盘、鬲津。瀹（yuè）：疏导。济：济水，出自今河南济源县，流经山东入海。漯（tà）：漯水，漯河，源于山东。

[13]　决：开凿。汝：汝水，在今河南，东流入淮。汉：汉水，源于陕西，至湖北省注入长江。

[14]　排：排除壅塞的水道。淮：淮河。泗：泗水，源于山东，至江苏入淮河。

[15]　后稷：周朝的始祖，姓姬，名弃，尧时主管农事。稼穑（sè）：播种、收获。泛指农业劳动。

[16]　树艺：种植。

[17]　民人育：人民得到养育。

[18]　有：通"又"。人之有道也：人是有道德规范的。

衣，逸居而无教，则近于禽兽。圣人有忧之，使契为司徒¹，教以人伦：父子有亲，君臣有义，夫妇有别，长幼有序，朋友有信。放勋曰劳之来之²，匡之直之³，辅之翼之⁴，使自得之⁵，又从而振德之⁶。圣人之忧民如此，而暇耕乎？

"尧以不得舜为己忧，舜以不得禹、皋陶为己忧⁷。夫以百亩之不易为己忧者⁸，农夫也。分人以财谓之惠，教人以善谓之忠，为天下得人者谓之仁。是故以天下与人易，为天下得人难。孔子曰⁹：'大哉尧之为君！惟天为大，惟尧则之¹⁰，荡荡乎民无能名焉¹¹！君哉舜也！巍巍乎有天下而不与焉¹²！'尧、舜之治天下，岂无所用其心哉？亦不用于耕耳¹³。

"吾闻用夏变夷者，未闻变于夷者也¹⁴。陈良，楚产也，悦周公、仲尼之道，北学于中国；北方之学者，未能或之先也¹⁵。彼所谓豪杰之士也。子之兄弟，事之数十年，师死而遂倍之¹⁶。昔者，孔子没，三年之外¹⁷，门

---

[1] 契（xiè）：殷王朝的祖先，姓子，舜的臣子。
[2] 放勋：尧的称号。曰：每天，天天。劳之来之：对人民加以慰劳和安抚。
[3] 匡、直：都是纠正之意。
[4] 辅、翼：帮助。
[5] 使自得之：使人民自觉保持、发展天赋的善性。
[6] 振：同"赈"，救。振德之：指对人民施加恩惠。
[7] 皋陶（yáo）：舜时的法官，以公正贤明著称。
[8] 易：治。
[9] "孔子曰"以下六句，见《论语·泰伯》。
[10] 则：动词，奉为法则。
[11] 荡荡：广大无际的样子。民无能名：人民不知该样形容和赞美他（指尧）。
[12] 巍巍：高大的样子。有天下而不与：虽拥有天下，却一点不为自己。
[13] 亦：只。
[14] 夏：指文化水平较先进的中原各部落。变：改变，同化。夷：较为落后的少数民族。
[15] 先：动词，超过。或之先：或先之。这句说北方学者没有谁能超过他。
[16] 倍：同"背"，背叛。
[17] 三年之外：三年之后。

人治任将归 [1]，入揖于子贡 [2]，相向而哭，皆失声，然后归。子贡反，筑室于场 [3]，独居三年，然后归。他日，子夏、子张、子游 [4]，以有若似圣人 [5]，欲以所事孔子事之 [6]，强曾子 [7]。曾子曰：'不可。江汉以濯之 [8]，秋阳以暴之 [9]，皓皓乎不可尚已 [10]！'今也，南蛮𫛭舌之人 [11]，非先王之道，子倍子之师而学之，亦异于曾子矣。吾闻出于幽谷，迁于乔木者 [12]；未闻下乔木而入于幽谷者。《鲁颂》曰：'戎、狄是膺，荆、舒是惩 [13]。'周公方且膺之，子是之学 [14]，亦为不善变矣！"

"从许子之道，则市贾不贰 [15]，国中无伪；虽使五尺之童适市 [16]，莫之或欺 [17]。布帛长短同，则贾相若；麻缕丝絮轻重同，则贾相若；五谷多寡同，则贾相若；屦大小同，则贾相若。"

---

[1] 门人：孔子弟子。治：整理。任：指行李。
[2] 子贡：孔子弟子，姓端木，名赐。
[3] 场：坟前祭祀用的平地。
[4] 子夏：孔子弟子，姓卜，名商。子张：孔子弟子，姓颛孙，名师。子游：孔子弟子，姓言，名偃。
[5] 有若：孔子弟子，姓有，名若。似圣人：状貌像孔子。
[6] 这句说大家想用服侍孔子的态度对待有若。
[7] 强：勉强。
[8] 江汉：长江和汉水。濯：洗濯。
[9] 秋阳：指夏天的太阳。秋：周历的秋季，相当于夏历（今农历）的夏季。暴（pù）：曝晒。
[10] 皓（hào）皓：光洁的样子。尚：超过。这几句说：孔子的德行光明峻洁，像经过江汉洗涤，秋阳曝晒，谁也比不上他。
[11] 南蛮：古代对南方少数民族的通称。𫛭（jué）：伯劳鸟。𫛭舌：伯劳鸟的叫声。这里指许行的口音像伯劳鸟的叫声，是对许行的轻视。
[12] 幽谷：幽深的山谷。表示下流。乔木：高大的树木。比喻高尚。这两句引自《诗经·小雅·伐木》，意思是：人应像鸟儿从幽谷迁到高树一样，从下流趋向高尚。
[13] "戎狄"两句：引自《诗经·鲁颂·閟宫》。戎狄：西周时期中原对西方和北方少数民族的通称。膺：击退。荆：楚国。舒：邻近楚的小国。惩：制御。
[14] 子是之学：子学是，指陈相学习许行的道理。
[15] 贾：同"价"。不贰：不二价。
[16] 五尺：古代尺比今天的短，五尺相当于今三市尺多一点。适：往，到。
[17] 莫之或欺：没有人欺骗他。

曰："夫物之不齐，物之情也[1]。或相倍蓰[2]，或相什佰，或相千万，子比而同之[3]，是乱天下也。巨屦小屦同贾，人岂为之哉？从许子之道，相率而为伪者也。恶能治国家？"

说明

脑力劳动与体力劳动的分工本是社会发展的必然结果。许行欲逆此趋势而动，其说实不可行。孟子从许行生产劳动不能样样自为，推出治天下亦不能耕且为，步步紧逼，论敌已无招架之功，遑论还手之力。人言孟子迂阔，许行才是真正的迂阔！不过，孟子虽已将许行之说驳得体无完肤，但看来并不能使陈相改弦易辙复归于儒，此文未言陈相的最后态度便是一证。因为许行的学说带有理想主义的色彩，容易吸引一大批对社会现实不满之人，将许行之说视为救世的良药而笃信不疑。试看后世仍有不少提倡脑体劳动相结合的学说产生，屡败屡试，就可知社会的不平等甚至可以使人怀疑推动它发展的最基本的动力，为倒脏水，将澡盆中的小儿也一起倒掉了。

集评

李贽曰：许行之言，高于孟子十倍；见之实事，不如孟子亦十倍不止也。

---

[1] 不齐：不一致。物之情：物之常情。
[2] 蓰（xǐ）：五倍。倍蓰：数倍。
[3] 比：等同，并列。同之：使之相同。

　　　　　　　　　　　　　　　　　　　　　　　先秦两汉散文

所以孔孟之道，只是个中行，不为过高难行之事也。学者于此须辨之，不然，便害天下事不小。

——《四书评》

张岱曰："有大人之事"一句，是辟并耕一章冒头；下面尧舜用心，都在此处藏着，着不得一实语。

——《四书遇》

林纾曰：《孟子》此章，洒洒千余言，把定指南针，一秒不曾走失。势若冈峦起伏，绵亘千里，然脉络照应极灵。惟其有脉络，故虽隔不断；惟其有照应，故虽挺不突。气聚神完，不止道高千古，即论文字，亦非诸子所及。

——《左孟庄骚精华录》

齐人有一妻一妾 [1]

齐人有一妻一妾而处室者 [2]，其良人出 [3]，则必餍酒肉而后反 [4]。其妻问所与饮食者，则尽富贵也 [5]。其妻告其妾曰："良人出，则必餍酒肉而后反；问其与饮食者，尽富贵也，而未尝有显者来，吾将瞷良人之所之也 [6]。"

蚤起 [7]，施从良人之所之 [8]，徧国中无与立谈者 [9]，卒之东郭墦间 [10]，之祭者乞其余 [11]；不足，又顾而之他 [12]——此其为餍足之道也。

其妻归，告其妾，曰："良人者，所仰望而终身也 [13]。今若此!"与其妾讪其良人 [14]，而相泣于中庭。而良人未之知也，施施从外来 [15]，骄其妻妾。

由君子观之，则人之所以求富贵利达者，其妻妾不羞也，而不相泣者，几希矣 [16]。

---

[1] 选自《孟子·离娄下》。

[2] 处室：居家度日。处：居。室：家。

[3] 良人：丈夫。

[4] 餍（yàn）：吃饭。反：同"返"。

[5] 与饮食者：一同吃喝的人。

[6] 瞷（jiàn）：偷看。所之：所到（去）的地方。

[7] 蚤：通"早"。

[8] 施（yí）从：从旁跟随。施：斜行，从旁跟着。

[9] 徧：同"遍"。国中：城中。

[10] 卒：最后。郭：外城。东郭：城之东门外。墦（fán）：坟墓。

[11] 祭者：祭墓的人。乞其余：乞讨剩余的饭菜。

[12] 顾而之他：左右顾盼，到另一祭墓的地方。

[13] 仰望：依靠。终身：终生，度过一生。

[14] 讪：讥怨。

[15] 施（yì）施：喜悦自得的样子。

[16] 不羞：不以为羞耻。几希：少有，几乎没有。

说明

　　这是《孟子》中的一个著名寓言，至今仍未失去其生命力，因为它所讽刺的齐人这一类人永远也不会绝迹，当然各人的动机有所不同：有的是为了一己的虚荣，有的是为了免去亲人的担心，但其为可怜则一，而其可笑性则因齐人这一类型的日益普遍化而渐趋消失了。呜呼噫嘻！

集评

　　韩敬曰：妻妾之必羞必泣，总是君子看他情状，想当然耳。故此节"由君子观之"一句，直贯到底。

——《四书遇》

　　李贽曰：客详主略，行文妙法。

——《四书评》

　　顾炎武曰：此必须重叠而情事乃尽。此《孟子》文章之妙，使入《新唐书》，于齐人则必曰"其妻疑而瞯之"。……是故辞主乎达，不主乎简。

——《日知录》卷十九

鱼我所欲也 [1]

鱼，我所欲也；熊掌，亦我所欲也，二者不可得兼，舍鱼而取熊掌者也 [2]。生，亦我所欲也；义，亦我所欲也：二者不可得兼，舍生而取义者也。

生，亦我所欲，所欲有甚于生者，故不为苟得也 [3]；死，亦我所恶，所恶有甚于死者，故患有所不辟也 [4]。如使人之所欲莫甚于生，则凡可以得生者何不用也 [5]？使人之所恶莫甚于死者，则凡可以辟患者何不为也 [6]？由是则生而有不用也 [7]，由是则可以辟患而有不为也。是故所欲有甚于生者，所恶有甚于死者，非独贤者有是心也，人皆有之，贤者能勿丧耳 [8]。

一箪食 [9]，一豆羹 [10]，得之则生，弗得则死。嘑尔而与之 [11]，行道之人弗受；蹴尔而与之 [12]，乞人不屑也。万钟则不辨礼义而受之 [13]。万钟于我何加

---

[1]　选自《孟子·告子上》。
[2]　舍：放弃。
[3]　不为苟得：不为苟且以求之事。
[4]　患：祸患。辟：同"避"。
[5]　何不用也：什么手段不能用呢？即不择手段。
[6]　何不为也：什么事不能做呢？
[7]　这句说：通过这种手段就可以保全生命，有人却不采用它。
[8]　丧：丧失。
[9]　箪（dān）：盛饭的竹器。
[10]　豆：古代食器，形似高足盘，用以盛食物。
[11]　嘑：同"呼"，喝斥的样子。
[12]　蹴（cù）：践踏。
[13]　万钟：指优厚的待遇。钟：古量器名，一钟合六斛四斗。

焉 [1]！为宫室之美，妻妾之奉，所识穷乏者得我与 [2]？向为身死而不受，今为宫室之美而为之；向为身死而不受，今为妻妾之奉而为之；向为身死而不受，今为所识穷乏者得我而为之：是亦不可以已乎？此之谓失其本心 [3]。

说明

本篇以鱼与熊掌为喻，引出生与义的取舍命题。一连串的排句、叠句，使文章显得气势磅礴。篇中第三段的论证容易使人联想起《墨子·非攻上》的逻辑方法。

集评

李贽曰：读此样文字而犹失其本心者非人也，乞人不若矣。吾当为之痛哭百千万场。

——《四书评》

又曰：世间竟有此等文字，大奇，大奇！

——《四书评》

---

[1] 于我何加：对我有什么好处。

[2] 得：通"德"，感激。

[3] 本心：原有的良心。

民为贵 [1]

民为贵，社稷次之 [2]，君为轻。是故得乎丘民而为天子 [3]，得乎天子为诸侯，得乎诸侯为大夫。诸侯危社稷，则变置 [4]。牺牲既成 [5]，粢盛既洁 [6]，祭祀以时 [7]；然而旱干水溢，则变置社稷 [8]。

说明

民贵君轻之论实是儒家的大义所在，如果没有《孟子》一书，很可能湮没不传。朱元璋命人修《孟子节文》，此段即在删去之列，由此可见独裁者们是如何害怕这段闪耀着民主之光的真理之言的。

---

[1]　选自《孟子·尽心下》。
[2]　社稷：土神和谷神，常作国家的代称。
[3]　丘：众。得乎丘民而为天子：能得民众之心者为天子。
[4]　变置：更立，另立新君。
[5]　牺牲：祭祀所用的牛、羊、猪等。
[6]　粢：祭祀用的谷子。盛在器皿中叫"粢盛"。
[7]　以时：按时。
[8]　"然而"两句：如果虔诚的祭祀社稷之神，仍有水旱之灾，就须更置社稷之神。

集评

李贽曰：劈头说来似太奇，细说来又甚正，只是有识故耳。

——《四书评》

张岱曰：此等议论超越千古，非孟子不能发。对"君轻"而言，宜曰"民为重"，而乃曰"贵"，予夺之权，自民主之，非"贵"而何？知此，然后敢定汤武之案。得乎丘民而为天子，自然失乎丘民而为一夫。故曰："闻诛一夫纣矣。"

——《四书遇》

庄子

　　庄子（约前369—前286年），名周，战国时蒙（今河南商丘）人，著名思想家、文学家。他曾做过蒙地漆园（地名）的小吏，一生都过着穷苦的生活。庄子继承并发展了老子的思想，和老子同是道家学派的创始人，世称老庄。

　　庄子主张"无为"，放弃一切斗争；否定知识，否定一切事物的质的差别。他极力否定现实，主张消极地逃避现实，脱离社会。在政治上，他反对人间的一切措施，要求社会毁掉一切文明，回到最原始的时代。这些思想对后世起了消极颓废的作用。另一方面，他无情揭露了当时"窃钩者诛，窃国者为诸侯"的不合理的社会现实，拒绝与统治阶级合作，鄙视富贵利禄，辛辣地嘲讽了那些名利之徒。这对以后一些知识分子的反礼教、反封建统治，起了一定的积极作用。庄周的思想集中反映在《庄子》一书里。

　　《庄子》是庄周及其门人后学所作，是庄子学说的总结。原书五十二篇（据《汉书·艺文志》），今存三十三篇，包括内篇七篇，外篇十五篇，杂篇十一篇。一般认为内篇大体是庄周自著，外篇、杂篇则为庄周后学所著。

　　庄子的文章想象丰富新奇，多用寓言，文笔变化多端，具有浓厚的浪漫主义色彩。全书风格汪洋恣肆、恢诡谲怪，遣词造句、行文布局都很有特色，对后世文学语言影响很大。

胠箧

　　将为胠箧探囊发匮之盗而为守备[1]，则必摄缄縢[2]。固扃鐍[3]，此世俗之所谓知也[4]。然而巨盗至，则负匮揭箧担囊而趋[5]，唯恐缄縢扃鐍之不固也。然则乡之所谓知者[6]，不乃为大盗积者也[7]？

　　故尝试论之，世俗之所谓知者，有不为大盗积者乎？所谓圣者，有不为大盗守者乎？何以知其然邪？昔者齐国邻邑相望[8]，鸡狗之音相闻[9]，罔罟之所布[10]，耒耨之所刺[11]，方二千余里。阖四竟之内[12]，所以立宗庙社稷[13]，治邑屋州闾乡曲者[14]，曷尝不法圣人哉[15]！然而田成子一旦杀齐君而盗其

---

[1]　胠（qū）：从旁打开。箧（qiè）：竹箱子。探：掏。囊：口袋。发：打开。匮：同"柜"。为守备：进行防备。
[2]　摄：收。缄（jiān）、縢：都是绳子。
[3]　固：加固。扃（jiōng）：门窗、箱柜用的闩子。鐍（jué）：箱柜上安锁之处。扃鐍：指锁钥。
[4]　知：通"智"。
[5]　负：背。揭：举。趋：快步走。
[6]　乡：通"向"，先前。
[7]　不乃……也：不就（正）是……吗？积：有准备的意思。
[8]　昔者：从前。齐国：始，周封太公姜尚于齐，传至康公，被田氏所代，国号仍曰齐。这里指姜氏齐国。
[9]　"鸡狗"句：鸡犬相闻，一副宁静太平之景象。
[10]　罔罟（gǔ）：捕鱼或鸟兽的网。所布：设置的地方。
[11]　耒（lěi）：犁。耨（nòu）：锄草的农具。所刺：所插入的地方。以上五句形容姜氏齐国的富庶广大。
[12]　阖：同"合"，总计。竟：通"境"。
[13]　宗庙：古代天子诸侯祭祀祖先之处。社稷：土神和谷神。皆象征国家。
[14]　治：统治。邑、屋、州、闾、乡：都是划分地区的行政单位。曲：角落。乡曲：偏僻的乡村。
[15]　这句言：何尝不以圣人为法。

国[1]。所盗者岂独其国邪？并与其圣知之法而盗之[2]。故田成子有乎盗贼之名，而身处尧舜之安[3]；小国不敢非，大国不敢诛，十二世有齐国[4]。则是不乃窃齐国，并与其圣知之法以守其盗贼之身乎？

尝试论之，世俗之所谓至知者，有不为大盗积者乎？所谓至圣者，有不为大盗守者乎？何以知其然邪？昔者龙逢斩[5]，比干剖[6]，苌弘胣[7]，子胥靡[8]，故四子之贤而身不免乎戮。故跖之徒问于跖曰："盗亦有道乎[9]？"跖曰："何适而无有道邪[10]！夫妄意室中之藏[11]，圣也；入先，勇也；出后，义也；知可否[12]，知也；分均，仁也。五者不备而能成大盗者，天下未之有也。"由是观之，善人不得圣人之道不立[13]，跖不得圣人之道不行；天下之善人少而不善人多，则圣人之利天下也少而害天下也多。故曰：唇竭则齿寒[14]，鲁酒薄而邯郸围[15]，圣人生而大盗起。掊击圣人[16]，纵舍

---

[1]　田成子：即田常，亦称陈恒，齐国大夫。齐君：指齐简公。盗其国：指田常杀齐简公而立平公，专擅朝政。至齐康公时，田常曾孙田和放逐康公而自立为齐侯。

[2]　并与：连同。盗之：盗之以为己用。

[3]　"故田成子"两句：田成子篡窃齐国，故有巨盗之名；而位忝诸侯，故安乐如帝王。

[4]　十二世：据俞樾当为"世世"之误。

[5]　龙逢（páng）：姓关，夏桀王时贤臣，因忠谏而被杀。

[6]　比干：商纣王时贤臣，因谏纣王，被剖心而死。

[7]　苌弘：周敬王时贤臣。胣（chǐ）：裂。

[8]　子胥：即伍子胥。子胥忠谏，吴王夫差不听且赐子胥自杀，并浮尸于江，使它糜烂。靡：同"糜"。

[9]　跖：春秋时奴隶起义的领袖。

[10]　何适：何往。

[11]　妄意：猜测。藏：所藏的财物。

[12]　知可否：知道可否盗。

[13]　立：成功。

[14]　竭：亡。

[15]　"鲁酒薄"句：楚宣王朝会各国诸侯，鲁恭公迟到，而且所献酒的味道不浓，宣王怒，恭公不辞而还，遂有楚鲁之争。梁惠王早欲伐赵国，但害怕楚国相救，这次趁机攻赵，包围了赵的都城邯郸。

[16]　掊（pǒu）：打。

盗贼[1]，而天下始治矣。夫川竭而谷虚[2]，丘夷而渊实[3]。圣人已死，则大盗不起，天下平而无故矣[4]。

圣人不死，大盗不止。虽重圣人而治天下[5]，则是重利盗跖也[6]。为之斗斛以量之[7]，则并与斗斛而窃之，为之权衡以称之[8]，则并与权衡而窃之；为之符玺以信之[9]，则并与符玺而窃之；为之仁义以矫之[10]，则并与仁义而窃之。何以知其然邪？彼窃钩者诛[11]，窃国者为诸侯，诸侯之门而仁义存焉[12]，则是非窃仁义圣知邪[13]？故逐于大盗[14]，揭诸侯[15]，窃仁义并斗斛权衡符玺之利者，虽有轩冕之赏弗能劝[16]，斧钺之威弗能禁[17]。此重利盗跖而使不禁者，是乃圣人之过也。

故曰[18]："鱼不可脱于渊，国之利器不可以示人。"彼圣人者[19]，天下之利器也，非所以明天下也[20]。故绝圣弃知，大盗乃止；擿玉毁珠[21]，小盗

[1]　纵舍：释放。
[2]　川：两山间的流水。谷：两山中间的流水道。川水干竭则谷道空虚。
[3]　夷：平。实：满。山丘如被削平，深渊将被填满。
[4]　故：事。
[5]　重：尊重。
[6]　重利：大大地利于。
[7]　斛（hú）：量器，旧制十斗合一斛。
[8]　权：秤锤。衡：秤杆。称：衡量轻重。
[9]　符：符契，用两片合成。由双方各执其一，以作凭证。玺（xǐ）：印章。信：取信。
[10]　矫：正。
[11]　钩：衣带钩，指代不值钱的东西。
[12]　存焉：一说当作"焉存"。焉：于是。
[13]　是：此，指窃国者。
[14]　逐：追随。
[15]　揭：举，标举。
[16]　轩：高车。冕：大夫以上的贵族所戴的帽子。劝：禁止。
[17]　斧钺：代指刑罚。钺：大斧。
[18]　故曰：以下所引见《老子》第三十六章。利器：治国之术。
[19]　彼圣人：指圣人之道。
[20]　明：明示，公开。这三句说圣人所讲的是治理天下的方法，是不能拿来向天下人明示。
[21]　擿：同"掷"，抛弃。

不起；焚符破玺，而民朴鄙[1]；掊斗折衡[2]，而民不争；殚残天下之圣法[3]，而民始可与论议[4]。擢乱六律[5]，铄绝竽瑟[6]，塞瞽旷之耳[7]，而天下始人含其聪矣[8]；灭文章[9]，散五采，胶离朱之目[10]，而天下始人含其明矣；毁绝钩绳而弃规矩，攦工倕之指[11]，而天下始人有其巧矣[12]。故曰："大巧若拙[13]。"削曾史之行[14]，钳杨墨之口[15]，攘弃仁义[16]，而天下之德始玄同矣[17]。彼人含其明，则天下不铄矣[18]；人含其聪，则天下不累矣[19]；人含其知，则天下不惑矣；人含其德，则天下不僻矣[20]。彼曾、史、杨、墨、师旷、工倕、离朱，皆外立其德而以爚乱天下者也[21]，法之所无用也[22]。

子独不知至德之世乎？昔者容成氏、大庭氏、伯皇氏、中央氏、栗陆氏、骊畜氏、轩辕氏、赫胥氏、尊卢氏、祝融氏、伏牺氏、神农氏[23]，

[1]　朴：朴实。鄙：质朴。
[2]　掊：击破。
[3]　殚：彻底地。残：毁坏。
[4]　论议：议论大道。
[5]　擢（zhuó）乱：搅乱。六律：指阳声六律与阴声六吕，共十二律。
[6]　铄（shuò）：销毁。绝：折断。竽、瑟：皆乐器名。
[7]　瞽旷：古代乐师，因他是盲人，名旷，故名瞽旷，又称师旷。
[8]　含：怀养。聪：听觉。
[9]　文章：文饰。
[10]　胶：粘合。离朱：古时视力极好的人。
[11]　规矩：画圆和方的工具。攦（lì）：折断。工倕（chuí）：尧时有名的工匠。
[12]　巧：工艺技巧。
[13]　大巧若拙：意谓具有大智慧的人，一切顺从自然，不尚机巧，形似愚拙。
[14]　削：铲除。曾：曾参，孔子弟子，以孝出名。史：史鱼，卫灵公时臣子，以忠直出名。
[15]　钳：夹住。杨：杨朱。墨：墨翟。二人皆善辩论。
[16]　攘（rǎng）：排除。
[17]　玄同：混同。
[18]　铄：消散。
[19]　累：忧患。
[20]　僻：邪僻。
[21]　爚（yuè）乱：迷乱。
[22]　法：指圣智之法。这句言从圣智之法来讲，这些都是没有用处的。
[23]　"昔者"句：句中所列十二氏都是上古传说中的帝王。

当是时也，民结绳而用之¹，甘其食²，美其服，乐其俗，安其居，邻国相望，鸡狗之音相闻，民至老死而不相往来。若此之时，则至治已。今遂至使民延颈举踵曰³，"某所有贤者"⁴，赢粮而趣之⁵，则内弃其亲而外去其主之事⁶，足迹接乎诸侯之境，车轨结乎千里之外⁷。则是上好知之过也⁸。

上诚好知而无道，则天下大乱矣。何以知其然邪？夫弓弩毕弋机变之知多⁹，则鸟乱于上矣；钩饵罔罟罾笱之知多¹⁰，则鱼乱于水矣；削格罗落罝罘之知多¹¹，则兽乱于泽矣；知诈渐毒颉滑坚白解垢同异之变多¹²，则俗惑于辩矣。故天下每每大乱¹³，罪在于好知。故天下皆知求其所不知而莫知求其所已知者，皆知非其所不善而莫知非其所已善者¹⁴，是以大乱。故上悖日月之明，下烁山川之精¹⁵，中堕四时之施¹⁶；惴耎之虫¹⁷，

---

[1] 结绳：远古时期在文字出现以前，人们以结绳来记事。
[2] 甘其食：以其食为甘。下三句句式相同。
[3] 延颈：伸长脖子。举踵：提起脚跟。形容百姓向往之心。
[4] 某所：某个地方。
[5] 赢（yíng）：以囊盛装。趣：同"趋"。
[6] 主：主子，君主。内、外：指家庭内外。
[7] 车轨：车辙之轨。结：交，接。
[8] 上：君主。好（hào）知：推尚圣智。
[9] 弩：一种用机械发射的弓。毕：一种有柄的网。弋：一种尾部带有绳子的箭。机：弩上的机关。变："砭"的假借字，石镞也。
[10] 饵：鱼饵。罾（zēng）：一种渔网。笱（gǒu）：捕鱼用的竹制工具。
[11] 削格：一种竹制或木制的捕兽工具。罗落：罗络，即罗网。罝（zū）罘（fú）：捕兽的网。
[12] 知诈：智诈，即诡计多端。渐毒：深毒。颉（jié）滑：即黠滑，狡诈。坚白：战国时名家公孙龙子的论题之一。此有指代诡辩之意。解垢：诡曲之辞。同异：战国时惠论辩的命题之一。
[13] 每每：常常。
[14] 非：反对。所不善：指盗窃等暴行。所已善：指圣智仁义等。
[15] 悖（bèi）：乱。指日月食。烁（shuò）：熔化。指山川毁灭。
[16] 堕：通"隳（huī）"，毁坏。施：运行。
[17] 惴耎（zhuì ruǎn）：虫蠕动的样子。

肖翘之物 [1]，莫不失其性。甚矣，夫好知之乱天下也！自三代以下者是已 [2]，舍夫种种之民 [3]，而悦夫役役之佞 [4]，释夫恬淡无为而悦夫啍啍之意 [5]，啍啍已乱天下矣！

说明

眼看"圣人"所设计的一切国家机器、社会制度尽被大盗所窃，为其所用，哲人不禁发了这一番愤激之论。他所抨击的全是事实，但他所提出的回到原始社会去的解决办法却是万万行不通的。

集评

唐顺之曰：起语突兀。本是小说家，充拓变态，至不可破。他人著书，证以数语已不窗其妙。在三反四覆，驰骤之极，卒归于道德之意。惟尽人间情伪，终以设喻比其不可执着者。谓其愤疾，直浅浅者也。

——《南华真经评注》

胡文英曰：起落转接，洪波跳天，奇石转涧。读者但于空际领取其落笔之妙，自然体密气疏。

——《庄子独见》

宣颖曰：劈头一喻，引起盗资。以下发仁义圣知之弊：一段为盗贼之利，

---

[1]　肖翘：飞虫一类的生物。
[2]　三代：指夏商周三代。以下：以后。
[3]　舍：舍弃。种种：淳朴的样子。
[4]　役役：鬼黠貌。佞：巧言。
[5]　释：放弃。恬淡：清心寡欲。啍啍（zhūn）：通"谆谆"，殷勤诲人之貌。

一段为天下之害，又一段申盗贼之利，又一段申天下之害。然后叠叠致叹，将乱本两番归咎好知，将好知三番痛其致乱。反复披露，尽兴而止。

——《南华经解》

　　吕思勉曰：此篇言善恶不惟其名惟其实，因欲止世之为恶者，而分别善恶，为恶者即能并善之名而窃之。夫善之名而为为恶者所窃，则世俗之所谓善者不足为善，恶者不足为恶审矣。乃极彻底之论也。

——《论学集林·诸子解题》

秋水（节选）

庄子与惠子游于濠梁之上¹。庄子曰："儵鱼出游从容²，是鱼之乐也。"

惠子曰："子非鱼，安知鱼之乐？"

庄子曰："子非我，安知我不知鱼之乐？"

惠子曰："我非子，固不知子矣；子固非鱼也，子之不知鱼之乐，全矣³。"

庄子曰："请循其本⁴。子曰'汝安知鱼乐'云者，既已知吾知之而问我，我知之濠上也⁵。"

说明

这是庄子与惠子的一番机智的对话。两人都不免有诡辩之处。惠子排斥了异类感觉的相通性，认为人不可能感知鱼是否快乐；而庄子则故意曲解惠子的问话"汝安知鱼乐"，并将它作为前提来论证自己的实知鱼乐。虽于逻辑不符，却也辩给可喜。

---

[1] 惠子：姓惠名施，宋国人，庄子的朋友，曾为梁惠王相。濠：水名，在今安徽凤阳境内。梁：桥。

[2] 儵：同"鲦"（tiáo），鱼名。

[3] 全矣：意思是"完全是可以肯定的"。

[4] 循：顺着。本：指惠子说的"安知鱼之乐"。

[5] 安：怎么。安知：怎么知道，如何知道。濠上：濠水桥上。

集评

浦起龙曰：子与我与鱼，犹佛言人相、我相、众生相也。总融入"乐"字中，则与道大适矣。

——《古文眉诠》卷十六

吕思勉曰：言名学之理颇深。

——《论学集林·诸子解题》

晏子春秋

《晏子春秋》，旧题晏婴撰。晏子（？—前500年），名婴，字平仲，齐国夷雒（今山东高密）人，春秋时期的著名政治家。齐灵公二十六年（前556年），其父晏弱去世，晏婴继任齐卿，历灵公、庄公、景公三世，曾多次出使各国，极具外交才干。他主张省刑薄敛，以节俭力行、礼贤下士、善于辞令名显诸侯。

今本《晏子春秋》，共八篇二百十五章，柳宗元认为是齐国墨子之徒所作。该书主要记录了晏婴的行事及其净谏之言，每一则都为一个独立的小故事。

《晏子春秋》具有较高的文学价值。它在尊重史实的基础上，适当地进行夸张和虚构，使文章增强了不少故事性和戏剧性，人物形象栩栩如生。

国有三不祥

景公出猎[1]，上山见虎，下泽见蛇[2]。归，召晏子而问之曰："今日寡人出猎，上山则见虎，下泽则见蛇，殆所谓不祥也[3]？"晏子对曰："国有三不祥，是不与焉[4]。夫有贤而不知，一不祥；知而不用，二不祥；用而不任[5]，三不祥也。所谓不祥，乃若此者。今上山见虎，虎之室也；下泽

---

[1] 景公：齐景公。出猎：外出打猎。
[2] 泽：聚水之地，沼泽地。
[3] 殆（dài）：大概，或许。
[4] 是：指示代词，指见虎、见蛇。与：关系，相干。不与焉：不在其中。
[5] 任：信任。

先秦两汉散文

见蛇，蛇之穴也。如虎之室¹，如蛇之穴，而见之，曷为不祥也！²"

说明

读这篇文章使我们想起了司城子罕的"以不贪为宝"，政治家所宝之物是应当异于普通人的。同样，政治家之所谓不祥也应当异于常人。晏子所说的"国有三不祥"，总起来说就是一句话：不能信用贤才即是国之不祥。反过来说也就是贤才乃是国宝。这个道理实际上当政者无人不晓，问题是如何识别贤才、能不能加以信任。如果当政者予智自雄，自以为才过众人，而将众人视作贯彻自己意旨的工具，并将贯彻自己意旨的程度作为衡量贤才的标准，那就真正无可救药了。

---

[1]　如：往，到。
[2]　曷：何、怎。

荀子

作者荀况（前313—前238年），赵国安泽（今山西安泽）人，时人尊称他为荀卿，汉人因避宣帝讳（名询），改称孙卿。荀子一生游历过齐、楚、秦等国家，在齐曾任列大夫祭酒，在楚曾任兰陵令。他是战国时期著名的思想家、政治家，儒家学派的代表人物之一；同时他又批判继承了先秦诸子的学说，成为由儒家过渡到法家的桥梁。韩非、李斯皆为他的学生。

《荀子》一书体系完整，反映了作者朴素的唯物主义思想。在自然观上，荀子反对天命鬼神迷信之说，提出"人定胜天"。在认识论上，否认"生而知之"，强调"学而知之"。在人的本性问题上，提出性恶论，强调后天社会环境对人的影响。在政治思想上，提出"法后王"；同意用刑赏维护政权，但又十分强调"礼治"的教化；赞成"霸道"，但更重视"王道"。在教育上，强调学以致用，持之以恒。在文学上，重质尚用，反对华辞巧说。

今本《荀子》共二十卷三十二篇。全书不但内容闳大，而且风格独特，既质朴平实，又醇密富丽，刚柔兼蓄，对后世散文的发展有一定的影响。文章长于说理，论旨鲜明，结构严整，语言凝练，善用类比，逻辑性强。

劝学（节选）

君子曰：学不可以已¹。青，取之于蓝，而青于蓝²；冰，水为之，而

---

[1]　已：止。
[2]　青：靛（dìng）青，青色颜料。蓝：蓼蓝。靛青可以从蓼蓝中提取，但颜色却比蓼蓝更深。

寒于水。木直中绳[1]，𫐓以为轮[2]，其曲中规[3]，虽有槁暴[4]，不复挺者，𫐓使之然也。故木受绳则直，金就砺则利[5]，君子博学而日参省乎己[6]，则知明而行无过矣[7]。

故不登高山，不知天之高也；不临深谿[8]，不知地之厚也；不闻先王之遗言[9]，不知学问之大也。干越夷貉之子[10]，生而同声，长而异俗，教使之然也。《诗》曰[11]："嗟尔君子，无恒安息[12]。靖共尔位，好是正直[13]。神之听之，介尔景福[14]。"神莫大于化道[15]，福莫长于无祸[16]。

吾尝终日而思矣，不如须臾之所学也[17]；吾尝跂而望矣[18]，不如登高之博见也。登高而招，臂非加长也，而见者远；顺风而呼，声非加疾也，而闻者彰[19]。假舆马者[20]，非利足也，而致千里[21]；假舟楫者[22]，

---

[1] 中（zhòng）：合于，适合。绳：木匠用的墨线。这句说木本是直的，符合绳墨的要求。

[2] 𫐓：通"煣"，以火使木弯曲。

[3] 规：圆规。

[4] 槁：干枯。暴（pù）：同"曝"，晒干。

[5] 金：金属制的刀。砺：磨刀石。

[6] 博学：广泛地学习。日：每天。参：同"三"。省（xǐng）：反省。乎：于。

[7] 知：同"智"。知明：智慧明达。行：行为、行动。过：过失。

[8] 深谿：深谷。

[9] 先王：指古代的贤明君主。

[10] 干：国名，后被吴国灭，此处即指吴国。夷：指古代东方的部族。貉（mò）：古代东北方的部族。

[11] 《诗》曰：见《诗经·小雅·小明》篇。

[12] 无：同"毋"。恒：常常。这句是说不要贪图安逸。

[13] 靖：同"静"。共：同"恭"。靖恭尔位：敬慎地供奉你的职位。好：爱好。

[14] 听：察觉。介：给予。景：大。

[15] 神：指学问修养达到最高境界时的精神状态。化道：指由于道的熏陶，使气质有所变化。

[16] 长（cháng）：大。

[17] 须臾：一会儿。

[18] 跂（qì）：踮起脚后跟。

[19] 疾：壮，此指声音宏壮。彰：清楚。

[20] 假：借助，凭借。舆：车。

[21] 利足：善于走路。致：达到。

[22] 楫：船桨。

非能水也，而绝江河[1]。君子生非异也，善假于物也[2]。

南方有鸟焉，名曰蒙鸠[3]，以羽为巢，而编之以发，系之苇苕[4]。风至苕折，卵破子死。巢非不完也，所系者然也[5]。西方有木焉，名曰射干[6]，茎长四寸，生于高山之上，而临百仞之渊。木茎非能长也，所立者然也。蓬生麻中[7]，不扶而直；白沙在涅[8]，与之俱黑。兰槐之根是为芷[9]，其渐之滫[10]，君子不近，庶人不服[11]。其质非不美也，所渐者然也。故君子居必择乡，游必就士，所以防邪僻而近中正也。

物类之起，必有所始；荣辱之来，必象其德[12]。肉腐出虫，鱼枯生蠹[13]；怠慢忘身，祸灾乃作。强自取柱[14]，柔自取束[15]。邪秽在身，怨之所构[16]。施薪若一[17]，火就燥也；平地若一，水就湿也[18]。草木畴生[19]，禽兽群焉，物各从其类也。是故质的张而弓矢至焉[20]，林木茂而斧斤至焉，树

---

[1]　绝：横渡。

[2]　生：同"性"。物：外物。

[3]　蒙鸠：即鹪鹩（jiāo liáo），一种体小尾短、善于筑巢的鸟。

[4]　苕（tiáo）：芦苇的花穗。

[5]　所系者然也：是说它所系的处所使它如此。

[6]　射（yè）干：一种多年生草本植物，可入药。

[7]　蓬：蓬草。

[8]　涅（niè）：黑泥。

[9]　兰槐：香草名，其根名芷。

[10]　其：作若解。渐：浸渍。滫（xiǔ）：臭水。

[11]　服：佩带。

[12]　象：依照。

[13]　蠹（dù）：蛀虫。

[14]　柱：通"祝"，折断。强自取柱：即物太刚强，则自己导致折断。

[15]　束：约束、制约。柔自取束：物太柔弱，则自己导致受束。

[16]　构：集结。

[17]　施：放置。

[18]　湿：同"隰"（xí），低湿的地方。以上四句是说：把柴同样放置，则火总是向干燥处燃烧；地方一样平，水总是向潮湿处流。

[19]　畴：同"俦"，同类。

[20]　质：箭靶。的：靶心。

成荫而众鸟息焉，醯酸而蚋聚焉[1]。故言有召祸也，行有招辱也，君子慎其所立乎！

积土成山，风雨兴焉[2]；积水成渊，蛟龙生焉；积善成德，而神明自得[3]，圣心备焉[4]。故不积跬步[5]，无以至千里；不积小流，无以成江海。骐骥一跃，不能十步；驽马十驾[6]，功在不舍。锲而舍之[7]，朽木不折；锲而不舍，金石可镂。螾无爪牙之利[8]，筋骨之强，上食埃土，下饮黄泉，用心一也。蟹八跪而二螯[9]，非蛇鳝之穴无可寄托者，用心躁也。是故无冥冥之志者[10]，无昭昭之明[11]；无惛惛之事者[12]，无赫赫之功[13]。行衢道者不至[14]，事两君者不容。目不能两视而明，耳不能两听而聪。螣蛇无足而飞[15]，鼫鼠五技而穷[16]。《诗》曰[17]："尸鸠在桑，其子七兮[18]。淑人君子，其仪

––––––––––

[1] 醯（xī）：醋。蚋（ruì）：蚊类的小飞虫。
[2] 兴：起。
[3] 神明：指智慧。
[4] 圣心：圣人的思想。
[5] 跬（kuǐ）：半步。
[6] 骐骥：千里马。驽马：劣马。十驾：指十日之行程。马拉车一日所行为一驾。
[7] 锲（qiè）：雕刻。下文"镂"同解。
[8] 螾：同"蚓"，蚯蚓。
[9] 跪：足。八跪：原作"六跪"，据卢文弨说校改。螯（áo）：螃蟹等节肢动物的第一对脚，形状如同钳子。
[10] 冥冥：昏暗，这里是专一的意思。
[11] 昭昭：明亮，明达，引申为明察一切的样子。
[12] 惛惛（hūn）：同"冥冥"，专心致志之貌。
[13] 赫赫：显著貌。
[14] 衢道：歧路。
[15] 螣（téng）蛇：亦作"腾蛇"，古书上说的一种能飞的蛇。
[16] 鼫（shí）鼠：五技鼠。相传它能飞不能上屋，能缘（爬树）不能穷木（爬至树顶），能游不能渡谷；能穴（掘洞）不能掩身，能走不能先人。这句是说它虽技能多却不如螣蛇的专一，因此仍不免"穷"。穷：困窘。
[17] 《诗》曰：见《诗经·曹风·尸鸠》篇。
[18] 尸鸠：布谷鸟。传说尸鸠喂养七子，早晨从上往而下，晚上从下往上，平均对待，始终如一。

一兮[1]。其仪一兮，心如结兮[2]。"故君子结于一也。

昔者瓠巴鼓瑟而沉鱼出听[3]，伯牙鼓琴而六马仰秣[4]。故声无小而不闻，行无隐而不形[5]。玉在山而草木润，渊生珠而崖不枯。为善不积邪，安有不闻者乎[6]？

学恶乎始[7]？恶乎终？曰：其数则始乎诵经，终乎读礼[8]，其义则始乎为士[9]，终乎为圣人。真积力久则入[10]，学至乎没而后止也[11]。故学数有终，若其义则不可须臾舍也。为之，人也；舍之，禽兽也。故《书》者，政事之纪也[12]；《诗》者，中声之所止也[13]，《礼》者，法之大分，类之纲纪也[14]。故学至乎《礼》而止矣。夫是之谓道德之极。《礼》之敬文也[15]，《乐》之中和也[16]，《诗》、《书》之博也[17]，《春秋》之微也[18]，在天地之间者毕矣[19]。

---

[1]　淑人：善良的人。仪：仪态。
[2]　结：凝结，指专心、专一。
[3]　瓠（hù）巴：古代善鼓琴者。
[4]　伯牙：古代善于弹琴的人。仰秣：谓马在吃草时，听到琴声，仰头边吃边听。
[5]　"故声"两句：只要有声音，不会因为微小而不被闻见；行为不会因为隐蔽而不显露。意思是只要积善，总会为人所知。
[6]　这句意思是为善，只要积累，总会被别人闻知。
[7]　恶（wū）：何。
[8]　数：术，指治学的方法、途径。经：指六经，如下文的《诗》、《书》。礼：指典章制度，道德规范之类。
[9]　义：指为学的意义。荀子将学者依修养的不同分为士、君子、圣人三等。
[10]　真积：真诚地积累知识。力：力行。久：持久。入：指深入而有所得。
[11]　没：同"殁"，死亡。
[12]　《书》：指《尚书》，其中所记是关于古代政事的记录。
[13]　中声：中和之音。止：存。古时《诗》是合乐的。
[14]　法：礼制、法律、政令。大分：总的原则、界限。类：体例、制度等。纲纪：准绳。
[15]　礼：指周旋揖让的礼节。文：指车服等级的标志。
[16]　中和：中正和谐。
[17]　博：广博。
[18]　微：隐微。《春秋》寓褒贬之意于一字一词之中，素以"微言大义"著称。
[19]　毕：尽、完备。

君子之学也，入乎耳，箸乎心[1]，布乎四体[2]，形乎动静[3]。端而言[4]，蝡而动[5]，一可以为法则[6]。小人之学也，入乎耳，出乎口。口耳之间则四寸耳，曷足以美七尺之躯哉！古之学者为己[7]，今之学者为人[8]。君子之学也，以美其身；小人之学也，以为禽犊[9]。故不问而告谓之傲[10]，问一而告二谓之囋[11]。傲，非也；囋，非也；君子如向矣[12]。

　　学莫便乎近其人[13]。《礼》、《乐》法而不说[14]，《诗》、《书》故而不切[15]，《春秋》约而不速[16]。方其人之习君子之说[17]，则尊以遍矣，周于世矣[18]。故曰：学莫便乎近其人。

　　学之经莫速乎好其人[19]。隆礼次之[20]。上不能好其人，下不能隆礼，安

---

[1]　箸（zhù）：同"著"，明。
[2]　布：表现。
[3]　形：体现。动静：指行动。
[4]　端（chuǎn）：通"喘"，微言，轻声说话。
[5]　蝡（ruǎn）：微动。
[6]　一：皆、都。这三句说君子的言行，虽极微细，皆可为人法则。
[7]　为己：为了提高自己的修养。
[8]　为人：为了对付别人，取悦于人。
[9]　禽犊：家禽和小牛。古人多以这两样作为馈赠的礼物，这里比喻小人为学，不为修身而追求取悦于人。
[10]　傲：浮躁。
[11]　囋（zàn）：言语唠叨。
[12]　向：同"响"，回响。君子如向：指君子回答别人问题，如同声音的回响一样，多少恰如其分。
[13]　便：方便。乎：比。其人：指良师益友。
[14]　法而不说：只有成法而无具体解说。
[15]　故而不切：所载皆古代掌故，不切合当前实际。
[16]　约：简约，隐微。速：直截迅速地了解。
[17]　方：同"仿"，仿效。其人：指良师益友。前一"之"字作"而"解。
[18]　尊以遍：人格尊贵、学问全面。周于世：全面通晓世事。
[19]　经：途径。好：敬慕。
[20]　隆礼：尊尚礼法。

特将学杂识志顺《诗》、《书》而已耳[1]！则末世穷年[2]，不免为陋儒而已！将原先王[3]，本仁义[4]，则礼正其经纬蹊径也[5]。若挈裘领[6]，诎五指而顿之[7]，顺者不可胜数也。不道礼宪[8]，以《诗》、《书》为之，譬之犹以指测河也，以戈舂黍也[9]，以锥飡壶也[10]，不可以得之矣。故隆礼，虽未明，法士也[11]；不隆礼，虽察辩，散儒也[12]。

问楛者[13]，勿告也；告楛者，勿问也；说楛者，勿听也；有争气者[14]，勿与辩也。故必由其道至，然后接之，非其道则避之。故礼恭而后可与言道之方；辞顺而后可与言道之理[15]；色从而后可与言道之致[16]。故未可与言而言谓之傲，可与言而不言谓之隐，不观气色而言谓之瞽[17]。故君子不傲、不隐、不瞽，谨顺其身。《诗》曰[18]："匪交匪舒，天子所予[19]。"此之

---

[1] 安：则，于是。特：只，仅。杂识志："识"字是衍文。学杂志：即学百家杂说。顺《诗》、《书》：指只会读顺诗书。

[2] 末世穷年：毕生、一辈子。

[3] 原先王：追溯先王施政的本源。

[4] 本仁义：以仁义为根本。

[5] 经纬：织布的竖线和横线，这里指道路。蹊径：道路、途径。这句言那么学礼正是重要的途径。

[6] 若：如同，好像。挈（qiè）：提。裘领：皮衣的领子。

[7] 诎：同"屈"。顿：引，使顺。

[8] 道：通过。礼宪：礼法。

[9] 戈：古代兵器。舂（chōng）：用杵捣米叫舂。这句说：用戈代替杵去舂粮食。

[10] 锥：铁锥。飡：同"餐"。壶：盛食物的器具。以锥飡壶：用铁锥当筷子进餐。以上三句比喻劳而无功。

[11] 法士：守礼法之士。

[12] 散儒：不守礼法之士。

[13] 楛：同"苦"，恶。问楛：所问不合礼义。

[14] 争气：意气相争。

[15] 方：方向。顺：谦逊。

[16] 色从：指心悦诚服的表情。致：极致。

[17] 瞽：盲，指盲目从事。

[18] 《诗》曰：见《诗经·小雅·采菽》。

[19] 匪：同"非"。交：同"绞"，急切。舒：舒缓，怠慢。予：赞许。

谓也。

百发失一，不足谓善射；千里跬步不至，不足谓善御[1]；伦类不通[2]，仁义不一[3]，不足谓善学。学也者，固学一之也。一出焉，一入焉[4]，涂巷之人也[5]。其善者少，不善者多，桀、纣、盗跖也[6]。全之尽之，然后学者也。

君子知夫不全不粹之不足以为美也[7]，故诵数以贯之[8]，思索以通之，为其人以处之[9]，除其害者以持养之[10]。使目非是无欲见也[11]，使耳非是无欲闻也，使口非是无欲言也，使心非是无欲虑也，及至其致好之也[12]，目好之五色[13]，耳好之五声[14]，口好之五味[15]，心利之有天下。是故权利不能倾也[16]，群众不能移也[17]，天下不能荡也[18]。生乎由是，死乎由是，夫是之谓德操[19]。德操然后能定[20]，能定然后能应[21]，能定能应，

---

[1]　千里跬步不至：驾驭车马行千里者，差半步不到目的地，便不能称为好的御者。

[2]　伦类不通：指不能触类旁通。

[3]　仁义不一：不能专于仁义。

[4]　一出焉，一入焉：一会儿出来，一会儿进去，指学不专一。

[5]　涂：同"途"。涂巷之人：指普通的人。

[6]　桀：夏朝最后一位君王，暴君。纣：商朝最后一位君王，暴君。跖（zhí）：春秋时期奴隶起义领袖，统治者诬之为盗。

[7]　全：全面。粹：精粹、精纯。

[8]　诵数：诵说。

[9]　为：效法。其人：指圣贤之人。处：设身处地。

[10]　除其害者：排除妨害学习的因素。持养：扶持培养。

[11]　是：这，指全、粹之学。

[12]　致：极。好：爱好。

[13]　之：相当于"于"，下三句"之"字同。五色：指青、赤、黄、白、黑五色。

[14]　五声：指宫、商、角、徵、羽。

[15]　五味：酸、甜、苦、辣、咸。以上几句意思是：好学乐道达到了极至之时，就像目好色，耳好声，口好味，心好利，同一自然，绝不勉强。

[16]　权利：权势、利禄。倾：倾移，改变。

[17]　群众：众人。移：动摇。

[18]　荡：动。

[19]　德操：有德而能操持。

[20]　定：指有坚定的意志。

[21]　应：指应对一切的能力。

夫是之谓成人[1]。天见其明[2]，地见其光[3]，君子贵其全也。

说明

　　本文用博喻、对偶、排比之法，将学习的重要性、学习的态度、学习的内容和方法、学习的目的阐释得题无剩义。《大戴礼记·劝学》全袭此文，蔡邕的《劝学篇》还将此文通俗化，用以教习蒙童，足见其影响之大。此篇皆是正论，而后世宋真宗的《劝学诗》却用"书中自有黄金屋"、"书中自有千钟粟"、"书中自有颜如玉"等物质利益来勉人向学，这虽可收一时之效，但由于为人欲推波助澜，对社会却是遗患无穷，与荀子此篇真不可同日而语了。

集评

　　罗焌曰：学者，所以修性也。人性本恶，当去恶而积善，则学不可以已。务学则必务求师。师者，所以正礼也；礼者，所以正身也。欲修其身，必先正其心，而养心莫善于节欲。荀子因人性恶，故劝之学，实亦内外交相养者也。

——《诸子学述》页一八九

　　吕思勉曰：儒家通常之论。

——《论学集林·诸子解题》

---

[1]　成人：有成就之人。
[2]　见：当作"贵"。下句"见"字亦同。
[3]　光：通"广"。

宋 玉

宋玉，战国时楚辞赋家，相传是屈原的学生。家甚贫，御冬无衣袭，在楚怀王、楚襄王时做过文学侍从之类的官，一生郁郁不得志。《史记·屈原列传》载："屈原既死之后，楚有宋玉、唐勒、景差之徒者，皆好辞而以赋见称；然皆祖屈原之从容辞令，终莫敢直谏。"宋玉在创作上颇受屈原影响，后人常以"屈宋"并称。宋玉作品流传至今的，以《九辩》最为可信。《文选》中所载《风赋》、《高唐赋》、《神女赋》、《登徒子好色赋》、《对楚王问》等五篇为历代传诵，对后世影响也较大，但有人认为未必为宋玉所作。

对楚王问[1]

楚襄王问于宋玉曰："先生其有遗行与[2]？何士民众庶不誉之甚也[3]？"

宋玉对曰："唯，然[4]。有之。愿大王宽其罪，使得毕其辞。

"客有歌于郢中者[5]，其始曰《下里》、《巴人》[6]，国中属而和者数千人[7]；其为《阳阿》、《薤露》[8]，国中属而和者数百人；其为《阳春》、《白

---

[1]　选自《文选》卷四十五。楚王：指楚顷襄王，简称楚襄王，名横，战国末期楚国国君。

[2]　遗行：指品行有缺点。

[3]　士民众庶：犹言士民群众。不誉：不称赞。

[4]　唯：恭谨答应的意思，相当于"是"、"嗯"等。然：是的。

[5]　郢：楚国都城，在今湖北江陵东北。

[6]　《下里》、《巴人》：楚国通俗的民间歌曲名。

[7]　属（zhǔ）：连续。和（hè）：应和。

[8]　《阳阿》、《薤露》：楚国比较高雅的乐曲名。薤：（xiè）。

雪》¹，国中属而和者不过数十人；引商刻羽，杂以流徵²，国中属而和者，不过数人而已。是其曲弥高，其和弥寡。

"故鸟有凤而鱼有鲲³。凤皇上击九千里，绝云霓⁴，负苍天⁵，足乱浮云，翱翔乎杳冥之上⁶。夫藩篱之鷃⁷，岂能与之料天地之高哉！鲲鱼朝发昆仑之墟⁸，暴鬐于碣石⁹，暮宿于孟诸¹⁰。夫尺泽之鲵¹¹，岂能与之量江海之大哉！

"故非独鸟有凤而鱼有鲲也，士亦有之。夫圣人瑰意琦行¹²，超然独处。夫世俗之民，又安知臣之所为哉？"

说明

这篇文章采用主客问答的方式，表达了才智之士孤高自赏以及不被理解的愤懑之情。

文章开头，楚王质问宋玉是否有"遗行"，"何士民众庶不誉之甚？"宋玉以退为进，先肯定回答，然后避开"遗行"不谈，而以"曲高和寡"

---

[1] 《阳春》、《白雪》：楚国高雅的歌曲名。
[2] 引商刻羽，杂以流徵（zhǐ）：指音乐造诣深、有很高的演唱技巧。古代以宫、商、角、徵、羽为五音，也称五声。这两句可解释为引用商音来刻画羽音，夹杂运用流动的徵音。
[3] 鲲：古代传说中的大鱼。
[4] 绝：超越。云霓：云彩。
[5] 负：背负。
[6] 杳冥：指极高远而看不清的地方。
[7] 藩篱：篱笆。鷃：一种小鸟名。
[8] 昆仑：我国西部的大山。墟：山。
[9] 暴（pù）：同"曝"，晒。鬐（qí）：鱼脊。碣石：山名，在今河北昌黎北。
[10] 孟诸：大泽名，故址在今河南商丘东北。
[11] 尺泽：一尺来深的水塘。鲵（ní）：小鱼。
[12] 瑰意琦行：卓异的思想和不平凡的行为。瑰、琦：奇伟、卓异。

与"凤鷁鲲鲵"两则寓言来为自己辩解。既回答了楚王的发问，又表达了对"士民众庶"的蔑视，闲雅之态、兀傲之情，兼而有之。

集评

刘勰曰：宋玉含才，颇亦负俗，始造对问，以申其志，放怀寥廓，气实使之。

——《文心雕龙·杂文》

金圣叹曰：此文腴之甚，人亦知；炼之甚，人亦知。却是不知其意思之傲睨、神态之闲畅。凡古人文字，最重随事变笔。如此文固必当以傲睨闲畅出之也。

——《天下才子必读书》卷四

林云铭曰：惟贤知贤，士民口中如何定得人品。楚王之问，自然失当。宋玉所对，意以为不见誉之故由于不合于俗，而所以不合之故又由于俗不能知。三喻中不但高自位置，且把一班俗人伎俩见识尽情骂杀，岂不快心！

——《古文析义·初编》卷三

吴楚材等曰：意想平空而来，绝不下一实笔。而骚情雅思，络绎奔赴，固轶群之才也。"夫圣人"一段，单笔短掉，不说尽，不说明，尤妙。

——《古文观止》卷四

王符曾曰：水无波澜曲折者，非大观也；山无层峦叠嶂者，非名胜也；文章无步骤层次者，非至文也。故文章之妙在步骤，而步骤之妙在陪衬。如此文宋玉对楚王问，若出俗笔，只末"世俗之民安知臣之所为"一笔可了，此偏将客歌郢中陪起。客歌郢中，若出俗笔，只曲高和寡一笔可了，此偏将数千人、数百人、数十人陪出数人，便实说出天壤间德修谤兴、道高毁来一种道理来。却不肯竟说正意，更将凤凰、鲲鱼陪起。凤凰、鲲鱼亦一笔可了，此偏将凤凰、鲲鱼细细洗发一番，便实说出天壤间鸿翔寥廓、人视薮泽一种道理来。然后接入正意。不费辞说，自有水到渠成之妙矣。似此请陪客，方是善请陪客。然陪客请之甚易，遣之甚难。看此文以客歌郢中陪起，便将曲高和寡一句结定；次凤凰、鲲鱼陪起，便将"非独鸟有凤、鱼有鲲"一句缴过。随手拈来，随手放倒，此之谓请得来，遣得去，无客疑于主之病。东、西京不善学之，信手乱填，不能收拾，至末乃挨次呆束一番，如刘向《封事》、班彪《王命论》犹然，何况余子！主意说得醒，全在客意衬得起。故何等主人，须用何等客作伴，譬如良辰美景，嘉宾满座，主人之贤自见矣！

——《古文小品咀华》卷一

何焯曰：气焰自非小才可及。

——《义门读书记》卷四十九

黄侃曰：此似《卜居》、《渔父》，而不尽用韵。

——《文选平点》

韩非子

作者韩非（约前280—前233年），战国末期韩国人，出身于韩国贵族，与李斯同受业于荀况，是先秦法家思想的集大成者。他批判地吸收了儒、道、名、墨各家学说，综合前期法家商鞅的"法"（法令）、申不害的"术"（国君驾驭臣下的策略方法）、慎到的"势"（国君所凭借的政治权力），提出以"法"为中心的"法"、"术"、"势"三者合一的封建君主统治术。他的政治主张符合时代的要求，成为秦始皇建立中央集权制封建国家的理论基础，对以后各代的封建统治者均颇有影响。

韩非口吃，不善言谈而善著述。他多次上书韩王，不被采纳，遂著书《韩非子》五十五篇，十余万言。据载，秦王嬴政（秦始皇）见到此书，颇为赏识，遂急攻韩，迫韩王遣非入秦。李斯深知其才不及韩非，遂与姚贾向秦王进谗陷害韩非，逼韩非服毒自杀于狱中。

《韩非子》一书多论辩文，大致可分为解释式、演绎式、归难式、辩难式四个类型，说理透辟，峻峭犀利，具有很强的逻辑性和说服力。此外，文章叙事生动，保存了不少寓言故事，富有感染力，对后世文学的发展有一定影响。

五蠹 [1]（节选）

上古之世，人民少而禽兽众，人民不胜禽兽虫蛇。有圣人作 [2]，构木为巢，以避群害，而民悦之，使王天下，号之曰有巢氏。民食果蓏蚌蛤

---

[1]　蠹（dù）：蛀虫。
[2]　作：出、起。

蛤[1]，腥臊恶臭，而伤害腹胃，民多疾病。有圣人作，钻燧取火[2]，以化腥臊，而民说之[3]，使王天下，号之曰燧人氏。中古之世，天下大水，而鲧、禹决渎[4]。近古之世，桀、纣暴乱[5]，而汤、武征伐[6]。今有构木钻燧于夏后氏之世者，必为鲧、禹笑矣；有决渎于殷、周之世者，必为汤、武笑矣。然则今有美尧、舜、鲧、禹、汤、武之道于当今之世者[7]，必为新圣笑矣[8]。是以圣人不期修古[9]，不法常可[10]，论世之事[11]，因为之备[12]。宋人有耕者，田中有株[13]，兔走触株[14]，折颈而死；因释其耒而守株，冀复得兔；兔不可复得，而身为宋国笑。今欲以先王之政，治当世之民，皆守株之类也。

古者，文王处丰、镐之间[15]，地方百里，行仁义而怀西戎[16]，遂王天下[17]。徐偃王处汉东[18]，地方五百里，行仁义，割地而朝者三十有六国。荆文王恐其害己也[19]，举兵伐徐，遂灭之，故文王行仁义而王天下，偃王行

---

[1] 果：木本植物所结果实。蓏（luǒ）：草本植物所结果实。蜯：同"蚌"。蛤：蛤蜊。
[2] 燧（suì）：古代取火的器材。
[3] 说：同"悦"。
[4] 鲧（gǔn）、禹：父子两人，相继奉舜帝之命治理洪水。决：开凿、疏导。渎：水道。
[5] 桀、纣：两人分别是夏、商的末代君主，均为暴君。
[6] 汤：商汤，灭夏桀而建商朝者。武：周武王，灭商纣而建周朝者。
[7] 美：称赞。
[8] 新圣：泛指当世贤士、明君。
[9] 期：期望。修：治、修治。
[10] 法：效法。常可：旧的或固定的法则。
[11] 世：当世。
[12] 因：根据。
[13] 株：树干。
[14] 走：奔跑。
[15] 文王：周文王，武王之父姬昌。丰：地名，在今陕西户县。镐：地名，在今陕西长安县。
[16] 怀：安抚。西戎：西方的部族。
[17] 王（wàng）天下：指建立周王朝，称王天下。
[18] 徐偃王：周穆王时徐国之君。徐为小国，在今江苏徐州市一带。据说徐偃王能行仁义，诸侯多有归附，故势力范围一度延至汉水以东。
[19] 荆文王：楚文王，与齐桓公同时，上距周穆王已三百余年，此言楚文王灭徐，疑误。据《史记·秦本纪》，徐国为周穆王所灭。

仁义而丧其国，是仁义用于古而不用于今也。故曰：世异则事异。当舜之时，有苗不服[1]，禹将伐之。舜曰："不可！上德不厚而行武[2]，非道也。"乃修教三年，执干戚舞[3]，有苗乃服。共工之战，铁铦短者及乎敌，铠甲不坚者伤乎体[4]。是干戚用于古，不用于今也。故曰：事异则备变。上古竞于道德，中世逐于智谋，当今争于气力。齐将攻鲁，鲁使子贡说之[5]。齐人曰："子言非不辩也，吾所欲者土地也，非斯言所谓也[6]。"遂举兵伐鲁，去门十里以为界[7]。故偃王行仁义而徐亡，子贡辩智而鲁削。以是言之，夫仁义辩智，非所以持国也[8]。去偃王之仁，息子贡之智，循徐、鲁之力[9]，使敌万乘[10]，则齐、荆之欲，不得行于二国矣。

夫古今异俗，新故异备。如欲以宽缓之政，治急世之民[11]，犹无辔策而御骀马[12]，此不知之患也[13]。今儒、墨皆称先王兼爱天下，则视民如父母[14]。何以明其然也？曰："司寇行刑，君为之不举乐[15]；闻死刑之报，君

---

[1] 有苗：亦称三苗，古代南方部族名。
[2] 上德不厚：君主德性教化还不够。
[3] 干：盾。戚：斧。皆古代兵器。这句意谓执干戚为舞而不用于战争，说明舜以德化感动有苗。
[4] 共工：古代部族名，四凶之一。共工之战：当指舜时讨伐共工氏之役。铁铦（xiān）：古代兵器，类似标枪。这两句说武器短即被敌人所制，铠甲不坚就要受伤。意指战争中只求武力，不求仁德。
[5] 子贡：孔子弟子，善辩。说（shuì）：游说。
[6] 斯言：指子贡仁义之类的游说。
[7] 去：距离。门：鲁国都城城门。
[8] 持国：维护国家的领土和政权。
[9] 循：当作"修"，修治。
[10] 万乘：有兵车万乘的大国。此处指齐、楚。
[11] 急世：斗争激烈之世。
[12] 骀：同"悍"。
[13] 知：同"智"。
[14] 视民如父母：看待百姓犹同父母看待子女。
[15] 司寇：古代执法行刑的官。不举乐：表示哀怜。

为流涕。"此所举先王也¹。夫以君臣为如父子则必治，推是言之，是无乱父子也。人之情性，莫先于父母，父母皆见爱²，而未必治也。君虽厚爱，奚遽不乱³！今先王之爱民，不过父母之爱子，子未必不乱也，则民奚遽治哉！且夫以法行刑，而君为之流涕，此以效仁，非以为治也。夫垂泣不欲刑者，仁也；然而不可不刑者，法也。先王胜其法⁴，不听其泣，则仁之不可以为治亦明矣。

今有不才之子，父母怒之弗为改，乡人谯之弗为动⁵，师长教之弗为变。夫以父母之爱，乡人之行，师长之智，三美加焉而终不动，其胫毛不改⁶；州部之吏，操官兵，推公法⁷，而求索奸人，然后恐惧，变其节，易其行矣。故父母之爱，不足以教子，必待州部之严刑者，民固骄于爱，听于威矣⁸。故十仞之城，楼季弗能逾者⁹，峭也；千仞之山，跛牂易牧者，夷也¹⁰。故明王峭其法而严其刑也。布帛寻常¹¹，庸人不释；铄金百溢，盗跖不掇¹²。不必害，则不释寻常；必害手，则不掇百溢。故明主必其诛也。是以赏莫如厚而信，使民利之；罚莫如重而必，使民畏之；法莫如一而固，使民知之。故主施赏不迁，行诛无赦；誉辅其赏，毁随其罚，则贤不肖俱尽其力矣。

---

[1]　举：疑为"誉"之误，称誉。
[2]　见爱：一说下当有"其子"二字。
[3]　奚：何。遽：遂，即。
[4]　胜其法：服从法律。
[5]　谯（qiào）：同"诮"，责备。
[6]　胫毛：腿上的毛。这句应读为"而终不动其胫毛"。"不改"是衍文。
[7]　州部之吏：地方官吏。推公法：依法追究。
[8]　骄于爱，听于威：受到爱怜便易骄纵，受到威吓便易顺服。
[9]　楼季：古代善于攀登跳跃的人。
[10]　牂（zāng）：母羊。夷：平坦。
[11]　寻常：古八尺为寻，十六尺为常。
[12]　铄（shuò）金：熔化了的黄金。溢：同"镒"，一镒，二十四两。掇（duō）：拾取。

今则不然。以其有功也，爵之¹，而卑其士官也²；以其耕作也，赏之，而少其家业也³；以其不收，外之⁴，而高其轻世也⁵；以其犯禁也，罪之，而多其有勇也⁶。毁誉赏罚之所加者，相与悖缪也，故法禁坏而民愈乱。今兄弟被侵必攻者⁷，廉也；知友被辱随仇者⁸，贞也；贞廉之行成，而君上之法犯矣。人主尊贞廉之行，而忘犯禁之罪，故民程于勇⁹，而吏不能胜也¹⁰。不事力而衣食，则谓之能；不战功而尊，则谓之贤；贤能之行成，而兵弱而地荒矣。人主说贤能之行，而忘兵弱地荒之祸，则私行立而公利灭矣¹¹。

儒以文乱法¹²，侠以武犯禁¹³，而人主兼礼之，此所以乱也。夫离法者罪¹⁴，而诸先生以文学取¹⁵；犯禁者诛，而群侠以私剑养¹⁶。故法之所非，君之所取；吏之所诛，上之所养也。法、趣、上、下¹⁷，四相反也，而无所定，虽有十黄帝，不能治也。故行仁义者非所誉，誉之则害功¹⁸；工

---

[1]　以：因为。爵：封爵位。

[2]　卑：降低、鄙视。士官：即仕宦，做官。

[3]　少：轻视。

[4]　不收：不被收留任用。外之：疏远他。

[5]　高其轻世：推崇他轻视世俗利禄的隐士态度。

[6]　多：赞赏。

[7]　兄弟被侵必攻者：兄弟被人侵犯，一定会为他反击。

[8]　知友被辱随仇者：知己的朋友被侮辱，则一定会为之报仇。

[9]　程：犹逞。

[10]　吏不能胜：官吏不能胜任执法之责。

[11]　私行：指与公利相违背的私人的贞廉贤能之行。

[12]　文：泛指《诗》、《书》、《礼》、《乐》之教。

[13]　武：武力相争斗。

[14]　离：同"罹"。离法：犯法。

[15]　诸先生：指儒者。取：被录用。

[16]　私剑：指泄私愤而用剑杀人。养：被收养。

[17]　法：此指法之所非。趣：同"取"，君之所取。上：上之所养。下：吏之所诛。

[18]　功：耕战之功。

文学者非所用[1]，用之则乱法。楚之有直躬[2]，其父窃羊，而谒之吏[3]；令尹曰[4]："杀之。"以为直于君，而曲于父，报而罪之[5]。以是观之，夫君之直臣，父之暴子也[6]。鲁人从君战，三战三北[7]。仲尼问其故，对曰："吾有老父，身死莫之养也。"仲尼以为孝，举而上之。以是观之，夫父之孝子，君之背臣也[8]。故令尹诛而楚奸不上闻[9]，仲尼赏而鲁民易降北[10]，上下之利若是其异也。而人主兼举匹夫之行，而求致社稷之福，必不几矣[11]。

古者苍颉之作书也[12]，自环者谓之私，背私谓之公[13]。公私之相背也，乃苍颉固已知之矣；今以为同利者，不察之患也。然则为匹夫计者，莫如修仁义而习文学。仁义修则见信，见信则受事[14]；文学习则为明师，为明师则显荣：此匹夫之美也。然则无功而受事，无爵而显荣，有政如此，则国必乱、主必危矣。故不相容之事，不两立也。斩敌者受赏，而高慈惠之行[15]；拔城者受爵禄，而信廉爱之说[16]；坚甲厉兵以备难，

---

[1]　工：专攻，擅长。
[2]　直躬：人名。
[3]　谒：告，禀告。
[4]　令尹：楚官名。
[5]　报：判决。罪：治罪。
[6]　暴：以下凌上叫暴。暴子：犹言逆子。
[7]　北：败走。
[8]　背臣：即叛臣。
[9]　令尹诛：指令尹诛杀直躬之事。楚奸：楚国坏人的犯罪行为。不上闻：不使国君了解，即不再有人告发。
[10]　仲尼赏：指孔子对鲁人三战三北举而上之一事。
[11]　举：称赞。几：庶几，希望。
[12]　苍颉：传说中黄帝的史官，据说文字是由他创造的。作书：造字。
[13]　古文"私"字作"厶"，自相环绕，表示为自己打算。公，从"八"从"厶"，"八"等于说背。
[14]　受事：受到国君委任的工作。
[15]　高：推崇。
[16]　拔：攻克。廉爱：一说当作"兼爱"。

而美荐绅之饰[1]；富国以农，距敌恃卒[2]，而贵文学之士；废敬上畏法之民，而养游侠私剑之属：举行如此[3]，治强不可得也。国平养儒侠，难至用介士[4]，所利非所用，所用非所利。是故服事者简其业，而游学者日众，是世之所以乱也。

今人之主于言也，说其辩而不求其当焉；其用于行也，美其声而不责其功焉。是以天下之众，其谈言者务为辩而不周于用[5]，故举先王、言仁义者盈廷，而政不免于乱；行身者竞于为高而不合于功，故智士退处岩穴，归禄不受，而兵不免于弱，政不免于乱。此其故何也？民之所誉，上之所礼，乱国之术也。

今境内之民皆言治，藏商、管之法者家有之[6]，而国愈贫：言耕者众，执耒者寡也。境内皆言兵，藏孙、吴之书者家有之[7]，而兵愈弱：言战者多，被甲者少也[8]。故明主用其力，不听其言；赏其功，必禁无用，故民尽死力以从其上。夫耕之用力也劳，而民为之者，曰：可得以富也；战之为事也危，而民为之者，曰：可得以贵也。今修文学，习言谈，则无耕之劳而有富之实，无战之危而有贵之尊，则人孰不为也？是以百人事智，而一人用力[9]。事智者众，则法败；用力者寡，则国贫，此世之所以乱也。故明主之国，无书简之文，以法为教；无先王之语，以吏为师；无私剑之捍[10]，以斩首为勇。是境内之民，其言谈者必轨

---

[1]　美：赞美。荐：同"搢"，插。绅：大带。荐绅：插笏于衣带，儒者的服装。
[2]　距：同"拒"。
[3]　举行：指措施。
[4]　介士：甲士，武士。
[5]　谈言者：指纵横家。周：合。
[6]　商：指商鞅。管：管仲。法：指有关法令方面的书。家：家家。
[7]　孙：孙武。吴：吴起。二人都是有名的军事家。
[8]　被：同"披"。被甲：指参加战斗。
[9]　事智：从事智力活动，指"修文学"、"习言谈"。用力：指从事耕战等体力劳动。
[10]　捍：通"悍"，强悍。

于法¹，动作者归之于功²，为勇者尽之于军。是故无事则国富，有事则兵强，此之谓王资³。既畜王资，而承敌国之衅⁴，超五帝、侔三王者⁵，必此法也。

今则不然。士民纵恣于内⁶，言谈者为势于外⁷，外内称恶⁸，以待强敌，不亦殆乎？故群臣之言外事者⁹，非有分于从衡之党，则有仇雠之忠¹⁰，而借力于国也。从者，合众弱以攻一强也；而衡者，事一强以攻众弱也——皆非所以持国也。今人臣之言衡者，皆曰："不事大¹¹，则遇敌受祸矣！"事大未必有实¹²，则举图而委、效玺而请兵矣¹³。献图则地削，效玺则名卑；地削则国削，名卑则政乱矣。事大为衡，未见其利也，而亡地乱政矣。人臣之言从者，皆曰："不救小而伐大，则失天下¹⁴，失天下则国危，国危而主卑。"救小未必有实，则起兵而敌大矣；救小未必能存¹⁵，而敌大未必不有疏¹⁶；有疏则为强国制矣——出兵则军败，退守则城拔。救小为从，未见其利，而亡地败军矣。

----

[1] 轨：车轨，这里做动词用，遵循。
[2] 动作者：指从事农耕之人。
[3] 资：资王。王资：称王天下的资本。
[4] 畜：同"蓄"。承：同"乘"，趁机。衅（xìn）：嫌隙。
[5] 超：超越。侔（móu）：相等，等平。
[6] 士民：儒者、游侠。纵恣于内：在国内放肆横行。
[7] 言谈者：指纵横家。为势于外：借助国外力量造就自己权势。
[8] 称恶：行恶。
[9] 外事：外交事务。
[10] "非有分"两句：不是属于合纵或连横一派的，就是有个人恩怨。分：分属。忠：通"衷"，内心。
[11] 事大：事奉大国。
[12] 未必："未"字疑作衍文。有实：有实际行动。
[13] 图：地图。委：交付。效：呈献。玺：国君的印。兵字是衍文。
[14] 失天下：失去天下人的信任。
[15] 存：保存小国。
[16] 疏：疏忽。

是故事强则以外权市官于内 [1]；救小则以内重求利于外 [2]。国利未立，封土厚禄至矣；主上虽卑，人臣尊矣；国地虽削，私家富矣。事成则以权长重 [3]，事败则以富退处。人主之听说于其臣，事未成则爵禄已尊矣，事败而弗诛；则游说之士，孰不为用矰缴之说而徼幸其后 [4]？故破国亡主，以听言谈者之浮说 [5]。此其故何也？是人君不明乎公私之利，不察当否之言，而诛罚不必其后也 [6]。皆曰："外事，大可以王，小可以安。"夫王者能攻人者也，而安则不可攻也 [7]；强则能攻人者也，治则不可攻也。治强不可责于外，内政之有也。今不行法术于内，而事智于外，则不至于治强矣。

鄙谚曰："长袖善舞，多钱善贾。"此言多资之易为工也 [8]。故治强易为谋，弱乱难为计。故用于秦者，十变而谋希失 [9]；用于燕者，一变而计希得。非用于秦者必智，用于燕者必愚也，盖治乱之资异也。故周去秦为从，期年而举 [10]；卫离魏为衡，半岁而亡 [11]。是周灭于从，卫亡于衡也。使周、卫缓其从衡之计，而严其境内之治，明其法禁，必其赏罚，尽其地力以多其积，致其民死以坚其城守；天下得其地则其利少，攻其国则其伤大，万乘之国，莫敢自顿于坚城之下 [12]，而使强敌裁其

---

[1]　外权：外力，指外国的权势。市：买卖。市官：猎取官职。
[2]　内：国内。重：权势。
[3]　以权长重：凭其权势受到长期重用。
[4]　矰缴：尾部带有绳子用以射鸟的箭。这里代指猎取功名富贵的手段。其后：事败之后。
[5]　以：因。
[6]　诛罚不必其后：事败之后没有坚决给纵横家们诛罚。
[7]　"夫王者"四句：能成就王业，自然能攻打他国；能将国家治理安定，自然不会被别国攻打。
[8]　工：同"功"。
[9]　希：同"稀"。
[10]　"周去秦为从"句：指周赧王五十九年，周背秦与山东各诸侯约纵，准备出兵攻秦，后为秦昭王所败，周尽献其地与秦。期年：一周年。举：指为秦所灭。
[11]　"卫离魏"二句：其事不详。
[12]　顿：困顿，受挫。

弊也¹。此必不亡之术也。舍必不亡之术，而道必灭之事，治国者之过也。智困于内而政乱于外，则亡不可振也。

民之故计²，皆就安利如辟危穷³。今为之攻战，进则死于敌，退则死于诛，则危矣。弃私家之事，而必汗马之劳，家困而上弗论⁴，则穷矣。穷、危之所在也，民安得勿避？故事私门而完解舍⁵，解舍完则远战⁶，远战则安。行货赂而袭当涂者则求得⁷，求得则利。安、利之所在，安得勿就？是以公民少而私人众矣。

夫明王治国之政，使其商工游食之民少而名卑⁸，以趣本务而外末作⁹。今世近习之请行¹⁰，则官爵可买；官爵可买，则商工不卑也矣。奸财货贾得用于市¹¹，则商人不少矣。聚敛倍农，而致尊过耕战之士，则耿介之士寡¹²，而高价之民多矣¹³。是故乱国之俗：其学者，则称先王之道以籍仁义¹⁴，盛容服而饰辩说，以疑当世之法，而贰人主之心¹⁵；其言谈者，为设诈称¹⁶，借于外力，以成其私，而遗社稷之利¹⁷；其带剑者，

---

[1]　裁其弊：制其弊。
[2]　故计：一贯的打算。
[3]　如：而。辟：同"避"。
[4]　必：同"毕"，全、尽。论：论功行赏。
[5]　私门：执政的权贵之家。完：修筑，修缮。解：同"廨（xiè）"，官署。
[6]　远战：避开从军作战。
[7]　袭：私下交结。当涂者：指掌权的人。
[8]　商工游食之民：指商贾、工匠等。
[9]　趣：同"趋"。本务：指农业。末作：指工、商。
[10]　近习：指国君左右亲近之人。请行：谒请贿赂之风盛行。
[11]　奸财货贾：指从事投机买卖而牟取暴利。
[12]　倍农：比农民收入多一倍。耿介：光明正直。
[13]　高价：当为"商贾"。
[14]　籍：同"藉"，凭藉。
[15]　贰：不专一，这里指"使……动摇不定"。
[16]　为：通"伪"。伪设诈称：虚构事实，诈称纵横。
[17]　遗：遗忘，不管。

聚徒属，立节操以显其名，而犯五官之禁[1]；其患御者[2]，积于私门，尽货赂，而用重人之谒，退汗马之劳[3]；其商工之民，修治苦窳之器[4]，聚沸靡之财[5]，蓄积待时[6]，而侔农夫之利[7]；——此五者，邦之蠹也。人主不除此五蠹之民，不养耿介之士，则海内虽有破亡之国，削灭之朝，亦勿怪矣。

说明

《五蠹》是韩非的代表作。一开篇即提出"古今异俗、新故异备"诸例，为自己的"不期修古，不法常可"之说寻找历史根据。古今主张变法之人论调大致类此。但韩非的论证是为他峭法严刑、扼制舆论的主张服务的，读起来似乎头头是道，其逻辑的严密非同时的诸子所能望其项背，但实行起来却仅能收一时之效而遗患无穷，秦朝的二世而亡就是一个明显的例子。否定了仁义，人与人之间缺乏感情，也就没有了信任，助长的只能是互相猜忌和离心离德。禁止言谈，臣民对国内外大事无权过问，无疑将打击他们的爱国之心和报国之志。工、商之民，本是四民之二，管仲将二者和士、农并列，称为"国之四维"，韩非欲抑之使"少而名卑"，中国历代统治者也正是这样做的，结果却造成了资本主义在中国的苗而不秀。至于游侠，这是秦以后一直受到无情打击的一类人，但穷而无告者却往往将获救的一线希望寄托在他们身上，司马迁在《史记》

---

[1]　五官：指司徒、司马、司空、司士、司寇。五官之禁：泛指国家的禁令。

[2]　患御者：近习；或谓逃避军役者。

[3]　用：利用，采用。重人：有权势的人。谒：请托。汗马之劳：指战功。

[4]　苦窳（yǔ）之器：粗劣之物。

[5]　沸靡：奢侈。

[6]　蓄积待时：囤积货物，待时而买卖。

[7]　侔：齐等、相等。

中还特立《游侠列传》，对他们大加称颂。直至今天，人们对金庸辈的新武侠小说也还兴味不浅，从中也可窥见这些"路见不平，拔刀相助"的侠客在寻常百姓心中有着怎样的地位，其故不问可知。韩非所谓的"五蠹"，在今天看来，只有"患御者"可称名副其实，这些近习之臣"积于私门，尽货赂，而用重人之谒，退汗马之劳"，于国于民，皆为大患。但无论何法、何术也不能使"患御者"绝迹王门，因为他们精于揣摩君王之心，什么法来、什么术来也能玩弄于股掌之上，上下其手。韩非认为人主有了赏罚之柄、驾御之术后，"虽田常、子罕之臣不敢欺"，事实证明，这仅是书斋中的空想。以秦皇朝为例，儒者坑了，侠者杀了，言谈者为逐客，工商者为贱民，君王耳边响起的只是"患御者"谄媚的声音，真实的国势民情何从而知呢？亡国亡家实不可避免。韩非此篇，斥人为蠹，实际上暴露了他的思想才是真正的民之大蠹、国之大蠹，这是我们读他的这篇滔滔雄辩时必须清醒地认识到的。

集评

　　吕思勉曰：此篇言圣王不期修古、不法常可；论世之事，因为之备。即商君变法之旨。篇末辟纵横之士，谓其徒务自利。

——《论学集林·诸子解题》

礼记

《礼记》，亦称《小戴记》，为西汉戴圣所编，共四十九篇，大致皆孔门七十子后学所记。杂记各种礼制及孔门大义。其中《中庸》、《大学》二篇，为宋人析出，与《论语》、《孟子》合称《四书》，成为科举考试的初级标准书。

苛政猛于虎 [1]

孔子过泰山侧。有妇人哭于墓者而哀。夫子式而听之 [2]，使子路问之 [3]，曰："子之哭也，壹似重有忧者 [4]。"而曰 [5]："然。昔者吾舅死于虎 [6]。吾夫又死焉，今吾子又死焉。"夫子曰："何为不去也 [7]？"曰："无苛政。"夫子曰："小子识之 [8]：苛政猛于虎也 [9]！"

说明

本篇以泰山之侧一位一家三代皆遭虎患的妇人，因其地无苛政而不

---

[1]　选自《礼记·檀弓下》，标题为后人所加。
[2]　夫子：老师，指孔子。式：通"轼"，车前横木，这里是扶轼而立之意。
[3]　子路：孔子弟子，姓仲名由，字子路。
[4]　壹：副词，实在，一定。重（chóng）有忧：忧伤重重，指几桩伤心事连在一起。
[5]　而：乃、就。
[6]　舅：丈夫的父亲。
[7]　去：离开。
[8]　小子：孔子对学生的称呼。识（zhì）：记住。
[9]　苛政：暴政。

肯离而他去的故事证明，苛政乃是人民的大患。篇末以孔子之语作结，增加了论断的权威性。

集评

　　林云铭曰：以政杀人，无异于刃。孟夫子比之率兽食人。《史记·王温舒传》云：其爪牙吏虎而冠。然则苛政一行，是纵百千之虎于城邑中择人而食也。以城邑不可居，方恋恋于泰山之侧，三世喂虎，还是为苛政所驱，究竟死于苛政耳。夫子戒小子之言，至今读之，犹令人涕下。当日鲁政不问可知矣。吾愿天下后世，凡仕宦者，皆书此一幅，置之座右。

——《古文析义·二编》卷二

　　余诚曰：文不满百字，而其中有山有墓，有哭者，有听者，有虎之猛，有苛政之更猛。无数景物，无数情态，洵简练之至。

——《重订古文释义新编》卷三

不食嗟来之食[1]

齐大饥。

黔敖为食于路[2]，以待饿者而食之。有饿者蒙袂辑屦[3]，贸贸然来[4]。黔敖左奉食[5]，右执饮[6]，曰："嗟来食！"扬其目而视之，曰："予唯不食嗟来之食，以至于斯也！"从而谢焉[7]。终不食而死。

曾子闻之，曰："微与[8]！其嗟也可去，其谢也可食。"

说明

寥寥几笔，就刻画出了一位狂狷之士宁死不食嗟来之食的傲骨。"蒙袂辑屦，贸贸然来"，其饿可知；"扬其目而视之"，其傲如见。篇末曾子的话合乎中道，这正是儒家数千年来提倡的为人处世之法。但从现实来看，不偏不倚的中庸之道并未深入国人肌髓，人们往往还是好走极端，或左或右，古时如此，今日亦然，这是古今无数事实均可予以证明的。

---

[1]　选自《礼记·檀弓下》。嗟，叹词，表示招呼，犹今言"喂"。
[2]　黔敖：齐之贵族。
[3]　蒙袂辑屦：袂，衣袖。蒙袂指以袖蒙面。辑：敛。辑屦指趿拉着鞋。
[4]　贸贸然：目光不明的样子。
[5]　奉：同"捧"。
[6]　饮：菜汤之属。
[7]　谢：谢罪；道歉。
[8]　微与：错了吧。

礼运（节选）

　　昔者仲尼与于蜡宾 [1]，事毕，出游于观之上 [2]，喟然而叹 [3]。仲尼之叹。盖叹鲁也 [4]。言偃在侧曰 [5]："君子何叹？"孔子曰："大道之行也 [6]，与三代之英 [7]，丘未之逮也 [8]，而有志焉 [9]。"

　　大道之行也，天下为公 [10]。选贤与能 [11]，讲信修睦 [12]。故人不独亲其亲 [13]，不独子其子 [14]，使老有所终 [15]，壮有所用 [16]，幼有所长 [17]，矜寡孤独废疾者皆有所养 [18]。男有分 [19]，女有归 [20]。货恶其弃于地也，不必藏于己 [21]；

---

[1]　与（yù）：参加。蜡（zhà）：古代国君年终的祭祀。宾：陪祭者。
[2]　观（guàn）：宫殿或宗庙两旁高的建筑物。
[3]　喟然：叹息声。
[4]　盖：大概。鲁：春秋时鲁国。
[5]　言偃：孔子弟子，姓言名偃，字子游。
[6]　大道：指古代帝王所遵行的礼乐准则。
[7]　三代：夏、商、周三代。英：英明贤能的君主。
[8]　逮：及，赶上。
[9]　有志焉：有志于此。心里向往"大道之行"和"三代之英"的时代。
[10]　天下为公：天下成为公共的。
[11]　与：通"举"，推举。能：有才能的人。
[12]　讲信修睦：讲求信用，调整人与人的关系以增进和睦。
[13]　亲其亲：第一个"亲"为动词，以……为亲。下句"子其子"亦同。
[14]　子其子：抚养自己的子女。
[15]　有所终：有善终。
[16]　有所用：有用处。
[17]　有所长：使成长。
[18]　矜（guān）：通"鳏"（guān），老而无妻。寡：老而无夫。孤：幼而无父。独：老而无子。
[19]　分：职分，职务。
[20]　归：出嫁，此指家室。
[21]　货：财物。弃：扔。这句说：人们恨货物被扔在地上（想收起来），却不一定藏在自己家里。

力恶其不出于身也[1]，不必为己。是故谋闭而不兴[2]，盗窃乱贼而不作[3]，故外户而不闭[4]，是谓大同[5]。

今大道既隐[6]，天下为家[7]。各亲其亲，各子其子，货力为己；大人世及以为礼[8]，城郭沟池以为固[9]，礼义以为纪[10]，以正君臣[11]，以笃父子[12]，以睦兄弟[13]，以和夫妇[14]，以设制度，以立田里[15]，以贤勇知[16]，以功为己[17]。故谋用是作[18]，而兵由此起[19]。禹、汤、文、武、成王、周公[20]，由此其选也[21]。此六君子者，未有不谨于礼者也[22]。以著其义[23]，以考其信[24]，著有过[25]，

---

[2] 谋：阴谋奸诈。闭：闭塞。兴：起，发生。
[3] 作：发生，起。
[4] 外：用如动词。外户指从外面把门扇合上。闭：用门闩插门。
[5] 大同：完全的和平平等。指儒家的理想社会。
[6] 隐：隐没不见，消失。
[7] 天下为家：天下成为私家的。
[8] 大人：指天子诸侯。世及：犹言世袭。父子相传为世，兄弟相传为及。
[9] 城：内城。郭：外城。沟池：护城河。固：指坚固的防守工事。
[10] 纪：纲纪，法则。
[11] 正君臣：使君臣关系正常。
[12] 笃父子：使父子关系淳厚。
[13] 睦兄弟：使兄弟关系和睦。
[14] 和夫妇：使夫妇和谐。
[15] 田里：田地住宅。立田里：建立有关田里的制度。
[16] 贤：以……为贤。知：同"智"。贤勇知：把有勇有谋的人当作贤人。
[17] 以功为己：立功作事，只是为了自己。
[18] 用是：相当于下句"由此"。
[19] 兵：指战乱。
[20] 禹：夏朝的开国君主。汤：商朝的开国君主。文：周文王。武：周武王。成王：周成王。周公：姬旦，文王之子，武王之弟。
[21] 选：选拔。这里作名词，指选拔出来的杰出人物。
[22] 谨于礼：慎重地对待礼。
[23] 著：显露，这里是使动用法。著其义：表彰人们合乎礼义的行为。
[24] 考：成全。考其信：成全人们讲求信用的事。
[25] 著有过：明白地指出人们有过错的事。

刑仁讲让 [1]，示民有常 [2]。如有不由此者 [3]，在执者去 [4]，众以为殃 [5]，是谓小康 [6]。

说明

本篇选自《礼运》的前三节，假托孔子与弟子言偃的对话，讲述了孔门最高理想大同之治与现实社会小康之治的区别。一开篇孔子蜡祭毕在观上"喟然而叹"的描写就吸引了读者的注意力，这种以人物动态开篇的写法不由得使我们想起了近、现代的小说。接着便是孔子论大同与小康的两段对比，一连串的排比使文章显得充满感情，而首节所表现出来的忧郁之感也由此笼罩全篇，一位深沉的哲学家和思想家的形象便透过广袤的空间与时间在我们眼前显现。此篇亦见《孔子家语》，文字大不如《礼记》所录，读者取以对勘可知。

集评

孔颖达曰：凡说事必须因渐，故先发叹，后使弟子因而怪问，则因问以答也。

——《礼记正义》卷二十一

---

[1]　刑：法则。刑仁：以合乎仁义的行为为法则。讲让：讲求谦让。

[2]　常：常规。

[3]　由：用。此：指礼。

[4]　执：同"势"，权势，这里指职位。去：罢免、废黜。

[5]　殃：祸害。

[6]　小康：小安，含有不及大同之意。

学记（节选）

玉不琢，不成器；人不学，不知道[1]。是故古之王者，建国君民[2]，教学为先[3]。

虽有嘉肴[4]，弗食，不知其旨也[5]；虽有至道[6]，弗学，不知其善也。是故学然后知不足，教然后知困[7]。知不足，然后能自反也[8]；知困，然后能自强也[9]。故曰：教学相长也[10]。

大学之法[11]，禁于未发之谓豫[12]，当其可之谓时[13]，不陵节而施之谓孙[14]，相观而善之谓摩[15]。此四者，教之所由兴也[16]。发然后禁，则扦格而不胜[17]；时过然后学，则勤苦而难成；杂施而不孙[18]，则坏乱而不修[19]；

---

[1]　知道：懂得道理。
[2]　君：动词，君临、统治。
[3]　教学为先：以立教立学为先务。先：首要之事。
[4]　嘉：美。肴：鱼肉等荤菜。
[5]　旨：味美。
[6]　至道：高深的道理，指封建社会最高的道德规范和精神境界。
[7]　困：迷惑不解之处。
[8]　自反：反躬自问，反过来要求自己。
[9]　自强：自己努力向上。
[10]　相长（zhǎng）：相互推进，相互促进。
[11]　大（tài）学：古时的最高学府。
[12]　豫：预防。
[13]　当其可：抓住适当的时机。可：合宜、适宜。时：及时。
[14]　陵节：学习超越年龄、能力可接受的程度。施：施教。孙：顺，循序渐进之意。
[15]　相观：相互观察学习。善：择善而从。摩：相互切磋。
[16]　兴：成功。
[17]　扦（hàn）格：抵触抗拒。扦格不胜：言教育已发生不了作用。
[18]　杂施：指施教者杂乱无章。不孙：不合乎顺序。
[19]　修：修治。

先秦两汉散文

独学而无友，则孤陋而寡闻；燕朋逆其师[1]；燕辟废其学[2]。此六者，教之所由废也[3]。君子既知教之所由兴，又知教之所由废，然后可以为人师也。故君子之教喻也[4]，道而弗牵[5]，强而弗抑[6]，开而弗达[7]。道而弗牵则和[8]，强而弗抑则易[9]，开而弗达则思[10]，和易以思，可谓善喻矣。

学者有四失[11]，教者必知之。人之学也，或失则多[12]，或失则寡[13]，或失则易[14]，或失则止[15]。此四者，心之莫同也[16]。知其心，然后能救其失也。教也者，长善而救其失者也[17]。

凡学之道，严师为难[18]。师严然后道尊[19]，道尊然后民知敬学。是故君之所不臣于其臣者二[20]：当其为尸[21]，则弗臣也；当其为师，则弗臣。大学之礼，虽诏于天子[22]，无北面[23]，所以尊师也。

---

[1] 燕：同"宴"，安逸。燕朋：安于结交坏朋友。逆：背逆。
[2] 辟：同"僻"，邪僻，邪恶不当。燕辟：安于邪恶的坏朋友。废：荒废。
[3] 废：失败。
[4] 喻：晓谕，指启发诱导。
[5] 道：引导。牵：牵着走，有强迫之意。
[6] 强：激励。抑：压制，压抑。这里指压抑学生积极性。
[7] 开：启发。弗达：不把道理说透。
[8] 和：和谐。
[9] 易：指学习不感到困难。
[10] 思：独立思考。
[11] 失：过失、缺点。
[12] 或：有的人。多：贪多。
[13] 寡：所学过少，知识面狭窄。
[14] 易：把学习看作很容易的事（缺乏刻苦的精神）。
[15] 止：畏难而不求进步。
[16] 心之莫同：心理状态各不相同。
[17] 长善：发扬优点。
[18] 严：尊敬。
[19] 道尊：知识受到尊重。
[20] 不臣于其臣：不以对待臣下的态度对待臣子。
[21] 尸：祭主，古代祭祀时代表死者受祭的活人。
[22] 诏于天子：对天子讲授。
[23] 无北面：不面向北而立。古代君主坐北朝南，臣子面向北而朝。"无北面"即不以通常的君主之礼待之，以示尊师。

善学者，师逸而功倍，又从而庸之[1]；不善学者，师勤而功半[2]，又从而怨之。善问者，如攻坚木[3]，先其易者，后其节目[4]，及其久也，相说以解[5]；不善问者，反此。善待问者，如撞钟，叩之以小者则小鸣，叩之以大者则大鸣，待其从容，然后尽其声[6]；不善答问者，反此。此皆进学之道也。

说明

本篇论教育之理甚精。学习的重要性、教学的相长、学习的方法、学习时可能发生的失误、尊师的道理和做法、教学的方式方法等等无不涉及。多引譬喻，夹叙夹议，多经验之谈，是儒家的一篇重要教育文献。其中的许多提法成为名言警句而流传于世。

---

[1]　庸：归功。
[2]　勤：勤苦。
[3]　善问：指学生善于发问。攻：砍伐。
[4]　节目：树木枝干交接，坚而难攻之处。
[5]　说：通"脱"，解脱。解：剖开。
[6]　从容：舒缓，不急迫。这是指钟被敲击后，余音悠长，经久不绝。尽其声：余韵悠扬，渐渐止歇。这里是以钟声比喻教师对待学生的发问。

吕氏春秋

全书共二十六卷，一百六十篇，二十余万言，由吕不韦及其门客共同编写。全书分十二纪、八览、六论，因书中有八览，故又名《吕览》。本书内容极为丰富，以儒、道两家思想为主，兼收墨、名、法、兵、农、阴阳各家学说。《吕氏春秋》不仅是我国诸子散文的最早总集，也是先秦杂家的代表著作。其文学价值在于文章说理缜密，语言整齐凝练，善于运用故事来说理，富于形象性和说服力。书中不少寓言故事，如《刻舟求剑》、《有过于江上者》等，在后世广为流传。

吕不韦（？—前235年），战国末期卫国濮阳（今河南濮阳西南）人，原为阳翟（今河南禹县）巨商。他曾助秦公子异人（即庄襄王）回国即位，受任为相国，封文信侯。秦王政（即秦始皇）年幼即位，他仍任相国，被尊为"仲父"。吕不韦专断朝政，有门客三千、家僮万人，食邑十万户。始皇亲政后，吕不韦获罪免职，在流放四川途中畏惧自杀。

察今 [1]

上胡不法先王之法 [2]？非不贤也，为其不可得而法 [3]。先王之法经乎上世而来者也，人或益之，人或损之，胡可得而法 [4]？虽人弗损益，犹若不可得而法。

---

[1]　选自《吕氏春秋》卷十五《慎大览》。察今：明察当今的实际情况。
[2]　上：国君。第一个"法"意谓效法，是动词；第二个"法"意谓法令，是名词。先王：指古代圣贤之君。
[3]　不可得：不可以，不能够。
[4]　益：增加。损：减少。胡可得而法：怎么能效法。

东夏之命[1]，古今之法，言异而典殊[2]。故古之命，多不通乎今之言者；今之法，多不合乎古之法者。殊俗之民，有似于此。其所为欲同，其所为欲异[3]。口惽之命不愉[4]，若舟车衣冠滋味声色之不同。人以自是，反以相诽[5]。天下之学者，多辩言利辞[6]，倒不求其实，务以相毁[7]，以胜为故[8]。先王之法，胡可得而法，虽可得，犹若不可法。

凡先王之法，有要于时也[9]。时不与法俱至，法虽今而至，犹若不可法。故择先王之成法[10]，而法其所以为法[11]。先王之所以为法者，何也？先王之所以为法者，人也，而己亦人也。故察己则可以知人[12]，察今则可以知古。古今一也，人与我同耳。有道之士，贵以近知远[13]，以今知古，以益所见知所不见。故审堂下之阴[14]，而知日月之行、阴阳之变[15]；见瓶水之冰，而知天下之寒、鱼鳖之藏也。尝一脔肉[16]，而知一镬之味[17]、一鼎之调[18]。

---

[1] 东：东夷，指东方的少数民族。夏：华夏，指中原各国。命：名，指言语。
[2] 典：法。殊：异，不同。
[3] "其所为"二句：人们的要求相同，而做法不同。
[4] 惽：通"吻"。口惽之命：即方言。愉：通"渝"，改变。不渝指不相通。
[5] 人以自是：人们都自以为是。诽(fěi)：诋毁。
[6] 辩言：能说会道。利辞：言辞锋利。
[7] 相毁：相互诋毁。
[8] 故：事。以胜为故：专以战胜敌人为事。
[9] 要：切合。要于时：适应时代的具体情况和条件。
[10] 择：通"释"，舍弃。成法：现成的法令。
[11] 法：取法、效法。所以：所依据者。
[12] 察己：明察自己。
[13] 知：推知。
[14] 审：观察。堂：房屋。阴：日影。
[15] 行：运行。变：变化。
[16] 脔(luán)：切成块的肉。
[17] 镬(huò)：大锅。
[18] 鼎：古代烹煮用的器物，三足两耳。调：调味。

荆人欲袭宋[1]，使人先表澭水[2]。澭水暴益[3]，荆人弗知，循表而夜涉[4]，溺死者千有余人，军惊而坏都舍[5]。向其先表之时可导也[6]，今水已变而益多矣，荆人尚犹循表而导之，此其所以败也。今世之主法先王之法也，有似于此。其时已与先王之法亏矣[7]，而曰此先王之法也，而法之。以此为治，岂不悲哉！

故治国无法则乱，守法而弗变则悖[8]，悖乱不可以持国[9]。世易时移，变法宜矣。譬之若良医，病万变，药亦万变。病变而药不变，向之寿民，今为殇子矣[10]。故凡举事必循法以动[11]，变法者因时而化[12]。若此论，则无过务矣[13]。夫不敢议法者，众庶也[14]，以死守法者，有司也[15]，因时变法者，贤主也。是故有天下七十一圣[16]，其法皆不同；非务相反也，时势异也。故曰：良剑期乎断，不期乎镆铘[17]；良马期乎千里，不期乎骥骜[18]。夫成功名者，此先王之千里也。

---

[1] 荆人：指楚人。
[2] 表：做标记。澭（yōng）水：水名，在今山东境内。
[3] 暴：突然。益：同"溢"，涨满。
[4] 循表：依循着标志。涉：徒步渡水。
[5] 而：同"如"，好像。这句说军惊如同城舍的崩溃。
[6] 向：先前。导：通，这里指涉水。
[7] 亏：通"诡"，异，不相适应。
[8] 悖（bèi）：乱。
[9] 持国：维持国家。
[10] 殇子：未成年而夭折的人。
[11] 循法以动：根据法令来行动。
[12] 因时而化：随时代变化而变化。
[13] 过务：过失之事。
[14] 众庶：即众人。庶：众。
[15] 有司：代指官吏。
[16] 天下七十一圣：相传孔子尝登泰山，观易姓而王可得而数者七十余人，不可得而数者万数。据《史记·封禅书》，"七十一"为"七十二"之误。七十二乃虚指，形容数目之多。
[17] 镆铘（mò yé）：古代宝剑名，亦作"莫邪"。
[18] 骥骜（jì ào）：千里马名。

楚人有涉江者，其剑自舟中坠于水，遽契其舟[1]，曰："是吾剑之所从坠[2]。"舟止，从其所契者入水求之。舟已行矣，而剑不行，求剑若此，不亦惑乎？以此故法为其国[3]，与此同。时已徙矣[4]，而法不徙。以此为治，岂不难哉！

有过于江上者，见人方引婴儿而欲投之江中[5]，婴儿啼。人问其故。曰："此其父善游。"其父虽善游，其子岂遽善游哉[6]？此任物[7]，亦必悖矣。荆国之为政[8]，有似于此。

说明

这是一篇反映古代改革派观点的论文，其主旨是"世易时移，变法宜矣"，而论述则用层层递进之法，析理时运用了"循表夜涉"、"刻舟求剑"、"引婴投江"等寓言，将抽象的道理具体化，雄辩非常，不由人不信服其"因时变法"的理论。

---

[1]　遽：迅速。契：同"锲（qiè）"，刻。
[2]　所从坠：掉下去的地方。
[3]　为其国：治理国家。
[4]　徙：变迁。
[5]　引：牵着。
[6]　遽：就。
[7]　任物：处理事物。
[8]　荆国：指楚国。一本作"乱国"。为政：施政。

集评

　　吕思勉曰：言先王之法不足法，当法其所以为法；因言察己可以知人、察今可以知古、法随时变之理，极精。

——《论学集林·诸子解题》

李　斯

　　李斯（？—前208年），秦著名政治家、文学家，法家的代表人物之一，楚国上蔡（今河南上蔡县）人，曾和韩非同受业于荀况。初为郡小吏，后入秦为吕不韦舍人，因说秦王政兼并六国，任为客卿，后官至丞相。他辅佐秦始皇，以法立国，统一天下，为始皇定郡县之制，下"焚书坑儒"之令，以小篆为标准统一文字。始皇死，他与宦官赵高伪造遗诏，逼太子扶苏自杀，立少子胡亥为帝，史称秦二世。其后他被赵高诬陷谋反，腰斩于咸阳。李斯的代表作是《谏逐客书》，富有文采，气势酣畅，显示了散文辞赋化的倾向，因而能以单文孤篇享盛名于后世。

谏逐客书

　　臣闻吏议逐客[1]，窃以为过矣[2]。

　　昔缪公求士[3]，西取由余于戎[4]，东得百里奚于宛[5]，迎蹇叔于宋[6]，求丕豹、公孙支于晋[7]。此五子者，不产于秦，而缪公用之，并国二十，遂

---

[1]　吏：指秦宗室大臣。客：客卿，指别国人在秦国做官者。
[2]　窃：私下，自谦之词。过：错误。
[3]　缪（mù）：同"穆"。缪公：秦穆公（前659—前621年在位），名任好，春秋五霸之一。
[4]　由余：春秋时晋国人，后入戎。秦穆公用计离间由余和戎王，以礼招致，并用其计伐戎，灭十二戎国，开地千里。戎：古代对我国西部少数民族的统称。
[5]　百里奚：楚国宛（今河南南阳）人，原为虞国大夫，虞亡后，沦为奴役。秦穆公以五张黑羊皮赎回，任为秦相。
[6]　蹇（jiǎn）叔：岐（今陕西岐山）人，游居于宋，经百里奚推荐，秦穆公以重金聘他入秦为上大夫。
[7]　丕豹：晋国人，其父丕郑被晋惠公夷吾所杀，豹逃到秦国，穆公任他为大将。

霸西戎¹。孝公用商鞅之法²，移风易俗，民以殷盛，国以富强，百姓乐用³，诸侯亲服⁴，获楚、魏之师⁵，举地千里，至今治彊⁶。惠王用张仪之计⁷，拔三川之地⁸，西并巴、蜀，北收上郡⁹，南取汉中¹⁰，包九夷，制鄢、郢¹¹，东据成皋之险¹²，割膏腴之壤，遂散六国之从¹³，使之西面事秦，功施到今¹⁴。昭王得范雎¹⁵，废穰侯，逐华阳¹⁶，彊公室，杜私门¹⁷，蚕食诸侯，使秦成帝业。此四君者，皆以客之功。由此观之，客何负于秦哉¹⁸？

---

[1]　并：吞并，兼并。

[2]　孝公：即秦孝公（前361—前338年在位），名渠梁。他任用商鞅为相，实行变法，使秦富强。商鞅：本卫国人，姓公孙，名鞅，又称卫鞅；因秦孝公以商于（今陕西商县）之地封他，号商君，故称商鞅。

[3]　乐用：乐于被使用，即乐意为国家效力。

[4]　亲服：亲附服从。

[5]　获：俘获，这里指战胜。获楚、魏之师：指秦孝公二十二年（前340年），商鞅率秦军大败魏军，俘魏公子卬（áng），魏割河西之地求和；同年，又向南打败楚军。

[6]　举：攻取。治：社会秩序安定。彊：同"强"。

[7]　惠王：即秦惠文王（前337—前311年在位），孝公之子，名驷。张仪：魏国人，惠文时曾任秦相，以连横之计破六国合纵之盟，使秦得以对六国各个击破。

[8]　拔：攻取。三川之地：原属韩国之地，在今河南西北。三川指黄河、洛水、伊水。秦攻占后，设三川郡。

[9]　巴、蜀：皆古国名。巴国在今四川省东部。蜀国在今四川省西部。秦吞并巴、蜀后，设巴郡、蜀郡。上郡：魏国地名，在今陕西西北部一带。惠文王十年（前328年），派公子华和张仪攻魏，魏以上郡十五县予秦求和。

[10]　汉中：本楚地，在今陕西南部。前312年，秦攻占汉中六百里地，设汉中郡。

[11]　包：包容、吞并。九夷：泛指楚国境内的少数民族。制：控制。鄢（yān）：本楚地，今湖北宜城县。郢（yǐng）：楚都，在今湖北江陵县。

[12]　成皋（gāo）：又称虎牢关，军事要塞。在今河南荥阳。

[13]　膏腴：肥沃。散：瓦解。六国之从：指燕、赵、韩、魏、楚、齐六国联合抗秦的合纵联盟。从：同"纵"，合纵。

[14]　西面：面向西。事：侍奉。施（yì）：延续。

[15]　昭王：即秦昭襄王（前306—前251年在位），惠文王之子，名则，一名稷。范雎（jū）：战国时魏人，入秦为相，向昭襄王献"远交近攻"之策。

[16]　穰（ráng）侯、华阳：均昭襄王母宣太后弟。昭襄王用范雎计，废太后，逐穰侯，华阳出关外。

[17]　彊：增强、巩固。公室：指朝廷。杜：杜塞。私门：贵族豪门。

[18]　负：辜负、对不起。

向使四君却客而不内[1]，疏士而不用[2]，是使国无富利之实，而秦无彊大之名也。

今陛下致昆山之玉[3]，有随、和之宝[4]，垂明月之珠[5]，服太阿之剑[6]，乘纤离之马[7]，建翠凤之旗[8]，树灵鼍之鼓[9]，此数宝者，秦不生一焉，而陛下说之[10]，何也？必秦国之所生然后可，则是夜光之璧不饰朝廷，犀、象之器不为玩好[11]，郑、卫之女不充后宫[12]，而骏良駃騠不实外厩[13]，江南金锡不为用，西蜀丹青不为采[14]。所以饰后宫、充下陈、娱心意、说耳目者[15]，必出于秦然后可，则是宛珠之簪、傅玑之珥、阿缟之衣、锦绣之饰不进于前[16]，而随俗雅化、佳冶窈窕赵女不立于侧也[17]。夫击瓮叩缶[18]，弹筝搏髀[19]，而歌呼呜呜快耳目者[20]，真秦之声也[21]。

---

[1] 向使：当初假使。却：拒绝。内：同"纳"。
[2] 疏：疏远。士：外来之士。
[3] 昆山：昆仑山。传说此山北麓和田产美玉。
[4] 随：指随侯之珠。和：和氏之璧。二者均为宝物。
[5] 明月之珠：夜光珠。
[6] 服：佩带。太阿（ē）：古宝剑名。相传是春秋时吴国名匠干将和欧冶子合铸的宝剑之一。
[7] 纤离：骏马名。
[8] 建：竖立。翠凤之旗：用羽为凤形装饰的旗子。
[9] 灵鼍（tuó）：鳄鱼类动物，产于长江下游，俗名猪婆龙，皮可制鼓。
[10] 说：同"悦"。
[11] 犀、象之器：用犀牛角、象牙制成的器物。
[12] 郑、卫之女：当时认为郑、卫之地多产美女。
[13] 駃騠（jué tí）：骏马名。厩：马棚。
[14] 丹青：两种绘画颜料。丹：丹砂。青：青䵧（huò）。采：彩色。
[15] 下陈：后列，指处于后列侍奉皇帝的宫女。
[16] 宛珠：宛地（今河南南阳）出产的珍珠。宛珠之簪：镶有宛珠的簪子。傅：同"附"。玑：不圆的珠子。珥：耳环。阿（ē）缟（gǎo）：齐国东阿（今山东东阿）产的缟。缟：白色的绢。
[17] 随俗雅化：随流行的变化而力求打扮得漂亮。佳冶：美好艳丽。窈窕（yǎo tiǎo）：美好貌。
[18] 瓮、缶：都是瓦器，秦人用作打击的乐器。
[19] 筝：古代的一种弦乐器。搏：拍、击。髀（bì）：大腿。
[20] 呜呜：秦地乐歌声。快耳：使耳朵感到愉悦，意谓好听。
[21] 声：乐声。

郑、卫、桑间、韶、虞、武、象者[1]，异国之乐也。今弃击瓮叩缶而就郑、卫，退弹筝而取韶、虞，若是者何也？快意当前，适观而已矣[2]。今取人则不然，不问可否，不论曲直，非秦者去，为客者逐。然则是所重者，在乎色、乐、珠、玉，而所轻者，在乎人民也。此非所以跨海内、制诸侯之术也[3]。

臣闻地广者粟多，国大者人众，兵彊则士勇。是以太山不让土壤[4]，故能成其大；河海不择细流，故能就其深[5]；王者不却众庶，故能明其德[6]。是以地无四方，民无异国，四时充美，鬼神降福，此五帝三王之所以无敌也[7]。今乃弃黔首以资敌国[8]，却宾客以业诸侯[9]，使天下之士，退而不敢西向，裹足不入秦，此所谓藉寇兵而赍盗粮者也[10]。

夫物不产于秦，可宝者多；士不产于秦，而愿忠者众。今逐客以资敌国，损民以益仇，内自虚而外树怨于诸侯[11]，求国无危，不可得也。

---

[1] 郑、卫：指郑、卫之音，流传于郑、卫两国的民间乐曲。桑间：地名，在卫国濮水之滨（今河南濮阳），为卫国男女欢会歌唱之地，此指桑间地方的乐曲。韶、虞：相传为舜时的乐曲。武、象：周乐名。

[2] 适观：适于欣赏。

[3] 跨：凌驾，此指统一。

[4] 太山：即泰山。让：辞退。

[5] 择：选择，含有舍弃之意。细流：小的河流。就：成就、造成。

[6] 众庶：广大的百姓。

[7] 五帝：黄帝、颛顼（zhuān xū）、帝喾（kù）、唐尧、虞舜五位传说中的帝王。三王：即夏禹、商汤和周文王、周武王三代帝王。五帝三王：此处泛指古代著名帝王。

[8] 黔（qián）首：秦对百姓的称呼。黔：黑色。资：资助、供给。

[9] 业诸侯：使诸侯成就功业。业：用如动词，使成就其事业。

[10] 藉：借给。兵：兵器。赍（jī）：给予。赍盗粮：送给寇盗粮食。

[11] 益仇：利于敌人。内自虚：对内使自己陷于虚弱。

说明

　　李斯在写这篇文章时，必是先想到了他置于篇末的几句话："夫物不产于秦，可宝者多；士不产于秦，而愿忠者众。今逐客以资敌国，损民以益仇，内自虚而外树怨于诸侯，求国无危，不可得也。"自信以此三条为理由，可以打动秦王。于是他便以"赋"的手法来安排整篇文章了："臣闻吏议逐客，窃以为过矣。"之下用了一大段列举秦用客卿而强大的史实，本地风光，自然容易打动秦王。此段发挥的正是"士不产于秦，而愿忠者众"的道理。下面一段铺陈秦王所爱的色、乐、珠、玉无不产于他国，用以反衬秦王取"非秦者去，为客者逐"措施的不当。发挥的正是"物不产于秦，可宝者多"的道理。紧接着便建议秦王"不却众庶"，不要"却宾客以业诸侯"，发挥的正是"今逐客以资敌国，损民以益仇，内自虚而外树怨于诸侯"的道理。三段"赋"以后，李斯便将三条理由作为总结而结束全文。我们这里忖度的是作者的构思过程和谋篇之法，也就是刘勰所谓的"文心"，相信"虽不中亦不远"，与李斯这位"才士之用心"是可以基本符合的。

集评

　　刘勰曰：范雎之言事，李斯之止逐客，并烦情入机；动言中务，虽批逆鳞，而功成计合，此上书之善说也。

——《文心雕龙·论说》

　　归有光曰：文章用意庸，易起人厌；须出人意表，方为高手。如李斯《谏逐客书》，借人扬己，以小喻大，另是一种巧思。能打破此等关窍，下笔自惊世骇俗矣。

——《文章指南·仁集》

金圣叹曰：自首至尾，落落只写大意。初并无意为文，看他起便一直径起，往便一直径往，转便径转，接便径接。后来文人无数笔法，对此一毫俱用不着。然正是后来无数笔法之祖也。

——《天下才子必读书》卷四

林云铭曰：李斯既在逐中，其上书似不便作谏止语。故第一段以秦往事藉客成功动之；第二段以秦所宝诸物皆出异国，而用人独否驳之；第三段以古帝王能广收众益，而秦不然形之；第四段以客为诸侯用，能害秦国恐之。利害凿凿可睹，不必请除其令而令自除，乃不谏止之谏止也。细玩行文，落笔时胸中必有一段无因见逐、不能自平之气，故不禁其拉杂错综，忽而正说，忽而倒说，忽而复说，莫可端倪。如此所以为佳。李斯人品本不足道，然是篇犹可节取者，以持论近正，所谓不以人废言也。

——《古文析义·初编》卷三

何焯曰：只"昔"字、"今"字对照两大段文字。前举先世之典，以事证；后就秦王一身，以物喻。即小见大，于人情尤易通也。

——《义门读书记》卷四十九

吴楚材等曰：此先秦古书也。中间两三节，一反一复，一起一伏，略加转换数个字，而精神愈出、意思愈明，无限曲折变态。谁谓文章之妙不在虚字助辞乎！

——《古文观止》卷四

浦起龙曰：旁罗处，层叠敲击。到正写，又妙在不粘。风雨发作，光怪变现。笔势如生蛇，不受捕捉。

——《古文眉诠》卷四十

余诚曰：李斯既亦在逐中，若开口便斥逐客之非，宁不适以触人主之怒，而滋之令转甚耶？妙在绝不为客谋，而通体专为秦谋。语意由浅入深，一步紧一步，此便是游说秘诀。……意最真挚，笔最曲折，语最委婉。而段落承接，词调字句，更无不各具其妙。

——《重订古文释义新编》卷五

林纾曰：何义门又谓汉以后文字不能如此驰骋，实则文章逐时代而迁移，李斯富于才，此篇为切己之事，故言之精切。实则仍是策士之词锋，不能不如此炫其神通以骇人也。

——《选评古文辞类纂》卷三

斋藤谦曰：以二"今"字、二"必"字、一"夫"字斡旋三段，意不觉重复。后柳子原论钟乳、王锡爵论南人不可为相，盖模仿之，终不能得其奇也。

——《拙堂文话》卷六

贾　谊

贾谊（前200—前168年），洛阳人，西汉著名政治家、文学家，世称贾生。十八岁时即以博学能文称誉郡县，二十岁时，汉文帝召为博士，次年破格擢拔为太中大夫。他的政治思想基本上属于儒家，也杂有法家、黄老等思想。他主张"改正朔，易服色，法制度，定官名，兴礼乐"，提出改革时弊、巩固中央政权、轻徭薄赋、抵御外侮等主张，颇为汉文帝所赏识。后遭当时权贵周勃、灌婴等妒忌，贬为长沙王太傅。故人称贾长沙、贾太傅。四年后，复任为梁怀王太傅。不久怀王坠马身亡，贾谊自惭失职，一年后郁闷而死，时仅三十三岁。贾谊识高才卓，政论文代表作有《过秦论》、《陈政事疏》(《治安策》)、《论积贮疏》等，均针砭时弊，气势宏大，带有先秦纵横家铺陈辞藻、铺张扬厉的特色。明代张溥辑其文为《贾长沙集》。另著有《新书》十卷。

过秦论（上）¹

秦孝公据崤函之固²，拥雍州之地³，君臣固守，以窥周室⁴。有席卷天下、包举宇内、囊括四海之意⁵，并吞八荒之心⁶。当是时也，商君佐之⁷，

---

[1]　《过秦论》有上、中、下三篇，本文为上篇，选自萧统《文选》卷五十一。过：过失，这里用作动词。过秦：指摘秦王朝的过失。

[2]　秦孝公：名渠梁，秦献公之子，前361—前338年在位，他任用商鞅，实行变法，使秦富强。崤（yáo）：崤山，在今河南洛宁县北。函：函谷关，在今河南灵宝县西南。

[3]　拥：占有。雍州：古九州之一，包括今陕西大部，甘肃全部和青海东部一带。

[4]　窥周室：伺机夺取周王朝政权。

[5]　席卷、包举、囊括：都是吞并的意思。席卷：像卷席子一样包括无余。包举：像打包裹一样全都包了进去。囊括：像装袋子一样全都装了进去。宇内、四海：都是天下的意思。

[6]　八荒：八方荒远之地。荒：远。

[7]　商君：商鞅。佐：辅佐。

内立法度，务耕织，修守战之具；外连衡而斗诸侯¹。于是秦人拱手而取西河之外²。

孝公既没，惠文、武、昭蒙故业³，因遗策⁴，南取汉中⁵，西举巴蜀⁶，东割膏腴之地，收要害之郡。诸侯恐惧，会盟而谋弱秦⁷。不爱珍器重宝肥饶之地⁸，以致天下之士⁹，合从缔交¹⁰，相与为一。

当此之时，齐有孟尝，赵有平原，楚有春申，魏有信陵¹¹。此四君者，皆明智而忠信，宽厚而爱人，尊贤而重士。约从离横¹²，兼韩、魏、燕、赵、宋、卫、中山之众¹³。于是六国之士，有宁越、徐尚、苏秦、杜赫之属为之谋¹⁴，齐明、周最、陈轸、召滑、楼缓、翟景、苏厉、乐毅之徒通其意¹⁵，吴起、孙膑、带佗、兒良、王廖、田忌、廉颇、赵奢之伦制其

---

[1] 衡：通"横"。连衡：即连横，就是西方的秦与东方的齐、楚等国个别联合以打击其他国家。斗：使……相斗。
[2] 拱手：双手合抱，形容不费力气。西河之外：指魏国在黄河以西的土地。
[3] 惠文：即秦惠文王。武：秦武王，惠文王之子，名荡，前310年即位。昭：秦昭襄王，武王异母弟。蒙故业：承接秦孝公已创建的基业。
[4] 因：沿袭。遗策：前代遗留下来的政策。
[5] 汉中：楚地名，今陕西南部一带。前312年，秦大破楚军，取地方百里，设汉中郡。
[6] 举：攻取。巴、蜀：皆古国名，秦吞并后，设巴郡、蜀郡。
[7] 弱：削弱。
[8] 爱：吝惜。
[9] 致：招致、罗纳。
[10] 合从：即合纵。指北自燕，南至楚的东方各国联合起来抗秦。缔交：缔结盟约。
[11] 孟尝：孟尝君田文，齐国贵族。平原：平原君赵胜，赵惠文王之弟。信陵：信陵君魏无忌，魏昭王的小儿子。春申：春申君黄歇，楚国贵族。
[12] 约从：缔约实行合纵。离衡：离散秦国连横的策略。
[13] 兼：联合、聚集。
[14] 宁越：赵人。徐尚：宋人。苏秦：东周洛阳人，是当时的"合纵长"。杜赫：周人。属：辈、类。
[15] 齐明：东周臣。周最：东周君之子。陈轸（zhěn）：夏人，仕楚。召滑（shào gǔ）：楚臣。楼缓：赵人，魏相。翟（zhái）景：魏人。苏厉：苏秦之弟。乐（yuè）毅：燕将。

兵¹。尝以十倍之地、百万之众，叩关而攻秦²。秦人开关而延敌³，九国之师⁴，遁逃而不敢进。秦无亡矢遗镞之费⁵，而天下诸侯已困矣。于是从散约解，争割地而赂秦。秦有余力而制其弊⁶，追亡逐北，伏尸百万，流血漂橹⁷。因利乘便，宰割天下，分裂河山。强国请伏，弱国入朝。施及孝文王、庄襄王⁸，享国之日浅⁹，国家无事。

及至始皇，奋六世之余烈¹⁰，振长策而御宇内¹¹，吞二周而亡诸侯¹²，履至尊而制六合¹³，执敲扑以鞭笞天下¹⁴，威振四海。南取百越之地¹⁵，以为桂林、象郡¹⁶。百越之君，俯首系颈¹⁷，委命下吏¹⁸。乃使蒙恬北

---

[1] 吴起：魏将，后为楚相。孙膑：齐将。带佗：楚将。兒（ní）良：越将。王廖、田忌：齐将。廉颇、赵奢：赵将。制：统率。

[2] 叩：攻打。关：函谷关。

[3] 延敌：迎敌。延：引进。

[4] 九国：指魏、韩、赵、燕、楚、齐、宋、卫、中山。

[5] 亡：丢失。镞（zú）：箭头。

[6] 弊：通"敝"，困顿。

[7] 亡：逃跑。北：败走。橹：大的盾牌。

[8] 施（yì）：延续。孝文王：昭襄王之子。庄襄王：孝文王之子。

[9] 享国之日浅：在位时间短。

[10] 始皇：庄襄王之子，名政。奋：发扬。六世：指秦孝公、惠文王、武王、昭襄王、孝文王、庄襄王六代。余烈：遗留下来的功业。

[11] 振：挥动。策：马鞭。御：驾驭、控制。

[12] 二周：西周国和东周国。周赧王时，周王朝分为东西二周两个侯国，西周国定都洛阳，秦昭襄王五十一年（前256年）灭；东周国都于巩（今河南巩县），灭于秦庄襄王元年（前249年）。亡诸侯：指灭六国，在始皇二十六年（前223年）。

[13] 履：践，登。至尊：指帝位。六合：天地四方，北指天下。

[14] 敲扑：都指杖棒一类的刑具，短的叫敲，长的叫扑。鞭笞（chī）：都是刑具，这里作动词，鞭打、统治。

[15] 百越：又称"百粤"，古代散居南方的越族统称。

[16] 桂林、象郡：秦新置的郡邑。桂林：今广西壮族自治区北部。象郡：今广西壮族自治区南部、西部。

[17] 俯首：低头，表示降服。系颈：脖子上系绳，表示屈服。

[18] 委：付与。委命下吏：把性命交给下级官吏。

筑长城而守藩篱[1]，却匈奴七百余里，胡人不敢南下而牧马，士不敢弯弓而报怨[2]。

于是废先王之道，燔百家之言[3]，以愚黔首[4]。隳名城[5]，杀豪俊，收天下之兵[6]，聚之咸阳，销锋镝[7]，铸以为金人十二[8]，以弱天下之民。然后践华为城，因河为池[9]，据亿丈之城，临不测之谿以为固。良将劲弩，守要害之处；信臣精卒，陈利兵而谁何[10]。天下已定，始皇之心，自以为关中之固，金城千里，子孙帝王万世之业也。

始皇既没，余威震于殊俗[11]。然而陈涉瓮牖绳枢之子[12]，氓隶之人[13]，而迁徙之徒也[14]。材能不及中庸[15]，非有仲尼、墨翟之贤，陶朱、猗顿之富[16]，蹑足行伍之间[17]，俯起阡陌之中，率罢散之卒[18]，将数百之众，

---

[1] 蒙恬：秦始皇的大将，曾领兵北逐匈奴，修筑长城。藩篱：篱笆，这里比喻边疆的屏障。
[2] 胡人：指匈奴。士：指东方六国的人。
[3] 燔（fán）：焚烧。百家：指先秦诸子。
[4] 黔首：百姓。
[5] 隳（huī）：毁坏。
[6] 兵：指兵器。
[7] 咸阳：秦都，今陕西咸阳市东。销：熔毁。锋：兵刃。镝（dí）：同"镝"，箭头。
[8] 金人：金属铸成的人像。
[9] 践：据守。华：华山，在今陕西华阴县西南。河：黄河。池：护城河。
[10] 信臣：忠实可靠的臣子。何：呵问。谁何：呵问对方是谁，关塞上哨兵盘查出入者之意。
[11] 殊俗：指风俗不同的边远地区。
[12] 陈涉：陈胜，阳城（今河南登封）人，秦末农民起义领袖。瓮牖（yǒu）：用破瓮作窗户。牖：窗户。绳枢：用草绳系门枢。瓮牖绳枢：这里指陈涉出身贫微。
[13] 氓：种田之民。隶：服役之人。
[14] 迁徙之徒：被谪罚去戍边的人。这里指陈涉被征发去戍守渔阳。
[15] 中庸：平常的人。
[16] 仲尼：孔子。墨翟：墨子。陶朱：春秋时越国大夫范蠡，他辞官经商于陶（今山东省肥城县西北），发家致富，自称"陶朱公"。后人遂以"陶朱"为富人的代称。猗顿：鲁人，畜牛羊于猗氏（今山西临猗），十年成巨富。
[17] 蹑（niè）足：插足，投身。行（háng）伍：军队下层组织名称。五人为一伍，二十五人为一行。此代指军队。
[18] 俯起：自下而上地起，指起义。阡陌：田间小路，代指田野。罢：同"疲"，疲困。散：散乱之兵。

转而攻秦。斩木为兵，揭竿为旗，天下云集而响应，赢粮而景从¹。山东豪俊²，遂并起而亡秦族矣。

且夫天下非小弱也，雍州之地，殽函之固，自若也³。陈涉之位，非尊于齐、楚、燕、赵、韩、魏、宋、卫、中山之君也；锄耰棘矜⁴，非铦于钩戟长铩也⁵；谪戍之众，非抗于九国之师也⁶；深谋远虑，行军用兵之道，非及曩时之士也⁷。然而成败异变，功业相反。试使山东之国，与陈涉度长絜大⁸，比权量力，则不可同年而语矣。然秦以区区之地，致万乘之权⁹，招八州而朝同列¹⁰，百有余年矣。然后以六合为家，殽函为宫。一夫作难而七庙隳¹¹，身死人手¹²，为天下笑者，何也？仁义不施，而攻守之势异也。

说明

"论"是议论文的体裁之一。议论文在先秦已初具规模，如庄、孟、

---

[1] 揭：高举。赢：担负。景：同"影"。景从：如影随行般地跟从。
[2] 山东：指崤山以东的东方六国。
[3] 自若：依然和从前一样。
[4] 耰（yōu）：农具名，似耙而无齿，用以击碎土块，平整土地。棘矜：棘木做的木棒。
[5] 铦（xiān）：锋利。钩戟：带钩的戟。长铩（shā）：长矛。
[6] 谪戍：因罪被征发戍守边地。抗：强。
[7] 曩（nǎng）：从前。
[8] 度、絜（xié）：度量、比较。
[9] 致：得到。万乘：周制，天子地方千里，兵车万乘。此处以万乘代指皇帝。
[10] 招八州：统制八州，即统一天下。古时中国分为九州，秦自居雍州。其余八州是冀、兖、青、徐、扬、荆、豫、梁。朝同列：使原来同列的六国来朝拜。
[11] 一夫作难：指陈涉起义。七庙隳：宗庙被毁，即国家灭亡。七庙：古代宗法制度规定天子祀七庙。
[12] 身死人手：指秦二世胡亥被赵高所杀，秦王子婴为项羽所杀。

荀、韩诸子之文，其中并出现了一些以"论"名篇之作，如庄子的《齐物论》、荀子的《天论》等。战国时，策士们的说辞往往也就是一篇篇的政论。汉代是议论文的成熟期，其标志便是贾谊之作。本文是一篇议论秦政过失的政论，它继承了先秦诸子散文注重经世致用的传统，对后世政论文的发展有很大影响。

《过秦论》共分三篇，这里所选的上篇侧重于叙述秦兴盛衰亡的过程，推出"仁义不施，攻守之势异也"的结论。

文章前半部分花大笔墨铺写了秦的兴盛，夸张渲染了秦"席卷天下、包举宇内、囊括四海"的勃勃雄心，始皇"振长策而御宇内，吞二周而亡诸侯"的磅礴气势。与秦相抗衡的东方六国，虽兵多、地广、将良，却终于"从散约解，争割地而赂秦"，更显出了秦的赫赫声威。后半部分铺写了秦的严酷统治，以及陈涉初起兵时的微弱。文章中心是分析秦速亡的原因，但文章着重渲染的是秦不可一世的兴盛与威势，对秦亡的过程则一笔带过。秦国统一天下后，"废先王之道，燔百家之言"，"践华为城，因河为池"，"良将劲弩"，"信臣精卒"，真可谓"金城千里，子孙帝王万世之业也"，力量远比与六国抗争时更为强大；以陈涉的"数百之众"与东方六国相比，才能、兵器、军力均不可比量。然而何以"一夫作难而七庙隳"？"仁义不施，而攻守之势异也"这一结论便顺势而出，引人作深长之思。

本文善用铺张渲染，多用排比、对偶，语言极富形象性，且气势盛大。语势犀利劲拔，节奏强烈，与秦勃兴速亡之势相协，读来酣畅淋漓。文中的铺排渲染，多用排偶，体现了散文的辞赋化倾向。

集评

归有光曰：行文开阖起伏，精深雄大，真名世之作。

——《名家圈点笺注批评古文辞类纂》卷一

金圣叹曰："过秦论"者，论秦之过也。秦过只是末句"仁义不施"一语便断尽。此通篇文字，只看得中间"然而"二字一转。未转以前，重叠只是论秦如此之强；既转以后，重叠只是论陈涉如此之微。通篇只得二句文字：一句只是以秦如此之强，一句只是以陈涉如此之微。至于前半有说六国时，此只是反衬秦；后半有说秦时，此只是反衬陈涉。最是疏奇之笔。

——《天下才子必读书》卷五

林云铭曰：《过秦论》，乃论秦之过。三篇中而此篇最为警健。秦之过，止在结语"仁义不施而攻守之势异"二句。通篇全不提破，千回万转之后，方徐徐说出便住。从来古文无此作法。尤妙在论秦之强处，重重叠叠，说了无数，才转入陈涉；又将陈涉之弱处，重重叠叠，说了无数，再转入六国。然后以秦之能攻不能守处作一问难，迫出正意。段段看来，都是到水穷山尽之际得绝处逢生之妙。此等笔力，即求之西汉中，亦不易得也。

——《古文析义·初编》卷三

何焯曰：自首至尾，光焰动荡，如鲸鱼暴鳞于皎日之中，烛光耀海。

——《义门读书记》卷四十九

姚鼐曰：固是合后二篇义乃完，然首篇为特雄骏闳肆。

——《古文辞类纂》卷一

陈说岩曰：攻守异势，是言秦之所以暴兴；仁义不施，是言秦之所以速亡。全篇如许波澜，只以一语收住，关键最紧。

——《古文分编集评·二集下》卷一

浦起龙曰：俗解通篇四分之三，笔统说作秦强，全无曲势；末句"攻守"二字，又如赘疣。予自少疑之。岂知前要托高九国，与后捺低陈涉相照。托高则以一当九，难矣，而秦反远攻；捺低则以暴击弱，易矣，而秦惟恃守。恰将九国之众、陈涉之微，分头激射，两路拶逼。如此夹出后段，加倍精彩。

藏曲于直，故得势。而结尾两言，更字字实落矣。神物无方，固未易识。

——《古文眉诠》卷三十二

方绩曰：势如长河巨浪汹汹，当其纡折停顿，又若回风生浪。文事之壮观也。

——《名家圈点笺注批评古文辞类纂》卷一

张裕钊曰：玮丽之辞，瑰放之气，挥斥而出之，而沛然其甚有余。惟盛汉之文乃有此耳。

——《名家圈点笺注批评古文辞类纂》卷一

林纾曰：《过秦论》三篇，合成只一篇耳。第一篇专讲气势。说得极高兴处，却露出败兴样子。着眼在"仁义不施，攻守势异"一语，为画龙之点睛。然初不说明，只说他前胜后败，一个闷葫芦中贮了无数机关，使人扪索不得。难在一层后又是一层，只不说秦之所以失天下之故，但言关中形胜如此，兵力如此，诸侯败衄又至于此。宜在万不可败之列，何以竟至一败涂地？及到"山东豪俊遂并起而亡秦族矣"一语，在文势似成结穴；忽又振起"且夫天下非小弱也"句，似有百倍之神力，从积压在万钧之下，忽然以扛鼎之力打挺而起，真非贾生力量不及此也。

——《选评古文辞类纂》卷一

黄侃曰：覆焘无穷。

——《文选平点》

钱钟书曰：《过秦论》："有席卷天下，包举宇内，囊括四海之意，并吞八荒之心。"按晋后人当曰："有席卷天下、包举宇内、囊括四海、并吞八荒之心。"倘"四海"、"八荒"词不俪妃，则句法无妨长短错落，今乃读之只觉横梗板障，折散语言眷属，对偶偏枯杌陧。"席卷天下"、"包举宇内"、"囊括四海"、"并吞八荒"四者一意，任举其二，似已畅足，今乃堆叠成句，词肥义瘠……即对偶整齐，仍病合掌。在词赋中铺比如斯，亦属藻思窘俭所出下策。此论自是佳文，小眚不掩大好，谈者固毋庸代为饰非文过也。

——《管锥编》页八八七一八八八

邹　阳

邹阳（生卒年不详），临淄（今山东临淄）人，西汉文学家。汉文帝时初在吴王濞下任职，以文辩著称。吴王将起兵谋反，邹阳上书劝谏而不被采用，于是离吴去梁，改投梁孝王门下。邹阳"为人有智略，慷慨不苟合"，后被人谗忌下狱，几被处死。在狱中作《狱中上梁王书》，自陈冤屈，梁孝王读信后立予释放，尊为上宾。邹阳著有《上吴王书》、《狱中上梁王书》。文章博引史实，铺张排比，辞藻华丽，《汉书·艺文志》列之为纵横家，似不无道理。

狱中上梁王书 [1]

臣闻"忠无不报，信不见疑"，臣常以为然，徒虚语耳。昔者荆轲慕燕丹之义 [2]，白虹贯日 [3]，太子畏之。卫先生为秦画长平之事 [4]，太白食昴 [5]，昭王疑之。夫精诚变天地 [6]，而信不谕两主 [7]，岂不哀哉！今臣尽忠竭诚，毕议愿知 [8]，左右不明 [9]，卒从吏讯 [10]，为世所疑，是使荆轲、卫先生复起 [11]，

---

[1]　选自《文选》卷三十九。原题为"狱中上书自明"。
[2]　荆轲：战国末期卫人。燕丹：燕太子丹。丹年轻时曾在秦做人质，秦王嬴政对他无礼，丹于是逃回。后遇荆轲，丹厚养之，使其刺秦王，未成，荆轲被杀。事详见《史记·刺客列传》。
[3]　白虹贯日：白色的长虹穿日而过。传说荆轲赴秦时，天空出现白虹贯日的现象。这是说荆轲的精诚感动上天，以致出现异常天象。
[4]　卫先生：秦人。长平：赵地名，在今山西高平西北。长平之事：秦昭襄王四十七年（前260年），秦将白起在长平大破赵军，欲一举灭赵，便派卫先生见秦昭王，请求增兵。
[5]　太白：即金星。古人认为金星主战事。食：同"蚀"。昴（mǎo）：星宿名，在赵地。太白食昴：金星运行到昴星的位置，遮住了昴星。意谓赵地将有兵事。
[6]　精诚变天地：忠心使天象出现异常。
[7]　谕：明白，了解。这里是使动用法。两主：指秦昭襄王和燕丹。
[8]　毕议：把计议说尽了。愿知：愿大王知道。
[9]　左右：写信人对受信人的尊称。
[10]　卒：终于。卒从吏讯：终于听凭了狱吏对我的审讯。
[11]　复起：重新活过来。

而燕秦不寤也[1]。愿大王熟察之[2]。

昔玉人献宝[3]，楚王诛之[4]，李斯竭忠，胡亥极刑[5]。是以箕子阳狂[6]，接舆避世[7]，恐遭此患。愿大王察玉人、李斯之意，而后楚王、胡亥之听[8]，毋使臣为箕子、接舆所笑。臣闻比干剖心[9]，子胥鸱夷[10]，臣始不信，乃今知之。愿大王熟察，少加怜焉。

语曰："白头如新[11]，倾盖如故[12]。"何则？知与不知也。故樊於期逃秦之燕[13]，藉荆轲首以奉丹事[14]；王奢去齐之魏[15]，临城自到，以却齐而存魏[16]。夫王奢、樊於期非新于齐、秦而故于燕、魏也[17]，所以去二国、

---

[1] 寤：通"悟"。
[2] 熟察：仔细查看。
[3] 玉人献宝：春秋时期楚人卞和得到一块璞（未经雕琢的玉石），先后献给楚武王和楚文王，均被认为是石头，以欺君之罪，分别被砍去了右脚和左脚。到楚成王时，卞和抱着璞在野外哭了三天三夜，以至眼中出血。成王使工匠雕琢，果得宝玉。后人遂称这块玉为和氏璧。
[4] 诛之：即刑之，施以刑罚。
[5] 胡亥极刑：秦二世胡亥即位，荒淫无道，李斯忠谏，胡亥不听，反而听信赵高的谗言，腰斩李斯。
[6] 箕子：商纣王的叔父，名胥馀，因封于箕，故称箕子。阳：通"佯"。纣王荒淫昏庸，箕子强谏遭囚，遂假装癫狂以避祸。
[7] 接舆：春秋时楚国隐士，详见《论语·楚狂接舆》注解①。
[8] 后：把……放在后边。意谓不要像楚王、胡亥那样听信谗言。
[9] 比干：商纣王的叔父，因强谏，被纣王剖心而死。
[10] 子胥：伍子胥，春秋时楚人，后至吴国做大臣。鸱夷：鸱鹕皮做的口袋。伍子胥因劝谏吴王不要攻打齐国，被迫自杀，尸体被装入皮口袋投入江中。
[11] 语：谚语、俗语。白头如新：相交长久而不相知，与新交无异。
[12] 盖：车盖。倾盖：谓路上相遇，停车交谈，车盖接近。句意谓相知者虽为初交，也一见如故。
[13] 樊於（wū）期：秦将，被谗害而逃到燕国，秦王杀其全家，并用重金悬赏他的人头。
[14] 藉：借。句意谓荆轲要为燕太子丹去行刺秦王，临行前向樊於期表示，愿借他的人头去见秦王，以取得秦王的信任，樊於期慷慨自到而死，以自己的人头帮助荆轲接近秦王。
[15] 王奢：原齐国臣子，后由齐逃至魏。
[16] "临城"两句：指齐国攻打魏国，王奢登城对齐将说："今君之来，不过以奢之故也。夫义不苟生，以为魏累。"于是自杀。
[17] 新：初友。故：老相识。

死二君者 [1]，行合于志，而慕义无穷也。是以苏秦不信于天下 [2]，为燕尾生 [3]；白圭战亡六城 [4]，为魏取中山 [5]。何则？诚有以相知也。苏秦相燕，人恶之于燕王 [6]，燕王按剑而怒，食以駃騠 [7]；白圭显于中山 [8]，人恶之于魏文侯，文侯赐以夜光之璧。何则？两主二臣，剖心析肝相信，岂移于浮辞哉 [9]！

故女无美恶，入宫见妒；士无贤不肖，入朝见嫉。昔司马喜膑脚于宋 [10]，卒相中山 [11]；范雎拉胁折齿于魏 [12]，卒为应侯 [13]。此二人者，皆信必然之画 [14]，捐朋党之私 [15]，挟孤独之交 [16]，故不能自免于嫉妒之人也。是以申徒狄蹈雍之河 [17]，徐衍负石入海 [18]，不容身于世，义不苟取比周于朝 [19]，

---

[1]　去：离开。二国：秦、齐。死二君：为燕丹、魏君而死。

[2]　苏秦：战国时纵横家。不信于天下：对天下人不讲信义。

[3]　尾生：古代传说中极为守信的人。相传他曾与一女子约定在桥下相见，女子未到，突然潮涨，他守约不肯离开，遂抱柱淹死。为燕尾生：对燕国忠心。

[4]　白圭：战国时期中山国的将领，因战败连失六城，中山王欲杀他，遂逃至魏国。

[5]　为魏取中山：白圭感于魏王的厚待，为魏攻取中山。

[6]　恶之于燕王：对燕王说苏秦的坏话。

[7]　怒：怒的对象是说苏秦坏话的那些人。駃騠（jué tí）：骏马名。食以駃騠：表示燕王对苏秦的敬重。

[8]　白圭显于中山：白圭因取中山而显贵。

[9]　移：转移，此指改变、变心。浮辞：花言巧语。

[10]　司马喜：战国时人，据说曾在宋受膑刑。据《战国策·中山策》记载他三次为中山国之相。膑：古代一种刑罚，剔除膝盖骨。脚：小腿。

[11]　卒：终于。

[12]　范雎：战国时魏人，初随魏中大夫须贾出使到齐国，齐襄公听说他有辩才，送礼给他。须贾怀疑他私通齐国，回国后报告魏宰相魏齐，魏齐派人毒打范雎，胁骨、牙齿都被折断。拉（là）：折断。

[13]　卒为应侯：范雎逃到秦国，为秦相，封作应侯。

[14]　信：深信。画：计划。

[15]　捐：抛弃。

[16]　挟：持。

[17]　申徒狄：商朝末年人，姓申徒，名狄。他因谏君不听，遂投雍水而死。之：到。雍水为古代黄河的支流，狄先投入雍水后流入黄河，故曰"蹈雍之河"。

[18]　徐衍：周代末年人，因不满乱世，负石自沉于海。

[19]　苟取：苟得。比（bì）周：结党营私。

以移主上之心。故百里奚乞食于路 [1]，穆公委之以政；宁戚饭牛车下 [2]，而桓公任之以国。此二人岂素宦于朝，借誉于左右 [3]，然后二主用之哉！感于心，合于意，坚如胶漆，昆弟不能离，岂惑于众口哉！故偏听生奸，独任成乱 [4]。昔鲁听季孙之说 [5]，而逐孔子；宋信子冉之计 [6]，而囚墨翟。夫以孔墨之辩，不能自免于谗谀，而二国以危。何则？众口铄金 [7]，积毁销骨 [8]。是以秦用戎人由余 [9]，而霸中国；齐用越人子臧，而强威、宣 [10]；此二国岂拘于俗，牵于世 [11]，系奇偏之辞哉 [12]？公听并观 [13]，垂明当世。故意合则胡越为昆弟 [14]，由余、子臧是矣；不合则骨肉为仇敌，朱、象、管、蔡是矣 [15]。今人主诚能用齐、秦之明，后宋、鲁之听，则五霸不足侔 [16]，三王易为比也。

---

[1]　百里奚：春秋时虞国人，虞亡，沦为俘虏，秦穆公以五张羊皮为他赎身，任为大夫。

[2]　宁戚：春秋时卫人，有德行，隐而经商。一次到齐国经商，夜里边喂牛边唱"生不遭尧与舜禅"，桓公知他是贤者，遂用为大夫。饭：喂。

[3]　借誉于左右：借助国君身边的人为自己说好话。

[4]　独任：仅信任一个人。

[5]　季孙：鲁国大夫季桓子，名斯。他接受齐国送来女子歌舞队，致使鲁君耽于女乐，三日不朝，孔子为此弃官离开了鲁国。

[6]　子冉：史书无传。此事出处不详。

[7]　铄（shuò）：熔化。众口铄金：众人交口毁谤，金石也会被销熔。

[8]　积毁销骨：多次进谗言，骨头也会被销熔。

[9]　由余：本是晋人，早年逃亡到西戎，戎王派他去秦国观察，为秦穆公招致。他为秦穆公策划，征服西戎，灭国十二，开地千里，成就霸业。

[10]　子臧：史书无传。威、宣：齐威王、齐宣王。此事出处不详。

[11]　牵：拘。

[12]　系：束缚。奇偏：片面。

[13]　公听：公正地听取意见。并观：全面地考察。

[14]　胡：对古代北方少数民族的称呼。越：对古代南方少数民族的称呼。

[15]　朱：丹朱，舜的儿子。丹朱顽凶不肖，所以舜没有传位给他。象：舜的同父异母弟弟，曾有意杀害舜。管、蔡：管叔、蔡叔，周武王的弟弟。武王死后，子成王年幼，由周公摄政。管叔、蔡叔与纣王之子武庚图谋叛乱。周公东征，杀了管叔和武庚，流放了蔡叔。

[16]　五霸：春秋五霸，指齐桓公、晋文公、秦穆公、宋襄公、楚庄王。侔：等同。

是以圣王觉悟，捐子之之心[1]，而不悦田常之贤[2]，封比干之后，修孕妇之墓[3]，故功业覆于天下[4]。何则？欲善无厌也。夫晋文公亲其仇[5]，而强霸诸侯；齐桓公用其仇[6]，而一匡天下。何则？慈仁殷勤，诚嘉于心，此不可以虚辞借也[7]。

至夫秦用商鞅之法[8]，东弱韩魏，立强天下，而卒车裂之；越用大夫种之谋[9]，禽劲吴而霸中国，遂诛其身。是以孙叔敖三去相而不悔[10]，於陵子仲辞三公，为人灌园[11]。今人主诚能去骄傲之心，怀可报之意，披心腹，见情素[12]，隳肝胆[13]，施德厚，终与之穷达[14]。无爱于士[15]，则桀之犬可使吠尧，而跖之客可使刺由[16]；何况因万乘之权[17]，假圣王之

---

[1]　子之：战国时燕王哙的相。哙极信任子之，让位给他，以致燕国大乱，齐国乘机伐燕。
[2]　田常：即陈恒，春秋时齐简公的相，杀了简公，专权朝政。
[3]　修孕妇之墓：纣王残暴，曾剖孕妇之腹，以观看胎儿。后周武王为被残杀的孕妇修墓。
[4]　覆：覆盖。
[5]　晋文公亲其仇：指晋文公重耳为公子时，曾受骊姬迫害。晋献公派宦官寺人披去杀重耳，斩掉他一只袖子。后来重耳归国即位。晋臣吕甥、郤芮欲谋杀他，寺人披向重耳告密，重耳不念前嫌，接见了他，并挫败了阴谋。
[6]　齐桓公用其仇：齐桓公小白与公子纠争王位，管仲辅佐纠，曾射中桓公的带钩。后来齐桓公任管仲为相，称霸中原。
[7]　虚辞：空话。借：借用。
[8]　商鞅：战国时卫人，入秦辅秦孝公变法，使秦国富兵强。商鞅变法，危害了贵族宗室的利益，孝公死后，商鞅被处以车裂之刑。
[9]　大夫种：春秋时越国大夫文种，曾辅助越王勾践灭吴。后遭勾践猜忌，自刎而亡。
[10]　孙叔敖：春秋时楚庄王大臣，为楚国令尹。《庄子·田子方》载孙叔敖"三为令尹而不荣华，三去之而无忧色"。
[11]　於（wū）陵子仲：於地地方的陈仲子。据说楚王曾派重金请他任楚相，他拒绝了，并与妻子逃走，为人灌园。
[12]　见（xiàn）：表现出。情素：真情。素：通"愫"，真情。
[13]　隳（huī）肝胆：披肝沥胆。
[14]　穷达：忧患与安乐。终与之穷达：始终与士同甘苦、共命运。
[15]　无爱于士：对士毫不吝啬。
[16]　跖：盗跖。由：许由，传说中的贤人。传说尧要让天下给他，他不受，洗耳于颍水之滨，隐居于箕山之下。
[17]　因：依靠。万乘：周制天子可拥有兵车万辆，后代指帝位。

资乎¹? 然则荆轲湛七族², 要离燔妻子³, 岂足为大王道哉!

臣闻明月之珠, 夜光之璧, 以暗投人于道⁴, 众莫不按剑相眄者⁵。何则? 无因而至前也。蟠木根柢⁶。轮囷离奇⁷, 而为万乘器者。何则? 以左右先为之容也⁸。故无因而至前, 虽出隋侯之珠⁹, 夜光之璧, 柢足结怨而不见德¹⁰。故有人先游¹¹, 则枯木朽株, 树功而不忘。今天下布衣穷居之士, 身在贫贱, 虽蒙尧、舜之术, 挟伊、管之辩¹², 怀龙逢、比干之意¹³, 欲尽忠当世之君, 而素无根柢之容, 虽竭精神, 欲开忠信, 辅人主之治, 则人主必袭按剑相眄之迹矣。是使布衣之士, 不能为枯木朽株之资也¹⁴。

是以圣王制世御俗, 独化于陶钧之上¹⁵, 而不牵乎卑辞之语, 不夺乎众多之口¹⁶。故秦皇帝任中庶子蒙嘉之言¹⁷, 以信荆轲之说, 而匕首窃发。

---

[1]　假: 凭借。
[2]　湛: 通"沉"。湛七族: 因荆轲一人而牵连七族被杀。
[3]　要 (yāo) 离: 春秋末吴国人。公子光杀吴王僚而自立, 并派要离刺杀僚的儿子庆忌。要离为了接近庆忌, 便让吴王砍断他的右手, 烧死他的妻子, 刺杀庆忌后, 自杀而死。燔 (fán): 烧。
[4]　以暗投人于道: 在黑暗的路上向人投掷。
[5]　眄 (miǎn): 斜视。
[6]　蟠木: 屈曲的树。柢 (dǐ): 树根。
[7]　轮囷离奇: 都是联绵字, 盘绕屈曲的样子。
[8]　容: 雕饰。
[9]　隋侯之珠: 相传春秋时隋侯曾救活了一条受伤的大蛇, 后来大蛇衔来一颗明珠报答他, 后世称为隋珠。
[10]　柢: 通"只"。
[11]　游: 宣扬。
[12]　伊: 伊尹, 辅佐汤灭夏建商的功臣。管: 管仲, 助齐桓公富国强兵, 成就霸业。
[13]　龙逢 (páng): 关龙逢, 夏桀时贤臣, 因强谏, 被桀杀死。
[14]　资: 等于说作用。
[15]　陶钧: 制陶器时所用的工具。这里比喻政权。独化于陶钧之上: 指圣王治理天下, 应像陶工转钧一样, 独自运用政权。
[16]　夺: 指受影响而改变。
[17]　中庶子: 官名, 太子的属官。蒙嘉: 秦王的宠臣, 荆轲至秦, 先以重金贿赂蒙嘉, 因他引见, 得见秦王。

周文猎泾渭 [1]，载吕尚而归，以王天下。秦信左右而亡 [2]，周用乌集而王 [3]。何则？以其能越拘挛之语 [4]，驰域外之议 [5]，独观于昭旷之道也 [6]。今人主沈谄谀之辞，牵于帷墙之制 [7]，使不羁之士，与牛骥同皂 [8]，此鲍焦所以忿于世 [9]，而不留富贵之乐也。

臣闻盛饰入朝者，不以私污义 [10]；砥厉名号者 [11]，不以利伤行。故里名胜母 [12]，曾子不入；邑号朝歌 [13]，墨子回车。今欲使天下寥廓之士 [14]，诱于威重之权，胁于位势之贵，回面污行 [15]，以事谄谀之人，而求亲近于左右，则士有伏死堀穴岩薮之中耳 [16]，安有尽忠信而趋阙下哉 [17]！

---

[1]　泾、渭：两条河流名，在今陕西省。周文王在渭水边打猎，遇见吕尚（姜尚），知他是贤者，载他同车而归。后来吕尚辅佐文王灭商，成就王业。

[2]　左右：这里指蒙嘉。

[3]　乌集：像乌鸦那样猝然集合，这里指偶然相识的人，即吕尚。

[4]　越：摆脱、超出。拘挛（luán）：拳曲。拘挛之语：指固执、有偏见的话。

[5]　域外之议：指不受限制的议论。

[6]　昭：光明。旷：宽广。

[7]　帷墙：指妻妾近臣。制：制约。

[8]　皂：马槽。

[9]　鲍焦：春秋时齐国人，愤世嫉俗，甘心穷困，抱木而死。

[10]　盛饰入朝者：穿戴整齐的礼服入朝议事，这里指忠于国事。以私污义：以私情玷污正义。

[11]　砥厉：磨刀石，这里用作动词，修养，磨炼的意思。名号：名誉、名声。

[12]　里名胜母：里巷的名字是胜母。

[13]　朝歌：商朝都城，在今河南汤阴县南。纣曾作乐叫"朝歌"，墨子提倡非乐，认为朝歌不合自己的主张，所以到了那里回车不入。

[14]　寥廓之士：气度宽宏，抱负远大的人。

[15]　回面：改换脸孔，改变态度。

[16]　堀：同"窟"。薮（sǒu）：湖泽。

[17]　阙下：宫阙之下，借指君主。

说明

　　这封书信用的是"赋"体，围绕"忠信"两字，列举大量历史人物，反反复复，谈君臣之间应当互相信任的道理。文章气盛语壮，略嫌用典过多。汉初之文，受战国策士及楚辞影响太大，喜欢铺张扬厉，反复重叠，此文即是一个例证。

集评

　　刘勰曰：邹阳之说吴、梁，喻巧而理至，故虽危而无咎矣。

　　　　　　　　　　　　　　　　　　　　　——《文心雕龙·论说》

　　真德秀曰：此篇用字太多，而文亦浸趋于偶丽，盖其病也。然其论谗毁之祸至痛切，可以为世戒。

　　　　　　　　　　　　　　　　　　　　　——《文章正宗》卷十一

　　林云铭曰：虽用古过多，不免伤气；议论过多，不免伤格。然衔接处却成一片妙文。

　　　　　　　　　　　　　　　　　　　　　——《古文析义·二编》卷四

　　何焯曰：己之节不可变，王之听不可偏，只二意反复言之。

　　　　　　　　　　　　　　　　　　　　　——《义门读书记》卷四十九

　　方苞曰：昔人有评此文白地明光锦，裁为负版裤者，谓其词句瑰伟而漫无法度也。是谓晓于文律。

　　　　　　　　　　　　　——《名家圈点笺注批评古文辞类纂》卷二十七

　　浦起龙曰：只反复谗蔽之旨，不落一乞怜语，高绝。

　　　　　　　　　　　　　　　　　　　　　——《古文眉诠》卷三十三

　　又曰：赋者，古诗之流，此又词赋之流也。邹、枚以赋手为文章，似连而断，似断而连，层见复出，色旧而缕微。其中自具清骨。若王褒、吾邱、终童辈，则卑卑矣。

——《古文眉诠》卷三十三

吴楚材等曰：此书词多偶俪，意多重复，盖情至窘迫，呜咽涕洟，故反复引喻，不能自已耳。其间段落虽多，其实不过五大段文字。每一援引、一结束，即以"是以"字、"故"字接下，断而不断，一气呵成。

——《古文观止》卷六

李兆洛曰：迫切之情，出以微婉；呜咽之响，流为激亮。此言情之善者也。

——《骈体文钞》卷十六

吴汝纶曰：此体殆邹生所创，其源出于《风》、《骚》，隶事至多，而以俊气举之，后人无继之者，由是分为骈体矣。

——《名家圈点笺注批评古文辞类纂》卷二十七

晁　错

晁错（前 200—前 154 年），颍川（今河南禹县）人，西汉政治家。少时向张恢学申不害、商鞅的刑名之学，文帝时，奉命向故秦博士伏生学习《尚书》。历仕太常掌故、门大夫、博士、太子家令，深得太子（即后来的景帝）宠信，称为"智囊"。景帝时为御史大夫，主张奖励农耕，抗击匈奴；建议削藩以加强中央政权，遭到诸侯王的反对。前元三年（前 154 年），吴、楚等七国打着"诛晁错，清君侧"的旗号，起兵叛乱。景帝受大臣袁盎的挑唆，杀了晁错。晁错著文三十一篇，代表作有《论贵粟疏》、《守边劝农疏》、《言兵事疏》等，文章感情激烈，分析透彻，逻辑严密，文字洗练，说服力强。

论贵粟疏 [1]

圣王在上而民不冻饥者，非能耕而食之 [2]，织而衣之也 [3]，为开其资财之道也。故尧、禹有九年之水，汤有七年之旱，而国亡捐瘠者 [4]，以畜积多而备先具也 [5]。今海内为一 [6]，土地人民之众不避汤、禹 [7]，加以亡天灾数年之水旱，而畜积未及者 [8]，何也？地有遗利 [9]，民有余力，生谷之土未尽

---

[1]　选自《汉书》卷二十四上《食货志上》。本文是晁错上书汉文帝的一篇奏疏。
[2]　食（sì）之：给他们吃。
[3]　衣（yì）之：给他们穿。
[4]　亡：无。捐瘠（jí）：被遗弃和瘦弱的人。捐：遗弃。
[5]　备先具：预先做好准备工作。
[6]　海内为一：天下统一。
[7]　避：让。不避汤、禹：不比汤、禹的时代差。
[8]　亡：同"无"。下同。
[9]　遗：未经开发的。遗利：指土地还有潜力。

垦，山泽之利未尽出也，游食之民未尽归农也[1]。民贫，则奸邪生。贫生于不足，不足生于不农[2]，不农则不地著[3]，不地著则离乡轻家，民如鸟兽，虽有高城深池[4]，严法重刑，犹不能禁也。

夫寒之于衣，不待轻暖[5]；饥之于食，不待甘旨[6]；饥寒至身，不顾廉耻。人情，一日不再食则饥，终岁不制衣则寒。夫腹饥不得食，肤寒不得衣，虽慈母不能保其子，君安能以有其民哉[7]！明主知其然也，故务民于农桑，薄赋敛，广畜积，以实仓廪，备水旱，故民可得而有也。

民者，在上所以牧之[8]，趋利如水走下，四方亡择也[9]。夫珠玉金银，饥不可食，寒不可衣，然而众贵之者，以上用之故也。其为物轻微易藏，在于把握[10]，可以周海内而亡饥寒之患[11]。此令臣轻背其主[12]，而民易去其乡[13]，盗贼有所劝[14]，亡逃者得轻资也[15]。粟米布帛生于地，长于时[16]，聚于力[17]，非可一日成也；数石之重[18]，中人弗胜[19]，不为奸邪所利，一日弗得

---

[1]　游食之民：游手好闲，不劳而食的人。
[2]　不农：不从事农业生产。
[3]　地著（zhuó）：定居一地。
[4]　池：护城河。
[5]　轻暖：指皮或丝绵制成的衣服。
[6]　甘：甜。旨：美。
[7]　安能以有其民：怎能拥有他的百姓。
[8]　牧：牧养，引申为统治。
[9]　走：向往。亡择：不加选择。
[10]　在于把握：拿在手中。
[11]　周海内：遍行海内之地。
[12]　背：背叛。
[13]　去：离开。
[14]　劝：鼓励。
[15]　轻资：携带轻便的东西。
[16]　长于时：生长需要一定的农时。
[17]　聚于力：收获需要费人力。
[18]　石：古代容量单位，十斗为一石。
[19]　中人：中等体力的人。弗胜：不能胜任，拿不动。

而饥寒至。是故明君贵五谷而贱金玉。

今农夫五口之家，其服役者不下二人，其能耕者不过百亩，百亩之收不过百石。春耕夏耘，秋获冬藏，伐薪樵，治官府，给徭役[1]；春不得避风尘，夏不得避暑热，秋不得避阴雨，冬不得避寒冻，四时之间亡日休息；又私自送往迎来，吊死问疾，养孤长幼在其中[2]。勤苦如此，尚复被水旱之灾[3]，急政暴赋[4]，赋敛不时[5]，朝令而暮改。当具[6]，有者半贾而卖[7]，亡者取倍称之息[8]，于是有卖田宅，鬻子孙[9]，以偿责者矣[10]。而商贾大者积贮倍息[11]，小者坐列贩卖[12]，操其奇赢[13]，日游都市，乘上之急[14]，所卖必倍。故其男不耕耘，女不蚕织，衣必文采[15]，食必粱肉[16]；亡农夫之苦，有仟佰之得[17]。因其富厚[18]，交通王侯[19]，力过吏势[20]，以利相倾；千里游

[1] 给徭役：给官府服劳役。
[2] 长（zhǎng）：养育。长幼：抚育幼儿。
[3] 被：遭受。
[4] 政：同"征"。急政：催逼征收赋税。
[5] 不时：不按照时候，没有一定的时间。
[6] 当具：当要交纳时。
[7] 有者：有粮食的人。贾：通"价"。
[8] 倍称之息：加倍的利息。
[9] 鬻（yù）：卖。
[10] 责：同"债"。
[11] 积贮：指囤积。
[12] 坐列：摆摊开店。
[13] 操：操纵、掌握。奇赢：高额利润。赢：利润。
[14] 乘上之急：利用政府迫切需要。
[15] 文采：指华美的衣服。
[16] 粱：好粟米。
[17] 仟佰：通"阡陌"，田间道路。仟佰之得：指田地的收获。
[18] 因：凭借、靠。
[19] 交通：接交、交往。
[20] 吏势：官府的势力。

遨 [1]，冠盖相望 [2]，乘坚策肥 [3]，履丝曳缟 [4]。此商人所以兼并农人，农人所以流亡者也。

今法律贱商人，商人已富贵矣；尊农夫，农夫已贫贱矣。故俗之所贵，主之所贱也；吏之所卑，法之所尊也。上下相反，好恶乖迕 [5]，而欲国富法立，不可得也。方今之务，莫若使民务农而已矣。欲民务农，在于贵粟；贵粟之道，在于使民以粟为赏罚。今募天下入粟县官 [6]，得以拜爵，得以除罪，如此，富人有爵，农民有钱，粟有所渫 [7]。夫能入粟以受爵，皆有余者也；取于有余，以供上用，则贫民之赋可损 [8]，所谓损有余补不足，令出而民利者也。顺于民心，所补者三：一曰主用足，二曰民赋少，三曰劝农功。今令民有车骑马一匹者 [9]，复卒三人 [10]。车骑者，天下武备也，故为复卒。神农之教曰 [11]："有石城十仞，汤池百步 [12]，带甲百万，而亡粟，弗能守也。"以是观之，粟者，王者大用 [13]，政之本务。令民入粟受爵至五大夫以上 [14]，乃复一人耳 [15]，此其与骑马之功相去远矣。爵者，上之所擅 [16]，出于口而亡穷；粟者，民之所种，生于地而不乏。夫得高爵与

---

[1]　游遨：游玩。

[2]　冠盖相望：指商人来往不绝。

[3]　乘坚：乘着坚固的车。策：鞭子，用作动词。

[4]　履丝：穿着丝鞋。曳（yè）：拖着。缟（gǎo）：白色的丝织品。

[5]　乖迕（wǔ）：违背。

[6]　县官：汉代对官府的通称。

[7]　渫（xiè）：分散。

[8]　损：减少。

[9]　今令：现行法令。车骑马：战马。

[10]　复卒：免除兵役。

[11]　神农：传说中的古代帝王之一。相传他首先教人农耕，所以称神农。

[12]　汤池：护城河如同充满沸水，不可靠近，比喻防守严密。

[13]　大用：最需要的东西。

[14]　五大夫：一种爵位，汉袭秦制，侯以下分二十级，五大夫在第九级。

[15]　乃复一人：才免除一人的兵役。

[16]　擅：专有。

免罪，人之所甚欲也。使天下人入粟于边 [1]，以受爵免罪，不过三岁，塞下之粟必多矣。

说明

　　本文是晁错上汉文帝的一篇奏疏，论证农业的重要性，旨在劝农务本，奖励粮食生产，促进农业，打击商人投机牟利，从而达到富国强民的目的。

　　文章前两段以历史和现实相对照，指出汉初积蓄不足，其原因便是轻农，"贫生于不足，不足生于不农"，从而引出重农的观点。"夫腹饥不得食，肤寒不得衣，虽慈母不能保其子，君安能以有其民哉！"君失其民的后果，不言可知。所以"明主知其然也，故务民于农桑"，"故民可得而有也"。

　　重农贵粟的重要性既已阐明，作者又以珠玉金银和粟米布帛相比较，进一步强调了贵粟方是立国之本。

　　文章后两段，又以农夫的艰辛生活和商人的富厚逸乐相对比，进一步剖析了民不务农的原因及其后果，提出"重农抑商"，并正面提出实施主张的具体措施。

　　这篇文章既提出问题，又分析问题，最后还解决问题。布局谋篇，层层推进，步步深入，文笔矫健流畅，语气果决，逻辑严密，富于气势。

　　这封奏疏一上，文帝即采纳其议。此后经过文、景两代，国力日益富足。到武帝初年，已出现"太仓之粟，陈陈相因，都鄙廪庾尽满"的

[1]　边：边塞。

现象，这未始不是晁错上言之效。

集评

　　林云铭曰：农事为国本，而使民务农，自是确论。且叙五谷金玉贵贱及农商苦乐处，无不曲尽。

——《古文析义·初编》卷三

　　吴楚材等曰：此篇大意只在入粟于边以富强其国，故必使民务农。务农在贵粟，贵粟在以粟为赏罚。一意相承，似开后世卖鬻之渐。然错为足边储计，因发此论，固非泛谈。

——《古文观止》卷六

　　浦起龙曰：与贾疏同时上，意亦略同，而此更画出滋粟之方在于自上贵之。上以权与粟则粟贵，上以权予金钱则粟轻。入粟一议，本计在于抑末。中间将珠玉对勘，正欲去其积重之势，以归权于粟也。后世边储事例由此而兴，君子病之。至夫事例开而仍用银钱折色，益失其初指矣。字字透肌刻骨，而布局却字字摆开。苏家的乳在此。

——《古文眉诠》卷三十二

司马相如

司马相如（前179—前117年），西汉辞赋家，原名犬子，字长卿，因慕蔺相如为人，更名相如，蜀郡成都人。景帝时为武骑常侍，后称病免官，客游于梁，为梁孝王门客。尝作《子虚赋》，武帝读后颇为赏识。后又作《上林赋》，任为郎。曾出使西南，作《谕巴蜀檄》、《难蜀父老》等文。后遭谗毁，免官。晚年为孝文园令（管理文帝陵墓），故后世又称之为司马文园。除辞赋外，又善散文。

上书谏猎[1]

相如从上至长杨猎[2]。是时天子方好自击熊豕，驰逐野兽。相如因上疏谏曰：

"臣闻物有同类而殊能者，故力称乌获[3]，捷言庆忌[4]，勇期贲、育[5]。臣之愚，窃以为人诚有之，兽亦宜然。今陛下好陵阻险，射猛兽，卒然遇逸材之兽[6]，骇不存之地[7]，犯属车之清尘[8]，舆不及还辕[9]，人不暇

---

[1] 选自《汉书》卷五十七下《司马相如传下》。
[2] 长杨：长杨宫，秦汉宫苑名，故址在今陕西周至。
[3] 乌获：战国时秦国力士。传说他能力举千斤，为秦武王宠用。
[4] 庆忌：春秋时吴王僚的儿子。阖闾刺杀僚夺得王位后，欲杀庆忌，骑马也没追到他，说明庆忌跑得很快。
[5] 贲、育：指孟贲和夏育，都是战国时猛士。据说孟贲水行不避蛟龙，陆行不避狼虎，能生拔牛角。夏育相传能力举千钧。
[6] 卒然：即"猝然"，突然。逸材：才能超群，这里指凶猛异常的野兽。
[7] 骇不存之地：指野兽被逼惊骇，到了不能容身的地步，必然竭力反扑。
[8] 属车之清尘：指皇帝，委婉的说法。属车：随从车辆。古代帝王出行时有车辆相从。清：洁净。尘：指车走过以后带起的尘土。
[9] 舆：指车辆。辕：驾车用的横木。

施巧，虽有乌获、逢蒙之技不得用[1]，枯木朽株尽为难矣。是胡越起于毂下[2]，而羌夷接轸也[3]，岂不殆哉？虽万全而无患，然本非天子之所宜近也。且夫清道而后行[4]，中路而驰，犹时有衔橜之变[5]；况乎涉丰草，骋丘墟，前有利兽之乐[6]，而内无存变之意，其为害也不难矣！夫轻万乘之重，不以为安，乐出万有一危之涂以为娱[7]，臣窃为陛下不取。盖明者远见于未萌，而知者避危于无形，祸固多藏于隐微，而发于人之所忽者也。故鄙谚曰：'家累千金，坐不垂堂[8]。'此言虽小，可以喻大。臣愿陛下留意幸察。"

说明

本文是一篇劝谏汉武帝不要亲自打猎的奏章。西汉初年，在统治阶级之中校猎（用木栏遮阻，猎取禽兽）之风盛行，这在枚乘的《七发》及司马相如《上林》、《子虚》两赋中都有所描写。校猎不再是习武强身的活动，而成为统治者的一种享受，是劳民伤财之事。而且从猎时容易发生意外，造成人员伤亡。司马相如便从忠于皇帝的角度出发，上了这篇奏章。

文章第一段以人中有乌获、庆忌、贲、育，推理出兽中亦有"轶才

---

[1]　逢蒙：夏代善射箭的人。

[2]　胡越：古代对北方、南方少数民族的泛称。毂（gǔ）下：皇帝车驾之下。这句大意是当时遇到的危险情景，犹如外患发生在身旁。

[3]　羌夷：古代对西方、东方少数民族的泛称。轸（zhěn）：车厢底部的横木。这里指代车。

[4]　清道：古时帝王或大官外出，事先要清除道路，驱逐行人，以确保安全。

[5]　衔：放在马口内的铁嚼子，用以勒马。橜：车钩心，用以固定车厢底部和车轴之间的木橜。

[6]　利：贪图。

[7]　涂：通"途"。

[8]　垂堂：堂边，靠近屋檐处。坐不垂堂：是说怕檐瓦堕地伤人，形容富家子弟，非常自爱。

之兽",因此,"陵阻险,射猛兽"是一件极其危险的事。然后作者又说,平常日子"清道而后行",尚有可能发生意外,更何况校猎,劝谏天子不要轻易冒险。最后,作者引用俗语,再次劝告皇帝注意安危,得出结论:"祸固多藏于隐微,而发于人所忽者也。"

本文篇幅短小,但抓住关键,语意诚恳,语气婉转,故能"于悚然可畏之中,复委婉易听"。

集评

唐顺之曰:忧爱恳款,语厚意深,可为奏疏法。

——《古文分编集评·二集上》卷二

林云铭曰:此全为"陵阻险、射猛兽"而发,说得悚然可畏,绝不提出从兽荒禽、废事失德腐语。对英主言,自当如此。

——《古文析义·初编》卷三

何焯曰:简当深切,章奏当以此为准镬。

——《义门读书记》卷四十九

谢立夫曰:着眼在"殊能"二字,但言虎豹熊罴之猛犹不足为警惧,一有殊能,便不可量。

——《古文分编集评·二集上》卷二

浦起龙曰:坊本题作"谏猎",便应从妨政废时立论,不合但以危身进戒矣。史云"是时天子方好自击熊豕、驰逐野兽,因上疏谏",对此入解,始觉字字的切。

——《古文眉诠》卷三十三

又曰:正谏处对定"自击"着语,非泛常谏猎。结尤推开进戒,不独兽然也。

——《古文眉诠》卷三十三

姚范曰：相如《谏猎》，真圣于文者。下面方似有说话，忽然而止，却插入他语；忽然而接，变怪百出，而神气浑涵不露。虽以昌黎《师说》较之，且多圭角矣。

——《名家圈点笺注批评古文辞类纂》卷十三

吴汝纶曰：此文用笔之奇，古今所罕。文本谏猎，而全篇只"陵阻险，射猛兽"六字为正面文字，"卒然"三句，已是意外突接之笔。常人于此下便可接"其为祸也不亦难矣"，今乃更著"舆不及还辕"二句，从极逼仄界中，顿宕夷犹，从容不迫。"虽有乌获"二句，更加倍跌宕。"枯木朽株"二语亦然。"胡越"二语尤为奇险。总之句句从天外飞来，无一语平接。再加"虽万全无患"一折，尤为出人意表。如此短章，而奇肆怪变乃尔，非长卿绝世才那得有此。滑口读过，蔑却绝世奇文矣。

——《两汉文举要》

黄侃曰：意不止谏猎，篇末云："此言虽小，可以喻大。"即其说也。柏谷之事，长卿知之矣。

——《文选平点》

东方朔

东方朔（前154—前93年），字曼倩，平原厌次（今山东惠民县）人，西汉文学家。武帝即位，上书自荐，待诏金门马，为常侍郎，拜太中大夫、给事中，世称东方太中。后被劾，免为庶人，待诏宦官署，后复为中郎。性诙谐滑稽，时观察颜色，直言切谏。平生"高自称誉"，却未能施展抱负。善辞赋，《答客难》、《非有先生论》、《七谏》等最为出色。明人张溥辑有《东方先生集》。

上武帝书 [1]

臣闻谦逊静悫 [2]，天表之应，应之以福 [3]，骄溢靡丽，天表之应，应之以异 [4]。今陛下累郎台 [5]，恐其不高也；弋猎之处 [6]，恐其不广也。如天不为变，则三辅之地尽可以为苑 [7]，何必盩屋、鄠、杜乎 [8]！奢侈越制，天为之变，上林虽小，臣尚以为大也。

夫南山 [9]，天下之阻也 [10]，南有江淮 [11]，北有河渭 [12]，其地从汧陇以

---

[1] 选自《汉书》卷六十五《东方朔传》。武帝：汉武帝刘彻。
[2] 悫（què）：恭谨。
[3] 天表之应，应之以福：上天受到感应，将会赐福天下。古人认为天人感应，天子若抚恤子民，则上天会降以福祉。
[4] 异：灾异、灾祸。
[5] 累：堆积，积聚，此处指修建。郎台：泛指宫殿馆阁。
[6] 弋（yì）：系有绳子的短箭。弋猎：指射猎。
[7] 三辅：指治理京畿地区的三个职官，即左、右内史和都尉。武帝时改右内史为京兆尹，治长安以东；左内史为左冯翊，治长陵以北；都尉为右扶风，治渭城以西。
[8] 盩屋（zhōu zhì）：即今陕西周至县。鄠（hù）：即今陕西户县北。杜：在今陕西西安市东南。
[9] 南山：终南山，在陕西西安市西南。
[10] 阻：险阻。
[11] 江淮：长江、淮河。
[12] 河渭：黄河、渭水。

东 [1]，商雒以西 [2]，厥壤肥饶 [3]。汉兴，去三河之地 [4]，止霸产以西 [5]，都泾渭之南 [6]，此所谓天下陆海之地 [7]，秦之所以虏西戎兼山东者也 [8]。其山出玉石、金、银、铜、铁、豫章、檀、柘 [9]，异类之物，不可胜原 [10]，此百工所取给，万民所卬足也 [11]。又有秔稻、梨、栗、桑麻、竹箭之饶 [12]，土宜姜芋 [13]，水多鼃鱼 [14]，贫者得以人给家足，无饥寒之忧。故鄷、镐之间号为土膏 [15]，其贾亩一金 [16]。今规以为苑，绝陂池水泽之利 [17]，而取民膏腴之地，上乏国家之用，下夺农桑之业，弃成功 [18]，就败事，损耗五谷，是其不可一也。且盛荆棘之林 [19]，而长养麋鹿，广狐兔之苑，大虎狼之虚 [20]，又坏人冢墓，发人室庐 [21]，令幼弱怀土而思，耆老泣涕而悲 [22]，是其不

---

[1]　汧（qiān）：汧水，今名千河，在陕西省西部注入渭河。陇：即陇坻，又称陇坂，六盘山的南段。
[2]　商：今陕西商县东。雒：同"洛"。今陕西洛南县东南。
[3]　厥：其。
[4]　河：专指黄河。三河之地：汉以河东、河中、河南三郡为三河。
[5]　霸：灞河，源出今陕西蓝田县东秦岭北麓，经西安市，到灞口入渭河。产：浐水，源出今陕西蓝田县西南秦岭，北流至西安市东入渭河。
[6]　泾渭：指泾水、渭水。
[7]　陆海之地：这里指关中山川物产富饶。
[8]　虏西戎：指秦孝公元年（前 361 年）斩西戎之獂王。山东：崤山以东，指战国时秦以外的六国。
[9]　豫章、檀、柘（zhè）：都是木名。
[10]　原：本。不可胜原：不能尽其根本，指说不尽。
[11]　卬：同"仰"，仰仗，依赖。
[12]　秔（jīng）：同"粳"，稻的一种。
[13]　宜：适宜。芋：草名，其根可食。
[14]　鼃（wā）：青蛙。
[15]　鄷（fēng）：古地名，在今陕西户县东。镐：古都名，在今陕西西安市西。
[16]　贾：同"价"，价值。
[17]　陂（bēi）：池塘。这句是说断绝百姓池塘水泽的收益。
[18]　弃成功：放弃成功。
[19]　盛：使动用法，使……茂盛。下面的"广"，同此，也是使动用法。
[20]　虚：同"墟"，荒废之地。
[21]　发人室庐：拆毁百姓的房舍。
[22]　耆（qí）：六十岁以上的人。耆老：泛指老年人。

可二也。斥而营之[1]，垣而囷之[2]，骑驰东西，车骛南北[3]，又有深沟大渠，夫一日之乐不足以危无堤之舆[4]，是其不可三也。故务苑囿之大[5]，不恤农时，非所以强国富人也。

夫殷作九市之宫而诸侯畔[6]，灵王起章华之台而楚民散[7]，秦兴阿房之殿而天下乱。粪土愚臣，忘生触死[8]，逆盛意[9]，犯隆指，罪当万死，不胜大愿，愿陈《泰阶六符》[10]，以观天变，不可不省。

说明

上书，是封建时代臣子向帝王建议、说理的文章。

据《汉书·东方朔传》记载，建元三年汉武帝经常微服出猎。但一方面"上以为道远辛苦，又为百姓所患"，另一方面"迫于太后，未敢远出"。于是，汉武帝不顾百姓生计，决定接受太中大夫吾丘寿王等人的建议，修建上林苑。东方朔为此上疏劝谏。

---

[1]　斥：驱逐。这句说驱逐当地百姓以营建打猎的场所。
[2]　垣：筑墙。
[3]　骛（wù）：纵横奔驰。
[4]　一日之乐：指狩猎。不足：不值得。无堤：未曾提防。舆：乘舆，皇帝的车子。
[5]　务：务求。
[6]　九市：宫中买卖货物的场所。畔：同"叛"。
[7]　"灵王"句：据《史记·楚世家》，楚灵王筑章华台，后有乾谿之祸，众叛亲离。
[8]　忘生触死：忘其生而触死罪。触：触犯，冒犯。
[9]　逆：忤逆。盛意：指天子的意志。下文"隆指"同此。
[10]　《泰阶六符》：即《黄帝泰阶六符经》。泰阶：星名，即三台：上台、中台、下台，每台二星，共六星。因两两并排而斜上，如阶梯，故名。符：六星之符验。应劭认为：上阶为天子，中阶为诸侯公卿大夫，下阶为士庶人。三阶平则阴阳和，风雨时，社稷神祇咸获其宜，天下大安。假若天子行暴令，好战，大兴土木，则上台不平，会引起天灾。东方朔认为汉武帝犯有上述错误，故以此警告他。

在封建社会，帝王被看作是万民之主，代表上天统治子民，只有上天才能对他有所制约。因此，东方朔这篇劝谏始终紧扣天人感应，婉言劝阻武帝修建上林苑。

作者首先极力陈述南山地势之险要、物产之富饶、百姓生活之无忧。然后笔锋陡转，一气指出圈地建苑的三弊：其一，若建造苑囿，则"绝陂池水泽之利，而取民膏腴之地"，势必导致国用缺乏，农民的生产和生活受到破坏。其二，毁田园而养麋鹿，"坏人冢墓，发人室庐"，会使百姓"怀土而思"，"泣涕而悲"。其三，狩猎活动将会给皇帝本人带来不测。三点理由极鲜明地指出围垣作苑非强国富民之道。这对于野心勃勃、欲建立大一统强盛的汉王朝的武帝来说，尚非撄其逆鳞。最后，东方朔又举殷纣王、楚灵王、秦二世纵欲挥霍以致国破身亡的史实，劝武帝引以为戒。

东方朔擅长辞赋，本篇虽没有华丽的铺张和渲染，但短小精悍，论述深刻，既摆事实、讲道理，又善于利用皇帝所敬畏的"天命"来进行劝说，深得奏疏之体。

汉武帝在读了此疏之后，欣然赏给东方朔太中大夫的官职，并赐黄金百斤。但事后还是兴建了上林苑，可谓"虚心接受，坚决不改"了。

集评

浦起龙曰：以符应为儆省，以利害为指陈，咀吮之余，隽味流衍。

——《古文眉诠》卷三十五

吴汝纶曰：此篇及《化民有道对》皆有骚赋之气。

——《名家圈点笺注批评古文辞类纂》卷十三

司马迁

    司马迁（约前145—? 年），字子长，夏阳（今陕西韩城）人，父司马谈曾任汉武帝太史令。司马迁少时从大儒董仲舒、孔安国学，年轻时游踪几遍全国。武帝元封三年（前108年），他继父职任太史令，有机会博览宫廷藏书，于太初元年（前104年）开始了《史记》的撰写。同时，他还参与制订《太初历》。天汉二年（前99年），他因替不得已投降匈奴的李陵辩解，触怒武帝，下狱被处以腐刑。出狱后他出任大多由宦者担任的中书令，忍辱含垢，发愤著述，终于在征和初年（前92年）左右，完成这部巨著。不久即去世。

    《史记》又称《太史公书》，包括十二本纪、十表、八书、三十世家、七十列传，共一百三十余篇，五十二万余字，记载上自黄帝，下至汉武帝时代三千多年历史，是我国第一部纪传体通史。《史记》还具有极高的文学价值，历来被推崇为传记文学的典范，古代散文的楷模。

    项羽本纪 [1]（节选）

    项籍者，下相人也 [2]，字羽。初起时，年二十四。其季父项梁 [3]，梁父即楚将项燕，为秦将王翦所戮者也。项氏世世为楚将，封于项，故姓项氏 [4]。

    项籍少时，学书不成，去，学剑，又不成 [5]。项梁怒之。籍曰："书足

---

[1]   节选自《史记》卷七。
[2]   下相：县名，在今江苏宿迁县西南。
[3]   季父：叔父。
[4]   项：古国名，在今河南项城县。
[5]   书：认字和写字。去：放弃。

以记名姓而已。剑，一人敌，不足学，学万人敌。"于是项梁乃教籍兵法，籍大喜，略知其意，又不肯竟学[1]。

项梁尝有栎阳逮[2]，乃请蕲狱掾曹咎书抵栎阳狱掾司马欣[3]，以故事得已[4]。项梁杀人，与籍避仇于吴中，吴中贤士大夫皆出项梁下[5]，每吴中有大徭役及丧，项梁常为主办，阴以兵法部勒宾客及子弟[6]，以是知其能[7]。

秦始皇帝游会稽，渡浙江[8]，梁与籍俱观。籍曰："彼可取而代也。"梁掩其口，曰："毋妄言，族矣[9]！"梁以此奇籍。籍长八尺余，力能扛鼎[10]，才气过人，虽吴中子弟皆已惮籍矣。

……

章邯已破项梁军，则以为楚地兵不足忧，乃渡河击赵，大破之。当此时，赵歇为王，陈馀为将，张耳为相，皆走入钜鹿城[11]。章邯令王离、涉閒围钜鹿[12]，章邯军其南，筑甬道而输之粟[13]。陈馀为将，将卒数万人而军钜鹿之北，此所谓河北之军也[14]。

楚兵已破于定陶，怀王恐，从盱台之彭城[15]，并项羽、吕臣军自将之。

---

[1]　竟：完毕。

[2]　栎（yuè）阳：县名，在今陕西临潼。逮：及，这里有因罪牵连之意。

[3]　蕲（qí）：县名，今安徽宿县。狱掾（yuàn）：掌管狱囚的小吏。掾：属官。抵：送到。

[4]　已：停止、了结。

[5]　吴：今江苏吴县，当时为会稽郡郡治。出项梁下：才能不及项梁。

[6]　阴：暗中。部勒：部署、组织。

[7]　以是：因此。其：指宾客及子弟。

[8]　会稽：山名，在今浙江绍兴东南。浙江：即今浙江省的钱塘江。

[9]　族：灭族。

[10]　扛鼎：举鼎。

[11]　赵歇、陈馀：陈涉起义后，派武臣和张耳、陈馀到河北去发动起义，武臣自立为赵王，后为人所杀。张耳、陈馀立赵歇为赵王。钜鹿：今河北省平乡县。

[12]　王离、涉閒：都是秦将。

[13]　甬道：两旁筑墙的道路。

[14]　河北之军：黄河以北的义军。

[15]　盱台（xū yí）：即盱眙，县名，在今江苏盱眙县东北。之：到……去。

以吕臣为司徒，以其父吕青为令尹[1]。以沛公为砀郡长，封为武安侯，将砀郡兵[2]。

初，宋义所遇齐使者高陵君显在楚军，见楚王曰："宋义论武信君之军必败，居数日，军果败。兵未战而先见败征，此可谓知兵矣。"王召宋义与计事而大说之，因置以为上将军。项羽为鲁公，为次将。范增为末将。救赵。诸别将皆属宋义，号为卿子冠军[3]。行至安阳[4]，留四十六日不进。项羽曰："吾闻秦军围赵王钜鹿，疾引兵渡河，楚击其外，赵应其内，破秦军必矣。"宋义曰："不然。夫搏牛之虻不可以破虮虱[5]。今秦攻赵，战胜则兵罢，我承其敝[6]；不胜，则我引兵鼓行而西，必举秦矣[7]。故不如先斗秦赵。夫被坚执锐[8]，义不如公，坐而运策，公不如义。"因下令军中曰："猛如虎，很如羊[9]，贪如狼，强不可使者[10]，皆斩之。"乃遣其子宋襄相齐，身送之至无盐，饮酒高会[11]。天寒大雨，士卒冻饥。项羽曰："将戮力而攻秦[12]，久留不行。今岁饥民贫，士卒食芋菽[13]，军无见粮[14]，乃饮酒高会，不引兵渡河因赵食[15]，与赵并力攻秦，乃曰'承其敝'。夫以

---

[1] 司徒：掌管土地户口的官。令尹：楚官名，相当于丞相。

[2] 砀（dàng）：郡名，今安徽砀山县南。

[3] 卿子：尊称，犹言公子。冠军：诸军之冠。

[4] 安阳：今山东曹县。

[5] 搏：击。虮（jǐ）：虮卵。这句话说叮咬牛的牛虻其目的不在于消灭虮子，而在叮牛。比喻自己志在大不在小。

[6] 罢：通"疲"。承：趁机利用。敝：困、疲惫。

[7] 鼓行：进军。举：攻克。

[8] 被：通"披"。坚：指铠甲。锐：指锐利的武器。

[9] 很：通"狠"。

[10] 强（jiàng）不可使者：倔强不听使令的人。

[11] 身：亲自。无盐：今山东东平县东南。高会：大会、盛会。

[12] 戮力：合力、协力。

[13] 芋菽：芋芳和豆类。

[14] 见粮：现存的粮食。见：通"现"。

[15] 因：依靠，利用。

秦之强，攻新造之赵，其势必举赵。赵举而秦强，何敝之承！且国兵新破[1]，王坐不安席，埽境内而专属于将军[2]，国家安危，在此一举。今不恤士卒而徇其私[3]，非社稷之臣。"项羽晨朝上将军宋义，即其帐中斩宋义头，出令军中曰："宋义与齐谋反楚，楚王阴令羽诛之。"当是时，诸将皆慑伏，莫敢枝梧[4]。皆曰："首立楚者，将军家也。今将军诛乱。"乃相与共立羽为假上将军[5]。使人追宋义子，及之齐，杀之。使桓楚报命于怀王。怀王因使项羽为上将军，当阳君、蒲将军皆属项羽[6]。

项羽已杀卿子冠军，威震楚国，名闻诸侯。乃遣当阳君、蒲将军将卒二万渡河[7]，救钜鹿。战少利，陈馀复请兵。项羽乃悉引兵渡河，皆沉船，破釜甑[8]，烧庐舍，持三日粮，以示士卒必死，无一还心。于是至则围王离，与秦军遇，九战，绝其甬道，大破之，杀苏角，虏王离。涉閒不降楚，自烧杀。

当是时，楚兵冠诸侯。诸侯军救钜鹿下者十余壁[9]，莫敢纵兵[10]。及楚击秦，诸将皆从壁上观。楚战士无不一以当十，楚兵呼声动天，诸侯军无不人人惴恐。于是已破秦军。项羽召见诸侯将，入辕门[11]，无不膝行而前，莫敢仰视。项羽由是始为诸侯上将军，诸侯皆属焉。

……

---

[1]　国兵新破：指楚军在定陶失利之事。
[2]　埽：同"扫"，尽括。
[3]　恤：体念、体怜。徇：营、图谋。
[4]　枝梧：即"支吾"，抵触、抗拒。
[5]　假：暂时代理。
[6]　当阳君：黥布的封号。
[7]　渡河：指渡漳河。
[8]　釜甑（zèng）：锅和蒸煮饭用的瓦罐。
[9]　壁：营垒、军营。
[10]　纵兵：出兵。
[11]　辕门：古时军队驻扎以车为营，将车辕相向竖起为主，称辕门。

行，略定秦地[1]。函谷关有兵守关[2]，不得入。又闻沛公已破咸阳，项羽大怒，使当阳君等击关。项羽遂入，至于戏西[3]。沛公军霸上[4]，未得与项羽相见。沛公左司马曹无伤使人言于项羽曰："沛公欲王关中，使子婴为相[5]，珍宝尽有之。"项羽大怒，曰："旦日飨士卒[6]，为击破沛公军！"当是时，项羽兵四十万，在新丰鸿门[7]；沛公兵十万，在霸上。范增说项羽曰："沛公居山东时[8]，贪于财货，好美姬。今入关，财物无所取，妇女无所幸[9]，此其志不在小。吾令人望其气[10]，皆为龙虎，成五采，此天子气也。急击勿失。"

楚左尹项伯者，项羽季父也，素善留侯张良[11]。张良是时从沛公。项伯乃夜驰之沛公军，私见张良，具告以事，欲呼张良与俱去。曰："毋从俱死也。"张良曰："臣为韩王送沛公[12]，沛公今事有急，亡去不义，不可不语。"良乃入，具告沛公。沛公大惊，曰："为之奈何？"张良曰："谁为大王为此计者？"曰："鲰生说我曰[13]：'距关，毋内诸侯，秦地可尽王也[14]'。故听之。"良曰："料大王士卒足以当项王乎[15]？"沛公默然，曰：

---

[1] 行：即将。略定：平定。
[2] 函谷关：要塞名，在今河南灵宝县西南。
[3] 戏西：戏水以西。戏水在今陕西临潼东。
[4] 军：驻扎。霸上：即灞水西面的白鹿原，在今陕西西安市东南。
[5] 子婴：秦二世胡亥的堂弟。子婴并未为相，这是曹无伤的挑拨之词。
[6] 旦日：明天。飨（xiǎng）：犒赏酒肉。
[7] 新丰：今陕西临潼县东。鸿门：山坡名，在新丰东十七里，今名为项王营。
[8] 山东：战国时泛称六国之地，因在崤山以东得名。
[9] 幸：宠幸、亲近。
[10] 望其气：当时方士的惑人之术，通过观测头上的云气，预测吉凶。
[11] 左尹：令尹的副职。项伯：名缠，字伯，项羽的族叔。留侯张良：字子房，刘邦的重要谋士，后封为留侯。
[12] 韩王：项梁起义后立韩成为韩王。
[13] 鲰（zōu）生：浅陋的小人。鲰：小鱼。
[14] 距：通"拒"。内：通"纳"。王（wàng）：统治、据有。
[15] 当：抵挡。

"固不如也，且为之奈何？"张良曰："请往谓项伯，言沛公不敢背项王也。"沛公曰："君安与项伯有故？"张良曰："秦时与臣游，项伯杀人，臣活之¹。今事有急，故幸来告良。"沛公曰："孰与君少长²？"良曰："长于臣。"沛公曰："君为我呼入，吾得兄事之³。"张良出，要项伯⁴。项伯即入见沛公。沛公奉卮酒为寿⁵，约为婚姻，曰："吾入关，秋豪不敢有所近⁶，籍吏民⁷，封府库，而待将军。所以遣将守关者，备他盗之出入与非常也。日夜望将军至，岂敢反乎？愿伯具言臣之不敢倍德也⁸。"项伯许诺。谓沛公曰："旦日不可不蚤自来谢项王⁹。"沛公曰："诺。"于是项伯复夜去，至军中，具以沛公言报项王。因言曰："沛公不先破关中，公岂敢入乎？今人有大功而击之，不义也，不如因善遇之。"项王许诺。

沛公旦日从百余骑来见项王，至鸿门，谢曰："臣与将军戮力而攻秦，将军战河北，臣战河南，然不自意能先入关破秦，得复见将军于此。今者有小人之言，令将军与臣有郤¹⁰。"项王曰："此沛公左司马曹无伤言之；不然，籍何以至此。"项王即日因留沛公与饮。项王、项伯东向坐；亚父南向坐，亚父者¹¹，范增也；沛公北向坐；张良西向侍。范增数目项

---

[1]　活之：救了他（指项伯）。
[2]　孰与君少长：和你的年纪谁大谁小。
[3]　兄事之：以对兄长之礼待他。
[4]　要：通"邀"。
[5]　卮（zhī）：酒器。为寿：向尊长进酒，祝其长寿。
[6]　豪：通"毫"。秋毫：鸟类秋天更生的绒毛，最细。这里比喻细小之物。
[7]　籍：登记户籍。
[8]　倍：通"背"。倍德：忘恩负义。
[9]　蚤：通"早"。谢：道歉、赔罪。
[10]　郤：同"隙"，嫌隙。
[11]　亚父：次于父，尊称。

王，举所佩玉玦以示之者三[1]，项王默然不应。范增起，出召项庄[2]，谓曰："君王为人不忍，若入前为寿[3]，寿毕，请以剑起舞，因击沛公于坐，杀之。不者，若属皆且为所虏。"庄则入为寿。寿毕，曰："君王与沛公饮，军中无以为乐，请以剑舞。"项王曰："诺。"项庄拔剑起舞，项伯亦拔剑起舞，常以身翼蔽沛公，庄不得击。于是张良至军门，见樊哙[4]。樊哙曰："今日之事何如？"良曰："甚急。今者项庄拔剑舞，其意常在沛公也。"哙曰："此迫矣，臣请入，与之同命[5]。"哙即带剑拥盾入军门。交戟之卫士欲止不内，樊哙侧其盾以撞，卫士仆地，哙遂入。披帷西向立。瞋目视项王，头发上指，目眦尽裂[6]。项王按剑而跽曰[7]："客何为者？"张良曰："沛公之参乘樊哙者也[8]。"项王曰："壮士，赐之卮酒！"则与斗卮酒[9]。哙拜谢，起，立而饮之。项王曰："赐之彘肩[10]！"则与一生彘肩。樊哙覆其盾于地，加彘肩上，拔剑切而啗之[11]。项王曰："壮士，能复饮乎？"樊哙曰："臣死且不避，卮酒安足辞！夫秦王有虎狼之心，杀人如不能举，刑人如恐不胜[12]，天下皆叛之。怀王与诸将约曰：'先破秦入咸阳者王之。'今沛公先破秦入咸阳，豪毛不敢有所近，封闭宫室，还军霸上，以待大王来。故遣将守关者，备他盗出入与非常也。劳苦而功高如此，未有封

---

[1]　数 (shuò)：多次。目：用作动词，使眼色。玉玦 (jué)：有缺口的玉环。玦与"决"同音，范增暗示项羽早下决断，杀掉刘邦。
[2]　项庄：项羽的堂弟。
[3]　若：你。
[4]　樊哙 (kuài)：沛人，与刘邦一同起义，屡立战功，后为左丞相，封舞阳侯。
[5]　同命：拼命。
[6]　眦 (zì)：眼眶。目眦尽裂：眼眶都要裂开，形容极端愤怒。
[7]　跽 (jì)：古人席地而坐，以两膝着地，直身，股不着脚跟为跽。
[8]　参乘：即骖乘，也叫陪乘，立于车右的卫士。
[9]　斗卮：大杯。
[10]　彘 (zhì) 肩：猪腿。
[11]　啗：同"啖"，吃。
[12]　举：尽。胜：尽。这二句极言杀人之多，用刑之重。

侯之赏，而听细说[1]，欲诛有功之人。此亡秦之续耳，窃为大王不取也。"项王未有以应，曰："坐。"樊哙从良坐。坐须臾，沛公起如厕，因招樊哙出。

沛公已出，项王使都尉陈平召沛公[2]。沛公曰："今者出，未辞也，为之奈何？"樊哙曰："大行不顾细谨，大礼不辞小让[3]。如今人方为刀俎[4]，我为鱼肉，何辞为！"于是遂去。乃令张良留谢。良问曰："大王来何操[5]？"曰："我持白璧一双，欲献项王；玉斗一双[6]，欲与亚父，会其怒，不敢献。公为我献之。"张良曰："谨诺。"当是时，项王军在鸿门下，沛公军在霸上，相去四十里。沛公则置车骑[7]，脱身独骑，与樊哙、夏侯婴、靳强、纪信等四人持剑盾步走，从郦山下，道芷阳间行[8]。沛公谓张良曰："从此道至吾军，不过二十里耳。度我至军中，公乃入。"沛公已去，间至军中，张良入谢，曰："沛公不胜杯杓，不能辞。谨使臣良奉白璧一双，再拜献大王足下；玉斗一双，再拜奉大将军足下。"项王曰："沛公安在？"良曰："闻大王有意督过之[9]，脱身独去，已至军矣。"项王则受璧，置之坐上。亚父受玉斗，置之地，拔剑撞而破之，曰："唉！竖子不足与谋[10]。夺项王天下者，必沛公也，吾属今为之虏矣。"沛公至军，立诛杀曹无伤。

居数日，项羽引兵西屠咸阳，杀秦降王子婴，烧秦宫室，火三月不

---

[1]　细说：小人的谗言。
[2]　都尉：武官名。陈平：项羽的部下，后来成为刘邦的谋士，官至相国。
[3]　大行、大礼：指大事。细谨、小让：指细微末节。
[4]　俎（zǔ）：切肉的砧板。
[5]　何操：带了些什么物件。
[6]　玉斗：玉制的大酒杯。
[7]　置：留下。
[8]　芷阳：县名，今陕西西安市东北。间（jiàn）行：抄小路走。
[9]　督过：责备。
[10]　竖子：骂人语，犹同"小子"。这里明指项庄，实指项羽。

灭；收其货宝妇女而东。人或说项王曰："关中阻山河四塞[1]，地肥饶，可都以霸。"项王见秦宫室皆以烧残破，又心怀思欲东归，曰："富贵不归故乡，如衣绣夜行，谁知之者！"说者曰："人言楚人沐猴而冠耳[2]，果然！"项王闻之，烹说者。

……

项王军壁垓下[3]，兵少食尽，汉军及诸侯兵围之数重。夜闻汉军四面皆楚歌[4]，项王乃大惊曰："汉皆已得楚乎？是何楚人之多也！"项王则夜起，饮帐中。有美人名虞，常幸从；骏马名骓[5]，常骑之。于是项王乃悲歌慷慨，自为诗曰："力拔山兮气盖世，时不利兮骓不逝[6]。骓不逝兮可奈何，虞兮虞兮奈若何！"歌数阕[7]，美人和之。项王泣数行下，左右皆泣，莫能仰视。

于是项王乃上马骑，麾下壮士骑从者八百余人，直夜溃围南出[8]，驰走。平明[9]，汉军乃觉之，令骑将灌婴以五千骑追之。项王渡淮，骑能属者百余人耳[10]。项王至阴陵[11]，迷失道，问一田父，田父绐曰[12]："左。"左，乃陷大泽中。以故汉追及之。项王乃复引兵而东，至东城[13]，乃有二十八骑。汉骑追者数千人。项王自度不得脱，谓其骑曰："吾起兵至今八岁

---

[1] 阻山河四塞：言关山地势险要，四面有关塞。
[2] 沐猴而冠：猴子戴帽，像人样，其实还是猴。沐猴：猕猴。
[3] 壁：用作动词，筑营驻扎。垓（gāi）下：地名，今安徽灵璧县东南。
[4] 楚歌：楚地的歌曲。
[5] 骓（zhuī）：毛色苍白相杂的马。
[6] 逝：向前行进。
[7] 阕（què）：曲终。数阕：数遍。
[8] 直夜：当夜。溃围：突破包围。
[9] 平明：天刚亮。
[10] 属：跟随。
[11] 阴陵：地名，在今安徽省定远县西北。
[12] 绐（dài）：欺骗。
[13] 东城：地名，今安徽定远县东南。

矣，身七十余战，所当者破，所击者服，未尝败北，遂霸有天下。然今卒困于此，此天之亡我，非战之罪也。今日固决死，愿为诸君快战[1]，必三胜之，为诸君溃围，斩将刈旗[2]，令诸君知天亡我，非战之罪也。"乃分其骑以为四队，四向。汉军围之数重。项王谓其骑曰："吾为公取彼一将。"令四面骑驰下，期山东为三处[3]。于是项王大呼驰下，汉军皆披靡[4]，遂斩汉一将。是时，赤泉侯为骑将[5]，追项王，项王瞋目而叱之，赤泉侯人马俱惊，辟易数里[6]，与其骑会为三处。汉军不知项王所在，乃分军为三，复围之。项王乃驰，复斩汉一都尉，杀数十百人，复聚其骑，亡其两骑耳。乃谓其骑曰："何如？"骑皆伏曰："如大王言。"

于是项王乃欲东渡乌江[7]。乌江亭长枊船待[8]，谓项王曰："江东虽小，地方千里，众数十万人，亦足王也。愿大王急渡。今独臣有船，汉军至，无以渡。"项王笑曰："天之亡我，我何渡为！且籍与江东子弟八千人渡江而西，今无一人还，纵江东父兄怜而王我，我何面目见之？纵彼不言，籍独不愧于心乎？"乃谓亭长曰："吾知公长者。吾骑此马五岁，所当无敌，尝一日行千里，不忍杀之，以赐公。"乃令骑皆下马步行，持短兵接战。独籍所杀汉军数百人。项王身亦被十余创。顾见汉骑司马吕马童[9]，曰："若非吾故人乎？"马童面之[10]。指王翳曰："此项王也。"项王乃曰：

---

[1]　快战：痛快地打一仗。

[2]　刈（yì）：倒。

[3]　期山东为三处：约定在山的东面分三处集合。

[4]　披靡：人马溃退的样子。

[5]　赤泉侯：指杨喜，后被封为赤泉侯。

[6]　辟易：倒退。

[7]　乌江：即今安徽省和县东北的乌江浦。

[8]　亭：秦汉时乡以下的一种行政机构，十里设一亭，设亭长一人。枊（yì）：停船靠岸。

[9]　骑司马：骑兵中掌管法纪的官。

[10]　面之：面对项王。

"吾闻汉购我头千金，邑万户，吾为若德[1]。"乃自刎而死。王翳取其头，馀骑相蹂践争项王，相杀者数十人。最其后，郎中骑杨喜、骑司马吕马童、郎中吕胜、杨武各得其一体。五人共会其体，皆是。故分其地为五：封吕马童为中水侯，封王翳为杜衍侯，封杨喜为赤泉侯，封杨武为吴防侯，封吕胜为涅阳侯[2]。

……

太史公曰[3]：吾闻之周生曰，舜目盖重瞳子[4]，又闻项羽亦重瞳子。羽岂其苗裔邪[5]？何兴之暴也[6]！夫秦失其政，陈涉首难，豪杰蜂起，相与并争，不可胜数。然羽非有尺寸[7]，乘势起陇亩之中[8]，三年，遂将五诸侯灭秦[9]，分裂天下，而封王侯，政由羽出，号为"霸王"，位虽不终，近古以来未尝有也。及羽背关怀楚[10]，放逐义帝而自立，怨王侯叛己，难矣。自矜功伐[11]，奋其私智而不师古，谓霸王之业，欲以力征经营天下[12]，五年卒亡其国，身死东城，尚不觉寤而不自责，过矣[13]。乃引"天亡我，非用兵之罪也"[14]，岂不谬哉！

---

[1]　吾为若德：我替你做件好事。
[2]　中水：在今河北省献县西北。杜衍：地名，在今河南南阳市西南。赤泉：地名，在今河南淅川县西。吴防：地名，在今河南遂平县。涅阳：在今河南镇平县。
[3]　太史公：即太史令，司马迁自称。
[4]　周生：当时一位儒生。盖：或许。重瞳子：一只眼睛里有两个眸子。
[5]　苗裔：后代子孙。
[6]　暴：突然。
[7]　尺寸：指极少的土地或权力。
[8]　陇亩：指民间。
[9]　五诸侯：指齐、赵、韩、魏、燕五国的起义军。
[10]　背关怀楚：背离关中，怀念楚地。
[11]　自矜：自我夸耀。功伐：功劳。伐：功。
[12]　力征：以武力征伐。
[13]　寤：通"悟"。过：错。
[14]　乃：竟然。引：称引，据为理由。

说明

　　《项羽本纪》是《史记》中写得最为精彩的传记之一，选取钜鹿之战、鸿门之宴、垓下之围等项羽一生中的三件大事，浓墨重笔，加以描写。如写钜鹿之战："诸将皆从壁上观。楚战士无不一以当十，楚兵呼声动天，诸侯军无不人人惴恐，于是已破秦军，项羽召见诸侯将，入辕门，无不膝行而前，莫敢仰视。"强烈的对比，写出了项羽的英雄气概和在他指挥下的楚军的无比勇悍。鸿门宴一段，则通过人物的对话、动作和神态的描写，将项羽的仁厚、张良的机智、樊哙的勇武、范增的愤恚，刻画得栩栩如生。垓下之围是项羽这位"力拔山兮气盖世"的英雄所演悲剧的最后一幕：楚帐的悲歌、阴陵的失道、斩将的雄威、乌江的自刎，司马迁那充满同情的笔调，令人读之无限感慨。

集评

　　刘辰翁曰：叙楚、汉会鸿门事，历历如目睹，无毫发渗漏，非十分笔力，模写不出。

　　　　　　　　　　　　　　　　　　　　　　　——《班马异同》卷一

　　唐顺之曰：太史公叙立义帝以后，气魄一日盛一日，杀义帝以后，气魄一日衰一日，此是纪中大纲领主意，其开合驰骤处具有喑呜叱咤之风。

　　　　　　　　　　　　　　　　　　　　　　——《精选批点史记》卷一

　　又曰：钜鹿之战，项羽最得意之战，太史公最得意之文。《垓下歌》悲壮呜咽，与《大风》各自模写帝王兴衰气象。

　　　　　　　　　　　　　　　　　　　　　　——《精选批点史记》卷一

　　顾炎武曰：秦、楚之际，兵所出入之涂，曲折变化，唯太史公序之如指掌。以山川郡国不易明，故曰东曰西，曰南曰北，一言之下而形势了然，以关塞江河为一方界限。

——《日知录》卷二十六

吴见思曰：当时四海鼎沸，时事纷纭，乃操三寸之管，以一手独运，岂非难事？他于分封以前，如召平，如陈婴，如秦嘉，如范增，如田荣，如章邯诸事，逐段另起一头，合到项氏，百川之归海也。分封以后，如田荣反齐，如陈馀反赵，如周吕侯居下邑，如周苛杀魏豹，如彭越下梁，如淮阴侯举河北，逐段追叙前事，合到本文，千山之起伏也。而中间总处、提处、间接处、遥接处，都用"于是"，"当是时"等字，神理一片。

——《史记论文》

李晚芳曰：当是时，秦纲懈维弛，天下叛之，英雄杂沓并起，千头万绪，棼如乱丝，太史以一笔写之，或插序，或陪序，或带序，或附传，无不丝丝入扣、节节归根，步骤井然不乱。后之作史者，谁有此笔力？

——《读史管见》卷一

吴敏树曰：吾意史公作此纪时，打量项羽一生事业，立楚是起手大著，救赵破秦为擅天下原由，其后则专与汉祖虎争龙战而已。如下笔万言，滔滔滚滚，如长江大河，激石滩高，回山潭曲，鱼龙出没，舟楫横飞，要是顺流东下，瞬息千里，终无有滞碍处耳。从来良史记事，第一论识，而柳子之评史公曰"洁"，真是高眼看透。学者但能从有会无，即详知略，则于序事之文，立占胜步矣。

——《史记别钞》卷下

郭嵩焘曰：项王自叙七十余战，史公所记独钜鹿、垓下两战为详。钜鹿之战全用烘托法，不一及战事，而于垓下显出项羽兵法及其斩将搴旗之功。项羽英雄，史公自是心折，亦由其好奇，于势穷力尽处自显神通。钜鹿、鸿门、垓下三段，自是史公《项羽本纪》中聚精会神、极得意文字。

——《史记札记》卷一

浦起龙曰：如此长篇，只分两局。前半击秦也，后半拒汉也。击者我往，及锋也，故进而锐；拒者彼来，多备也，虽胜亦疲。

——《古文眉诠》卷十八

吴齐贤曰：项羽力拔山、气盖世，何等英雄，何等力量，太史亦以全神付之，成此英雄力量之文。如破秦军处、斩宋义处、谢鸿门处，分王诸侯处，会垓下处，精神笔力，直透纸背。静而听之，殷殷阗阗，如有百万之军，藏于隃麋汗青之中，令人神动。

——《古文分编集评·三集》卷七

又曰：项梁、项伯、范增是附传，盖纪其始，并序其终者，附传法也。忽然而来者，插序法也。

——《古文分编集评·三集》卷七

储欣曰，太史公以怜才好奇自伤之意，发为斯文，忽壮快，忽哀凉，忽喑哑叱咤，忽儿女子呜咽，使千载以下读其文，无不怜其人。位虽不终，羽无恨矣！

——《古文分编集评·三集》卷七

又曰：通篇以"东"、"西"二字作眼目，冗忙中略一拨醒，使读者于楚汉大势如指诸掌。

——《古文分编集评·三集》卷七

麦宗道曰：以羽入本纪，而描写特着精神。或疑其有取于此，不知非也。首尾几万言，插入如许人事，宜其纷纭错杂，而实一线穿成。总写出欲以力征经营天下，故末特怪其兴之暴，而极描写，正极怪叹。其所入人事，皆以作衬跌映照，并非附传、插序例也。以羽入本纪，或者恶秦之至，如涉之登世家耳。

——《古文分编集评·三集》卷七

伯夷列传 [1]

　　夫学者载籍极博 [2]，犹考信于六艺 [3]。《诗》、《书》虽缺 [4]，然虞、夏之文可知也 [5]。尧将逊位 [6]，让于虞舜。舜、禹之间，岳牧咸荐 [7]，乃试之于位，典职数十年 [8]，功用既兴，然后授政，示天下重器 [9]。王者大统，传天下若斯之难也。而说者曰，尧让天下于许由 [10]，许由不受，耻之逃隐。及夏之时，有卞随、务光者 [11]。此何以称焉 [12]？太史公曰：余登箕山 [13]，其上盖有许由冢云。孔子序列古之仁圣贤人，如吴太伯、伯夷之伦详矣 [14]。余以所闻由、光义至高，其文辞不少概见，何哉？

　　孔子曰："伯夷、叔齐，不念旧恶，怨是用希 [15]。""求仁得仁，又

---

[1]　选自《史记》卷六十一《伯夷列传》。

[2]　夫（fú）：发语词，无实义。载籍：书籍。

[3]　六艺：即儒家的六经：《易》、《诗》、《书》、《礼》、《乐》、《春秋》。

[4]　缺：缺失。

[5]　虞、夏之文：指《尚书》中《尧典》、《舜典》、《大禹谟》，其中记载了尧、舜禅让的传说。虞：虞舜。夏：夏禹。

[6]　逊位：让位。

[7]　岳：指四岳，传说是尧、舜时分掌四方部落的四个大臣。牧：指九牧，九州的行政长官。

[8]　典：主持。典职：管理政务。

[9]　重器：象征国家权力的宝物，如鼎等。

[10]　许由：传说为上古隐士。尧要把帝位让给他，他不接受，逃至箕山下，农耕而食。尧又请他作九州长官，他说尧的话玷污了他的耳，到颍水边洗耳，表示不愿意听。

[11]　卞随、务光：相传商灭夏桀后让天下于卞随、务光，他们当作耻辱，投水而死。

[12]　称：说。

[13]　箕山：在今河南登封南。

[14]　吴太伯：周朝祖先古公亶父的长子，让位于弟弟季历（周文王姬昌的父亲），自己出走到吴地。

[15]　不念旧恶，怨是用希：语出《论语·公冶才》。是：此。用：因此。希：稀少。怨是用希：即"用是怨希"。

何怨乎[1]？"余悲伯夷之意，睹轶诗可异焉[2]。其传曰：伯夷、叔齐，孤竹君之二子也[3]。父欲立叔齐，及父卒，叔齐让伯夷。伯夷曰："父命也。"遂逃去。叔齐亦不肯立而逃之，国人立其中子。于是伯夷、叔齐闻西伯昌善养老[4]，"盍往归焉！"及至，西伯卒，武王载木主[5]，号为文王，东伐纣[6]。伯夷、叔齐叩马而谏曰："父死不葬，爰及干戈[7]，可谓孝乎？以臣弑君，可谓仁乎？"左右欲兵之[8]。太公曰[9]："此义人也。"扶而去之。武王已平殷乱，天下宗周，而伯夷、叔齐耻之，义不食周粟，隐于首阳山[10]，采薇而食之[11]。及饿且死，作歌，其辞曰："登彼西山兮，采其薇矣。以暴易暴兮，不知其非矣。神农、虞、夏忽焉没兮[12]，我安适归矣？于嗟徂兮[13]，命之衰矣！"遂饿死于首阳山。由此观之，怨邪非邪？

或曰："天道无亲，常与善人[14]。"若伯夷、叔齐可谓善人者非邪？积仁洁行如此而饿死！且七十子之徒，仲尼独荐颜渊为好学[15]。然回

———————

[1] 求仁得仁，又何怨乎：语出《论语·述而》。
[2] 轶诗：指下文伯夷、叔齐所作的《采薇歌》。此诗不见于《诗三百》。轶：散失。
[3] 孤竹：古国名，在今河北卢龙，存在于商、西周、春秋时。孤竹君：孤竹国国君，姓墨胎。
[4] 西伯昌：即周文王姬昌，当时他是西方诸侯之长，故称西伯。
[5] 木主：木制的灵牌。
[6] 纣：商代最后一位国君，也称帝辛。
[7] 叩马：勒住马。叩：同"扣"。爰：乃、就。干戈：泛指武器，这里指起兵作战。
[8] 兵：用兵器杀人。
[9] 太公：即姜子牙，又名吕尚，称太公望，辅佐武王灭商纣，建立周朝。
[10] 首阳山：在今山西永济南。
[11] 薇：野菜，可生食。
[12] 神农：神农氏，传说中的远古帝王。
[13] 于嗟：感叹词。于：同"吁"。徂：同"殂"，死去。
[14] 与：赞助、帮助。
[15] 七十子：相传孔子弟子三千，身通《六艺》的有七十二人。七十，举整数而言。仲尼：孔子的字。颜渊：孔子弟子。名回，字子渊。

也屡空[1]，糟糠不厌[2]，而卒蚤夭[3]。天之报施善人，其何如哉？盗跖日杀不辜[4]，肝人之肉，暴戾恣睢[5]，聚党数千人，横行天下，竟以寿终，是遵何德哉？此其尤大彰明较著者也[6]。若至近世，操行不轨，事犯忌讳，而终身逸乐，富厚累世不绝；或择地而蹈之，时然后出言，行不由径，非公正不发愤，而遇祸灾者，不可胜数也[7]。余甚惑焉，傥所谓天道，是邪非邪[8]？

子曰："道不同，不相为谋[9]。"亦各从其志也。故曰："富贵如可求，虽执鞭之士，吾亦为之。如不可求，从吾所好[10]。""岁寒，然后知松柏之后凋[11]。"举世混浊，清士乃见[12]。岂以其重若彼，其轻若此哉？

"君子疾没世而名不称焉[13]"。贾子曰："贪夫徇财，烈士徇名，夸者死权，众庶冯生[14]。""同明相照，同类相求"。"云从龙，风从虎，圣人作而万物睹[15]。"伯夷、叔齐虽贤，得夫子而名益彰，颜渊虽笃学，附骥尾

---

[1] 回：指颜渊。空：穷困。
[2] 厌：同"餍"，饱。
[3] 蚤：同"早"。颜回三十二岁而死，故称早夭。
[4] 盗跖（zhí）：相传为春秋时期奴隶起义的领袖。"盗"是污蔑之称。不辜：无辜，没有罪的人。
[5] 恣睢（suī）：放肆暴戾的样子。
[6] 较著：显著。较：同"皎"，明。
[7] 胜（shēng）：尽。
[8] 傥：通"倘"，假若。
[9] 子：孔子。这句话出自《论语·卫灵公》。
[10] 引文见《论语·述而》。
[11] "岁寒"句：见《论语·子罕》。凋：凋谢。
[12] 见：同"现"，显露。
[13] 引文见《论语·卫灵公》。
[14] 贾子：即贾谊，西汉初杰出的辞赋家。引文见贾谊《鵩鸟赋》。冯：同"凭"，依仗、依靠。这里有贪求的意思。
[15] 引文见《易·乾卦》。

而行益显[1]。岩穴之士[2]，趋舍有时[3]，若此类名堙灭而不称[4]，悲夫！闾巷之人，欲砥行立名者[5]，非附青云之士[6]，恶能施于后世哉[7]！

说明

文章简要记述了孤竹君之二子伯夷、叔齐的事迹，歌颂了他们注重节义的高尚品质，并就二人的不幸遭遇，对福善祸淫的传统天道观提出尖锐的质疑。

本文第一段，作者将许由、卞随、务光等人事迹作为陪衬，以反问句"余以所闻由、光义至高，其文辞不少概见，何哉"，含蓄地指出伯夷、叔齐二人名垂后世，是与孔子的颂扬分不开的。接着作者便简要叙述了二人的事迹，随即又反问道："由此观之，怨邪非邪？"否定了孔子认为二人"死而无怨"的看法。

文章第三段，作者又以伯夷、叔齐、颜渊与盗跖作比，质问道："若伯夷、叔齐可谓善人者非邪？积仁洁行如此而饿死！"颜渊好学而早夭，"天之报施善人，其何如哉？"而"盗跖日杀不辜"却"竟以寿终，是遵何德哉？"最后作者说："余甚惑焉，傥所谓天道，是邪非邪？"所举皆为古人，而控诉的实际上是当时的社会现实，当然也包括自己的含冤遭祸在内。篇末，作者以"君子疾没世而名不称焉"，对留名后世之难发

---

[1] 附骥尾：比喻追随圣贤之后。骥：千里马。
[2] 岩穴之士：隐居山野的人，指隐士。
[3] 趋：进取，指成名于世。舍：退止，指湮没无闻。
[4] 堙（yīn）灭：或作"湮死"，埋没。
[5] 砥（dǐ）：磨刀石。这里用作动词，磨炼、锻炼。
[6] 青云之士：指德高望重的人。这里指孔子。
[7] 恶（wū）：怎么。施（yì）：延续、留传。

出感慨，再次指出即使是伯夷、叔齐这样的高士，也须"得夫子而名益彰"；颜渊也是"附骥尾而行益显"，与开头言卞随等之默默无闻一段遥相呼应。

本文是《史记》七十篇列传中第一篇。由于史料的缺乏，它不同于一般的以记叙为主的列传，而是以抒情议论为主。作者杂引经传，纵横变化，含蓄地提出了尖锐的问题，否定了传统的天道观，淋漓尽致地抒发了对不合理社会现实的不满。这样的史传写法，在班固以后的正史中是找不到的。

集评

杨慎曰：《伯夷传》之妙在诞。古人精神，使人于若不可寻处得之，必欲强令词义相属，便失之矣。

——《古文分编集评·三集》卷八

林云铭曰：此篇人无不读，读者无不赞其妙。至问其立言之意，则茫然也。盖此篇为列传之首，作者以为，上下千古，岂无逃让高义如夷、齐其人者，即虞、夏间所称许由、随、光辈，在六艺既无所考信，又未经圣人论定，虽有所传之言、所见之冢，总属疑似，欲为之立传，不可得也。惟吴太伯、夷、齐轶事，得夫子序列之言，纵不见于六艺，其人品确有可据者，故列传中以伯夷为首，即世家中以吴太伯为首之意耳。但夫子言伯夷无怨，而世俗所传《采薇》轶诗，有"命衰"之词，又稍涉于怨，与夫子所言不合，似世俗所传之诗亦未必真也。若就常理而论，以伯夷善行如彼，自不应饿死首阳，宜其有怨。不知天道与善之说，本不可恃，如颜之夭、跖之寿，古今往往如此。揆伯夷之志，惟有行法俟命，不以命衰改节，饿死亦所甘心，自当以夫子"无怨"之言为正也。然伯夷得夫子之言，名垂后世，气类相感，似非偶然；不然，亦等于由、光辈湮没于岩穴间，吾亦不能为之立传矣。今圣人往矣，间巷砥行者必不能自传，虽欲立名，非借有闻达者相推引，何以见于后世？盖立名如是之难也。伯夷首阳之名，岂非幸哉！篇末不用赞语，盖合传赞为一篇，纯用虚笔，故反复援引，错综变化，致读者目迷五色，当于承接转换处细绎之。

——《古文析义·初编》卷三

唐应德曰：此传如蛟龙，不可捕捉，势极曲折，若断若续，超妙入玄。刘才父云：《伯夷传》可谓神奇。

——《古文分编集评·三集》卷八

董份曰：史公言伯夷、叔齐不能无怨，惟得孔子言之故益显；若由、光义至高而不少概见，故后世无闻焉。是以砥行立名者必附青云之士也。此一篇大意。若不如此，则首尾似不相贯，而引由、光事少味矣。

——《古文分编集评·三集》卷八

吴汝纶曰：自"君子疾没世"以下，《索隐》、《正义》皆言史公微见己之撰著为立名意，其说是也。此收束乃借间巷之附人而传者作结，神远而意深。

——《吴挚甫先生评点史记》卷六十一

钱锺书曰：此篇记夷、齐行事甚少，感慨议论居其泰半，反论赞之宾，为传记之主。马迁牢愁孤愤，如喉鲠之快于一吐，有欲罢而不能者；纪传之体，自彼作古，本无所谓破例也。

——《管锥编》页三〇六

魏公子列传[1]

　　魏公子无忌者，魏昭王少子[2]，而魏安釐王异母弟也[3]。昭王薨[4]，安釐王即位，封公子为信陵君[5]。是时范雎亡魏相秦[6]，以怨魏齐故，秦兵围大梁[7]，破魏华阳下军[8]，走芒卯[9]。魏王及公子患之。

　　公子为人仁而下士[10]，士无贤不肖[11]，皆谦而礼交之，不敢以其富贵骄士。士以此方数千里争往归之，致食客三千人[12]。当是时，诸侯以公子贤，多客，不敢加兵谋魏十余年。

　　公子与魏王博[13]，而北境传举烽[14]，言"赵寇至，且入界"。魏王释博[15]，欲召大臣谋。公子止王曰："赵王田猎耳[16]，非为寇也。"复博如故。王恐，心不在博。居顷[17]，复从北方来传言曰："赵王猎耳，非为寇也。"魏王大

---

[1]　选自《史记》卷七十七。
[2]　魏昭王：名遫（sù），魏襄王之子，战国时魏国第五代君主，前295—前277年在位。
[3]　魏安釐（xī）王：名圉（yǔ），魏昭王之子，前276—前243年在位。釐：同"僖"。
[4]　薨（hōng）：春秋战国时诸侯死了叫薨。
[5]　信陵：魏地名，在今河南宁陵西。信陵君：封号。
[6]　范雎：魏昭王时人，受中大夫须贾陷害，几乎被宰相魏齐打死。后乘机逃到秦国，秦昭王用之为相。亡：逃亡。
[7]　大梁：魏国都城，在今河南开封西北。
[8]　华阳下军：魏国驻扎在华阳的军队。华阳：地名，在今河南郑县。
[9]　走：赶走，败逃。芒卯：魏将。
[10]　下士：尊重士人。
[11]　无：无论。不肖：不贤。
[12]　致：招致，招来。
[13]　博：古代一种棋类游戏。这里做动词用，下棋。
[14]　举烽：点烽火以报警。
[15]　释：放下。
[16]　田猎：在野外打猎。
[17]　居顷：过了不久。

惊，曰："公子何以知之？"公子曰："臣之客有能深得赵王阴事者[1]，赵王所为，客辄以报臣[2]，臣以此知之。"是后，魏王畏公子之贤能，不敢任公子以国政。

魏有隐士曰侯嬴，年七十，家贫，为大梁夷门监者[3]。公子闻之，往请[4]，欲厚遗之[5]，不肯受，曰："臣修身絜行数十年[6]，终不以监门困故而受公子财。"公子于是乃置酒大会宾客。坐定，公子从车骑[7]，虚左[8]，自迎夷门侯生。侯生摄敝衣冠[9]，直上载公子上坐[10]，不让，欲以观公子。公子执辔愈恭。侯生又谓公子曰："臣有客在市屠中[11]，愿枉车骑过之[12]。"公子引车入市。侯生下见其客朱亥，俾倪故久立[13]，与其客语，微察公子[14]，公子颜色愈和。当是时，魏将相宗室宾客满堂，待公子举酒[15]。市人皆观公子执辔。从骑皆窃骂侯生。侯生视公子色终不变，乃谢客就车[16]。至家，公子引侯生坐上坐，徧赞宾客[17]，宾客皆惊。酒酣，公子起，为寿侯生前[18]。

---

[1] 阴事：秘密的事情。

[2] 辄：经常。

[3] 夷门：大梁城的东门。监者：看城门的小吏。

[4] 往请：前去问候。

[5] 厚：重、多。遗（wèi）：赠送。

[6] 絜：同"洁"。行：品行。

[7] 从车骑：令车骑相跟从。

[8] 虚左：空出左边的座位。古代乘车以左为尊。信陵君为了表示恭敬，留出左边位置，自己坐在右边赶车。

[9] 摄：整理。敝：破旧。

[10] 直上：径直上车。载：乘坐。

[11] 客：指朋友。市：市井，做生意的地方。屠：屠宰牲畜的地方。

[12] 枉：曲，这里有屈辱、劳驾之意。过：拜访。

[13] 俾倪：同"睥睨"，斜着眼睛看。

[14] 微察：暗中观察。

[15] 举酒：主人举酒让客，指宴会开始。

[16] 谢：辞谢，辞别。就车：登车。

[17] 徧：同"遍"。赞：称赞；介绍，引见。这句意谓向所有宾客介绍侯生。

[18] 为寿：向尊长者敬酒祝福。

　　　　　　　　　　　　　　　　　　　先秦两汉散文

侯生因谓公子曰："今日嬴之为公子亦足矣[1]！嬴乃夷门抱关者也[2]，而公子亲枉车骑，自迎嬴于众人广坐之中，不宜有所过，今公子故过之[3]。然嬴欲就公子之名，故久立公子车骑市中[4]，过客以观公子，公子愈恭。市人皆以嬴为小人，而以公子为长者，能下士也。"于是罢酒。侯生遂为上客。侯生谓公子曰："臣所过屠者朱亥，此子贤者，世莫能知，故隐屠间耳。"公子往数请之[5]，朱亥故不复谢[6]，公子怪之。

魏安釐王二十年，秦昭王已破赵长平军[7]，又进兵围邯郸[8]。公子姊为赵惠文王弟平原君夫人[9]，数遗魏王及公子书，请救于魏。魏王使将军晋鄙将十万众救赵。秦王使使者告魏王曰："吾攻赵，旦暮且下[10]，而诸侯敢救者，已拔赵[11]，必移兵先击之。"魏王恐，使人止晋鄙，留军壁邺[12]，名为救赵，实持两端以观望[13]。平原君使者冠盖相属于魏[14]，让魏公子曰[15]："胜所以自附为婚姻者[16]，以公子之高义，为能急人之困。今邯郸旦暮降秦，而魏救不至，安在公子能急人之困也！且公子纵轻胜，弃之降秦，

---

[1] 为公子：指下文"欲就公子之名"。即故意在大庭广众之中傲慢地对待公子，反衬出公子的谦恭，成就公子"下士"的美名。

[2] 关：门闩。抱关者：即监门者。

[3] 今公子故过之：即令公子故过之，指我令公子特意陪我去拜访朋友。

[4] 立：使动用法。这句意谓故意使您的车马久久地停在市场上。

[5] 数（shuò）：屡次，多次。

[6] 故：故意。复谢：答谢，回谢。

[7] 破赵长平军：前260年，秦将白起打败赵国长平驻军，坑杀四十万赵国降兵。长平：赵地名，今山西高平。

[8] 邯郸：赵国都城，今河北邯郸。

[9] 平原君：赵胜，封于平原（今山东德县南），当时为赵相。

[10] 旦暮：早晨或晚上。形容时间短。

[11] 已：在……以后。拔：攻取。

[12] 留军：停止进军。壁：营垒，这里作动词，扎营。邺：魏地名，在今河北临漳县西南。

[13] 持两端：喻左右摇摆，拿不定主意。观望：观看形势，以便见风使舵。

[14] 冠：礼帽。盖：车盖。这里冠盖指代使者。相属（zhǔ）：连续不断。

[15] 让：责备。

[16] 自附：自托，有高攀之意。

独不怜公子姊邪!"公子患之,数请魏王,及宾客辩士说王万端[1]。魏王畏秦,终不听公子,公子自度终不能得之于王[2],计不独生而令赵亡[3]。乃请宾客,约车骑百余乘,欲以客往赴秦军[4],与赵俱死。

行过夷门,见侯生,具告所以欲死秦军状[5]。辞决而行[6]。侯生曰:"公子勉之矣!老臣不能从。"公子行数里,心不快,曰:"吾所以待侯生者备矣[7]!天下莫不闻。今吾且死,而侯生曾无一言半辞送我[8],我岂有所失哉?"复引车还,问侯生。侯生笑曰:"臣固知公子之还也!"曰:"公子喜士,名闻天下。今有难,无他端[9],而欲赴秦军,譬若以肉投馁虎[10],何功之有哉!尚安事客[11]?然公子遇臣厚,公子往,而臣不送,以是知公子恨之复返也[12]。"公子再拜,因问。侯生乃屏人间语曰[13]:"嬴闻晋鄙之兵符[14],常在王卧内,而如姬最幸[15],出入王卧内,力能窃之。嬴闻如姬父为人所杀,如姬资之三年[16]。自王以下,欲求报其父仇,莫能得。

---

[1] 说(shuì):劝说。端:理由。万端:指用种种理由劝说魏王。
[2] 度(duó):估量,推断。得之于主:救赵之事得到魏王的同意。
[3] 计:计划,决计。
[4] 以:与。
[5] 具:通"俱",全、都。状:情况。
[6] 辞决:辞别。决:通"诀"。
[7] 备:完备,周到。
[8] 曾:竟。
[9] 无他端:没有别的办法。
[10] 馁(něi)虎:饿虎。
[11] 尚安事客:还用宾客干什么?尚:还。事:用。
[12] 恨:遗憾。之:而。
[13] 屏(bǐng)人:遣开旁边的人。间(jiàn)语:密谈,悄悄地说。
[14] 兵符:古代调遣军队的凭证,用铜、玉、金等铸成虎形,也叫虎符,分为两半,将领与君王各执一半,调发军队时,必须拿符验合后,才能生效。
[15] 如姬:魏安釐王最宠爱的妃子。幸:宠幸,宠爱。
[16] 资:积蓄,这里指含恨。另一种解释是:出钱悬赏。之:指杀父之恨。另一种解释是指杀父的仇人。

如姬为公子泣¹，公子使客斩其仇头，敬进如姬。如姬之欲为公子死，无所辞，顾未有路耳²。公子诚一开口请如姬，如姬必许诺，则得虎符，夺晋鄙军，北救赵而西却秦，此五霸之伐也³。"公子从其计，请如姬。如姬果盗晋鄙兵符与公子。

公子行，侯生曰："将在外，主令有所不受⁴，以便国家⁵。公子即合符，而晋鄙不授公子兵，而复请之⁶，事必危矣！臣客屠者朱亥可与俱。此人力士。晋鄙听，大善；不听，可使击之。"于是公子泣。侯生曰："公子畏死邪？何泣也？"公子曰："晋鄙嚄唶宿将⁷，往，恐不听，必当杀之，是以泣耳。岂畏死哉！"于是公子请朱亥。朱亥笑曰："臣乃市井鼓刀屠者⁸，而公子亲数存之⁹。所以不报谢者，以为小礼无所用。今公子有急，此乃臣效命之秋也¹⁰。"遂与公子俱。公子过谢侯生。侯生曰："臣宜从，老不能；请数公子行日，以至晋鄙军之日，北乡自刭以送公子¹¹。"公子遂行。

至邺，矫魏王令代晋鄙¹²。晋鄙合符，疑之，举手视公子曰："今吾拥十万之众，屯于境上，国之重任。今单车来代之¹³，何如哉？"欲无听。朱

---

[1]　为公子泣：对公子泣。
[2]　顾：只是，但是。路：机会，方法。
[3]　五霸：指春秋时先后称霸的五个诸侯：齐桓公、晋文公、宋襄公、楚庄王、秦穆公。伐：功业。
[4]　主：国君。
[5]　便：便利。
[6]　复：再。请：请示。
[7]　嚄（huò）：大笑。唶（zè）：大叫。嚄唶：形容很威风，有气派的样子。宿将：老将。
[8]　鼓刀：操刀。
[9]　存：存问，体恤。
[10]　效命：献出生命。秋：时刻。
[11]　乡：通"向"。北乡：向北。赵国在魏国的北方，所以这样说。自刭：自杀。
[12]　矫：假托。
[13]　单车：指信陵只有少数随从，没有护卫的军队。

亥袖四十斤铁椎¹，椎杀晋鄙，公子遂将晋鄙军。勒兵²，下令军中曰："父子俱在军中，父归；兄弟俱在军中，兄归；独子无兄弟，归养³。"得选兵八万人⁴，进兵击秦军。秦军解去，遂救邯郸，存赵。

赵王及平原君自迎公子于界⁵，平原君负韊矢，为公子先引⁶。赵王再拜曰："自古贤人未有及公子者也。"当此之时，平原君不敢自比于人。

公子与侯生决，至军，侯生果北乡自刭。

魏王怒公子之盗其兵符，矫杀晋鄙，公子亦自知也。已却秦存赵，使将将其军归魏⁷，而公子独与客留赵。

赵孝成王德公子之矫夺晋鄙兵而存赵⁸，乃与平原君计，以五城封公子，公子闻之，意骄矜而有自功之色⁹。客有说公子曰："物有不可忘¹⁰，或有不可不忘。夫人有德于公子，公子不可忘也；公子有德于人，愿公子忘之也。且矫魏王令，夺晋鄙兵以救赵，于赵则有功矣，于魏则未为忠臣也。公子乃自骄而功之，窃为公子不取也。"于是公子立自责，似若无所容者¹¹。赵王埽除自迎¹²，执主人之礼¹³，引公子就西阶¹⁴，公子侧行，辞让，

---

[1]　袖：藏在衣袖里。铁椎：一端形状像瓜，有柄，用来击杀的武器。

[2]　勒兵：整顿军队。

[3]　归养：回家奉养父母。

[4]　选兵：精选之兵。

[5]　赵王：指赵孝成王。界：指邯郸城郊。

[6]　韊（lán）：盛箭的器具。先引：在前面引路。负韊矢，为公子先引：这是一种极隆重的礼节，是自居于奴仆地位的一种表示。

[7]　使将将其军：前一个"将"，为名词，将领，部将；后一个"将"，为动词，率领。

[8]　德：感激。动词。

[9]　骄矜：骄傲夸耀。自功之色：自以为有功的神色。

[10]　物：事情。

[11]　无所容：无地自容。

[12]　除：台阶。埽除：打扫台阶。古代礼节，迎接远道而来的贵宾，主人亲自洒扫道路。

[13]　执：行。

[14]　引公子就西阶：古代宫室坐北朝南，请客升堂时，主人从东阶上，客人从西阶上。如客人表示谦逊，便和主人一道从东阶上。就：趋。

从东阶上。自言罪过以负于魏[1]，无功于赵。赵王侍酒至暮，口不忍献五城[2]，以公子退让也。公子竟留赵。赵王以鄗为公子汤沐邑[3]。魏亦复以信陵奉公子。公子留赵。

公子闻赵有处士毛公藏于博徒[4]，薛公藏于卖浆家[5]。公子欲见两人，两人自匿，不肯见公子。公子闻所在，乃间步往[6]，从此两人游，甚欢。平原君闻之，谓其夫人曰："始吾闻夫人弟公子天下无双，今吾闻之，乃妄从博徒卖浆者游[7]，公子妄人耳[8]！"夫人以告公子，公子乃谢夫人去，曰："始吾闻平原君贤，故负魏王而救赵，以称平原君[9]。平原君之游，徒豪举耳[10]，不求士也。无忌自在大梁时，常闻此两人贤，至赵，恐不得见。以无忌从之游，尚恐其不我欲也[11]，今平原君乃以为羞，其不足从游[12]。"乃装为去[13]。夫人具以语平原君，平原君乃免冠谢[14]，固留公子[15]。平原君门下闻之，半去平原君归公子。天下士复往归公子。公子倾平原君客[16]。

公子留赵十年不归。秦闻公子在赵，日夜出兵，东伐魏。魏王患

---

[1] 以：因为。负：辜负，违背。
[2] 口不忍：不好开口。
[3] 鄗（hào）：赵地名，在今河北柏乡县北。汤沐邑：周制，是天子赐给诸侯来朝时斋戒自洁的地方；战国后沿用其名，实际上已成为国君赐给大臣的临时封邑。
[4] 处（chǔ）士：有才德而隐居不仕的人。藏：隐藏、寄身。博徒：赌徒。
[5] 浆：酒的一种，略带酸味。
[6] 间（jiàn）步往：从小路步行而去，指不以贵族身份去见人。
[7] 游：交游、交往。
[8] 妄人：荒唐妄为的人。
[9] 称（chèn）：顺遂，满足。
[10] 徒：空有。
[11] 不我欲：不欲我，意谓不肯与我交游。
[12] 其：恐怕。不足：不值得。
[13] 装：整理行装。为去：准备离开。
[14] 免冠谢：摘去帽子谢罪。
[15] 固：坚决。
[16] 倾：超过，胜过。

之，使使往请公子。公子恐其怒之，乃诫门下[1]："有敢为魏王使人通者[2]，死[3]。"宾客皆背魏之赵[4]，莫敢劝公子归。毛公、薛公两人往见公子曰："公子所以重于赵，名闻诸侯者，徒以有魏也[5]。今秦攻魏，魏急而公子不恤[6]，使秦破大梁而夷先王之宗庙[7]，公子当何面目立天下乎[8]？"语未及卒，公子立变色，告车趣驾归救魏[9]。

魏王见公子，相与泣，而以上将军印授公子[10]，公子遂将。魏安釐王三十年[11]，公子使使遍告诸侯。诸侯闻公子将，各遣将将兵救魏。公子率五国之兵[12]，破秦军于河外[13]，走蒙骜[14]。遂乘胜逐秦军至函谷关，抑秦兵，秦兵不敢出。当是时，公子威振天下，诸侯之客进兵法，公子皆名之[15]，故世俗称《魏公子兵法》。

秦王患之，乃行金万斤于魏[16]，求晋鄙客，令毁公子于魏王曰[17]："公子亡在外十年矣[18]，今为魏将，诸侯将皆属[19]，诸侯徒闻魏公子，

---

[1] 诫：告诫，警告。
[2] 使：使臣。通：通报传达。
[3] 死：处死。
[4] 背：离开。之：往。
[5] 徒：只，但。徒以：只因。
[6] 恤：关心，体恤。
[7] 夷：平。
[8] 当：将。
[9] 告：吩咐。车：管车的人。趣（cù）：赶快。驾：驾马套车。
[10] 上将军：官名，统率军队的最高将领。
[11] 魏安釐王三十年：即公元前247年。
[12] 五国之兵：指赵、韩、齐、楚、燕五国军队。
[13] 河外：黄河以南地区。
[14] 走：使败逃。蒙骜：秦国上卿。
[15] 名：署名。
[16] 行：运送，此指行贿。
[17] 毁：诋毁。
[18] 亡：逃亡。
[19] 属：归附。

不闻魏王。公子亦欲因此时定南面而王 [1]，诸侯畏公子之威，方欲共立之。"秦数使反间，伪贺公子得立为魏王未也 [2]。魏王日闻其毁，不能不信。后果使人代公子将。公子自知再以毁废 [3]，乃谢病不朝 [4]，与宾客为长夜饮 [5]，饮醇酒 [6]，多近妇女。日夜为乐饮者四岁，竟病酒而卒 [7]。其岁 [8]，魏安釐王亦薨。秦闻公子死，使蒙骜攻魏，拔二十城，初置东郡 [9]。其后秦稍蚕食魏 [10]，十八岁而虏魏王 [11]，屠大梁。

高祖始微少时 [12]，数闻公子贤。及即天子位，每过大梁，常祠公子 [13]。高祖十二年 [14]，从击黥布还 [15]，为公子置守冢五家 [16]，世世岁以四时奉祠公子 [17]。

太史公曰：吾过大梁之墟 [18]，求问其所谓夷门。夷门者，城之东门也。天下诸公子亦有喜士者矣，然信陵君之接岩穴隐者 [19]，不耻下交 [20]，有以

---

[1] 南面而王：坐北面南，自立为王。
[2] 伪贺：假装不知道而来道贺。未也：犹言"否耶"。
[3] 再以毁废：又一次因被毁谤而招致罢废。
[4] 谢病：托辞有病。
[5] 长夜饮：通宵地饮酒。
[6] 醇酒：浓烈的酒。
[7] 病酒：饮酒过多而害病。
[8] 其岁：即魏安釐王三十四年（前 243 年）。
[9] 东郡：秦郡名，在今河北省东南端和山东省西部一带。
[10] 稍：逐渐。蚕食：如蚕食桑叶般侵吞。
[11] 十八岁：指信陵君死后十八年，即前 225 年。魏王：名假，安釐王的儿子，魏国最后一位国君。
[12] 高祖：汉高祖刘邦。始：当初。微少：贫贱，指没有当皇帝的时候。
[13] 祠：祭祀。
[14] 高祖十二年：即前 195 年。
[15] 从击黥布还：从打败黥布的前线回来。黥布：即英布。年少时曾受黥刑，故称为黥布。初跟随刘邦，封为淮南王；后反对刘邦，被镇压。
[16] 冢：坟墓。
[17] 世世：世代，代代，指上文所说的五家的后代。四时：四季。
[18] 墟：废址。秦灭魏时，烧杀殆尽，使大梁成为一片废墟。
[19] 岩穴：指深山幽谷，这里泛指一般不大注意的地方。
[20] 不耻下交：不以降低身份和下层平民交朋友为羞耻。

也[1]，名冠诸侯，不虚耳[2]。高祖每过之，而令民奉祠不绝也。

说明

信陵君是司马迁最为崇拜的人物，从《传》中称"公子"而不名，与其他列传不同，就可见一斑了。其下笔之精心不苟，也自在意中。

从结构上来说，此文多伏笔呼应。如篇首云："诸侯以公子贤，多客，不敢加兵谋魏十余年。"下面就有"公子留赵十年不归。秦闻公子在赵，日夜出兵，东伐魏"；前面有"魏王畏公子之贤能，不敢任公子以国政"，后面就有魏王不听公子救赵之事；前面记叙了信陵君厚礼侯生、朱亥，后面就有侯生献计盗虎符、朱亥椎杀晋鄙之事；前面写了公子与毛公、薛公游，后面就有毛、薛二人劝公子回魏之事。结撰之精，可称无以复加。

此外，篇中的对比、烘托之妙，细节描写之真，均值得我们揣摩、学习。

集评

储欣曰：称"魏公子"，贵之也。《春秋》笔法。

——《古文分编集评·三集》卷八

方苞曰：毛遂定从虽不见《国策》，而辞颇近之。《信陵君传》则全然太

---

[1] 以：道理，原因。
[2] 不虚：不是徒有虚名。

史公意趣矣。岂游大梁，得诸故老所传，而自为叙次者欤?

——《方望溪评点史记》

唐应德曰："十八岁而虏魏王"，以魏亡系《信陵传》，见信陵系国之存亡。

——《古文分编集评·三集》卷八

浦起龙曰：分主桩、介绍、下场三法观之，头绪秩如矣。写公子结客根于性情，高出他公子，足以兴感百世。文亦从中心向慕结撰而感。神味洋溢，在笔墨之外。

——《古文眉诠》卷二十四

何焯曰：于四君之中独书之曰"魏公子"者，以为国之存亡所系也。

——《义门读书记》卷十四

徐退山曰：称"魏公子"，以公子系魏存亡也。《传》中称"公子"一百四十七，无限唱叹，无限低回。曰"魏昭王少子"，又曰"魏安釐王异母弟"，正见公子以异母弟而一心魏王、一身存魏。魏王始畏其贤能而不任，终听秦间而废弃不用，可叹也。

——《古文分编集评·三集》卷八

吴齐贤曰：一篇好客是主，救赵是大节，而胜处在侯生送公子一段，步步回合，步步逼拶，欲合故离，欲擒故纵，曲曲引人入胜。

——《古文分编集评·三集》卷八

报任安书¹

太史公牛马走司马迁再拜言²。

少卿足下：曩者辱赐书，教以顺于接物³，推贤进士为务。意气勤勤恳恳，若望仆不相师⁴，而用流俗人之言。仆非敢如此也。仆虽罢驽⁵，亦尝侧闻长者之遗风矣。顾自以为身残处秽⁶，动而见尤⁷，欲益反损，是以独郁悒而与谁语⁸！谚曰："谁为为之？孰令听之⁹？"盖钟子期死，伯牙终身不复鼓琴¹⁰。何则？士为知己者用，女为说己者容¹¹。若仆，大质已亏缺矣¹²，虽才怀随和¹³，行若由夷¹⁴，终不可以为荣，适足以见笑而

---

[1] 选自《文选》卷四十一。报：答。任安：字少卿，荥阳人。汉武帝时曾任益州刺史、北军使者护军，征和二年（前91年），戾太子刘据讨伐江充，命令任安出兵，任安接受了命令但未执行。戾太子兵败自杀，任安被判腰斩。任安生前曾写信给司马迁，责以进贤之义，司马迁这封信就写在征和二年任安被斩之前。

[2] 太史公：汉代史官太史令的通称。牛马走：像牛马那样被驱使的仆人。是司马迁自谦之词。

[3] 曩者：从前。顺于接物：顺应时世来正确处理事物。

[4] 意气：情意，指任安写信的用意和语气。望：怨恨。仆：我。不相师：不听从您的指教。

[5] 罢：同"疲"。驽：劣马，比喻自己才能庸劣低下。

[6] 顾：只是。身残：指受腐刑，身体残缺。

[7] 尤：过错。用作动词，指责，怪罪。

[8] 郁悒（yì）：愁闷。

[9] 谁为为之：为谁为之，即为谁去做。孰令听之：令孰听之，即让谁来听。

[10] 钟子期、伯牙：两人都是春秋时楚国人，伯牙善弹琴，钟子期最会欣赏他的琴音。钟子期死后，伯牙破琴绝弦，终身不复弹琴。

[11] 说：通"悦"。

[12] 大质：指身体。

[13] 随：指随侯珠。和：指和氏璧。才怀随和：喻怀抱珠玉般的才华。

[14] 由夷：许由、伯夷。两人都是古代传说中品行高洁之士。

自点耳¹。书辞宜答，会东从上来²，又迫贱事，相见日浅³，卒卒无须臾之闲⁴，得竭旨意。今少卿抱不测之罪，涉旬月，迫季冬⁵，仆又薄从上雍⁶，恐卒然不可为讳⁷。是仆终已不得舒愤懑以晓左右⁸，则长逝者魂魄私恨无穷⁹。请略陈固陋¹⁰。阙然久不报¹¹，幸勿为过。

仆闻之：修身者，智之符也¹²；爱施者，仁之端也；取与者，义之表也；耻辱者，勇之决也；立名者，行之极也。士有此五者，然后可以托于世，而列于君子之林矣。故祸莫憯于欲利¹³，悲莫痛于伤心，行莫丑于辱先，诟莫大于宫刑¹⁴。刑余之人，无所比数¹⁵，非一世也，所从来远矣¹⁶。昔卫灵公与雍渠同载，孔子适陈¹⁷；商鞅因景监见，赵良寒心¹⁸；同子参乘，

---

[1]　点：污。
[2]　会：恰逢。东：往东，等于说从西方。上：指皇帝，汉武帝。这是指太始四年（前93年）三月，武帝东巡泰山，五月返回长安，司马迁随驾而行。
[3]　迫：急。日浅：一天天减少。
[4]　卒卒（cù）：匆忙，仓促。卒：同"猝"。须臾：片刻。闲：隙，空暇。
[5]　涉：过。旬月：满月。迫：接近，逼近。季冬：十二月。汉律，十二月是处决犯人的时期。
[6]　薄：迫近。雍：地名，在今陕西凤翔南。这里筑有祭五帝的坛，汉武帝常到这里来祭祀。薄从上雍：接近跟随皇帝到雍地去的日期。
[7]　不可为讳：委婉说法，指任安不可避免将被处死。
[8]　左右：不直称对方，而称对方左右的人，表示尊敬。
[9]　长逝者：死者，指任安。恨：憾。
[10]　固陋：鄙陋之见。
[11]　阙然：隔了很久。报：答复、复信。
[12]　符：验证、表现。
[13]　憯：通"惨"。
[14]　诟：耻辱。
[15]　无所比数：不能和人相比。比：并列。数（shǔ）：计算。
[16]　所从来远矣：指"刑余之人，无所比数"这种现象由来已久。
[17]　卫灵公：春秋时卫国国君，前534—前493年在位。雍渠：卫灵公宠爱的宦官。卫灵公和夫人同车出游，令雍渠坐在旁边，而让孔子坐在后面车上，孔子感到耻辱，便离开卫国去了陈国。
[18]　景监：秦孝公宠爱的太监。商鞅是靠景监的引见而得以进身。赵良：当时秦国贤士，他认为商鞅得官之道是不光荣的，曾劝商鞅引退。

袁丝变色[1]：自古而耻之！夫以中才之人，事有关于宦竖[2]，莫不伤气，而况于慷慨之士乎？如今朝廷虽乏人，奈何令刀锯之余荐天下豪俊哉[3]！仆赖先人绪业[4]，得待罪辇毂下[5]，二十余年矣。所以自惟[6]：上之，不能纳忠效信[7]，有奇策才力之誉，自结明主；次之，又不能拾遗补阙[8]，招贤进能，显岩穴之士[9]；外之，又不能备行伍，攻城野战，有斩将搴旗之功[10]；下之，不能积日累劳，取尊官厚禄，以为宗族交游光宠。四者无一遂，苟合取容[11]，无所短长之效[12]，可见如此矣。向者仆尝厕下大夫之列[13]，陪外廷末议[14]，不以此时引维纲[15]，尽思虑，今已亏形为扫除之隶[16]，在阘茸之中[17]，乃欲仰首伸眉，论列是非，不亦轻朝廷、羞当世之士邪？嗟乎！嗟乎！如仆，尚何言哉！尚何言哉！

且事本末未易明也。仆少负不羁之行[18]，长无乡曲之誉[19]。主上幸以先

---

[1] 同子：指汉文帝时宦官赵谈。司马迁为避父讳（司马谈），改称他为同子。子是尊称。
    参（cān）乘：古时乘车陪坐在车右的人。袁丝：袁盎，字丝，汉文帝时大臣。
[2] 宦竖：宦官。竖：宫廷中供役使的小臣。
[3] 刀锯之余：指受过刑的人，司马迁自谓之词。
[4] 绪业：余业，未竟的事业。
[5] 待罪：指做官，谦辞。辇毂：皇帝的车驾。辇毂下：指京城。
[6] 惟：思。
[7] 纳：进。效：献出。
[8] 拾遗补阙：拾取人君之遗漏，补正人君之阙失，即向皇帝进谏。
[9] 岩穴之士：指隐士。
[10] 搴（qiān）：拔取。
[11] 遂：成。苟：苟且。合：合于时。苟合取容：勉强求合而得以容身。
[12] 短长之效：或大或小的贡献。
[13] 厕：夹杂。下大夫：汉制，太史令属下大夫。
[14] 外廷：外朝。汉制把官员分为外朝官和中朝官，太史令属外朝官。末议：谦辞。
[15] 维纲：国家的法令。
[16] 扫除之隶：打扫庭阶的奴仆，谦辞，指地位低下的人。
[17] 阘茸（tà rǒng）：卑贱。
[18] 负：恃。不羁：指才智超卓不可羁系。
[19] 乡曲：乡里。

人之故，使得奏薄技[1]，出入周卫之中[2]。仆以为戴盆何以望天[3]。故绝宾客之知，亡室家之业[4]，日夜思竭其不肖之才力，务一心营职，以求亲媚于主上。而事乃有大谬不然者。夫仆与李陵俱居门下[5]，素非能相善也。趣舍异路[6]，未尝衔杯酒、接殷勤之余欢。然仆观其为人，自守奇士，事亲孝，与士信，临财廉，取与义，分别有让[7]，恭俭下人[8]，常思奋不顾身，以徇国家之急。其素所蓄积也，仆以为有国士之风。夫人臣出万死不顾一生之计，赴公家之难，斯以奇矣。今举事一不当，而全躯保妻子之臣，随而媒孽其短[9]，仆诚私心痛之。且李陵提步卒不满五千，深践戎马之地，足历王庭[10]，垂饵虎口，横挑强胡[11]，仰亿万之师，与单于连战十有余日，所杀过当[12]，虏救死扶伤不给，旃裘之君长咸震怖[13]，乃悉征其左右贤王[14]，举引弓之人[15]，一国共攻而围之。转斗千里，矢尽道穷，救兵不至，士卒死伤如积。然陵一呼劳军，士无不起，躬自流涕，沬血饮泣[16]，

---

[1]　奏：献。薄技：微薄的才能。
[2]　周卫之中：即宫禁之中。
[3]　戴盆何以望天：戴着盆子与望天，二者不可兼得。比喻自己专心奉职，无暇再答私事。
[4]　知：了解。这里指交往。亡：抛弃，不管。
[5]　李陵：汉朝名将李广的孙子。曾率兵攻打匈奴，矢尽援绝，投降匈奴。李陵曾做过侍中，司马迁当时任太史令，都是可以出入宫门的官，故说"俱居门下"。
[6]　趣：同"趋"。趣舍异路：比喻二人志向不同。
[7]　分别：指能分别尊卑长幼。有让：有谦让之礼。
[8]　恭俭：偏义复词，着重在恭。下人：谦逊，自居于人下。
[9]　举事：行事。媒孽：酒曲。这里作动词，酿成。孽：通"蘖"。媒孽其短：指把李陵的过失构陷成大罪。
[10]　王庭：指匈奴首领单于居住的地方。
[11]　垂饵：指李陵孤军深入以诱敌。横（hèng）挑：勇猛地挑战。
[12]　所杀过当：杀敌之数超过了汉军的数目。
[13]　给：供给。不给：犹言顾不上。旃裘：匈奴人穿的衣服，代指匈奴。旃：通"毡"。
[14]　左右贤王：仅次于匈奴首领单于的官位。
[15]　举：发动。引弓之人：拿拉弓射箭的人。
[16]　沬（huì）：洗脸。沬血：血流满面。

更张空拳，冒白刃，北向争死敌者[1]。陵未没时，使有来报，汉公卿王侯皆奉觞上寿。后数日，陵败书闻，主上为之食不甘味，听朝不怡，大臣忧惧，不知所出。仆窃不自料其卑贱，见主上惨怆怛悼[2]，诚欲效其款款之愚[3]，以为李陵素与士大夫绝甘分少[4]，能得人死力，虽古之名将，不能过也。身虽陷败，彼观其意[5]，且欲得其当而报于汉。事已无可奈何，其所摧败，功亦足以暴于天下矣[6]。仆怀欲陈之，而未有路，适会召问，即以此指[7]，推言陵之功，欲以广主上之意，塞睚眦之辞[8]。未能尽明，明主不晓，以为仆沮贰师[9]，而为李陵游说，遂下于理[10]。拳拳之忠，终不能自列，因为诬上，卒从吏议[11]。家贫，货赂不足以自赎[12]；交游莫救，左右亲近不为一言。身非木石，独与法吏为伍，深幽囹圄之中[13]，谁可告诉者！此真少卿所亲见，仆行事岂不然乎？李陵既生降，隤其家声[14]，而仆又佴之蚕室[15]，重为天下观笑[16]。悲夫！悲夫！事未易一二为俗人言也[17]。

---

[1] 争死敌：争着为同敌人战斗而死，即与敌人拼命。
[2] 惨怆怛悼：都是悲伤的意思。
[3] 款款：忠诚恳切的样子。
[4] 绝甘分少：自己不吃甘美的东西，把仅有的少量物品分给别人。
[5] 彼观：观彼。欲得其当而报于汉：想得到一个适当的机会报效汉朝。
[6] 暴（pù）：显示。
[7] 指：通"旨"。
[8] 睚眦（yá zì）：瞪目而视。
[9] 沮：毁谤。贰师：指贰师将军李广利，其妹为武帝宠妃李夫人。当时李广利为讨伐匈奴的主师，李陵被围时，李广利按兵不动，无功而还。司马迁讲明实情，武帝却以为是存心诋毁李广利。
[10] 理：大理，掌管诉讼刑狱的官。
[11] 因为诬上，卒从吏议：狱吏因而定司马迁为诬上之罪，武帝最后听从了狱吏的判决。
[12] 货赂：指财物。汉代法律规定，可以用钱赎罪。
[13] 幽：禁闭。囹圄（líng yǔ）：监狱。
[14] 隤（tuí）：败坏。
[15] 佴（èr）：推置其中。蚕室：刚受过宫刑的人怕风寒，所居之室必须严密温暖，像养蚕的房子一样，所以称蚕室。
[16] 重（chóng）：深深地。
[17] "事未"句：事情不容易对一般人讲清楚。

仆之先非有剖符丹书之功[1]，文史星历[2]，近乎卜祝之间[3]，固主上所戏弄，倡优所畜[4]，流俗之所轻也。假令仆伏法受诛，若九牛亡一毛，与蝼蚁何以异？而世又不与能死节者[5]，特以为智穷罪极[6]，不能自免，卒就死耳。何也？素所自树立使然也[7]。人固有一死，或重于泰山，或轻于鸿毛，用之所趋异也[8]。太上不辱先，其次不辱身，其次不辱理色[9]，其次不辱辞令，其次诎体受辱[10]，其次易服受辱[11]，其次关木索、被箠楚受辱[12]，其次剔毛发、婴金铁受辱[13]，其次毁肌肤、断肢体受辱，最下腐刑极矣！传曰[14]："刑不上大夫。"此言士节不可不勉励也。猛虎在深山，百兽震恐，及在槛穽之中[15]，摇尾而求食，积威约之渐也[16]。故有画地为牢，势不可入[17]，削木为吏，议不可对[18]，定计于鲜也[19]。今交手足，受木索，暴肌肤，

[1] 剖符：剖开的信符。古代的符一分为二，君臣各执其一，以示信守。丹书：即丹书铁券，在铁券上用朱砂写上皇帝的誓词，颁发给有功之臣，后世子孙获罪可以赦免。
[2] 文史星历：文献、史籍、天文、历法，都属太史令掌管之事。
[3] 卜：掌管卜筮的官。祝：祭祀时负责祭礼的人。
[4] 倡优所畜：被当作乐人优伶一样地畜养。倡：乐人。优：戏子。倡优在古代被视为下等人。
[5] 与：肯定，称赞。
[6] 特：仅，只不过。
[7] 素：向来，一向。所自树立：自己用来立身世的，即所从事的职业和卑微的地位。
[8] 用之所趋异也：因为死的目的不一样。趋：向。
[9] 理：道理。色：颜面。
[10] 诎：通"屈"。诎体：指身体被系缚。
[11] 易服：换上罪人的衣服。
[12] 关：套上。木：木枷。索：绳索。木索：指刑具。被：遭受。箠楚：用来打犯人的棍棒。箠：杖。楚：荆条。
[13] 剔：通"剃"。剔毛发：剃去头发，即髡（kūn）刑。婴：缠绕。婴金铁：以铁圈束颈，即钳刑。
[14] 传：此指《礼记》。下句引文见《礼记·曲礼上》。
[15] 槛：养兽的圈。穽：同"阱"，捕兽的陷阱。
[16] 约：约制、约束。渐：逐渐形成。
[17] "故有"二句：在地上划圈为监牢，气节之士势必不肯进士。
[18] "削木"二句：用木头削刻一个狱吏，气节之士也认为不能受他审视。
[19] 鲜：不以寿终为鲜。定计于鲜：态度鲜明，准备一旦要受刑就自杀以免受辱。

受榜棰，幽于圜墙之中[1]。当此之时，见狱吏则头枪地[2]，视徒隶则正惕息[3]，何者？积威约之势也。及以至是，言不辱者，所谓强颜耳，曷足贵乎？且西伯，伯也，拘于羑里[4]；李斯，相也，具于五刑[5]；淮阴，王也，受械于陈[6]；彭越、张敖，南面称孤，系狱抵罪[7]；绛侯诛诸吕，权倾五伯，囚于请室[8]；魏其，大将也，衣赭衣，关三木[9]；季布为朱家钳奴[10]；灌夫受辱于居室[11]。此人皆身至王侯将相，声闻邻国，及罪至罔加[12]，不能引决自裁[13]，在尘埃之中[14]。古今一体，安在其不辱也？由此言之，勇怯，势也；强弱，形也。审矣[15]，何足怪乎！夫人不能早自裁绳墨之外[16]，以稍陵迟[17]，至于鞭箠之间，乃欲引节[18]，斯不亦远乎！古人所以重施刑于大夫

---

[1]　榜：鞭打。圜墙：指牢狱。

[2]　枪：通"抢"，触。

[3]　徒隶：狱卒。惕息：胆战心惊。

[4]　西伯：周文王。伯：方伯，周时一方诸侯之长。羑（yǒu）里：地名，在今河南汤阴县境。文王曾被商纣王拘于此。

[5]　李斯：秦相。具：具备。五刑：指割鼻（劓），斩左右趾（刖），笞杀，斩首（枭首），剁成肉酱（菹）。李斯遭赵高陷害，后被腰斩于咸阳。

[6]　淮阴：指淮阴侯韩信。械：手铐脚镣之类的刑具。

[7]　彭越：刘邦的功臣，封为梁王。后被人诬告谋反，夷三族。张敖：初为赵王，后因人诬告谋反被囚。

[8]　绛侯：指周勃，刘邦的功臣。诸吕：刘邦之妻吕后的亲族。倾：超过。请室：特设的监狱。

[9]　魏其：指魏其侯窦婴。衣：穿。赭衣：指囚犯所穿的赭色衣服。三木：指加在颈、手、足三处的刑具。

[10]　季布：楚人，原为项羽的将领，多次困窘刘邦。项羽失败后，刘邦用重金购求季布，季布髡，钳为奴，卖身于鲁国大侠朱家。

[11]　灌夫：汉武帝时将领，因得罪丞相田蚡，被囚居室。居室：官署名，当时拘讯贵族罪犯的地方。

[12]　罔：通"网"，法网。

[13]　引决：下决心。自裁：自杀。

[14]　在尘埃之中：指落入牢狱。

[15]　"勇怯"四句：勇怯强弱都是形势决定的。审矣：十分清楚。

[16]　绳墨：指法律。

[17]　稍：渐。陵迟：削弱。指志气衰颓。

[18]　引节：死节，为保全气节而死。

者，殆为此也。夫人情莫不贪生恶死，念父母，顾妻子。至激于义理者不然，乃有所不得已也。今仆不幸，早失父母，无兄弟之亲，独身孤立，少卿视仆于妻子何如哉？且勇者不必死节[1]，怯夫慕义，何处不勉焉！仆虽怯懦，欲苟活，亦颇识去就之分矣[2]，何至自沈溺缧绁之辱哉[3]！且夫臧获婢妾[4]，由能引决，况仆之不得已乎？所以隐忍苟活，幽于粪土之中而不辞者[5]，恨私心有所不尽，鄙陋没世[6]，而文采不表于后世也。

古者富贵而名摩灭，不可胜记，唯倜傥非常之人称焉[7]。盖文王拘而演《周易》[8]；仲尼厄而作《春秋》[9]；屈原放逐，乃赋《离骚》；左丘失明，厥有《国语》[10]；孙子膑脚，兵法修列[11]；不韦迁蜀，世传《吕览》[12]；韩非囚秦，《说难》、《孤愤》[13]；《诗》三百篇，大底圣贤发愤之所为作也。此人皆意有郁结，不得通其道，故述往事，思来者[14]。乃如左丘无目，孙子断足，终不可用，退而论书策，以舒其愤，思垂空文以自见[15]。仆窃不逊，近自

[1] 勇者不必死节：勇敢的人不必为了名节而死。
[2] 颇：略。去就：指舍生就义。
[3] 沈溺：即沉溺。缧绁（léi xiè）：指捆绑犯人的绳子。
[4] 臧获：奴隶的贱称。
[5] 粪土之中：指粪土般污秽的监狱。不辞：不去死。
[6] 没世：终结一生，即死的意思。
[7] 摩：通"磨"。倜傥：卓越。
[8] 演：推演。相传周文王被拘羑里时，将伏羲所画八卦推演为六十四卦。
[9] 仲尼：孔子，名丘，字仲尼。孔子周游列国，政治主张不被采纳，不得志而作《春秋》。
[10] 左丘：即左丘明。其失明之事，史书不详。据传《国语》为左丘明作。
[11] "孙子"二句：战国时，孙膑原为魏将，后遭同学庞涓妒忌，受膑刑，逃至齐国做了军师，终于大败魏军。相传他著有兵法。
[12] 不韦：即吕不韦，秦始皇的相国。他获罪免官，奉命迁蜀，途中自杀。《吕览》：即《吕氏春秋》，是吕不韦做丞相时召集门下宾客编写的。
[13] 韩非：韩国贵族，后入秦，遭李斯陷害，下狱被杀。著有《韩非子》。《说难》、《孤愤》：《韩非子》中的篇名，作于韩非入秦之前。
[14] 思来者：意谓让将来的人知道自己的志向。
[15] 垂：流传。空文：与具体的功业相对而言。

托于无能之辞，网罗天下放矢旧闻[1]，略考其行事，综其终始，稽其成败兴坏之纪[2]，上计轩辕，下至于兹，为十表，本纪十二，书八章，世家三十，列传七十，凡百三十篇。亦欲以究天人之际[3]，通古今之变，成一家之言。草创未就，会遭此祸。惜其不成，是已就极刑而无愠色[4]。仆诚以著此书，藏诸名山，传之其人[5]，通邑大都，则仆偿前辱之责[6]，虽万被戮，岂有悔哉？然此可为智者道，难为俗人言也！

　　且负下未易居[7]，下流多谤议[8]。以口语遇此祸，重为乡党所笑，以污辱先人，亦何面目复上父母丘墓乎？虽累百世，垢弥甚耳！是以肠一日而九回，居则忽忽若有所亡[9]，出则不知其所往。每念斯耻，汗未尝不发背沾衣也！身直为闺阁之臣[10]，宁得自引深藏于岩穴邪[11]？故且从俗浮沉，与时俯仰，以通其狂惑[12]。今少卿乃教以推贤进士，无乃与仆私心刺谬乎[13]？今虽欲自雕琢，曼辞以自饰[14]，无益于俗，不信，适足取辱耳。要之死日[15]，然后是非乃定。书不能悉意[16]，略陈固陋。谨再拜。

---

[1]　放：散、散乱。
[2]　稽：考察。纪：纲纪，这里指道理、规律。
[3]　究：探求。天人之际：天地自然和人事的关系。
[4]　极刑：指腐刑。
[5]　其人：指能理解它的后人。
[6]　责：通"债"。
[7]　负下：负罪之下，即在背着污辱的情况下。
[8]　下流：水下游。指地位卑下。
[9]　九回：九转，形容痛苦之极。忽忽：恍恍惚惚。
[10]　直：仅，不过。闺阁之臣：指宦官。
[11]　自引：自己引身而退。深藏于岩穴：指过隐居生活。
[12]　以通其狂惑：这是愤慨之辞。意谓以此抒发心中的郁结。
[13]　刺（là）谬：违背、不合。
[14]　曼：美。
[15]　要之：总之。
[16]　悉：尽。

说明

司马迁遭李陵之祸，一腔愤懑、满腹牢骚，借着给友人任安回信的机会，长江大河般地倾泻出来了。

文章从任安来信中劝他的"顺以接物，推贤进士"之语说起，历举种种史实，以明"刑余之人"不宜荐士，愤激之情，溢于言表。接着便自叙得罪之由，其中写李陵战败一节，曲折周备，可当一篇《李陵传》来读。在叙自己"佴之蚕室"之后的一段是全文最精彩的部分，作者尽情倾诉了受辱的痛苦，并列数古往今来王侯将相九人被囚于狱之事，以证"古今一体，安在其不辱也"，隐隐亦为自己的受辱占下地步。下面便将"苟活"至今的原因向任安披露："恨私心有所不尽，鄙陋没世，而文采不表于后世也。"其中"文王拘而演《周易》"一段，又一口气举了八个例子，以明古人"意有所郁结，不得通其道，故述往事，思来者"，引出自己忍辱发愤著《史记》的来由。至此，全书之意已尽，但作者之笔忽又转到受辱之恨上，一方面当然是因为奇耻难忘，一方面也是为了再一次回答任安"推贤进士"之责，做到首尾呼应。

全文情绪慷慨激昂，文势迂回曲折，真可谓"疏宕有奇气"之文，极纵横驰骤之致。

集评

刘勰曰：汉来笔札，辞气纷纭。观史迁之报任安，东方朔之难公孙，杨恽之酬会宗，子云之答刘歆，志气磐桓，各含殊采，并杼轴乎尺素，抑扬乎寸心。

——《文心雕龙·书记》

真德秀曰：迁所论无可取者，然其文跌宕奇伟，亦以见如此人才而因言事置之腐刑，可为痛惜也。

——《文章正宗》卷十五

金圣叹曰：学其疏畅，再学其郁勃；学其迂回，再学其直注；学其阔略，再学其细琐；学其径遂，再学其重复。一篇文字，凡作十来番学之，恐未能尽也。

——《天下才子必读书》卷五

孙鑛曰：粗粗卤卤，任意写去，而矫健磊落，笔力真如走蛟龙、挟风雨。且峭句险字，往往不乏。读之但见其奇肆，而不得其构造锻炼处。古圣贤规矩准绳文字，至此一大变，卓为百代伟作。

——《古文分编集评·二集下》卷一

孙执升曰：却少卿推贤进士之教，序自己著书垂后之意。回环照应，使人莫可寻其痕迹，而段落自尔井然。原评云：史迁一腔抑郁，发之《史记》；作《史记》一腔抑郁，发之此书；识得此书，便识得一部《史记》。盖一生心事，尽泄于此也。纵横排宕，真是绝代大文章。

——《古文分编集评·二集下》卷一

林云铭曰：是书反复数千百言，其叙受刑处，只点出"仆沮贰师"四字，是非自见。所谓"舒愤懑以晓左右"者，此也。结穴在受辱不死、著书自见上。通篇淋漓悲壮，如泣如诉，自始至终，似一气呵成。盖缘胸中积愤不能自遏，故借少卿"推贤进士"之语，做个题目耳。读者逐段细绎，如见其慷慨激烈，须眉欲动。班掾讥其不能以智自全，犹是流俗之见也夫！

——《古文析义·二编》卷四

浦起龙曰：答书大致在自白罪由、自伤惨辱、自明著史，而以谢解来书位置两头。总纳在"舒愤懑"三字内。盖缘百三十篇中，不便放言以渎史体，特借报书一披豁其郁勃之气耳，岂独为任少卿道哉！沉雄激壮，如江海之气，横空上出，摩荡六虚。

——《古文眉诠》卷三十四

李兆洛曰：厚集其阵，郁怒奋势，成此奇观。

——《骈体文钞》卷十九

方苞曰：如山之出云，如水之赴壑，千态万状，变化于自然，由其气之盛也。后来惟韩退之《答孟尚书》类此。柳子厚诸长篇，词意酿郁，而气不能以自举矣。

——《名家圈点笺注批评古文辞类纂》卷二十七

林纾曰：若为一身而言，实则一眼全注李陵。其初固以陵为贤，陵降乃使己不直于朝议，则世士之不可信，又何必荐？然终不显露不满李陵之意，但躬身咎恨；咎恨愈深，则牢骚益甚。锋棱虽露，仍不尽露。行文之蓄缩变化，真不可扪捉也。

——《选评古文辞类纂》卷四

吴闿生曰：古今雄伟愤发之文，无过此书，方（苞）、李（兆洛）二家所评，皆能状其佳处。熟读此篇，支解句析，心知其意。涵泳其妙，反视他文，一览众山小矣。

——《两汉文举要》

钱锺书曰："太上不辱先"云云，每下愈况，循次九而至底，"不辱"四、"受辱"五，事归一致而词判正反，变化以避呆板，得不谓为有意为文耶？

——《管锥编》页八七〇—八七一

又曰：此书情文相生，兼纡徐卓荦之妙，后人口沫手胝，遂多仿构。李陵《重报苏武书》，刘知几《史通·杂说》下以来论定为赝托者，实效法迁此篇而作。杨恽《报孙会宗书》亦师其意。恽于迁为外孙，如何无忌之似舅矣。泻瓶有受，传灯不绝。

——《管锥编》页九三五

又曰：马迁欲雪下蚕室之大诟，遂成藏名山之巨著，然耿耿不忘"重为天下观笑"，故书中反复言之。

——《管锥编》页九三八—九三九

杨　恽

杨恽（？—前 54 年），字子幼，华阴（今陕西华阴县）人，司马迁外孙，父杨敞，汉昭帝时为丞相。恽素有才干，好结交豪杰儒生，名显朝廷。宣帝时为郎，因告发霍氏（霍光子孙）谋反有功，封平通侯，再迁中郎将，后官至诸吏光禄勋（即郎中令）。恽为人廉洁无私，但自大刻薄，好揭人隐私，因此得罪不少朝廷显贵。后来太仆戴长乐怀疑杨恽在背后暗算他，上书告发杨恽平时言论不敬，恽被免为庶人。适逢日食，有人上书归咎于杨恽骄奢不悔过所致，他被下狱治罪。后搜出他写给孙会宗的信，宣帝看后大怒，判以大逆不道罪，腰斩处死。其妻子被流放到酒泉（今属甘肃），同他友好的官吏，包括孙会宗等全部罢官。

报孙会宗书 [1]

恽材朽行秽 [2]，文质无所底 [3]，幸赖先人余业 [4]，得备宿卫 [5]。遭遇时变 [6]，以获爵位，终非其任，卒与祸会 [7]。足下哀其愚矇，赐书教督以所不及 [8]，殷勤甚厚。然窃恨足下不深惟其终始 [9]，而猥随俗之毁誉也 [10]。

---

[1]　选自《文选》卷四十一。孙会宗：安定（今甘肃平凉一带）太守，西河人，今内蒙古伊克昭盟东胜附近人，杨恽的朋友。杨恽失官以后，归家闲居，治产业，造宅室。孙会宗告诫他大臣废退，应闭门惶恐，不应治产业、通宾客，便写了一封信给他。杨恽为此写了这封回信。

[2]　材：才能。行：品行。

[3]　底：至、到达。无所底：即没有成就。

[4]　先人：指其父杨敞，汉昭帝时官至丞相。

[5]　备：充数，充任。宿卫：住在宫廷里担任警卫的侍从人员。

[6]　遭遇时变：指告发霍氏谋反而封侯之事。

[7]　祸会：指戴长乐诬告自己而失官之事。

[8]　所不及：所认识不到的问题。

[9]　惟：思。

[10]　猥：随随便便地。

言鄙陋之愚心，则若逆指而文过 ¹；默而自守，恐违孔氏各言尔志之义 ²。故敢略陈其愚，惟君子察焉。

恽家方隆盛时，乘朱轮者十人 ³，位在列卿 ⁴，爵为通侯 ⁵，总领从官 ⁶，与闻政事 ⁷。曾不能以此时有所建明 ⁸，以宣德化，又不能与群僚并力，陪辅朝廷之遗忘，已负窃位素餐之责久矣 ⁹。怀禄贪势，不能自退，遂遭变故，横被口语 ¹⁰，身幽北阙 ¹¹，妻子满狱 ¹²。当此之时，自以夷灭不足以塞责，岂得全其首领，复奉先人之丘墓乎 ¹³？伏惟圣主之恩不可胜量。君子游道 ¹⁴，乐以忘忧；小人全躯，说以忘罪 ¹⁵。窃自念过已大矣，行已亏矣，长为农夫以没世矣。是故身率妻子，戮力耕桑，灌园治产，以给公上 ¹⁶，不意当复用此为讥议也 ¹⁷。

---

[1]　逆指：违背孙会宗来信之意。文过：掩饰错误。

[2]　孔氏：孔子。各言尔志：语出《论语·公冶长》，是孔子对他的弟子们讲的话，原文为"盍各言尔志?"

[3]　朱轮：红色的轮子。汉制，公卿列侯及俸禄在二千石以上的官员才能乘坐朱轮车。

[4]　列卿：汉代中央政府的高级官员。

[5]　通侯：也称列侯或彻侯。汉制，同姓王封侯的称诸侯，异姓王封侯的称列侯。

[6]　从官：皇帝的侍从官。杨恽曾任光禄勋，管辖所有的侍从官，并负责监察弹劾群臣，所以说"总领从官"。

[7]　与（yù）闻政事：得以参与政事。

[8]　有所建明：有所建树。

[9]　负：承受，受到。窃位：为官而不尽职。素餐：不劳而食，无功受禄。

[10]　横被：意外地遭受到。

[11]　北阙：古代宫殿北面的门楼。汉制，上章奏事和被皇帝召对都到北阙。杨恽临时被拘押于此。

[12]　妻子满狱：妻儿都被关进牢狱。

[13]　奉：侍奉。

[14]　游：学习。

[15]　说：同"悦"。

[16]　公上：政府、公家。

[17]　用此：以此。

夫人情所不能止者，圣人弗禁。故君父至尊亲[1]，送其终也[2]，有时而既[3]。臣之得罪已三年矣[4]。田家作苦，岁时伏腊[5]，烹羊炮羔[6]，斗酒自劳[7]。家本秦也[8]，能为秦声。妇赵女也，雅善鼓瑟[9]。奴婢歌者数人，酒后耳热，仰天拊缶而呼呜呜[10]。其诗曰："田彼南山，芜秽不治，种一顷豆，落而为萁[11]。人生行乐耳，须富贵何时[12]？"是日也，拂衣而喜，奋袖低昂，顿足起舞，诚淫荒无度，不知其不可也。恽幸有余禄，方籴贱贩贵[13]，逐什一之利，此贾竖之事[14]，污辱之处，恽亲行之。下流之人，众毁所归，不寒而栗。虽雅知恽者，犹随风而靡[15]，尚何称誉之有？董生不云乎[16]："明明求仁义，常恐不能化民者，卿大夫之意也；明明求财利，常恐困乏者，庶人之事也[17]。"故道不同不相为谋[18]，今子尚安得以卿大夫之制而责仆哉？

---

[1]　君父至尊亲：古人认为君至尊，父至亲。
[2]　送其终：指为君、父送终。
[3]　既：尽。古制，臣子为君、父服丧三年。
[4]　臣之得罪已三年矣：指获罪失职三年了，已可以不受臣礼的限制。
[5]　伏腊：两个祭日。夏祭叫伏，冬祭叫腊。
[6]　炮（páo）：裹起来烤。
[7]　劳：慰劳。
[8]　家本秦地：杨恽是华阴人，属秦地。
[9]　雅：甚。
[10]　拊缶：击瓦器。缶：一种瓦器，秦人用来作为乐器，唱歌时按节拍敲打。呜呜：唱歌声。
[11]　田：种植。治：管理。萁（jī）：豆茎。
[12]　须：待。
[13]　籴：买进谷物。籴（dí）贱贩贵：买贱卖贵。
[14]　贾竖：旧时对商人的贱称。
[15]　雅：甚，非常。靡：倒。
[16]　董生：指董仲舒，西汉时大儒。
[17]　"明明"六句：语出董仲舒《对贤良策》三，文字略有不同。明明：当皇皇讲，后写作遑遑，急急忙忙的样子。
[18]　语出《论语·卫灵公》。

夫西河魏土[1]，文侯所兴[2]，有段干木、田子方之遗风[3]，凛然皆有节概[4]，知去就之分。顷者足下离旧土[5]，临安定[6]。安定山谷之间，昆夷旧壤[7]，子弟贪鄙，岂习俗之移人哉[8]？于今乃睹子之志矣！方当盛汉之隆，愿勉旃[9]，无多谈。

说明

杨恽富有才干，且出身相门，轻财好义，刚直无私，但由于自高自大，好揭发他人隐私，招致了朝中许多人的怨恨。近臣太仆戴长乐上书告他平日言语不敬，遂致被免为庶人。免官后，杨恽并没有闭门惶恐，表现出可怜的样子，反而治产业、通宾客，纵恣作乐。友人孙会宗为此写信予以告诫。杨恽内怀不服，便借回信之机抒发了自己的满腹牢骚。

文章首先简述了自己被免官的经过。"材朽行秽"云云，实是气愤之极而说的反话，不平之气一动笔便流露出来了。面对孙会宗的劝诫，杨恽深感委屈，于是在表示了礼节性的谢意后，紧接着便发泄了对孙不理解自己的不满。杨恽回顾了"恽家方隆盛"至"身幽北阙，妻子满狱"时的经历，"窃位素餐"、"怀禄贪势"云云，看似对自己的嘲弄，而实际

---

[1]　西河魏土：战国时的西河，辖境在今陕西东部黄河西岸地区，与汉代的西汉郡并非一地。杨恽这样说，是为了讽刺孙会宗。

[2]　文侯：魏文侯，著名贤君。

[3]　段干木、田子方：二人都是当时贤士，魏文侯的老师。

[4]　节概：节操。

[5]　顷者：近来。旧土：指家乡。

[6]　安定：汉郡名，当时孙会宗任安定郡守。

[7]　昆夷：殷和西周时代在中国西部的一个部族。

[8]　移：变动。移人：改变人的志向。

[9]　旃（zhān）：之焉的合音。

上是对进谗言者的讽刺。既幸免一死，作者遂决心长为农夫，以了此一生。"是故身率妻子，戮力耕桑，灌园治产，以给公上"。然而即便如此，仍难逃讥议，故作者不得不"略陈其愚"。

文章第二部分叙述了对自己务农经商生活的感受。作者说：为君父服丧，也有时间限度。我遭罪已三年，为何圣人尚不能禁止人之常情，而人们却对我横加非难？接着笔锋一转，描绘出一幅"田家乐"图。但人们可以看出，作者表面上沉醉于及时行乐，实际上字里行间无处不抒其愤懑。正话反说，反话正说，这正是杨恽所最擅长的本领。"诚淫荒无度，不知其不可也"一句总结，更表现出了杨恽自我欣赏、我行我素的态度。信末对孙会宗的挖苦似大可不必，但常人激愤之时，都难免迁怒，更何况杨恽这般性格之人，故我们于作者似不必予以苛责。

汉宣帝读到此信后勃然大怒，将杨恽腰斩。这是中国历史上以文字罪人之始，汉宣帝乃是文字狱的始作俑者，而杨恽则是中国文字狱殉难的第一人。我们读杨恽此文，在欣赏其文字之余，想起千古文字狱中的无数冤魂，心情难免会变得无比沉重。

集评

真德秀曰：恽文气豪荡似史迁，然其辞涉怨望，又不以荒淫为不可，故附注于此，而不入正宗之目。

——《文章正宗》卷十六

金圣叹曰：愤口放言，不必又道；道其萧森历落，真为太史公妙甥。

——《天下才子必读书》卷五

吴楚材等曰：恽，太史公外孙。其《报会宗书》，宛然外祖答任安书风致。辞气怨激，竟遭惨祸。宣帝处恽，不以戴长乐所告事，而以报会宗一书，异哉，帝之失刑也！

——《古文观止》卷六

浦起龙曰：兀傲恢奇，笔阵酷类其外祖，而旷荡之襟与偃蹇之态，不双管而并行，亦怪事也。

——《古文眉诠》卷三十五

余诚曰：满腹牢骚，触之倾吐。虽极蕴藉处，皆极愤懑。所谓诚中形外，不能掩遏者也。篇中有怨君王语，有恨会宗语，皆足取祸。至行文之法，字字翻腾，段段收束，平直处皆曲折，疏散处皆紧炼，则酷肖其外祖。

——《重订古文释义新编》卷六

吴闿生曰：子幼学业，渊源外祖，此文亦脱胎《报任安书》，而悍厉过之，乃其获罪之由。而文字之俊美，夐绝千古矣。

——《两汉文举要》

刘　向

刘向（约前77—前6年），本名更生，字子政，西汉沛（今江苏沛县）人，汉高祖刘邦同父少弟楚元王刘交四世孙，西汉经学家、目录学家、文学家。宣帝时，徵受《穀梁春秋》，讲论五经于石渠阁，任散骑、谏大夫、给事中。敢于直言，论时政得失，劾外戚专权。复迁光禄大夫，终中垒校尉。学识渊博，成帝时，曾奉诏校阅群书，每校一书，辄条其篇目，撮其指意，录而奏之，撰成《别录》，为我国目录学之祖。所作《九叹》等辞赋三十三篇，绝大部分已亡佚。另有《洪范五行传》、《新序》、《说苑》、《列女传》等，今存。又著《五经通义》，已佚。清马国翰有辑本。明人辑有《刘中垒集》。

战国策序

护左都水使者、光禄大夫臣向言[1]：

所校中《战国策》书[2]，中书余卷[3]，错乱相糅[4]，莒有国别者八[5]，篇少不足。臣向因国别者，略以时次之[6]，分别不以序者以相辅除复重，得三十三篇[7]。本字多误脱为半字，以"赵"为"肖"，以"齐"为

---

[1]　护左都水使者：官名。掌管都城长安一带水利工程的职务。光禄大夫：官名。掌管议论，供皇帝顾问，应对诏命。

[2]　中《战国策》：宫中秘府所藏的《战国策》。中：指秘府中。秘府是宫禁中收藏图书秘籍之所。

[3]　中书余卷：秘府中所藏的一些卷本。

[4]　糅（róu）：混杂。

[5]　莒（jǔ）：通"旅"，陈列。一说莒字未详。国别者八：各国分别编次的有八个国家。

[6]　因：依。次：编次，按顺序排列。

[7]　"分别"两句：分别那些错乱没有次序的篇卷用以补充，除去重复部分，共有三十三篇。复重：即重复。

"立"[1]，如此字者多[2]。中书本号[3]，或曰《国策》，或曰《国事》，或曰《短长》，或曰《事语》，或曰《长书》，或曰《修书》。臣向以为战国时游士辅所用之国，为之笕谋[4]，宜为《战国策》。其事继《春秋》以后，迄楚汉之起，二百四十五年间之事[5]，皆定，以杀青[6]，书可缮写[7]。

　　序曰：周室自文武始兴，崇道德，隆礼义，设辟雍、泮宫、庠序之教[8]，陈礼乐、弦歌，移风之化，叙人伦[9]，正夫妇[10]，天下莫不晓然论孝悌之义[11]，惇笃之行，故仁义之道满乎天下，卒致之刑错四十余年[12]。远方慕义，莫不宾服[13]。雅颂歌咏[14]，以思其德。下及康、昭之后，虽有衰德[15]，其纲纪尚明。及春秋时已四五百载矣，然其余业遗烈[16]，流而未灭。五伯之起，尊事周室。五伯之后，时君虽无德，人臣辅其君者，若郑之子产、

---

[1]　以"赵"为"肖"，以"齐"为"立"：赵字脱落一半，错成肖字；齐字脱落一半，错成立字。

[2]　字：一本作"类"。

[3]　号：书之名号，名称。

[4]　游士：游说之士。笕（cè）：同"策"，古代记事用的竹片、木片，编在一起叫"策"。与《战国策》之"策"，词义不同。

[5]　二百四十五年：略始于韩、赵、魏三分晋国（前453年），止于秦二世灭亡（前207年）。

[6]　皆定：都已确定。以：同"已"，已经。杀青：古人书写所用的竹简，往往采用上火烘烤的办法去掉竹简表面青皮，并把水分烘出，以防虫蠹，所以杀青亦称"汗青"。以杀青：即已定稿。

[7]　缮写：抄写誊清。

[8]　辟雍：天子就读的学校。泮（pàn）宫：诸侯就读的学校。庠序：古代乡学的名称。

[9]　叙：叙次，安排次序。人伦：封建社会里人的等级关系，当包括父子、君臣、夫妇、长幼、朋友等五种。

[10]　正：形容词用如动词，端正。

[11]　晓然：明白地。孝：善事父母。悌（tì）：弟弟顺从兄长。

[12]　卒：终。致：使得。错：通"措"，置，指放在一边，不动用。刑错：刑罚废置不用。

[13]　宾服：古时指诸侯或边远部落按时朝贡，以表服从。

[14]　雅颂：指《诗经》中的《雅》、《颂》。

[15]　康、昭：指周康王、周昭王。旧说西周衰败从昭王开始，所以称"衰德"。

[16]　烈：功业。余业与遗烈是同义词复用。

晋之叔向、齐之晏婴，挟君辅政以并立于中国[1]，犹以义相支持，歌说以相感[2]，聘觐以相交[3]，期会以相一[4]，盟誓以相救。天子之命，犹有所行，会享之国，犹有所耻[5]。小国得有所依，百姓得有所息。故孔子曰："能以礼让为国乎，何有[6]？"周之流化，岂不大哉！及春秋之后，众贤辅国者既没，而礼义衰矣。孔子虽论《诗》、《书》，定《礼》、《乐》，王道粲然分明[7]。以匹夫无势，化之者七十二人而已，皆天下之俊也。时君莫尚之，是以王道遂用不兴[8]。故曰："非威不立，非势不行。"

仲尼既没之后，田氏取齐[9]，六卿分晋[10]，道德大废，上下失序。至秦孝公，捐礼让而贵战争[11]，弃仁义而用诈谲，苟以取强而已矣[12]。夫篡盗之人[13]，列为侯王；诈谲之国[14]，兴立为强，是以转相放效[15]，后生师之，遂相吞灭，并大兼小，暴师经岁[16]，流血满野；父子不相亲，兄弟不相

---

[1]　挟君：辅佐国君。中国：东周时期对北方各诸侯国的称呼。

[2]　歌：赋歌言志。说：陈说己意。春秋时，在国与国之间的会议上，各国常以歌唱几句诗或发表几句演说来暗示或表白各自的观点。

[3]　聘：古代诸侯国之间遣使访问。觐（jìn）：诸侯朝见天子。

[4]　期会以相一：定期会晤以统一各国的意见。

[5]　享：指宴享。会享之国：指参与会盟宴会的国家。有所耻：指不愿做不义之事。

[6]　为国：即治国。何有：有何困难之意。这句话见《论语·里仁》。

[7]　王道：指古圣王治天下之正道。粲然：鲜明的样子。

[8]　尚：尊崇。用：因。

[9]　田氏取齐：齐国本为姜氏封地，战国时大夫陈氏灭姜姓之齐，建立田姓（田陈二字古通用）的齐国。前386年田和取得齐国正式列为诸侯。

[10]　六卿分晋：指晋国由赵、韩、魏、范、知、中行六卿专权。前376年，韩、赵、魏三家分晋。

[11]　捐：让。

[12]　苟：苟且。

[13]　篡盗之人：指田和及赵、韩、魏。

[14]　诈谲（jué）之国：指秦国。谲：诡诈。

[15]　放效：即仿效。

[16]　暴（pù）：同"曝"，晒。师：师旅，军队。暴师：即陈兵野外。经岁：经过一年。这里不是实指一岁，而是指常年在外。

安；夫妇离散，莫保其命，潜然道德绝矣[1]。晚世益甚，万乘之国七[2]，千乘之国五[3]，敌侔争权[4]，盖为战国[5]。贪饕无耻[6]，竞进无厌[7]；国异政教，各自制断[8]；上无天子，下无方伯[9]。力功争强[10]，胜者为右[11]，兵革不休，诈伪并起。当此之时，虽有道德，不得施谋。有设之强，负阻而恃固[12]，连与交质[13]，重约结誓[14]，以守其国。故孟子、孙卿儒术之士，弃捐于世；而游说权谋之徒，见贵于俗。是以苏秦、张仪、公孙衍、陈轸、代、厉之属[15]，生从横短长之说[16]，左右倾侧[17]。苏秦为从，张仪为横[18]。横则秦帝[19]，从则楚王[20]。所在，国重[21]；所去，国轻。然当此之时，秦国最雄，

---

[1] 潜（mǐn）然：灭绝的样子。潜：古"泯"字。
[2] 万乘之国：指秦、齐、楚、燕、韩、赵、魏。
[3] 千乘之国：指鲁、宋、郑、卫、中山等国。
[4] 敌侔：二字同义，都是相等之意。指各国势力不相上下。
[5] 盖：一本作"尽"。
[6] 饕（tāo）：贪得无厌。
[7] 厌：满足。
[8] 制断：二字同义，决断、专权。
[9] 方伯：一方诸侯之长。
[10] 力功：竭力建立功业。
[11] 右：在上位，高贵。
[12] 设：设施布置，指军备、要塞等防御设施。负、恃：都是倚仗的意思。阻：险要之处。阻、固二字互文，指险要而可以固守的处所。
[13] 连与：国家之间结盟。交质：相互以人质取信。
[14] 重约：崇尚盟约。结誓：缔结盟誓。
[15] 苏秦：字季子，战国时东周洛阳人。张仪：魏国人。公孙衍：号犀首，魏国人。陈轸：楚国人。代：苏代，苏秦之兄。厉：苏厉，苏秦之弟。六人皆为战国时纵横家。
[16] 从横：即纵横，合纵连横。短长：指纵横家言论的权变。《史记·田儋列传》："蒯通者，善为长短说。"索隐："言欲令此事成，则长说之，短则短说之。故《战国策》亦名曰短长书。"
[17] 左右倾侧：或偏左，或偏右，两边倒。
[18] 为从：主张合纵。为横：主张连横。
[19] 横则秦帝：连横可使秦成其帝业。帝：用如动词。
[20] 王：用如动词。
[21] "所在"两句：他们在哪一国当权，那个国家就会有权。

诸侯方弱。苏秦结之，时六国为一，以傧背秦 [1]。秦人恐惧，不敢窥兵于关中。天下不交兵者二十有九年 [2]。然秦国势便形利，权谋之士，咸先驰之 [3]。苏秦初欲横秦 [4]，弗用，故东合从。及苏秦死后，张仪连横，诸侯听之，西向事秦。是故始皇因四塞之固 [5]，据崤、函之阻，跨陇蜀之饶 [6]，听众人之笑，乘六世之烈 [7]，以蚕食六国，兼诸侯 [8]，并有天下。杖于谋诈之弊 [9]，终于信笃之诚。无道德之教，仁义之化，以缀天下之心 [10]。任刑罚以为治，信小术以为道 [11]，遂燔烧诗书 [12]，坑杀儒士 [13]。上小尧舜 [14]，下邈三王 [15]。二世愈甚 [16]，惠不下施，情不上达。君臣相疑 [17]，骨肉相疏；化道浅薄 [18]，纲纪坏败。民不见义而悬于不宁 [19]。抚天下十四岁 [20]，天下大溃，诈伪之弊也。其比王德，岂不远哉！

孔子曰："道之以政，齐之以刑，民免而无耻。道之以德，齐之以

---

[1]　傧（bìn）：通"摈"，排斥、背弃。
[2]　二十有九年：指从前333年苏秦结成纵约，到前305年楚背弃合纵盟约止。
[3]　咸先驰之：都首先向那里跑。驰：本义是车马快跑。
[4]　这句指苏秦初至秦国，游说惠王之事。
[5]　四塞：指四面都有要塞。
[6]　跨：据有。饶：富，物产丰富。
[7]　六世：指秦孝公、惠文王、武王、昭襄王、孝文王、庄襄王。烈：功业。
[8]　兼：吞并、兼并。
[9]　杖：通"仗"，凭仗，依靠。
[10]　缀：连结。
[11]　小术：指权诈之术。
[12]　燔（fán）：焚烧。秦始皇于公元前213年接受丞相李斯建议，下令除医药、卜筮、种树的书及秦纪以外，焚烧民间所藏的《诗》、《书》和百家之书。
[13]　坑杀儒士：秦始皇焚书的次年，在咸阳坑杀方士、儒生四百六十余人。史称"焚书坑儒"。
[14]　小：轻视。
[15]　邈：通"藐"，轻视。三王：指夏、商、周三代开国之君。
[16]　二世：指秦二世。
[17]　君臣相疑：指二世用赵高计，杀李斯等大臣。
[18]　化道：教化道德。
[19]　悬于不宁：指处于恐惧之中。
[20]　抚：有。抚天下十四岁：指公元前221年秦统一中国，至公元前207年秦灭亡。

礼，有耻且格 ¹。" 夫使天下有所耻，故化可致也 ²。苟以诈伪偷活取容，自上为之，何以率下？秦之败也，不亦宜乎？！战国之时，君德浅薄，为之谋笑者，不得不因势而为资 ³，据时而为画。故其谋扶急持倾 ⁴，为一切之权 ⁵；虽不可以临国教 ⁶，化兵革救急之势也 ⁷。皆高才秀士，度时君之所能行 ⁸，出奇笑异智，转危为安，运亡为存 ⁹。亦可喜，皆可观。

护左都水使者，光禄大夫臣向所校《战国策》书录。

说明

这是刘向为自己所整理的古籍《战国策》所写的序言。首先简述了整理的经过：所用的本子、编排的方法、命名的理由。接着便进入对《战国策》产生背景及其内容的介绍。学人之文最重"辨章学术，考镜源流"，所以他远从周之文、武说起，当时如何"崇道德、隆礼义"，到春秋五伯之起，尚能"尊事周室"，"五伯之后，时君虽无德"，犹有贤臣。而春秋之后，礼义遂衰，孔子之道，时君莫尚。到了战国，"捐礼让而贵战争，弃仁义而用诈谲"，弱肉强食，道德已绝，于是纵横家应运而生，在秦的统一过程中起了很大的作用。但秦"无道德之教，仁义之化"，走

---

[1]．民免而无耻：人民虽免于罪过，却缺乏廉耻之心。有耻且格：人民有廉耻之心且人心归服。这句话见于《论语·为政》篇。

[2]　化：教化。致：达到，得到。

[3]　因势而为资：依据时势制定不同的策略。

[4]　扶急持倾：挽救困急的局面，扶持倾覆的形势。

[5]　为一切之权：即作一时权变之计。

[6]　国教：即国政。

[7]　化兵革：消除干戈，避免战争。

[8]　度：忖度。

[9]　运：转变。

了焚书坑儒的极端，结果二世而亡。在以上的论述里，他对纵横家的评价似乎是宜于乱世而不适合于治世。然而为了尊题，他在篇末又强调了策士所起的"化兵革救急"作用："度时君之所能行，出奇笑异智，转危为安，运亡为存。亦可喜，皆可观。"这就是刘向认为此书值得整理的原因。在儒学独尊的时代，要整理属于应当罢黜的百家之书，必须写上这样一些带有批判性质的文字，指出糟粕，明其精华，才有可能得到准许，才有可能不受攻击。这是稍有阅历的人都能理解的。

集评

曾巩曰：向叙此书，言周之先明教化、修法度，所以大治；及其后谋诈用而仁义之路塞，所以大乱。其说既美矣。卒以谓此书战国之谋士度时君之所能行，不得不然，则可谓惑于流俗，而不笃于自信者也。

——《战国策目录序》

方苞曰：观曾子固所讥，可知孔孟之学至北宋而明，汉儒所见实浅。然是篇述春秋所以变为战国，特具深识，字句亦非苟然。

——《名家圈点笺注批评古文辞类纂》卷六

姚鼐曰：此文固不若《过秦论》之雄骏，然冲溶浑厚，无意为文，而自能尽意，若庄子所谓"木鸡"者。此境亦贾生所无也。

——《名家圈点笺注批评古文辞类纂》卷六

耿 育

耿育（生卒年不详），哀帝时为议郎。陈汤立斩郅支大功，封关内侯。后坐事夺爵。成帝时，陈汤建议徙民初陵，以便全家借机迁入长安。后陵工停建，陈汤犹对人说民当复徙，坐此下狱。又曾言东莱郡黑龙冬出为成帝微行之故，为此徙敦煌。后敦煌太守奏陈汤以前曾亲诛郅支，威行外国，不宜近边塞，诏徙安定。耿育为陈汤抱不平，上疏鸣冤。哀帝读奏，便将陈汤召回了长安。

讼陈汤疏 [1]

延寿、汤为圣汉扬鉤深致远之威，雪国家累年之耻，讨绝域不羁之君 [2]，系万里难制之虏，岂有比哉！先帝嘉之，仍下明诏，宣著其功 [3]，改年垂历，传之无穷。应是南郡献白虎，边陲无警备。会先帝寝疾 [4]，然犹垂意不忘 [5]，数使尚书责问丞相，趣立其功 [6]。独丞相匡衡排而不予，封延寿、汤数百户 [7]，此功臣战士所以失望也。

---

[1]　选自《汉书》卷七十《陈汤传》。
[2]　延寿：甘延寿。汤：陈汤。甘延寿，字君况，北地郁郅人（今甘肃庆阳县）。善骑射，臂力过人，被荐为郎中谏大夫，使西域都护骑都尉。与副校尉陈汤共诛斩郅支单于，封又成侯，死后谥壮侯。陈汤：字子公，山阳瑕丘（今山东兖州东北）人，与甘延寿共诛斩郅支单于，赐关内侯，后被免为庶人，徙边。本文是议郎耿育针对陈汤被废为庶人，徙边而向汉成帝上的一篇奏折。疏：指一种分条记录或分条陈述的奏章。绝域：指偏远的地方。不羁之君：指郅支单于。
[3]　先帝：指汉元帝。嘉：赞扬，表彰。仍：频。
[4]　会：正值。寝：躺卧、病卧。
[5]　垂：敬辞。
[6]　趣：通"促"，催促。
[7]　"独丞相"两句：甘延寿、陈汤凯旋，匡衡大加排斥，使得二人仅被封为义成侯、关内侯，各封食邑三百户。

孝成皇帝承建业之基，乘征伐之威，兵革不动，国家无事。而大臣倾邪，谗佞在朝，曾不深惟本末之难，以防未然之戒，欲专主威[1]，排妒有功，使汤块然被冤拘囚[2]，不能自明。卒以无罪，老弃燉煌[3]，正当西域通道，令威名折冲之臣旋踵及身[4]，复为郅支遗虏所笑，诚可悲也！至今奉使外蛮者，未尝不陈郅支之诛[5]，以扬汉国之盛。夫援人之功以惧敌，弃人之身以快谗[6]，岂不痛哉！

且安不忘危，盛必虑衰，今国家素无文帝累年节俭富饶之畜[7]，又无武帝荐延枭俊禽敌之臣[8]，独有一陈汤耳！假使异世不及陛下，尚望国家追录其功，封表其墓，以劝后进也。汤幸得身当圣世，功曾未久，反听邪臣，鞭逐斥远，使逃亡分窜，死无处所。远览之士，莫不计度，以为汤功累世不可及，而汤过人情所有[9]，汤尚如此，虽复破绝筋骨，暴露形骸，犹复制于唇舌[10]，为嫉妒之臣所系虏耳！此臣所以为国家尤戚戚也[11]！

---

[1]　专：专擅。

[2]　块然：形容独处的样子。

[3]　老弃燉煌：指陈汤被贬为庶人，徙边至燉煌。燉煌：即今甘肃敦煌。

[4]　折冲：抵御敌人。

[5]　郅支之诛：指甘延寿、陈汤诛斩郅支单于。郅支：匈奴单于名号，匈奴呼韩邪单于之兄，名呼屠吾斯。汉宣帝五凤元年，他自立为郅支骨都单于。甘露三年，呼韩邪入朝，郅支亦遣使人朝奉献。元帝初，因怨汉厚呼韩邪，叛汉，杀汉使，抢占地盘，侵扰汉之西陲。建昭三年被甘延寿、陈汤攻杀。

[6]　援：援引。惧敌：使敌人惧怕。快谗：使谗佞之人感到痛快。

[7]　素：向来。累（léi）：连续。畜：同“蓄”，指朝廷府库之积蓄。

[8]　荐延：推荐、纳纳。禽：同“擒”。

[9]　过：过错、罪过。人情所有：是人情共有的。

[10]　制于唇舌：指被谗言诽谤。

[11]　戚戚：担忧。

说明

这篇文章是议郎耿育上给汉哀帝的一篇奏章，劝告皇帝对功臣应当论功行赏，不可偏听谗言，使功臣"鞭逐斥远"、"死无处所"；否则人人以此为戒，将不敢挺身而出为国效力，国家前途将岌岌可危。

因为是一篇奏章，为了让皇帝听得进去，且行之有效，所以作者一方面直截了当地分析问题所在，另一方面语气委婉，入情入理。

开篇四个排比句："为圣汉扬鉤深致远之威，雪国家累年之耻，讨绝域不羁之君，系万里难制之虏"，突出渲染了甘、陈二人的卓著功勋。然而丞相匡衡却对二人大加排斥，仅封之数百户，令天下之人大失所望。"先帝嘉之"云云一段，则是表明，这一切与元帝无关，仅出于丞相之意。

第二段采用对比描写。一方面汉廷谗佞在朝，"威名折冲"之臣"被冤拘囚，不能自明"。另一方面，"至今奉使外蛮者，未尝不陈郅支之诛，以扬汉国之盛"。这种情形足为郅支遗虏所耻笑，诚为国家可悲之事。

最后作者提出忠告："安不忘危，盛必虑衰。"当今国之富不如文帝之时，士之猛不如武帝之代。只有一个陈汤，虽建有"累世不可及"之功，却因犯了"人情所有"之过，"亡逃分窜，死无处所"。对此，臣民怎能不寒心，怎能在危急时刻全力报效国家，国运又怎能不令人担忧呢？

文章开篇遒健，结意深远，笔带情感，可称奏疏中的佳作。

集评

王季友曰：抑扬感慨，动人听闻。

——《古文分编集评·二集上》卷二

林云铭曰：是篇所云无罪老弃、倾邪谗佞等语，骂尽附会成狱，悲愤极矣。

——《古文析义·初编》卷四

刘 歆

刘歆（？—23年），字子骏，后改名秀，字颖叔。西汉末古文经学派创始人、目录学家、天文学家。刘向之子。沛人。曾任黄门郎。河平中，受诏与其父校秘书。向死后，复为中垒校尉。哀帝即位，王莽荐之，复领《五经》，撰成《七略》。王莽执政，立古文经博士，歆任国师。后谋诛王莽，事泄自杀。著有《三统历谱》。其集已佚，明人辑有《刘子骏集》。

移让太常博士书 [1]

昔唐虞既衰，而三代迭兴，圣帝明王，累起相袭，其道甚著。周室既微，而礼乐不正，道之难全也如此。是故孔子忧道之不行，历国应聘，自卫反鲁，然后乐正，《雅》、《颂》乃得其所 [2]；修《易》序《书》，制作《春秋》，以纪帝王之道。及夫子没而微言绝，七十子终而大义乖 [3]，重遭战国，弃笾豆之礼，理军旅之陈 [4]，孔氏之道抑，而孙吴之术兴 [5]。陵夷至于暴秦，燔经书，杀儒士，设挟书之法 [6]，行是古之罪，道术由是遂灭。

汉兴，去圣帝明王邈远，仲尼之道又绝，法度无所因袭。时独有一

---

[1]　选自《汉书》卷三十六《楚元王传》。移：平行机构之间来往的公文。让：责备。刘歆想将《左氏春秋》、《毛诗》、《逸礼》、《古文尚书》等古文经籍列于学官，哀帝命刘歆与五经博士讨论，诸博士不肯参加，刘歆便写了这封信责备太常博士。

[2]　"自卫反鲁"三句：《论语·子罕》之文。春秋末年，道衰乐废。鲁哀公十一年，孔子自卫国回到鲁国，整理了《诗经》。《雅》、《颂》为《诗经》中的两个部分。

[3]　微言：精微而含义深远之言。七十子：指孔门高弟七十二贤人。

[4]　笾豆：礼器名，竹制者称为笾，木制者称为豆。陈："阵"的古字。

[5]　孙吴之术：孙，孙武；吴，吴起。皆先秦兵家。

[6]　挟书之法：秦代禁止藏书之法。

叔孙通，略定礼仪¹，天下唯有《易》卜，未有它书²。至孝惠之世³，乃除挟书之律，然公卿大臣绛、灌之属，咸介胄武夫⁴，莫以为意。至孝文皇帝，始使掌故朝错从伏生受《尚书》⁵。《尚书》初出于屋壁⁶，朽折散绝，今其书见在，时师传读而已。《诗》始萌牙⁷，天下众书，往往颇出，皆诸子传说，犹广立于学官，为置博士。在汉朝之儒，唯贾生而已⁸。至孝武皇帝，然后邹、鲁、梁、赵颇有《诗》、《礼》、《春秋》先师，皆起于建元之间⁹。当此之时，一人不能独尽其经，或为《雅》，或为《颂》，相合而成。《泰誓》后得，博士集而读之¹⁰。故诏书称曰："礼坏乐崩，书缺简脱，朕甚闵焉¹¹。"时汉兴已七八十年，离于全经，固已远矣。

及鲁恭王坏孔子宅，欲以为宫，而得古文于坏壁之中，《逸礼》有三十九，《书》十六篇¹²。天汉之后，孔安国献之，遭巫蛊仓卒之难，未及施行¹³。及《春秋》左氏丘明所修，皆古文旧书，多者二十余通，藏于秘

---

[1]　叔孙通：曾为秦博士。后归刘邦，与诸儒生共立朝仪。

[2]　"天下"二句：秦烧书，唯医药、卜筮、种树之书不烧。

[3]　孝惠：刘邦之子汉惠帝刘盈。

[4]　绛、灌：绛侯周勃与颍阴侯灌婴，皆随刘邦转战，以军功封侯。

[5]　孝文皇帝：汉文帝刘恒。掌故：官员。朝错：即晁错。详见《论贵粟疏》注。伏生：伏胜，济南人。曾为秦博士，治《尚书》。至汉文帝时已年九十余，诏朝错往受其学。

[6]　"《尚书》"句：伏生于秦焚书时藏《尚书》于屋壁。

[7]　《诗》始萌牙："牙"，通"芽"。此谓《诗经》之学《鲁诗》、《齐诗》、《韩诗》皆出于汉初。

[8]　贾生：贾谊。贾谊治《左氏春秋》，刘歆正欲立《左氏春秋》等古文经传，故推尊贾谊。

[9]　建元：汉武帝即位后的六年（公元前140—公元前135年）。

[10]　《泰誓》：《尚书》篇名，汉武之末始得。

[11]　诏书：按此为汉武帝元朔五年六月诏。

[12]　鲁恭王：刘余，景帝子，好治宫室。

[13]　天汉：汉武帝年号（公元前100—公元前97年）。孔安国：孔子之后，曾为汉武帝博士、临淮太守。巫蛊：丞相公孙贺捕获阳陵大侠朱安世，安世上书，告贺子敬声与阳石公主私通，使巫埋木偶诅上。武帝遂杀公孙贺父子，灭族。又杀阳石公主及卫青子伉。又武帝生病，江充谓巫蛊所致，遂大兴狱事，冤杀数万人。江充又谓太子宫中木人最多。太子杀江充及巫，发兵，后兵败被杀。太子母卫后被废，自杀。事在征和二年（公元前91年）。世称"巫蛊之难"。

府，伏而未发。孝成皇帝闵学残文缺，稍离其真，乃陈发秘藏，校理旧文，得此三事[1]，以考学官所传，经或脱简，传或间编[2]。传问民间，则有鲁国桓公、赵国贯公、胶东庸生之遗学与此同[3]，抑而未施。此乃有识者之所惜闵，士君子之所嗟痛也。往者缀学之士，不思废绝之阙，苟因陋就寡，分文析字，烦言碎辞，学者罢老且不能究其一艺[4]。信口说而背传记，是末师而非往古[5]，至于国家将有大事，若立辟雍、封禅、巡狩之仪，则幽冥而莫知其原[6]。犹欲保残守缺，挟恐见破之私意[7]，而无从善服义之公心。或怀妒嫉，不考情实，雷同相从，随声是非，抑此三学，以《尚书》为备，谓《左氏》为不传《春秋》[8]，岂不哀哉！

今圣上德通神明[9]，继统扬业，亦闵文学错乱，学士若兹，虽昭其情，犹依违谦让[10]，乐与士君子同之。故下明诏，试《左氏》可立不[11]，遣近臣奉指衔命，将以辅弱扶微，与二三君子比意同力[12]，冀得废遗。今则不然，深闭固距而不肯试[13]，猥以不诵绝之[14]，欲以杜塞余道，绝灭微学。夫可与乐成，难与虑始[15]，此乃众庶之所为耳，非所望士君子也。

---

[1]　三事：指《尚书》、《左传》、《逸礼》。
[2]　间编：竹简前后错乱。
[3]　桓公：治《礼》。贯公：治《左传》。庸生：治《论语》。
[4]　罢：通疲。究：竟也，穷尽也。
[5]　口说：指今文经传皆口头流传者。末师：近世之师。
[6]　辟雍：天子的学宫。封禅：封泰山、禅梁父。古时天子向上天告太平的仪式。幽冥：暗昧。
[7]　"挟恐"句：抱有害怕被驳倒的私心。
[8]　以《尚书》为备：意谓当时学者认为《尚书》二十八篇是足本，不知实有百篇。谓《左氏》为不传《春秋》：认为《左传》自成一书，非为解说《春秋》而作。
[9]　圣上：指哀帝。
[10]　依违：犹豫不决。
[11]　可立不：可立否。
[12]　比：合。
[13]　距：通"拒"。
[14]　猥：苟且。
[15]　"夫可与乐成"句：《史记·商君列传》："民不可与虑始，而可与乐成。"

且此数家之事，皆先帝所亲论[1]，今上所考视，其古文旧书，皆有徵验，外内相应[2]，岂苟而已哉！夫礼失求之于野[3]，古文不犹愈于野乎？往者博士，《书》有欧阳，《春秋》公羊，《易》则施、孟，然孝宣皇帝犹复广立《穀梁春秋》、《梁丘易》、《大小夏侯尚书》[4]，义虽相反，犹并置之。何则？与其过而废之也，宁过而立之。传曰："文、武之道未坠于地，在人；贤者志其大者，不贤者志其小者[5]。"今此数家之言，所以兼包大小之义，岂可偏绝哉！若必专己守残[6]，党同门，妒道真，违明诏，失圣意，以陷于文吏之议，甚为二三君子不取也。

说明

　　陈寅恪先生在总结王国维先生的研究方法时，曾经将王氏善于将地下发掘的材料与世上流传的书面记载相印证列为其中的一法。其实，此法并非王氏所独创，千年前的古人早就领悟到这一点了。刘歆的这篇《移让太常博士书》所言就是一个证明。
　　《逸礼》、《古文尚书》等皆是人们从孔子旧宅的墙壁中发掘出来的，这些佚书，可以补官所传之书的脱文，可以纠世上所存之本的错简，具有莫大的文献价值。但当时的那些博士，却抱残守缺，顽固抵制，不

---

[1]　先帝：指成帝。
[2]　外内相应：外指民间之学，内指宫廷秘藏。
[3]　"礼失"句：孔子语。
[4]　欧阳：伏生弟子欧阳生，世世相传，治《尚书》。公羊：公羊高，从子夏学《春秋》，公羊学派的创始人。施：施雠。孟：孟喜。俱从田王孙受《易》。《穀梁春秋》：穀梁赤所传《春秋》。《梁丘易》：梁丘贺所传《易》。《大小夏侯尚书》：夏侯胜及其从兄子建所传《尚书》。
[5]　"传曰"句：《论语·子张》子贡答公孙朝之言。
[6]　专己守残：专执己之偏见，苟守残缺之文。

肯将这些出土简帛立于学官。刘歆愤慨之余，写了这封书信，对这些"君子"者流的做法表示抗议。

这封信从经书的起源讲起，说到秦代的焚书灭学，然后讲述汉兴以来诸经渐出的情况，特别指出这些书籍不能免于残缺，顺势引出孔宅古文之出及其何以可贵之故。接着便直奔主题，责备时人无识，抑此三学，而博士之意亦不肯立《左氏》于学官。但此数书之言实富有价值，决不可偏绝。信末指责这些博士"专己守残，党同门，妒道真，违明诏，失圣意"，清楚地表达了自己的愤慨之情。

刘歆写这封信的直接后果是惹恼了执政大臣和众儒，出为外官。意想不到的是，两千年以后，他还被康有为等人说成是经书伪造者，其学为"新莽之学"。千古之后尚且遭诬，这可真是"千古奇冤"了。如今随着地下简帛的不断出土，刘歆的沉冤也逐渐得以昭雪，他可以含笑于九泉之下了。

集评

刘勰曰：刘歆之移太常，辞刚而义辨，文移之首也。

——《文心雕龙·移檄》

楼昉曰：辨难攻击之体，峻洁有力。

——《崇古文诀》卷七

真德秀曰：按此书，则汉于《六经》残缺之余，收拾补完，其功盖不少也。

——《文章正宗》卷十五

方苞曰：此两汉经学渊源所系，不得以人而废。

——《名家圈点笺注批评古文辞类纂》卷二十七

又曰：刘向校录群书，歆卒父业，而奏《七略》。班固《艺文志》一依歆所定，后世所传诸经、《史记》、周秦间诸子，皆歆所定也。歆承父学渊源，所渐颇深，故礼义经说，程、朱皆遵用，而《周官》、《戴记》、《诗》、《书》、《史记》内，亦间有为歆所窜乱者。歆博学能文，所效古书，形貌辄似，故二千余年，此覆未发。程、朱复生，当能辨黑白而定一尊也。

——《名家圈点笺注批评古文辞类纂》卷二十七

孙鑛曰：叙经术废兴，明白有条理，可与《史》、《汉》、《儒林》序参看。

——《古文分编集评·二集下》卷一

又曰：余往日读此文，尝私自忖，谓有何佳处，而家家选之？至今次读，乃见其工妙。作文俟后知，良不易言。

——《古文分编集评·二集下》卷一

浦起龙曰：道源经委，正大详明，艰难郑重，字里有泪。至细审其制局，如成、哀之相接也，而议论间之；孝宣之居前也，而留后陈之。尤意象经营处。

——《古文眉诠》卷六十七

吴汝纶曰：子骏文气峻厉，过于厥考。

——《两汉文举要》

又曰：子骏经术深纯，后人以其仕莽，颇加讥议。至方望溪更创为新论，于《六经》中不可解者，辄谓子骏所窜乱。此不根之谈，不足据也。

——《两汉文举要》

扬　雄

扬雄（前53—18年），字子云，西汉蜀郡成都（今属四川）人。自少好学，博览群书。作赋常拟司马相如。成帝时，年已四十余，有人推荐其文，遂应召入京，奏《甘泉赋》、《河东赋》、《羽猎赋》，除为郎，给事黄门。王莽时，以耆老久次，转为大夫。曾校书天禄阁。著《太玄》拟《易经》，著《法言》拟《论语》，著《方言》记录各地方言。原有集，已佚。明人辑有《扬子云集》。

谏不许单于朝书 [1]

臣闻《六经》之治，贵于未乱 [2]；兵家之胜，贵于未战 [3]。二者皆微 [4]，然而大事之本，不可不察也。今单于上书求朝，国家不许而辞之，臣愚以为汉与匈奴，从此隙矣 [5]。

本北地之狄 [6]，五帝所不能臣 [7]，三王所不能制 [8]，其不可使隙甚明。臣不敢远称，请引秦以来明之。以秦始皇之强，蒙恬之威 [9]，带甲四十余万，

---

[1]　选自《汉书》卷九十四下《匈奴传下》。汉哀帝建平四年（公元前3年），乌珠留若鞮单于上书愿朝天子，哀帝正好患病，有人说单于每次来朝，中国都有变故。皇帝觉得为难，大臣也觉得会浪费经费，于是便予以拒绝。匈奴使者告辞，尚未上路。扬雄闻知，便上了这道奏章。

[2]　贵于未乱：《易・系辞下》："治而不忘乱。"

[3]　"兵家"两句：见《孙子・始计》："夫未战而庙算胜者，得算多也。"

[4]　微：精微。

[5]　隙：生嫌隙。

[6]　本：推原。

[7]　五帝：详见司马迁《五帝本纪赞》注。

[8]　三王：指夏禹、商汤、周文王。

[9]　蒙恬：秦将。始皇命击匈奴，筑长城。

然不敢窥西河¹，乃筑长城以界之。会汉兴，以高祖之威灵，三十万众，困于平城²，士或七日不食。时奇谲之士、石画之臣甚众³，卒其所以脱者，世莫得而言也⁴。又高皇后尝忿匈奴，群臣庭议，樊哙请以十万众，横行匈奴中。季布曰："哙可斩也，妄阿顺指。"于是大臣权书遗之⁵，然后匈奴之结解，中国之忧平。及孝文时，匈奴侵暴北边，候骑至雍甘泉⁶。京师大骇，发三将军屯细柳、棘门、霸上以备之，数月乃罢⁷。

孝武即位，设马邑之权⁸，欲诱匈奴，使韩安国将三十万众，徼于便地⁹，匈奴觉之而去，徒费财劳师，一虏不可得见，况单于之面乎？其后深惟社稷之计¹⁰，规恢万载之策¹¹，乃大兴师数十万，使卫青、霍去病操兵，前后十余年。于是浮西河，绝大幕，破寘颜，袭王庭¹²，穷极其地，追奔逐北，封狼居胥山¹³，禅于姑衍¹⁴，以临翰海¹⁵，虏名王贵人以百数。自是之后，匈奴震怖，益求和亲，然而未肯称臣也。且夫前世岂乐倾无量之费，役无罪之人，快心于狼望之北哉¹⁶！以为不壹劳者不久佚，不暂费者不永

---

[1]　西河：指汉武威、张掖、敦煌、酒泉等地。
[2]　平城：在今山西大同东。
[3]　石画："石"通"硕"，大也。
[4]　"卒其所以"两句：《史记·陈丞相世家》："高帝用陈平奇计，使单于阏氏，围以得开，高帝即出。其计秘，世莫得闻。"
[5]　权书：权衡形势，谦逊为辞的书信。
[6]　候骑：侦察骑兵。甘泉：宫名，在雍州。
[7]　"京师大骇"三句：详见司马迁《周亚夫军细柳》。
[8]　马邑：在今山西朔县。汉武帝命马邑人聂翁壹引诱单于，假装要献马邑城给匈奴，伏兵三十余万待之。后被单于发觉，引兵而还。权：谋。
[9]　徼：邀击。
[10]　惟：思。
[11]　恢：大。
[12]　大幕：即大漠。寘（tián）颜：山名。王庭：单于所居之处。
[13]　封：积土增山。狼居胥：山名，在漠北。
[14]　禅：为坛祭地。姑衍：山名，在漠北。
[15]　翰海：北方海名。疑即今呼伦湖及贝尔湖。
[16]　狼望：匈奴中地名。

宁，是以忍百万之师，以摧饿虎之喙，运府库之财，填卢山之壑[1]，而不悔也。至本始之初，匈奴有桀心，欲掠乌孙，侵公主[2]。乃发五将之师，十五万骑猎其南，而长罗侯以乌孙五万骑震其西，皆至质而还[3]。时鲜有所获，徒奋扬威武，明汉兵若雷风耳。虽空行空反，尚诛两将军[4]。故北狄不服，中国未得高枕安寝也。

逮至元康、神爵之间[5]，大化神明，鸿恩溥洽，而匈奴内乱，五单于争立，日逐、呼韩邪携国归死[6]，扶伏称臣[7]，然尚羁縻之，计不颛制[8]。自此之后，欲朝者不距[9]，不欲者不强。何者？外国天性忿鸷，形容魁健[10]，负力怙气，难化以善，易隶以恶[11]，其强难诎，其和难得。故未服之时，劳师远攻，倾国殚货，伏尸流血，破坚拔敌，如彼之难也；既服之后，慰荐抚循，交接赂遗，威仪俯仰，如此之备也。

往时尝屠大宛之城[12]，蹈乌桓之垒[13]，探姑缯之壁[14]，籍荡姐之场[15]，

---

[1]　卢山：匈奴中山名。

[2]　本始：汉宣帝年号（前73—前70年）。桀：凶暴。乌孙：西域国名。公主：楚王戊之孙女，名解忧，嫁乌孙王。

[3]　长罗侯：常惠，以功封长罗侯。见刘向《论甘延寿等疏》注。

[4]　两将军：指祁连将军田广明、虎牙将军田顺。广明坐逗留，顺坐增虏获，下狱，皆自杀。

[5]　元康：汉宣帝年号（前65—前62年）。神爵：汉宣帝年号（前61—前58年）。

[6]　日逐：日逐王，与单于有隙，率众万骑归汉，被封为归德侯。呼韩邪：匈奴单于，被屠耆单于击败，引众南近塞，愿朝见天子。归死：谓以前有罪，现来归请死。

[7]　扶伏：即匍匐。

[8]　颛制：专制。此谓用为奴隶。

[9]　距：通"拒"。

[10]　鸷：狠。魁：大。

[11]　隶：习。

[12]　屠大宛之城：见《论甘延寿等疏》注。

[13]　蹈乌桓之垒：汉昭帝元凤三年，辽东乌桓反，派范明友击之。

[14]　探姑缯之壁：汉昭帝始元元年，益州姑缯等反，遣吕破胡征之。

[15]　籍荡姐之场：永光二年秋，陇西羌彡姐旁种反。荡姐或即此。

艾朝鲜之旃 [1]，拔两越之旗 [2]，近不过旬月之役，远不离二时之劳 [3]，固已犁其庭，扫其闾，郡县而置之，云彻席卷，后无余灾。唯北狄为不然，真中国之坚敌也。三垂比之，悬矣 [4]。前世重之兹甚 [5]，未易可轻也。今单于归义，怀款诚之心，欲离其庭，陈见于前，此乃上世之遗策，神灵之所想望，国家虽费，不得已者也。奈何距以来厌之辞 [6]，疏以无日之期 [7]，消往昔之恩，开将来之隙？夫款而隙之，使有恨心，负前言，缘往辞 [8]，归怨于汉，因此自绝，终无北面之心 [9]，威之不可，谕之不能，焉得不为大忧乎？

夫明者视于无形，聪者听于无声，诚先于未然 [10]，即蒙恬、樊哙不复施，棘门、细柳不复备，马邑之策安所设，卫、霍之功何得用，五将之威安可震。不然，壹有隙之后，虽智者劳心于内，辩者毂击于外 [11]，犹不若未然之时也。且往者图西域 [12]，制车师 [13]，置城郭都护三十六国，费岁以大万计者，岂为康居、乌孙能逾白龙堆而寇西边哉 [14]？乃以制匈奴也。夫百年劳之，一日失之，费十而爱一 [15]，臣窃为国不安也。唯陛下少留意于

---

[1]　艾：刈。旃：旗。汉武帝元封二年，遣杨仆等击朝鲜。
[2]　拔两越之旗：汉武帝元鼎五年，南越王相吕嘉反，遣路博德等讨之。东越王余善反，遣韩说等击之。元封元年，东越杀王余善降。
[3]　离：历。时：三个月。
[4]　垂：即"陲"字。悬：悬殊。
[5]　兹：更。
[6]　厌（yā）：压制；以巫术制服人或物。
[7]　疏：疏远。无日之期：即无限期推迟之意。
[8]　负：倚仗。缘：与"负"同义。
[9]　北面："臣伏"之意。
[10]　先于未然：在事端萌发之前采取措施。
[11]　毂击：车毂相击，形容使者之车来往之多。毂：车轮中心插轴之孔。
[12]　图：图谋。
[13]　车师：西域国名。
[14]　白龙堆：在甘肃西宁，形如土龙。
[15]　爱：吝惜。

　　　　　　　　　　　　　　　　　　　　　　　　　　先秦两汉散文

未乱未战，以遏边萌之祸[1]。

说明

扬雄这篇文章，实际上是在开头与结尾之间组织进了一部简明的汉与匈奴关系史。从秦及汉初匈奴之难制，说到汉武时对匈奴的连年征伐、疲于奔命。再说到汉宣帝时转机的到来：单于因内乱而请朝。由于匈奴天性桀骜，"其强难诎，其和难得"，汉廷对之抚循备至，实出必要。述史既笔，扬雄又补上一笔，以本朝与东、西、南诸国的战争所战必克为例，反衬匈奴之强悍乃是"中国之坚敌"。今日单于肯来归义，"此乃上世之遗策，神灵之所想望"，奈何竟会相信迷信、吝惜金钱，不予接待？这样肯定会得罪匈奴，后果将不堪设想。析理至此，利害已明，哀帝醒悟，召还了匈奴使者，同意了单于的要求。并赐扬雄帛五十匹、黄金十斤。

汉时奏章，皆有定式。往往以"臣闻……"开篇，下接先哲之言或一个人所共知之理，然后转入正题。扬雄此奏即用这一格式。作者是辞赋大家，虽工于模仿，但也形成了一些自己的风格。但以散文而言，却似乎只能反映汉代之文的共性，未能透露出作者的个性来。

---

[1]　萌：通"氓"。

集评

方苞曰：亦复朗畅，而西汉质厚之气，索然尽矣。

——《名家圈点笺注批评古文辞类纂》卷十五

浦起龙曰：历数累代之忧，继举三陲之效，平陈侧证，而正谏不待烦言矣。末言图功西域，亦以控制北庭，益复胃带不测。说者称其括二百年匈奴事势，又不类《剧秦》、《典引》奇字聱牙，信乎子云生平光昌茂美之篇也。

——《古文眉诠》卷三十三

姚鼐曰：子云此奏，拟信陵《谏伐韩书》。

——《古文辞类纂》卷十五

吴汝纶曰：吾尝疑此文类李斯《谏逐客书》，姚、曾均谓拟信陵，蒙所未喻。

——《名家圈点笺注批评古文辞类纂》卷十五

桓　谭

桓谭（约前 20—56 年），字君山，沛国相（今安徽濉溪西北）人。官至议郎给事中。博学多能，五经皆通。因反对谶纬，被光武帝目为"非圣无法"，几处死刑。出为六安郡丞，道病卒。著有《新论》二十九篇，早佚。清严可均《全后汉文》中有辑本。

新论·求辅[1]（节选）

昔秦王见周室之失统，丧权于诸侯，自以当保有九州。见万民碌碌，犹群羊聚猪，皆可以竿而驱之。故遂自恃，不任人封立诸侯。及陈胜、楚、汉，咸由布衣，非封君有土[2]，而并共灭秦，遂以败也。

高帝既定天下，念项王从函谷入[3]，而己由武关到[4]，推却关，修强守御，内充实三军，外多发屯戍，设穷治党与之法，重悬告反之赏。及王翁之夺取[5]，乃不犯关梁陀塞，而坐得其处。

王翁自见以专国秉政得之，即抑重臣，收下权，使事无大小深浅，皆断决于己身。及其失之，又不从大臣生焉[6]。

更始帝见王翁以失百姓心亡天下[7]，既西到京师，恃民悦喜，则自安乐，不听纳谏臣谋士。赤眉围其外，而近臣反，城遂以破败。

由是观之，夫患害奇邪不一，何可胜为设防量备哉！防备之善者，

---

[1]　选自《全后汉文》卷十三。
[2]　封君：指有封爵之人。
[3]　函谷：关名，在今河南灵宝东北。
[4]　武关：在今陕西丹凤东南。公元前 207 年刘邦由此入秦。
[5]　王翁：指王莽，以外戚篡位，建立新朝。
[6]　"及其失之"二句：王莽为农民起义所推翻。
[7]　更始帝：刘玄，字圣公。西汉皇族远支。初参加平林兵，被推为更始将军。后合于绿林军。公元 23 年称帝，年号更始。王莽新朝亡，移都长安。后长安为赤眉攻破，投降后不久处死。

则唯量贤智大材，然后先见豫图，遏将救之耳。

说明

明代方孝孺有一篇有名的《深虑论》，认为"虑天下者，常图其所难，而忽其所易；备其所可畏，而遗其所不疑。然而祸常发于所忽之中，而乱常起于不足疑之事"，论点与此篇十分相似，不知是英雄所见略同还是受到桓谭此文的启发而然。所举的例子中也有秦及西汉之事，而增添了东汉、唐、宋三个例证，这当然是桓谭所不及见者，例证虽更富，但证明的仍是桓谭所已揭示的现象。然而二文的结论却大不相同：桓谭的解决办法是，"防备之善者，则唯量贤智大材，然后先见豫图"，强调的还是智力的作用，而方孝孺则提倡修德："积至诚，用大德，以结乎天心，使天眷其德，若慈母之保赤子而不忍释，故其子孙虽有至愚不肖者，足以亡国，而天卒不忍遽亡之，此虑之远者也。"

这当然是从"家天下"的观点来看问题的，但实际上二人所论至今尚未失去其现实意义。因为，在当今之世，不管一党专政还是多党竞选，对执政党来说，都有长久在朝之想。如何做到这一点，正是许多政治家都日夜深虑的。桓谭看不起前世帝王的智力，寄希望于"贤智大材"的"先见豫图"。这点似乎颇合崇尚智力、讲究探讨规律的现代人的胃口。而方孝孺则认为这些帝王已有"出人之智，盖世之才"，但"智可以谋人，而不可以谋天"，"人有千算，天教一算"，人类的智慧毕竟还是有限的。修德以"自结于天"，看似迂阔，实际上是唯一可行之法。因为"自结于天"，即自结于民，"天视自我民视，天听自我民听"，人民是否拥护才是一个政党能否长期执政的唯一条件。

马　援

马援（前14—49年），字文渊，东汉扶风茂陵人。少慷慨有大志。新莽末，为新城大尹，后附隗嚣，继归刘秀。仕汉为伏波将军，南征交趾，立铜柱表功。有"死于边野，以马革裹尸还"之志。后在征五溪蛮时，病死军中。

诫兄子严、敦书 [1]

吾欲汝曹闻人过失 [2]，如闻父母之名 [3]，耳可得闻，而口不可得言也。好议论人长短，妄是非正法，此吾所大恶也，宁死不愿闻子孙有此行也。汝曹知吾恶之甚矣。所以复言者，施衿结缡 [4]，申父母之戒，欲使汝曹不忘之耳。龙伯高敦厚周慎 [5]，口无择言，谦约节俭，廉公有威，吾爱之重之，愿汝曹效之。杜季良豪侠好义 [6]，忧人之忧，乐人之乐，清浊无所失；父丧致客，数郡毕至，吾爱之重之，不愿汝曹效也。效伯高不得，犹为谨敕之士 [7]，所谓刻鹄不成尚类鹜者也 [8]。效季良不得，陷为天下轻薄子，

---

[1]　选自《后汉书》卷二十四《马援传》。严、敦：二人都是马援之兄马余之子，好议论人长短，结交游侠，讥刺时政。严：马严，字威卿。敦：马敦，字孺卿。

[2]　汝曹：尔辈，你等。

[3]　如闻父母之名：古礼，子女对父母的名字要避讳不言，以示敬重。

[4]　衿（jīn）：衣的交领，也作"襟"。缡（lí）：大佩巾。结缡：以巾覆首，即蒙上盖头。施衿结缡：古代女子出嫁时，父母要为之整襟，系上佩巾，并叮嘱女儿到夫家要恭敬，不出差错等。

[5]　龙伯高：名述，字伯高，京兆（今西安市西北）人，初为山都（今湖北襄阳西北）长，汉光武帝看到这封信后，提升他为零陵郡（在今湖南零陵）太守。

[6]　杜季良：名保，字季良，京兆人。汉光武帝时官越骑司马，豪侠好义，后有人上书光武，告他"为行浮薄，乱群惑众"，被免官。

[7]　谨敕：谨慎端整。

[8]　鹄（hú）：天鹅。鹜：鸭子。

所谓画虎不成反类狗者也。讫今季良尚未可知，郡将下车辄切齿[1]，州郡以为言，吾常为寒心，是以不愿子孙效也。

说明

马援为东汉初之大将，深得刘秀的器重。但他初依隗嚣，后才归刘秀，因此处世十分谨慎。而寄养在他家的两个侄子马严、马敦二人，却喜结交游侠，讽刺朝政，处世轻浮。马援对此不能不引以为忧。公元42年，马援率兵远征交趾，在万里之遥写了这封家书，谆谆告诫子侄切不可"好议论人长短，妄是非正法"。

由于是家信，这封信写得真诚坦白，毫无虚饰。作者将"闻人过失"比成"如闻父母之名"，叮嘱子侄处世务须谨慎。因在家常言此事，而今复言，自比为父母送女儿出嫁"施衿结缡"时的反复叮咛。接着以龙伯高为正面例子，杜季良为反面例子，进行比较。作者虽然对二人都很敬重，但希望子侄学龙伯高而不要效杜季良，因为"刻鹄不成尚类鹜"、"画虎不成反类狗"。这两个比喻贴切自然，形成鲜明对照，将作者的处世态度表白无遗。最后，作者还用"郡将下车辄切齿"杜季良之事进一步予以警诫，使子侄们不能不心生警惕，谨慎处世。

这封信文笔简朴，情真意切，层次清晰，环环相扣。尤其是篇中"刻鹄不成尚类鹜"、"画虎不成反类狗"两喻，后来作为成语在后世广为流传。

---

[1] 郡将：即郡守。下车：官员初到任。切齿：表示痛恨。

集评

　　林云铭曰：伏波以兄子严、敦并好讥议而通轻侠客，故自交趾还，书诫之。盖讥议人过，则敛众怨；通轻侠客，则扞文网。内既丧德，外复媒祸，大非士大夫门户之幸也。书中若直指其有是好，势必令其无以自容。故前半段止言吾愿如此，不愿如彼，以申平日所戒，使讥议人过者，有所记而不遗忘。下半段止提出龙伯高、杜季良二人行径，俱称其美，做一榜样，轻轻说个当效、不当效。且不论其效得，俱论其效不得。再单举季良之犯时忌、可为寒心处，使通轻侠客者，有所惧而不敢为。笔法异样婉切，总是一副近里著己学问。凡教子弟，皆当书一幅置其座右。

——《古文析义·初编》卷四

　　浦起龙曰：录此以闲少习，不但作文字观。

——《古文眉诠》卷三十七

　　吴楚材等曰：《戒兄子书》谆谆以黜浮返朴为计，其关系世教不浅。

——《古文观止》卷六

　　王符曾曰：轻则品低，薄则福浅。世之为轻薄子者，不自知其类狗耳。

——《古文小品咀华》卷二

王 充

王充（27—约 97 年），字仲任，东汉会稽上虞人。出身于"细族孤门"。少时，尝游洛阳太学，师事班彪。历任郡功曹、治中等，后罢职家居，从事著述。王充博览群书，反对宗教神秘主义，捍卫和发展了古代的朴素唯物主义。著有《政务》、《讥俗节义》、《养性书》和《论衡》，今唯《论衡》独存。

论衡·自纪[1]（节选）

充既疾俗情，作《讥俗》之书。又闵人君之政，徒欲治人，不得其宜，不晓其务，愁精苦思，不睹所趋[2]，故作《政务》之书。又伤伪书俗文，多不实诚[3]，故为《论衡》之书。夫贤圣殁而大义分[4]，蹉跎殊趋，各自开门[5]，通人观览，不能钉铨[6]；遥闻传授[7]，笔写耳取，在百岁之前，历日弥久[8]，以为昔古之事，所言近是[9]，信之入骨，不可自解；故作实论[10]。其文盛，其辩争[11]，浮华虚伪之语，莫不澄定，没华虚

---

[1]　《自纪》是《论衡》的最后一篇，也是王充晚年所写的自传。本文是节选。
[2]　务：事。不睹所趋：看不清努力的方向。
[3]　伤：痛恨。实诚：真实。
[4]　殁：死。分：分歧。
[5]　各自开门：各人自立门户。
[6]　通人：博通古今的人。钉铨：当作"订诠"，订正诠释之意。
[7]　遥：久远的，以前的。遥闻传授：久远的听闻代代相传。
[8]　弥：更加。
[9]　近是：大都正确。
[10]　实：应作"是"，当"此"讲。是论：指《论衡》。
[11]　争：激烈。

之文，存敦庞之朴¹，拨流失之风，反宓戏之俗²。

　　充书形露易观。或曰："口辩者其言深，笔敏者其文沉³。案经艺之文⁴，贤圣之言，鸿重优雅，难卒晓睹⁵；世读之者，训古乃下⁶。盖贤圣之材鸿，故其文语与俗不通。玉隐石间，珠匿鱼腹，非玉工珠师，莫能采得。宝物以隐闭不见⁷，实语亦宜深沉难则。《讥俗》之书，欲悟俗人，故形露其指⁸，为分别之文⁹。《论衡》之书，何为复然¹⁰？岂材有浅极，不能为覆¹¹，何文之察，与彼经艺殊轨辙也¹²？"答曰：玉隐石间，珠匿鱼腹，故为深覆；及玉色剖于石心¹³，珠光出于鱼腹，其犹隐乎¹⁴？吾文未集于简札之上，藏于胸臆之中，犹玉隐珠匿也；及出核露，犹玉剖珠出乎！烂若天文之照，顺若地理之晓¹⁵，嫌疑隐微，尽可名处¹⁶，且名白¹⁷，事自定也。《论衡》者，论之平也。口则务在明言¹⁸，笔则务在露文。高士之文雅，言无不可晓，指无不可睹。观读之者，晓然若盲

---

[1] 没：消除。敦庞：敦厚。
[2] 拨：矫正。流失之风：指当时流行的不正之风。反：同"返"，返回。宓（fú）戏：即伏羲，指伏羲氏。
[3] 沉：深沉，含蓄。
[4] 经艺：指《诗》、《书》、《礼》、《乐》、《易》、《春秋》六部儒家经典，亦称"六经"或"六艺"。
[5] 卒：同"猝（cù）"，仓猝。
[6] 训古：即训诂，对古书字句加以注释。训古乃下：必须靠对字句的注释才能读得下去。
[7] 见（xiàn）：同"现"，外露。
[8] 指：通"旨"，旨意。
[9] 分别：分明，指通俗易懂。
[10] 何为复然：为何还要这样呢？
[11] 浅极：浅陋到了极点。覆：隐藏，含蓄。
[12] 轨辙：指车轮碾过的痕迹。比喻截然不同。
[13] 及：等到。
[14] 其：通"岂"，难道。
[15] 烂：绚烂。照：照耀。顺：有条理。地理：指山脉河流。晓：清楚。
[16] 名：说出名目。处：作出判断。
[17] 名白：事情搞明白了。
[18] 明言：把话说明白。

之开目，聆然若聋之通耳。三年盲子，卒见父母，不察察相识¹，安肯说喜²？道畔巨树³，堑边长沟，所居昭察⁴，人莫不知；使树不巨而隐，沟不长而匿，以斯示人⁵，尧舜犹惑。人面色部七十有余⁶，颊肌明洁，五色分别，隐微忧喜，皆可得察，占射之者⁷，十不失一；使面黯而黑丑，垢重袭而覆部⁸，占射之者，十而失九。夫文由语也⁹，或浅露分别，或深迂优雅，孰为辩者¹⁰？故口言以明志，言恐灭遗，故著之文字。文字与言同趋，何为犹当隐闭指意¹¹？狱当嫌辜¹²，卿决疑事¹³，浑沌难晓，与彼分明可知，孰为良吏？夫口论以分明为公¹⁴，笔辩以核露为通，吏文以昭察为良¹⁵。深覆典雅，指意难睹，唯赋颂耳。经传之文，贤圣之语，古今言殊，四方谈异也¹⁶。当言事时，非务难知，使指闭隐也。后人不晓，世相离远，此名曰语异，不名曰材鸿¹⁷。浅文读之难晓，名曰不巧，不名曰知明¹⁸。秦始皇读韩非之书，叹曰："犹独不得此人同时¹⁹。"其文可晓，

---

[1]　察察：清清楚楚。

[2]　说：通"悦"。

[3]　畔：旁。

[4]　昭察：明显。

[5]　斯：此。

[6]　色：气色。部：部位。古代的相术将人的面部分成七十多个部位，依据这些部位的气色变化，可以预测吉凶。

[7]　占：占卜。射：猜测。占射之者：相命的人。

[8]　重袭：一层一层。覆：遮盖。

[9]　由：通"犹"，如同。

[10]　孰：谁。辩者：能言善辩的人。

[11]　隐闭指意：把宗旨隐藏起来。

[12]　狱：狱吏。当：审判定罪。嫌辜：复杂疑难案件。

[13]　卿：古代官名，这里指朝廷主管司法的高级官吏廷尉。

[14]　公：通"功"。

[15]　吏文：指公文。

[16]　谈：言谈，指方言。

[17]　鸿：大。

[18]　知明：才智高明。

[19]　独：偏偏。

故其事可思¹。如深鸿优雅，须师乃学，投之于地，何叹之有？夫笔著者欲其易晓而难为²，不贵难知而易造³。口论务解纷而可听，不务深迂而难睹。孟子相贤，以眸子明瞭者⁴；察文，以义可晓。

充书违诡于俗⁵。或难曰："文贵夫顺合众心，不违人意；百人读之莫谴，千人闻之莫怪。故《管子》曰：'言室满室，言堂满堂⁶。'今殆说不与世同⁷，故文刺于俗⁸，不合于众。"答曰：论贵是而不务华⁹，事尚然而不高合¹⁰。论说辩然否¹¹，安得不谲常心、逆俗耳¹²？众心非而不从¹³，故丧黜其伪而存定其真。如当从众顺人心者，循旧守雅，讽习而已，何辩之有？孔子侍坐于鲁哀公；公赐桃与黍，孔子先食黍而啖桃，可谓得食序矣¹⁴；然左右皆掩口而笑，贯俗之日久也¹⁵。今吾实犹孔子之序食也；俗人违之，犹左右之掩口也。善雅歌，于郑为人悲¹⁶；礼舞，于赵为不好。尧、舜之

---

[1]　其事可思：他讲的事情令人深思。
[2]　欲其易晓而难为：希望作品通俗易晓而写时却很费功夫（斟酌如何做到通俗易晓）。
[3]　贵：推崇。
[4]　相：观察。眸子：眼珠。明瞭：明亮。事出《孟子·离娄上》。
[5]　违诡：违背。
[6]　语出《管子·牧民篇》。意思是：不论在室或堂发言，都能令所有在座的人满意。
[7]　殆：大概。说：学说、言论。
[8]　刺（lá）：违背。
[9]　是：正确，此指内容正确。
[10]　尚：推尚，讲究。然：正确，对。合：迎合。
[11]　辩：通"辨"，辨别。然否：是非。
[12]　谲（jué）：违背。
[13]　非：不正确。众心非而不从：众人的意见不正确，而我不愿顺从。
[14]　啖（dàn）：吃。孔子先食黍而啖桃：语见《韩非子·外储说》，又见《孔子家语·子路初见》。鲁哀公给孔子桃和黍，孔子先吃黍后吃桃，众人掩口而笑。哀公说：黍是擦桃用的，不是让你吃的。孔子答：五谷之中黍为上，六种水果之中桃为下，先吃黍后吃桃才合乎礼仪要求。
[15]　贯：通"惯"。
[16]　雅歌：指所谓正规音乐。悲：指音乐动人。人悲：疑为"不悲"之误，与下文"不好"相对。春秋时期，郑、卫两国流行民间音乐，所以雅歌在这些地区不受欢迎。

典，伍伯不肯观¹；孔、墨之籍，季孟不肯读²。宁危之计，黜于闾巷³；拨世之言，訾于品俗⁴。有美味于斯，俗人不嗜，狄牙甘食⁵；有宝玉于是，俗人投之，卞和佩服⁶。孰是孰非？可信者谁？礼俗相背，何世不然？鲁文逆祀，畔者五人⁷。盖犹是之语，高士不舍，俗夫不好；惑众之书，贤者欣颂，愚者逃顿⁸。

充书不能纯美。或曰："口无择言⁹，笔无择文。文必丽以好，言必辩以巧。言瞭于耳¹⁰，则事味于心¹¹；文察于目，则篇留于手¹²。故辩言无不听，丽文无不写¹³。今新书既在论譬¹⁴，说俗为戾¹⁵，又不美好，于观不快。盖师旷调音，曲无不悲；狄牙和膳，肴无淡味；然则通人造书，文无瑕秽。《吕氏》、《淮南》¹⁶，悬于市门，观读之者，无訾一言。今无二书之美，文虽众盛，犹多谴毁。"答曰：夫养实者不育华¹⁷，

---

[1]　尧、舜之典：指《尚书》中《尧典》和《舜典》。伍伯：即五霸。指春秋时期的五位霸主：齐桓公、晋文公、楚庄王、宋襄公、秦穆公。

[2]　孔、墨之籍：孔子、墨子的书。季孟：指鲁国新兴地主阶级代表人物季孙氏和孟孙氏。

[3]　宁危之计：安危之计。闾巷：代指一般老百姓。

[4]　訾（zǐ）：诋毁。品：众。

[5]　甘食：以食为甘。

[6]　投：抛弃。佩服：佩带。

[7]　鲁文：鲁文公，春秋时鲁国的君主。逆祀：祭祀祖先时先近后远。事见《公羊传·定公七年》。据《论衡·定贤篇》，这里应为："鲁文逆祀，去者三人；定公顺祀，畔者五人。"定公：鲁定公。畔：通"叛"，离开。

[8]　顿：舍弃。

[9]　择：败。这里指不美、不佳。

[10]　瞭：明瞭，这里指动听。

[11]　味：玩味，体味。

[12]　留于手：不忍释手。

[13]　丽文无不写：华丽的文章，没有人不争相传抄的。

[14]　新书：指《论衡》。论譬：通过譬喻来发表议论。

[15]　说：议论，批评。戾：乖戾，不合情理。

[16]　《吕氏》：指《吕氏春秋》，是战国后期秦承相吕不韦及其门客共同编写而成。《淮南》：指《淮南子》，是汉武帝时淮南王刘安及其门客编写的一部书。

[17]　实：果实。华：同"花"。

调行者不饰辞¹，丰草多华英²，茂林多枯枝。为文欲显白其为，安能令文而无谴毁？救火拯溺，义不得好³；辩论是非，言不得巧。入泽随龟，不暇调足⁴；深渊捕蛟，不暇定手⁵。言奸辞简，指趋妙远⁶；语甘文峭⁷，务意浅小。稻谷千钟，糠皮太半⁸；阅钱满亿，穿决出万⁹。大羹必有淡味¹⁰，至宝必有瑕秽；大简必有大好，良工必有不巧¹¹。然则辩言必有所屈，通文犹有所黜¹²。言金由贵家起¹³，文粪自贱室出¹⁴。《淮南》、《吕氏》之无累害，所由出者，家富官贵也。夫贵，故得悬于市；富，故有千金副¹⁵。观读之者，惶恐畏忌，虽见乖不合，焉敢谴一字？

充书既成，或稽合于古，不类前人¹⁶。或曰："谓之饰文偶辞，或径或迂¹⁷，或屈或舒¹⁸，谓之论道，实事委琐¹⁹，文给甘酸²⁰，谐于经不验²¹，

---

[1]　调：调理，修养。
[2]　华：疑当作"落"。英：花。
[3]　义：通"仪"，仪表、姿态。
[4]　随：追逐。不暇：顾不上。调足：调整步伐。
[5]　不暇定手：顾不上决定用哪只手去抓。
[6]　奸：通"干"，干犯，这里意谓直率。指趋：宗旨。
[7]　峭：通"俏"。
[8]　稻谷：疑当作"啚谷"，与下文"阅钱"相对。钟：古代一种容量单位。太半：大半。
[9]　阅：积聚。穿：孔穴，指圆钱中心的方孔，用来穿绳。决：裂口。
[10]　大羹：即太羹，古代祭祀时一种不加佐料的肉汤。
[11]　大简：这里指作文章的高手。大好：疑当作"不好"，与下文"不巧"相对。
[12]　所屈：理亏的地方。所黜：可以指责的地方。
[13]　言金由贵家起：一字千金是因出自权贵之口。
[14]　文粪自贱室出：文如粪土是因出自贱室平民之口。
[15]　副：相配。
[16]　稽：考查。合：对照。类：类同、相同。
[17]　径：直截了当。迂：迂回曲折。
[18]　屈：拐弯抹角。舒：平铺直叙。
[19]　委琐：琐碎。
[20]　给：充足、具备。
[21]　谐：合，此指对照。经：指儒家经典。验：符合。

集于传不合[1]，稽之子长不当[2]，内之子云不入[3]。文不与前相似，安得名佳好、称工巧[4]？"答曰：饰貌以强类者失形，调辞以务似者失情[5]。百夫之子，不同父母；殊类而生，不必相似；各以所禀[6]，自为佳好。文必有与合，然后称善，是则代匠斫不伤手[7]，然后称工巧也。文士之务，各有所从：或调辞以巧文，或辩伪以实事。必谋虑有合，文辞相袭，是则五帝不异事、三王不殊业也。美色不同面，皆佳于目；悲音不共声，皆快于耳。酒醴异气[8]，饮之皆醉；百谷殊味，食之皆饱。谓文当与前合，是谓舜眉当复八采，禹目当复重瞳[9]。

充书文重[10]。或曰："文贵约而指通[11]，言尚省而趋明。辩士之言要而达[12]，文人之辞寡而章[13]。今所作新书，出万言[14]，繁不省，则读者不能尽；篇非一，则传者不能领。被躁人之名[15]，以多为不善，语约易言，文重难得。玉少石多，多者不为珍；龙少鱼众，少者固为神。"答曰：有是言也。盖寡言无多，而华文无寡。为世用者，百篇无害；不为用者，一

---

[1]　集：杂，放在一起，此指比较。传（zhuàn）：解释经书的文字。
[2]　子长：司马迁的字。不当：不适当。
[3]　内：同"纳"，纳入。子云：扬雄的字。扬雄：西汉末文学家。
[4]　名：称得上。
[5]　强类：强求类似。调辞：修辞。
[6]　禀：承受。
[7]　斫：砍，削。代匠斫不伤手：语见《老子》第四十七章："夫代大匠斫者，希有不伤其手矣。"意思是代替大匠砍木头的人，很少有不伤手的。
[8]　醴（lǐ）：甜酒。
[9]　舜眉、禹目：《论衡·骨相篇》："尧眉八采，舜目重瞳。"舜眉、禹目是反语，大意是为文要求复古，则无异于要舜的眉毛像尧一样有八种颜色，要禹的眼睛像舜一样有重瞳。重瞳：每个眼睛里有两个瞳仁。
[10]　文重：指文章篇幅长、分量大。
[11]　约：简练。
[12]　要：扼要。
[13]　章：鲜明。
[14]　出万言：超过一万字。形容字数多。
[15]　被：遭受。躁人：指性情浮躁而话却不得要领的人。

章无补¹。如皆为用，则多者为上，少者为下。累积千金，比于一百，孰为富者？盖文多胜寡，财寡愈贫²。世无一卷，吾有百篇；人无一字，吾有万言，孰者为贤？今不曰所言非而云泰多，不曰世不好善而云不能领，斯盖吾书所以不得省也³。夫宅舍多，土地不得小；户口众，簿籍不得少；今失实之事多，华虚之语众，指实定宜，辩争之言，安得约径⁴？韩非之书，一条无异⁵，篇以十第⁶，文以万数。夫形大，衣不得褊⁷；事众，文不得褊。事众文饶，水大鱼多。帝都穀多，王市肩磨⁸。书虽文重，所论百种。按古太公望⁹，近董仲舒¹⁰，传作书篇百有余，吾书亦才出百，而云泰多，盖谓所以出者微¹¹，观读之者不能不谴呵也¹²。河水沛沛¹³，比夫众川，孰者为大？虫茧重厚，称其出丝¹⁴，孰为多者？

说明

这是《论衡》的最后一篇，王充的自叙传。这里我们选取了他谈论自己著作特点的几节。

---

[1] 补：益。
[2] 愈：胜过。
[3] 省：简约。
[4] 约径：简短。
[5] 一条无异：中心思想只有一条，没有别的。
[6] 第：排列次序。
[7] 褊（biǎn）：衣小。
[8] 王市：国都的街市。磨：即摩。肩磨：肩碰肩，形容人多。
[9] 太公望：吕尚，亦称姜尚。
[10] 董仲舒：西汉宣扬天人感应的儒生代表。
[11] 盖谓所以出者微：因为作者地位卑贱。
[12] 呵：斥责。
[13] 沛沛：形容水势汹涌澎湃。
[14] 重厚：又重又厚的蚕茧。称（chēng）：量。出丝：缫出的蚕丝。

他认为《论衡》有"形露易观"、"违诡于俗"、"不能纯美"、"不类前人"、"文繁不省"五个特点，对每个特点，他都用答问的形式加以解释。文字朴质，但有时却显得繁冗，然而他自己并不认为是一个缺点。

集评

葛洪曰：王充年在耳顺，道穷望绝，惧声名偕灭，故以《自纪》终篇。

——《抱朴子·自叙》

又曰：世说王充一代英伟，汉兴以来未有充比。若所著文，时有小疵；犹邓林之枯枝，又若沧海之流芥，未易贬者也。

——据《北堂书钞》卷一百、《太平御览》
卷五百九十九引《抱朴子》佚文

刘熙载曰：《论衡》奇创，略近《淮南子》。

——《艺概·文概》

周广业曰：案是书之成，人固有嫌其太繁者，《抱朴子》辩之详矣。汉末王景兴、虞仲翔辈俱盛称之，而蔡中郎直秘为谈助，或取数卷去，亟戒勿广，其珍重如此。宋儒乃以为无奇，且訾其义乏精核，词少肃括，此又稚川所谓守灯烛之辉、游潢汗之浅者也。夫论之为体，所以辨正然否；故仲任自言：《论衡》以一言蔽之，曰疾虚妄。虽间有过当，然如"九虚"、"三增"之类，皆经传宿疑，当世槃结，其文不可得略。况门户枦榱，各置笔砚，成之甚非易事。

——《意林注·论衡跋》

章炳麟曰：华言积而不足以昭事理，故王充始变其术，曰：夫笔著者欲其易晓而难为，不贵难知而易造；口论务解纷而可听，不务深迂而难睹也。作为《论衡》，趣以正虚妄、审向背。怀疑之论，分析百端，有所发摘，不避上圣。汉得一人焉，足以振耻。至于今亦鲜有能逮者也。

——《检论·学变篇》

班　固

班固（32—92年），字孟坚，扶风安陵（今陕西咸阳市东）人，东汉史学家、文学家。其父班彪续补《史记》作《史记后传》，未成而故。班固归里继承父业，被人告发私改国史，下狱。其弟班超上书解释，班固始得获释，并得明帝的赏识，任为兰台令史，后迁为郎，奉诏撰写《汉书》，历二十余年而成。和帝永元元年，班固随窦宪出征匈奴。大破匈奴之后，勒石燕然山的铭文，相传即为班固所作。不久窦宪因谋反案被杀，班固受牵连被捕，死于狱中。

班固的《汉书》是我国第一部纪传体断代史，全书有纪十二篇、表八篇、志十篇、列传七十篇，起自汉高祖元年，止于王莽地皇四年，记述了二百二十九年的主要史实。《汉书》评价历史人物往往从封建正统观念出发，思想高度不及《史记》。但作为一部史书，它史料丰富，保存了许多重要文献，且文字整饬，措辞渊雅，语言简练，结构谨严，历来"班马"并称，足见其地位之重要。

班固还是汉代的重要辞赋家，有《两都赋》、《答宾戏》、《幽通赋》等。

记秦始皇本纪后 [1]

周历已移，仁不代母 [2]。秦直其位，吕政残虐 [3]。然以诸侯十三 [4]，并兼

---

[1]　选自《史记》卷六《秦始皇本纪》后所附。汉明帝读《秦始皇本纪》，见司马迁赞中引贾谊《过秦论》所言"向使子婴有庸主之才，仅得中佐，秦之社稷，未宜绝也"之语，问班固是否正确，班认为此论为非，于是写了这篇文章说明理由。

[2]　周历：周之历数。仁不代母：按五德终始之术，周属木德，汉为火德，木生火，周当为汉之母；而中间插入一个秦，则汉之仁不能代周之母而王矣。

[3]　吕政：传说秦皇嬴政是吕不韦之子，故云。

[4]　诸侯十三：嬴政初为秦王，年十三。

天下，极情纵欲，养育宗亲。三十七年，兵无所不加，制作政令，施于后王。盖得圣人之威，河神授图[1]，据狼、弧[2]，蹈参、伐[3]，佐政驱除，距之称始皇[4]。始皇既没，胡亥极愚，郦山未毕[5]，复作阿房[6]，以遂前策。云："凡所为贵有天下者，肆意极欲，大臣至欲罢先君所为。"诛斯、去疾[7]，任用赵高[8]，痛哉言乎！人头畜鸣[9]，不威不伐，恶不笃不虚亡[10]，距之不得留，残虐以促期，虽居形便之国[11]，犹不得存。

子婴度次得嗣[12]，冠玉冠，佩华绂，车黄屋[13]，从百司，谒七庙[14]。小人乘非位，莫不恍忽失守，偷安日日。独能长念却虑，父子作权，近取于户牖之间，竟诛猾臣，为君讨贼[15]。高死之后，宾婚未得尽相劳，餐未及下咽，酒未及濡唇，楚兵已屠关中[16]，真人翔霸上[17]，素车婴组，奉其符玺，以归帝者[18]。郑伯茅旌鸾刀，严王退舍[19]。河决不可复壅，鱼烂不可复全。贾谊、司马迁曰："向使婴有庸主之才，仅得中佐，山东虽乱，秦之地可

---

[1] 河神授图：传说秦皇以白璧沉河，有一黑公从河出，献二玉璇。
[2] 狼、弧：主弓矢之星。
[3] 参、伐：主斩伐之星。
[4] 距之：至此。
[5] 郦山：在今陕西临潼南，始皇葬于其地附近。
[6] 阿房：宫名，秦二世所筑。
[7] 斯：李斯，时为左丞相。去疾：冯去疾，时任右丞相。
[8] 赵高：宦官，乱政奸臣。
[9] 人头畜鸣：意为徒具人形，实为牲畜。
[10] 恶不笃不虚亡：意谓恶不深不会导致亡国。
[11] 形便之国：形势便于攻守之国。
[12] 子婴：秦二世之兄之子。秦二世被赵高逼死后，赵高立子婴为王。
[13] 黄屋：以黄缯为里的车盖，天子所用。
[14] 七庙：天子有七庙。
[15] "独能"五句：子婴与其子二人商议，称病不能庙见受玺，赵高亲往请，子婴遂刺杀赵高于斋宫。猾臣：乱臣。
[16] 楚兵已屠关中：指项羽率军入关。
[17] 真人：指刘邦。翔：止也。详《项羽本纪》。
[18] 婴：系于颈。组：丝带。刘邦入关后，子婴即系颈以组，白马素车，奉天子符玺降。
[19] "郑伯"二句：指楚庄王伐郑而胜，郑伯肉袒，左执茅旌，右执鸾刀来迎接庄王。庄王便挥旌让军队后退七里。这里以古事来比子婴之降。茅旌：祀宗庙所用。鸾刀：宗庙切割之刀。

全而有，宗庙之祀未当绝也。"秦之积衰，天下土崩瓦解，虽有周旦之材[1]，无所复陈其巧，而以责一日之孤[2]，误哉！俗传秦始皇起罪恶，胡亥极，得其理矣。复责小子[3]，云秦地可全，所谓不通时变者也。

纪季以酅，《春秋》不名[4]。吾读《秦纪》，至于子婴车裂赵高，未尝不健其决、怜其志。婴死生之义备矣。

说明

贾谊、司马迁都认为，如果秦王子婴有庸主之才，能够得到一个也是中材的辅佐之臣，尚可保留关中一隅，不致沦为亡国之君。班固却不赞成这种看法，恰好汉明帝也对这个问题颇感兴趣，咨询于班固，班固便表达了自己的意见，并回家撰成了这篇论文。

详班固之意是说，秦朝到了二世，已经恶贯满盈了，"河决不可复壅，鱼烂不可复全"，"天下土崩瓦解"，即使周公复生也无法支撑，何况子婴。而且，子婴能计杀赵高，也不是无谋少决之辈，其才能甚至超过庸主，所以，秦之灭亡实际上是不可逆转的。

这个意思本可写成一篇贾谊式的论文，但班固这位殿前作赋之才却将它作为美文来写作了。如"子婴即位"之意，却用上"冠玉冠，佩华绂，车黄屋，从百司，谒七庙"五句，这分明是汉赋的铺张句式；如赵高死后，关中不旋踵而失之事，他也写成"宾婚未得尽相劳，餐未及下

[1]　周旦：指周公，姓姬名旦。
[2]　孤：君王自称。一日之孤指做了四十六天秦王的子婴。
[3]　小子：指子婴。
[4]　"纪季以酅"二句：纪季是纪侯之弟。纪先世与齐国有仇，而且其曲在纪。齐大纪小，纪季知纪国必亡，故将酅（xī）献于齐，以存祖庙。《春秋》以其贤，遂不名而称字。

咽，酒未及濡唇，楚兵已屠关中"。才人技痒，见题难免忍俊不禁，但有些句子读来未免有些佶屈聱牙。

　　篇末用《公羊传》之语，以春秋时代纪季向齐国献酅以求保全季国祖庙之举来比子婴素车白马、奉符玺于汉高祖之事，傅会经术，乃是汉时风气，班固自亦不能例外。不然的话，就会被人讥为没有"理论修养"了，后世何尝不然！

集评

　　张裕钊曰：奇辞奥旨，萼附相承，而其气特雄直。篇末佐以经术，乃尔蔚然以茂，窈然而深。

——《两汉文举要》

李 固

李固（94—148 年），字子坚，东汉汉中南郑（今陕西南郑县）人。历事顺帝、冲帝、质帝、桓帝，官至太尉。在朝廷，敢于直言，为当时鲠直派官僚的领袖，曾因反对宦官、外戚专权，屡遭诬陷。汉桓帝幼年继位，梁太后临朝，外戚梁冀掌管朝政，为维护梁家长期专权，并用外戚、宦官，李固被诬陷有异谋而惨遭杀戮。

遗黄琼书 [1]

闻已度伊洛，近在万岁亭 [2]，岂即事有渐，将顺王命乎 [3]？

盖君子谓"伯夷隘，柳下惠不恭 [4]"，故传曰："不夷不惠，可否之间 [5]。"盖圣贤居身之所珍也 [6]。诚遂欲枕山栖谷，拟迹巢由 [7]，斯则可矣 [8]；

---

[1]　选自《后汉书》卷六十一《左周黄列传》。

[2]　度：同"渡"。伊洛：伊水、洛水。伊水：又称伊川，流经河南西部，在偃师县入洛河。洛水：今名洛河，流经陕西东南部、河南西部，在巩县入黄河。万岁亭：在今河南登封县，靠近洛阳。亭是基层地方组织。

[3]　即事：就事，指出来做官。有渐：逐渐地。"有"字是助词，无实际意义。这句话大意是莫不是你愿意逐渐参与政事，准备接受朝廷的任命吗？

[4]　伯夷：见《史记·伯夷列传》注。隘：心胸狭隘、固执。柳下惠：春秋时鲁国大夫，姓展，名获，字禽。封地在柳下，故称柳下惠。惠是他死后的谥号。柳下惠曾任士师（掌管刑狱的官），三次被贬职，却仍旧继任，所以说他不恭。不恭：不严肃，不自重。

[5]　传（zhuàn）：指解释古书经义的文字，这里指扬雄写的《法言》。引文见《法言·渊骞》。不夷不惠：不作伯夷，也不作柳下惠。可否之间：既不像伯夷那样固执，也不像柳下惠那样随便，而是要在他们中间取长补短。

[6]　盖：大概。居身：立身处世。这句大意是：大概这就是圣贤所珍惜的立身处世的态度吧。

[7]　诚：果真。枕山：以山陵为枕头。栖谷：以山谷为栖身之所。枕山栖谷：指隐居于深山幽谷。拟迹：效法……的行为。巢由：指巢父和许由，都是唐尧时的隐士。相传尧曾先后欲让位于二人，二人出逃，农耕而食。

[8]　斯：这。指黄琼称疾不进的做法。

若当辅政济民，今其时也¹。自生民以来，善政少而乱俗多²，必待尧舜之君，此为志士终无时矣³。

常闻语曰⁴："峣峣者易缺，皎皎者易污⁵。"《阳春》之曲，和者必寡⁶。盛名之下，其实难副⁷。近鲁阳樊君被徵初至，朝廷设坛席，犹待神明⁸；虽无大异，而言行所守无缺⁹；而毁谤布流，应时折减者，岂非观听望深，声名太盛乎¹⁰？自顷徵聘之士胡元安、薛孟尝、朱仲昭、顾季鸿等¹¹，其功业皆无所采¹²，是故俗论皆言处士纯盗虚声¹³。愿先生弘此远谟，令众人叹服，一雪此言耳¹⁴！

---

[1] 辅政济民：助理朝政，拯救人民。

[2] 自生民以来：自有人民以来。善政：良好的政治。乱俗：混乱的社会风气。

[3] "必待"两句：必定要等待有尧、舜那样的贤君才肯出来做官，那么要做一个辅政济民的有志之士，便永远没有机会。

[4] 语：俗语、谚语。

[5] 峣峣（yáo）：高峻的样子。皎皎：洁白。"峣峣"两句：很高的东西容易被碰坏，过于洁白的东西容易被弄脏。

[6] 《阳春》之曲：指《阳春》、《白雪》，属高雅乐曲。《楚辞·宋玉对楚王问》中有"其为《阳春》、《白雪》，国中属而和者不过数十人"。和（hè）：应和。这句大意是曲调越高雅，跟着唱的人就越少。

[7] 盛名：很大的名声。副：相称、相适合。这句说，名声太大了，实际就很难与名声相适合。

[8] 近：近来。鲁阳：在今河南鲁山县。樊君：即樊英，字季齐，鲁阳人。《后汉书·方术传》说他精通《五经》和术数之学，隐居于壶山（今河南泌阳县东北），生徒众多，为当时名士。汉顺帝以礼征召他，他勉强到京都洛阳，仍称病不起。后来顺帝为他设坛，待若神明，他才不敢再辞。但他只会空谈，见识平常，并没有特殊表现。

[9] 异：不平常。这两句说，这个人虽然没什么突出的表现，但他的所作所为也没有什么过失。

[10] 布流：散布流传。应时：即时。折减：降低，下降。观听望深：是说人们对樊英久闻其名，期待太高。

[11] 顷：近来，不久以前。胡元安：名定，字元安。薛孟尝：名包，字孟尝。朱仲昭：未详。顾季鸿：名奉，字季鸿。四人都是被汉朝徵召来的名士。

[12] 采：可取。这句说，他们的功业都没有什么可取的。

[13] 处士：封建时代隐居不仕的知识分子。纯盗虚声：纯粹是盗取虚名。

[14] 弘：大，大力施展。谟：谋划。雪：洗刷掉。此言：指上面"外士纯盗虚声"的舆论。耳：语末助词，犹言"吧"。

说明

黄琼，字世英，江夏安陆（今湖北省安陆县）人。顺帝永建二年（127年），黄琼因公卿推荐，被徵入京（今洛阳），行至纶氏（今河南登封县），称疾不进。后受诏，不得已，前行赴洛。前此徵聘的处士，多名不副实。李固素来仰慕黄琼，于是在黄琼将至洛阳的时候，写成此书，阐述了自己对处士应徵受辟的态度，希望黄琼勿负众望，辅政济民。

文章首段，寥寥几句，亲切自然。"岂即事有渐，将顺王命乎"，含蓄地流露出写此信的意图。第二段，作者杂引经传，说明了圣人贤士立身处世的态度："不夷不惠，可否之间。"又以"自生民以来，善政少而乱俗多"，激励黄琼出而用世。作者认为"必待尧舜之君"，则志士不可能有施展抱负之时，身逢乱世，反而可以施行匡济。这是对传统观点"有道则仕，无道则隐"的挑战。最后一段，作者借用俗语典故，以鲁阳樊君为例，以当时处士被徵而大多有负众望之事来激励黄琼勿图虚名，要有所作为，以改变世俗对处士的成见。

这封信篇幅短小，言简意赅，诚挚感人。风格简淡自然，章法无拘无束，讲究措辞，起讫自然，对魏晋笺启有一定影响。

集评

林云铭曰：殷深源、房次律辈若始终高卧林泉，王介甫若始经侧身翰苑，千载而下犹能令人想杀。盛名难副之规，吾不能不服谢东山、司马涑水矣。出处可易言哉！

——《古文析义·初编》卷四

王符曾曰：爱黄故规黄，不似他人但解标榜也。

——《古文小品咀华》卷二

陈仁锡曰：议论高卓，宜日置案头，焚香静读。

——《古文分编集评·二集上》卷二

谢立夫曰：观听望深，局外人往往好作凉薄语。遽以雪耻为分内事，志士自应尔尔。

——《古文分编集评·二集上》卷二

蔡 邕

蔡邕（133—192年），字伯喈，陈留圉（今河南杞县南）人。灵帝时为议郎，因上书论朝政之失，遭诬陷，流放朔方。遇赦后，畏宦官迫害，亡命江湖十余年。董卓专政，被迫为侍御史，官左中郎将。卓被诛后，邕为王允所捕，死于狱中。邕博学多能，经史、音律、天文，无所不通。辞章与书法亦有名于时。著有《蔡中郎集》。

郭有道碑文 [1]

先生讳泰，字林宗，太原界休人也 [2]。其先出自有周，王季之穆，有虢叔者 [3]，寔有懿德，文王咨焉。建国命氏，或谓之郭 [4]，即其后也。

先生诞应天衷 [5]，聪睿明哲 [6]，孝友温恭，仁笃慈惠。夫其器量弘深，姿度广大，浩浩焉，汪汪焉，奥乎不可测已 [7]。若乃砥节厉行，直道正辞，贞固足以干事 [8]，隐括足以矫时 [9]。遂考览《六经》，探综图纬 [10]，

---

[1]　选自《蔡中郎集》卷五。郭有道：郭泰，东汉末太学生领袖，曾被辟举为有道（汉代选举科目之一）。党锢之祸起，闭门教授，生徒数千，卒于家，四方人士来会葬者千余人。
[2]　界休：今山西介休。
[3]　虢叔：王季之子，文王之母弟。
[4]　或谓之郭：古"虢"与"郭"通。
[5]　诞：大。
[6]　睿：圣。
[7]　奥：深。
[8]　贞固足以干事：《易经·乾·文言》中句。
[9]　隐括：矫正曲木之器。
[10]　图：河图。纬：纬书。

周流华夏，随集帝学。收文、武之将坠[1]，拯微言之未绝[2]。

于时缨緌之徒[3]，绅佩之士[4]，望形表而影附[5]，聆嘉声而响和者[6]，犹百川之归巨海，鳞介之宗龟龙也[7]。尔乃潜隐衡门[8]，收朋勤诲，童蒙赖焉，用祛其蔽[9]。

州郡闻德，虚己备礼，莫之能致。群公休之，遂辟司徒掾，又举有道，皆以疾辞[10]。将蹈洪涯之遐迹[11]，绍巢、许之绝轨[12]，翔区外以舒翼，超天衢以高峙。禀命不融[13]，享年四十有二，以建宁二年正月乙亥卒。

凡我四方同好之人，永怀哀悼，靡所寘念。乃相与惟先生之德[14]，以谋不朽之事。佥以为先民既没[15]，而德音犹存者[16]，亦赖之于见述也。今其如何，而阙斯礼。于是树碑表墓，昭铭景行[17]，俾芳烈奋于百世[18]，令闻显于无穷。其辞曰：

---

[1]　文、武之将坠：《论语·子张》："文、武之道，未坠于地，在人；贤者识其大者，不贤者志其小者。"

[2]　微言：含义深远精微之言。《汉书·艺文志》："昔仲尼没而微言绝。"

[3]　缨：系冠于颈下的带子。緌：缨的饰品。

[4]　绅：大带。佩：佩玉。

[5]　表：竿子。

[6]　响：回声。

[7]　"鳞介"句：《大戴礼·曾子天圆》："介虫之精者曰龟，鳞虫之精者曰龙。"

[8]　衡门：横木为门，穷人所居。

[9]　祛：去除。《后汉书·郭太（泰）传》："及党事起，知名之士，多被其害，惟林宗及汝南袁闳得免焉。遂闭门教授，弟子以千数"。

[10]　"州郡闻德"七句：司徒黄琼辟郭泰太常，赵典举郭泰有道，他均未应命。休：美。掾：司徒之吏。

[11]　洪涯：神仙名。

[12]　巢、许：巢父、许由，尧时隐士。

[13]　融：长。

[14]　惟：思。

[15]　佥：皆。

[16]　德音：好的声誉。与下文"令闻"同义。

[17]　景行：高尚的德行。

[18]　芳烈：美好的事迹。

於休先生[1]，明德通玄[2]。纯懿淑灵，受之自天。崇壮幽浚[3]，如山如渊。礼乐是悦，《诗》《书》是敦。匪惟摭华[4]，乃寻厥根。宫墙重仞，允得其门[5]。懿乎其纯，确乎其操。洋洋搢绅[6]，言观其高。栖迟泌丘[7]，善诱能教。赫赫三事[8]，几行其招。委辞召贡[9]，保此清妙。降年不永[10]，民斯悲悼。爰勒兹铭，摘其光耀[11]。嗟尔来世，是则是效[12]。

说明

东汉以后，骈俪渐行，"往往以单行之语运排偶之词"（刘师培《论文杂记》），蔡邕的这篇碑文就是一个例子。欣赏这种文体，和欣赏纯单行之文不同，应当注意其构词造句之工，而不能苛求其叙事抒情亦妙。比如这篇文字，毫无细节描写，只是一些抽象的"品德评语"，和汉代班、马之史笔，唐代韩、柳之碑文，刻画人物、描绘情节之精彩迥乎不同。作者的精力既萃于斯，而时人之所重，也在于此。人们要求的仅是这种汝南月旦式的评语，用来给死者盖棺论定就够了。如果出现史传式的叙写，也许人们就会觉得"破体"，未必肯树在墓前。这是时代风气使

---

[1]　於（wū）休：叹美之辞。
[2]　玄：道。
[3]　浚：深。
[4]　摭：采。
[5]　"宫墙"二句：《论语·子张》："子贡曰：譬之宫墙，夫子之墙数仞。"
[6]　搢：插。绅：大带。人仕者插笏于绅，谓之搢绅。
[7]　"栖迟"句：《诗经·衡门》："衡门之下，可以栖迟。泌之洋洋，可以乐饥。"
[8]　赫赫：盛貌。三事：三公。后汉以太尉、司徒、司空为三公。
[9]　委辞召贡：言有召贡者，委弃而辞之。
[10]　降年不永：言寿命不长。
[11]　摘：布。
[12]　来世：指后人。则：作为榜样。《诗经·鹿鸣》："君子是则是傚。"效、傚字通。

然。要到八代之后韩愈起而提倡古文，文人的集子中才会出现绘声绘色的碑传文字。

蔡邕是当时"谀墓"的能手，得其碑文者引为荣事。他曾经慨叹道："吾为碑铭多矣，皆有惭德，唯郭有道无愧色耳。"

这里，我们谨将这篇作者自己唯一觉得满意的碑铭文字介绍给读者。

集评

章学诚曰：中郎学优而才短，观遗集碑版文字，不见所长。如撰《后汉书》，未必长于范、陈。

——《丙辰劄记》

李兆洛曰：表墓之文，中郎为正宗。

——《骈体文钞》卷十九

吴汝纶曰：此则六朝之先声矣。

——《两汉文举要》

图书在版编目(CIP)数据

先秦两汉散文/刘永翔,吕咏梅编著.—上海:
上海人民出版社,2017
(中华经典诗文之美/徐中玉主编)
ISBN 978 - 7 - 208 - 14696 - 9

Ⅰ.①先… Ⅱ.①刘… ②吕… Ⅲ.①古典散文-散
文集-中国-先秦时代 ②古典散文-散文集-中国-汉代
Ⅳ.①I262

中国版本图书馆 CIP 数据核字(2017)第 175907 号

特约编辑   时润民
责任编辑   楼岚岚
装帧设计   高 熹

• 中华经典诗文之美 •
徐中玉 主编
先秦两汉散文
刘永翔   吕咏梅 编著
世 纪 出 版 集 团
上海人 民 出 版 社 出版
(200001   上海福建中路 193 号   www.ewen.co)

世纪出版集团发行中心发行   常熟市新骅印刷有限公司印刷
开本 890×1240   1/32   印张 10.75   插页 2   字数 262,000
2017 年 8 月第 1 版   2017 年 8 月第 1 次印刷
ISBN 978 - 7 - 208 - 14696 - 9/I • 1656
定价 36.00 元